新编杨慈燈文集

夏正社　主编

陈实　副主编

①

辽宁人民出版社

ⓒ夏正社　　2020

图书在版编目（CIP）数据

新编杨慈灯文集 ／ 夏正社主编.—沈阳：辽宁人
民出版社，2021.1
ISBN 978-7-205-09836-0

Ⅰ.①新… Ⅱ.①夏… Ⅲ.①中国文学－当代文学－
作品综合集 Ⅳ.①I217.2

中国版本图书馆CIP数据核字（2020）第007592号

出版发行：辽宁人民出版社
　　　　　地址：沈阳市和平区十一纬路 25 号　邮编：110003
　　　　　http://www.lnpph.com.cn
印　　刷：辽宁鼎籍数码科技有限公司
幅面尺寸：170mm×240mm
印　　张：203.25
字　　数：3000千字
出版时间：2021年1月第1版
印刷时间：2021年1月第1次印刷
责任编辑：董　　喃
封面设计：琥珀世界
版式设计：高政华
责任校对：高　辉等
书　　号：ISBN 978-7-205-09836-0
定　　价：980.00元（全五册）

序

初国卿

　　杨慈灯先生是东北沦陷时期一位多产的辽宁籍作家，当年，他的作品在东北几乎家喻户晓，知名度颇高。文学界曾将他与沈从文并列，说"慈灯之在东北，恰如沈从文之在南方"。然而就是这样一位知名的作家，历史曾几乎将其湮没。如果不是他的儿子夏正社，可能我们在今天这样一个全媒体时代，在所有搜索引擎中都不会找到这个人的名字及其作品。正是因为夏正社，才让我们读到了3卷本、250万字的《杨慈灯文集》，读到了6卷本的夏园作品《民国故事集》，今天又读到了300多万字的多卷本编年体《新编杨慈灯文集》。

　　杨慈灯与夏正社父子之事，让我颇多感慨，甚至生出一种有一个好儿子胜过一部好作品的想法。其实，对于一个男人或是一个作家来说，儿子就是自己的作品，而作品又何尝不是自己的儿子？如此说来，对于杨慈灯而言，他是好作品与好儿子都有了，尽管一生遭过许多难，吃过许多苦，身后则是很欣慰和最幸运的。

　　曾有人问我，杨慈灯的儿子为什么叫夏正社？我说这就是历史，这就是值得探究的杨慈灯、夏正社父子的故事。

　　杨慈灯原名杨小先，1915年生于山东胶东平原上的一个乡村里，少年时即学业优异，写得一手好小楷，经常帮助佛寺住持抄写经文，因偷学住持武功，最终让住持收为徒弟，给他起了一个"慈灯"的名字，意为习武之人要有"待人慈悲，心明如灯"的胸怀。20世纪20年代中期，全家闯关东到了大连。在大连落户之后，杨慈灯做过小旅馆的杂工，后来又进入伪满洲国的日本军官学校。因为他的武功和学习成绩，毕业留校做了一名教官，当时他还不到20岁。出于对文学的喜好，他开始写作，并很快在报刊上发表文章。其创作题材与体裁广泛而多样，小说、散文、随笔、童话，并深得读者喜欢。太平洋战争爆发后，他佯装有病脱离了军校，开始以写作为生。并先后以杨小先、小先、杨慈灯、杨剑赤、杨上尉、杨赤灯、赤灯、慈灯、磁灯、紫灯、杨剑慈、杨光天、杨思曾、耻灯、郝让先、夏园等名字发表作品。其中夏园的名字是他抗战胜利后到解放区工作和新中国成立前后所用的笔名，而此前发表作品所用过的最多的杨慈灯等名称倒逐渐让人忘记了，最终他的子女们也随了他的夏园之"夏"。这也就是夏正社之姓名的来历。

关于杨慈灯的经历和创作，我在《杨慈灯文集》的序中有比较多的介绍，这里不再赘述。需要再说一说的倒是他的儿子夏正社先生。

夏正社生于1954年的北京，那时正是杨慈灯创作长篇小说《辽东半岛的春天》的时候。1958年，在对知识分子思想整合的运动中，夏家被下放到贵州省，夏正社也随父亲到了贵阳。他在贵阳上小学，还没来得及上中学，就赶上了"文革"，他不得不辍学，17岁就去修铁路谋生。改革开放后，他继承父亲当年在中央机关就曾从事的速记事业，办起国内首家速记学校，1989年在贵州省委政法委员会创办了《少年与法》杂志社，任社长。20世纪90年代初辞去公职，定居珠海，创办了东方速记文秘函授大学。1994年与中国科技大学夜大学合作，受聘兼职副教授。1995年曾任美国共和党亚裔总党部高级顾问、日本早稻田速记秘书专门学校高级顾问、中国文献信息学会委员、中国中文信息学会速记专门委员会委员等。多次受邀出访西欧、美国、日本，参加学术文化交流活动。曾出版有《现代实用速记》《现代秘书必学》《实用公共关系学》《公关应用》《中外合资企业管理入门》《签订经济合同指南》《交易谈判技巧引导》《市场营销诀窍》《实用企业竞争战略》等学术专著多部。

我和夏正社先生相识于2012年，那时他正在全国范围内搜集他父亲的作品。他来到沈阳，我介绍他认识了在东北沦陷时期和杨慈灯相识的著名作家、书法家李正中先生，介绍他认识了辽宁人民出版社副总编张洪先生。同时他也与沈阳文化界一大批学人成为好朋友，每年都要从珠海飞来沈阳住上一阵子。夏正社为人淳朴厚重，坦诚亲和、幽默可爱。他为了搜集杨慈灯的遗作，几乎跑遍了大半个中国，翻遍了数十家图书馆的书刊收藏。

终于在 2015 年由辽宁人民出版社出版了《杨慈灯文集》。

《杨慈灯文集》共分三卷，原则上保持了当年杨慈灯作品的风貌。上卷为小说，分别是《一百个短篇》和《老总短篇集》；中卷为随笔集《说到哪里做到哪里》《其他》和童话作品《童话之夜》《月宫里的风波》以及小说集《中年人》《入伍》等；下卷是散文随笔和短篇小说组合成的《慈灯杂集》。文集内容丰富，体裁多样，有反映伪满洲国军队生活的，有城乡社会和家庭生活的，有神仙鬼怪和动物世界的，还有童话作品。这些作品语言地道纯熟，描写人物生动鲜活，具有很强的地方特点、文本个性和时代风格。

这部《杨慈灯文集》是夏正社用了五六年的时间才搜集整理完成的，我曾对他和他的朋友们说："生子当如夏正社。"他却说："这也只是父亲全部创作的一小部分，最可惜是那部'文革'时烧掉的长篇《辽东半岛的春天》。那是父亲呕心沥血的代表作。整整 500 万字啊。"一边说着，他一边眼含泪花。

《辽东半岛的春天》是杨慈灯从 20 世纪 50 年代开始创作，于 1966 年完成的一部平生最重要的长篇小说。作品从 20 世纪 20 年代写起，直到 1949 年，反映了近半个世纪辽东地区风云变幻的历史，堪称史诗般的大作。可还没等到此书出版，"文革"爆发，杨慈灯天天被批判，戴着高帽游街，他的所有作品都成了大"毒草"。那部《辽东半岛的春天》自然也在劫难逃，化为灰烬。夏正社先生曾向我回忆说："装订整齐的书稿搁在地板上有两尺多高，为了不让烟火引起邻居的注意，父亲叫我打了一盆水放在旁边，吩咐我不断地把烧化的稿纸用水淋熄。父亲脸色苍白，眼里含着泪水，嘴唇紧闭，没有一句话。"500 万字的书稿，整整烧了一个晚上。此后的年月里，每每想起这件事，夏正社都感到心痛。大约也正是因为这件事，才让他将搜集、整理、出版父亲的著作作为后半生的最大追求和立家之梦。

2015 年，《杨慈灯文集》出版了，夏正社的梦想得以实现。文集出版后，在中国文学界产生很大反响，并引起新一轮对东北沦陷时期文学的关注与研究热，许多学者以尊重历史的眼光重新评价东北沦陷时期一大批优秀作家作品在中国文学史上所产生的积极影响和不可替代的作用，开始重新发掘、搜寻、整理、研究东北沦陷时期的作家和作品。与此同时,《杨慈灯文集》之外未收之作品又陆续发现,这促使夏正社再次续梦,他用了两年时间,搜集和整理了《杨慈灯文集》中未收入之作品 100 余篇,近 40 万字,编成《新编杨慈灯文集》。尤其是杨慈灯在晚年所创作的作品得以收入文集之中,对全面了解杨慈灯的创作,提供了最详实的文本。

而此次《新编杨慈灯文集》最为难得的是,文集以编年体编排,从最早的一篇写于 1931 年的《泪》,到最后一篇写于 1985 年的《中秋节》,共收杨慈灯半个世纪的作品 600 余篇,从编年脉络中可以进一步清楚杨慈灯的创作过程和轨迹,无疑为接下来的东北沦陷区文学和杨慈灯的创作研究提拱了一个最好的范本。

我们期待《杨慈灯文集新编》的即将出版,同时更感谢夏正社先生的努力与付出。尽管曹丕《典论·论文》中说过:“虽在父兄,不能以移子弟。”但我还是欣赏《景德传灯录》中“子承父业”的话。夏正社当是“子承父业”的典范。

2019 年立春已过,此时正是“七十二候”中的立春第一候“东风解冻”,大地风光已到“渌波归旧水,寒片漾和风”的时节。期待住在珠海的夏正社先生北归故乡,一起来捧读带有墨香的《新编杨慈灯文集》。

是为序。

己亥孟春于盛京浅绛轩

再版前言

2015 年 7 月，辽宁人民出版社首次出版了《杨慈灯文集》三卷本，装帧精美。这套书收录了杨慈灯部分作品，近 250 万字，作品多来自 80 年前。

《杨慈灯文集》的出版在业界反响极大，再次引起国内外专家学者对东北早期及伪满洲国时期文学史的关注和研究，引发他们用尊重历史的眼光重新评价东北早期优秀作家作品的重大影响和作用，也激发出更多本着对历史负责任的专家学者们重新开始发掘、搜寻、整理、研究抢救东北早期作家作品的热情。

时隔五年，《新编杨慈灯文集》再次出版，增添了大量重新挖掘的文章。特别是在《杨慈灯文集》中未搜集整理完全和残缺的报刊连载、童话故事、小说等，这次都得到充实、丰满，同时，也发现了杨慈灯发表作品新的笔名。

此次编辑上采取"编年"的办法，按时间顺序编排作品。所收录的作品从 1931 年 10 月 11 日在《泰东日报》和 11 月 23 日在《大同报》发表的两篇题目相同、内容不同的连载文章《泪》开始，直至 1984 年在《红军在贵州的故事》一书中发现的红军故事为止，收录了各类长篇、中篇、连载文章，为今后研究杨慈灯的作品提供了更清晰准确翔实的依据。

杨慈灯本名杨小先，祖籍山东，随父亲一家闯关东到东北大连定居。因家庭贫穷，他从小饱受饥寒，过着没有尊严的生活，目睹社会最底层的穷苦人为了生存每日挣扎在饥饿线上的痛苦表情。为了能摆脱贫困，帮助每日辛苦劳作的父亲养家，他立志要刻苦努力，让家里人能吃饱饭是他唯一的奋斗目标。他父亲深知没有文化就会受穷，更不会有出路的道理，勉强让他读了几年小学。也就是这几年的小学，让他在今后的生活中有了奋斗目标，也奠定了其发展轨迹。

从查找到的文献资料可以看出，他1931年开始发表作品，也就是说他应该在16岁之前就发表作品了。在吉林人民出版社1993年出版的《伪满军事》一书中的一篇回忆录里有这样一段话"……当时军管区司令部里最年轻的军官有三人，即：杨小先（伪满作家慈灯）……"那是1934年的时候，他年仅19岁。由此可见他年仅十几岁即已成名，在东北发表的作品已经相当多了。

其作品揭发社会的黑暗面较多，当局非常敏感，把他列入黑名单，作品经常被查封，甚至为此坐过国民党的牢房。

我们查到的仅仅是他1931年到1945年间的部分文章，其中各类报刊发表的作品达一千多篇（不含已经出版的十几本中、长篇著作）。短短十五年间，如此巨量的作品在中国文学史上也是不多的！

遗憾的是，历经百年，文献报刊经过战争损害、"文革"破坏，大多已经散失，现存不多且很难全面核实。

杨慈灯从小到大努力奋斗的历程在文学作品中都有所记录、体现。他的经历在新的文献中又有了进一步发现，特别是他从一个当时名气极高的作家毅然放弃优越的生活和工作、放弃写作，义无反顾地投身到革命的队伍中。

他在军队时与左联作家群有了接触，受到进步思想的熏陶。后来在中共地下党的进一步影响下，他的世界观有了巨大的变化，为了救国理想，为了抗战，为了解放劳苦大众，他加入了共产党，毅然参加了抗联队伍。在中共党史出版社出版的《〈晋察冀日报〉通讯全集（1938—1948卷）》中有一篇署名夏园的文章《三粒子弹》里有这样的记载："……那年冬天，我们在吉林省东部叫大荒沟的地方和满洲伪军打了一仗——这时候我参加东北抗日联军还不到两个月光景，哎呀，说起来真是，受苦不少，没有房屋，住在山上，没有吃的，生嚼玉米，一个人一顿就分一把，渴的时候，抓一把雪，化成了水喝……"

日本投降后，因为工作需要他到了北平。在党的领导下，在北平办起了跟国民党斗争的报纸《平津晚报》。"解放战争时期北平第二条战线新闻出版方面斗争大事记"里有详细记录："8月19日《平津晚报》正式出版发行……"在吕平的回忆文章《从〈平津晚报〉〈老百姓日报〉到〈鲁迅晚报〉》里可以读到：……"《平津晚报》立场鲜明观点明确的言论反映了人民的心声……为出版的众多报纸之冠……然而也有不同反映，社内的一些人对《晚报》的共产党味道内心欢喜，有的人却愁眉苦脸，……身为编辑局长的卢某，在第三天就说：'报纸违反创办时议定的民主报纸的初衷，这样办报，我还要脑袋呐！'就向社里申请辞职而离社，另外也有些人跟着不辞而别。社内人员分道扬镳后，随即改任态度积极、拥护办报方针的杨慈灯为编辑局长……"

在报社外，《平津晚报》从一露面就被国民党敌视，……并决定以暴力查封平津报社。得此消息，王真夫（编委小组成员）每晚与编辑局长杨慈灯秘密会面布置工作。王真夫的友人汪雄（20世纪50年代曾任农业部种子局长）过来拜访，被"蹲坑"特务拘捕。由此可见，在当时北平如此残酷斗争时期，作为地下党员的杨慈灯为了在北平占领新闻战线宣传呐喊已然奋不顾身了！

《平津晚报》停刊后，杨慈灯又与同伴自筹资金办起了《鲁迅晚报》，由于组织上没有经费，所有开支都要自筹。为了买纸张印报纸，有人变卖家产，他更是把妻子的结婚嫁妆和自己冬天穿的大棉袄全都变卖了。

《鲁迅晚报》的创刊号刊登了毛泽东的《新民主主义论》中"中国文化革命的历史特点"一节为发刊词。从1946年3月1日起开始连载毛泽东的文章《论联合政府》，其间多次被北平警察局勒令停刊。当时他们每天都冒着随时被国民党搜捕的危险不断转移地址，每天坚持出报。

《鲁迅晚报》一直坚持刊登延安、解放区电讯及中共领导人的文章。为了坚持把毛泽东的《论联合政府》刊登完，他们每天转移地址印刷发行，直到坚持全文刊登完《论联合政府》后，才在组织的秘密安排下撤回到晋察冀解放区。

《鲁迅晚报》在中国共产党新闻战线史上增添了光辉的一笔。

光明日报出版社在1990年11月出版的《察哈尔革命报纸史录》中《艰难的岁月》一文里，有一篇陈英茨写的回忆录《未开放的蓓蕾——追忆〈察哈尔日报〉萧蕴昭同志》，文章里有这样的记录："……那是一个寒风凛冽的冬天，我到北平一个很隐蔽的印刷所去。那里正在承印《鲁迅晚报》。这是一张由地下党领导的报纸，负责日常编辑的是杨慈灯（到解放区后改名夏园），蕴昭在那里做校对。我去后，慈灯热情地接待了我……"

揭开历史，在早期东北作家群里，特别是伪满洲国日本统治时期，大多数作家在那个暗无天日、被奴役、被欺压，甚至喘不过气的环境下，内心充满对日寇的憎恨，只能以影射、讥讽、暗喻、挖苦、指桑骂槐的方式进行写作。有的作家有机会接触到有组织的进步人士，一有机会就会放下笔杆投身到抗日救亡的队伍中。可以说，对于有思想的文化人，最不愿意被奴役的就是他们！只要给他们一个召唤，给他们一杆枪，他们就会像战士一样冲向战场，挽救国土、挽救家园，夺回尊严！

杨慈灯和刚刚去世的百岁老人李正中就是投笔从戎的典型。可以说，在那个恶劣的环境中，东北的作家为中国文学史发展做出了巨大贡献！尽管全国解放后因为政治环境的影响，他们受到了许多不公正的对待，但是他们的作品告诉世人，他们在中国文学史上不可或缺，他们为后人留下了宝贵的文学作品和文化财富！

目前，发现杨小先曾经用以下名字和笔名出版著作和刊登文章：夏园、杨小先、小先、杨慈灯、杨剑赤、杨上尉、杨赤灯、赤灯、慈灯、磁灯、紫灯、杨剑慈、杨光天、杨思曾、耻灯、郝让先。

其中以慈灯、赤灯笔名发表文章最多，直到他投身革命参加了地下党后，由于斗争的需要，公开发表的文章少了，到解放区后改用夏园的笔名偶尔发表作品。

在此，要特别感谢贵州省文化厅、辽宁省文化厅、吉林省文化厅、黑龙江省文化厅给予的全力支持。同时，也要感谢大连图书馆、辽宁省图书馆、沈阳市图书馆、吉林省图书馆、长春市图书馆、黑龙江省图书馆、哈尔滨市图书馆的大力配合协助。在辽宁人民出版社的积极支持下，特别是上海华东师范大学博士陈实先生，著名作家、沈阳日报编审初国卿先生，大连图书馆白玉梅多年来呕心沥血、亲力亲为的大力协助，耗费了大量的时间和精力，杨慈灯作品才能再次以全新的面目顺利出版，让后人重新了解认识在东北文学史上曾经家喻户晓的一位作家。

目录

1933

1934

1936

1937

1939

1940

1941

1942

1943

1947

1948

1949

其他

新编杨慈灯文集

1931

泪

莲英虽然住在乡间，但是她浑身上下的打扮，比住在都市的小姐还要漂亮。

这也是莲英一村里的风俗，老人们并不干涉，有许多人家的女孩儿到城里沙厂做工一去便是一两个月，住在女工宿舍里，总是不回家。当妈妈的一点不挂心，能够赚许多多钱回来，穿得漂亮，村里的人是敬仰的，也有些人造谣，说是这些姑娘在城里干的是"野鸡"勾当……这是谣言，有甚么证据呢？这个年头能赚钱便好。

但是，莲英在城里当了一个月女工，她母亲把她叫回家，不准她去了。

这是因为，家里不愁吃不愁穿，用不着做工，而且莲英的母亲缺少帮手，她的年纪也不小了，稍为做些事便觉得腰痛腿酸，丈夫得了病症，一躺三年，还没有好，她得时刻守在旁边侍候，屋里屋外，看着像没有甚么事，做起来却多得很，洗衣服须到稍远的河边去，她不能走动太远的路，所以把姑娘叫回来帮助。

莲英的哥哥在城里教书，因为老婆是小脚，没有带到城里去，抛在家里，她有四个孩子，时常为了孩子忙得顾头不顾脚。莲英有两个姐姐，都出了嫁，妹妹还小，不懂得甚么，她在这一家里，算是重要的人物了。

莲英在未到城里去以前，本是很沉默的性格，从住了一个月女工厂回来，便大变了，好说好笑，笑的时候用手堵嘴。看人用眼角，走路时上摇下动，姿态非常活泼，嫂嫂时常赞美她。"哟！妹妹一天比一天好看！"

听了这话，表面上好像有点生气的样子，可是很欢喜，她跑到自己的屋里，对着镜子照了又照，打开粉盒，在脸上仔细的扑了几下，再理理头发，并且拿两个镜子，前后对照着看，然后整整衣服，跑到嫂嫂屋里，"我哥哥，怎么一个多月还不回家呢？"

"我在你这个年纪的时候时常想女婿，但是现在，孩子已经是四个，甚么也不想了，妹妹，你不想么？"

莲英裂着嘴笑，她知道嫂嫂在调戏她，她在嫂嫂的腿上捏了一把。

莲英最欢喜的工作是洗衣服，因为这项工作能使她有到外面去走动的机会，实在她不愿意坐在屋里，她总觉屋子太狭小，空气沉闷，寂寞。后园有个葡萄架，她时常呆呆的立在那下面，看着枝头的小鸟，盛开的菜花，空中飞翔的云，便感到自己特别的寂寞，有不可名状的苦闷，不禁烦恼起来，很想哭一场，泄泄胸中的闷气。

这一天她收拾几件该洗的衣服，盛在盆里，步履轻盈的走到河边，选了一个比较满意的地点，坐下。把衣服浸进水里，摆一摆，在石板上揉着。

忽然，她听见马车轮子的声音，由远而近，她的心突的跳起，急忙立起向西面展望。

一匹马拖着的马车，后面坐着一个老头子，从她家门前走过去了，有一个赤腿的孩子追着一匹饮过水的驴随之走过，那驴的嘴还是湿的。

莲英慢慢地坐下了，她看看河边枝叶垂到水面的柳树。柳树旁边的大石，还有她身后的一堆石块那不是……？

她不能不想起这件秘密的事来。

莲英也和有一些十七八岁的姑娘一样的胸中藏着秘密的。

那是去年夏天的事：

一天午后，门外有马车停住的声音，母亲在屋里奇怪的说："是谁？"

"我出去看看吧！"莲英说着便跑了出去。

一个穿着白色长衫，戴着窄边草帽的青年下了车，她一看就知道，这是表兄，二十岁的表兄的美貌使她惊骇了！他也看着她发愣，目不转睛的看着她，对她微笑："喂！五年不见，你长得这样高了！"

表兄说话的声音很好听，他在她肩上拍了一下。

她急忙回过头去，没有人看见。

姨母拐动着小脚走出来。"姨母你好啊！"小伙子很讲礼节，他给姨母恭敬的行了礼，并且问安好，给姨母一个很好印象。

"呀！是你呀！孩子，我好……你，快到屋里休息吧，莲英！你赶紧给烧点水！"

莲英很欢喜——她自己也不知是为什么欢喜，好像大旱时期的云一样，她不能不快乐，她去拿草呀，找火柴呀，拉风匣呀，忙得很，不一刻，水烧开了。

"妈！没有茶叶怎么办？"

"用不着，用不着，莲英，你快休息吧！真对不起，我来给你添麻烦……"

这小伙子的嘴很甜，把莲英说得满心欢喜，姨母也很高兴。

这时期，莲英的嫂嫂不在家，回娘家去了，病人躺在炕上，只能说话，不能起来，他的一半身体已死，不能动，这叫"半身不随"。

病人咕噜着说："外甥，你看看姨父病得这个样子，还不如赶紧死掉的好！"

"不能这样说，姨父，活一年是一年，你这样躺着，用不着工做，我以为是福呢！"

姨父欢喜了，他咯咯的笑起来。

"莲英，你没有念书么？"

"念了四年。"姨母对他说。

"我不叫她多念了，一个丫头，能识几个字就够了，念多了没有甚么用，可不是么，外甥，姑娘大了得嫁人，嫁出去便完事，妈省一份心思。"

莲英拿着元宝形的篮子，到后园去摘豆角，表兄也跟了去帮忙。

豆架像 A 字形似的连接着重叠着，密密的排着许多行列，浓密的枝叶挂在架上，遮蔽得没有一丝空际，在这下面藏着身子是很难发现的。

莲英穿着短袖小褂，露出雪白的胳臂，动作敏捷的把豆角摘下扔进篮里，表兄帮助她，因为她左手拐着篮子，表兄是站在右边，摘下的豆角须从她背后扔过去，表兄的手时时的触着她的腰！有几次，表兄从她胸前把豆角扔过去，这样便触了她的胸，有一次，她看见表兄把豆角扔进篮里并不立即的缩回手，故意把身体靠着她，对她情深的微笑，她把表兄推开，向园门那一面眺望，那大胆的小伙子过来把她搂住，在脸上吻了一下……。

她想得出了神，忘记现在是在洗衣服，她记得表兄曾坐在柳树旁边看她洗衣服，她身后那堆石块是表兄搬来打算放在小河中央，把水挡住，让她洗衣的地点的水加深一些，她再三的拒绝表兄才停了手。

表兄住了三天，第四天晚上，姨母到村西头一个本家去讨一笔旧债，莲英的妹妹跑到那家找同伴游玩去了，只剩下表兄和莲英两个人。

当时，姨父已经睡熟，她在嫂嫂屋里坐着，屋里没有点灯，但是她能看见门帘掀开了，一个人走进来了。

她一点都没有害怕，很有经验似的等着，那人走到她身前了……。

她想到这里，有一只肥大的狗跳到水里，跑到对岸去，把她骇了一跳，她把衣服浸入水里，洗起来。

（《泰东日报》1931 年 11 月 21 日、23 日，署名：杨小先）

破碎了的心

　　悲哀的消息，随着父亲，带着秋风一阵阵传来，希望之花，一瓣瓣的都在这凄厉的秋风之中凋残了！翘首外望，只是些乱云翻空，光明的天日消逝在黑暗的势力之下，什么的痛苦也没像我这么的重大了。

　　父亲是昨天早晨动身到姨母那里去的。在漫漫五十里的长途上，围着凛冽的北风，两双足已没有感觉，只知左足跨过右足，右足跨过左足，交换地机械地推进，立意要今晚赶到家中，虽则凛冽的西北风在日间，还吹起满谷的黄叶，吹折已枯的残枝，吹凝一溪的寒泉，如同悲吟的诗人，不时唱着这宇宙未去的晚秋。

　　但是到了晚间，西北风竟也被淡弱的病了似的初冬带去，恢复它一日的疲劳，连像舞衣轻轻地在草尖头擦过的声音，都不会在这四面环山的乡村里听到，乡村的晚间，不比街市的烦杂，每家都预备着睡眠，夜早也已休息了，一般在凝暑流金的盛夏，或寒虫实鸣的嫩秋，每每要拣凉风混然而来的杏树下，横着他们古旧的烟管喷着一朵朵的烟云，但现恐怕是已在浑暗油灯下，披着他们的眉头，屋着手指儿计算他们的债务了，所以今晚不但自然界表现着万分的静寂，连人间也仿佛如墓似的深深地陷入在静寂态里。

　　爹爹带着满面的泪迈进屋里，依着灰黑的屋柱，眼看着天……"唉！一家子风水断了头，有什么法想啦！多美好的小姨子会把脸翻了起来，身生女儿也叫我受了一肚子气，她们越是这样闹，我越是心头模糊起来，是要和我撑倒风船了……。"

　　真是声泪俱下再也不能接续说下去了！同时全屋子的空气也顿时沉寂下来，啊！难言的悲凉，支配着我的心头了，但不远的地方，狗声也只有零星的叫着，在夜的沈重与严肃的空气中，只有爹爹的气声特别有力，真好似得了神经错乱病癫了起来。"爹爹！你把肚量放得宽一点，反正是一份人家，风水行到了断头，还有什么可说，任她们去吧！……"

"做父亲的还有什么希望呢！横竖安进坟墓里去了！只要她们好好儿一对过着幸福的日子，我的孩儿！你也这样辛辛苦苦的做工，也就心满意足，闭得住眼了！"

"爹爹！你私自哭泣，无人给你一点安慰的几个月的光阴，整日地在悲哀虚伪中打滚！算了吧！孩儿这里哀求你！知道你流泪的时候，使我心里如何地悲伤，爹爹！你的头脑应该放简单些，工作后的时候不必去想那些无谓的问题吧！姨母家也不要再去了……"

好容易劝得父亲睡了，我确实有点负担不住了，我的心！天哪！这种种家庭上的风波是为了什么而激起的呀！伏在桌上勉强把眼皮闭上了，而那些零碎的胡思乱想越会跑到脑里来，正想到家庭的情况，但是一转又想到自己的前途，一转又想到一篇小说的结篇了，还有一些不知从那里来的小问题，也走马灯似的转来转去，多到穷于应付了。

夜深了！远处的狗声更来得凄切些，我已经睡到冰冷的土炕上，父亲说着也睡了，灯也熄了，这时候，唯有吱吱的鼠逐声，唯有蔚蓝的天色映在室上摇曳的枯树影！唉，在这凄凉的黑暗里，如何能够使我像平素一样的安息呢！伤心的夜也不知要待什么时候才能过去，今夜的头半晚算是度过去了，前屋正打着十二点钟。

（《泰东日报》1931 年 11 月 30 日，署名：杨小先）

不幸的青年

八个月没了母亲，十岁失了父亲，还受了大伯母系的白眼，无端遭遇老婆的侮辱的赵田三，为了这一切一切……竟用麻绳系在松树枝上结束了他的一生了。

抱着不可想的希望死了。

我因为在心中时时有一种不可即的希望在起，使我对于人生，对于家庭，抱着十分厌倦的态度，所以不时的忆着同样运命的赵田三，所以把这琐事写下来，宣告人间的事实每每是没有圆满的，都是缺陷的，谁能免去不幸的到来呢！

赵田三是个孤独的人，虽然世界是这样大，而他总无法避免其孤独，好在赵田三觉得在这样大的世界里竟能随他一个人独来独去，倒也未尝不是一件足以孤傲的事，赵田三以前也曾有过父亲，有过老婆，然而现在都死的死，远离的远离了。

赵田三只是他母亲的最后一胎，在母怀里只还存到八个月。生下他母亲就和他永别了，在这样的关系，赵田三便在大伯母的臂抱间养育长大，而大伯母在不得已的情境中，除照例喂饱了他，便把他丢弃了。虽然他需求母爱抚慰的哭声震动了一屋，然而大伯母有别的家事忙，父亲也抚慰不了他，任他自己哭起，自己停止，于是他知道不必有所求于人了，吃饱了就睡觉吧，谁和你来对着牙唇笑语呢？

四岁的时光，他就跟着父亲睡起，父亲是个村上的木作工人，不着家日的，白天里赵田三总每每感到有点飘然然。

大伯母是因了第二年的卷养，阻碍他们爱情生活的进展，反而厌憎他了，而且她又可以贪功斥骂，赵田三对于她也只有畏惧，怎么也亲近不下去，况且他又没姐妹。

虽则是小小的孩子，但当时的时候，也知道所谓人间的沧桑了。赵田三决不自己作主，挨上前去去争食，除非是他的父亲叫了，才边缓着步走过去，有时他的父亲一时也记不到他，又不知为什么要在这里存在，有时一看到一个女人带着小孩子不住的喊着妈妈，女人不住的抚悦小孩子，他亦急想有这样一个妈妈，然而他听人说，他的妈妈是到坟墓里去了。

自四岁到六七岁这几年，他就这样的过着生活，七岁以后，他就有正当的职业，早上晚上看牛去，父亲是他十岁的时候死去的。新嫂嫂是他八岁娶进的，家庭间几年来却急剧的起着变化，伯母也养了两个孩子，而环境对于他总是一样，没有所谓悲哀，也没有所谓欢喜。

牧场里倒应是他的天堂了，然而他孤介生成，再也不能跟别的孩子玩去，他手牵着牛绳，眼看着牛儿臾臾的吃草，牛儿前进，牛儿转弯，他也转弯……太阳便这样落去了。

在春夏之交，现在赵田三又加上了一种工作了，在睡梦初起的清早，在放牛归来的晚间，他便接受了大伯母的命令，在后门山上的平野外去割草，他终久没有希望的心，现在却带着一点希望去进行他的工作，这时候，啊！这时候怕就怕是赵田三得到人生的趣味的唯一工作了。

然而此外田三还得些什么呢？终因家境困难，赵田三这时也有十七岁了，赵田三别的没有，就是这二亩薄田和平和山脚下一间破屋。

现在伯父是在下屯住着了，哥哥讨了嫂嫂后，便整天整夜的荒唐，家庭间嘈而闹的鸡飞狗上屋，嫂嫂终于被卖却，六七亩田也在他的手下卖给人家了，不上四十岁便也死去，现在连一根粮草也没有遗留下。

其间，赵田三也曾讨过老婆，但他有了老婆，他就觉得，他的生活便多了一层阻碍，如人上面的赘痛，总觉得谦谦然挂在肚肠，而他的老婆自从归到他家以后来，从不曾看到他开一会笑脸过，冰冷冷的，如全身浸在溪水中过日。

她竟有点按捺不住她的一腔热情了，终于她相好上了一个汉子，田三也稍稍得到些耳风，于是更觉得在他的一间屋子里，无端加上一个女人是十分多事的了。但他是个孤寂而且温柔的人，他从不会向人间提出过一些反抗，也就是在自解自慰的"算了"中过日，要想把妻子卖掉，却做梦也不曾想到过，然而那汉子也终于把他的妻子带走了。

八个月没了母亲，十岁失了父亲，还受了大伯母的白眼，无端遭遇老婆的侮辱，一切一切……像镜子一样在这一霎那间反映出他一生的历史，啊，天哪，今天我知道的是真个孤独的了，然而我也应该结束了我的一生了。

什么事情像春一样的消失了，对于赵田三妻子被带跑，他太也柔弱的缘故，然而谁知道生着也很少有人过问，死了也没人知道的，然而赵田三却在松树枝上高悬着有两天了……

（完）

十一、二十五写于柳树村

（《泰东日报》1931年12月4日、5日，署名：杨小先）

初三的晚上

他的勇气正像天色一样地渐渐沉暗了，再没有力量去各处游荡，懒拖拖的又拖回来了！

打开房门把帽子向桌子上一丢，顿然地倒在靠窗边上坐了，把报纸像走马看花一样地翻了几页，肚子里咕噜了一阵似乎是虚空了，这个时候他才记起自己还不曾用过晚餐。一摸衣袋里剩得八个铜子了，"吃饭，吃面，吃烧饼，甚至吃包米片片都不够了！"还是打些清酒来喝一个醉吧！八个铜子的清酒却也有一大杯，他一边看着报，一边呷着，报暂时就成为他唯一的咽酒物了！

酒喝尽了！他的脸红了！头脑一阵旋转，就不由他不伏在桌子上边。

乐园的事景一幕幕开展在他面前，乐园的戏是如何可怜幼稚的东西，他懊悔，竟拿四角小洋的代价去求那一些的鬼戏。

他又想到昨天也许就这个时期。

房主亲自来了！在那时候，一种受辱要哭的情态！然而欠房主的，只是区区房钱，而且是一个月的房钱！如果他前天给小账房带走了，那他昨天也许不会见着房东先生会跳起脚来叫喊，账房先生在一边助着威风，小伙计脸上下垂的赘肉，也许因气得厉害而颤动了，那是多么难堪的事呀！

一幕幕的暗想幻现在他的眼前，他不能再想了，抬眼望望一切恍惚什么都活动起来。他晕倒在床上。

两手抱着头顶，望着屋的顶棚，他长叹了一口气！

一种莫名其妙的不安，仍旧感着在他的心弦，头脑昏昏的心房也战动了。后来他又伏在桌上想写点文章。

时针快要指到九点钟了。他把手里的笔向桌上一板，但是一看纸上还没有写满三行。

周身的血都沸腾起来，无论哪处都觉得异样地不舒适。他终于犯罪了，因为疲劳重复倒在床上了，他萦□想着，萦想着一些近日无谓的问题和一些能够使他自己要哭出的想象。

乐园，台上的动作，除掉几幕特别的布景以外，他几乎没有留意他了。

他恍惚又听见房主的声音，跳着脚儿叫喊声，他倒在床上像害大病似的撑不起来，他太息着，泪水涌到他的眼边又给退去了！

害虫拼命的作最后的叫喊！

种种声音由依稀而听不见了！

退去的泪水重复又涌到他眼边，终于是一颗颗整齐地送出来了！

——十二月三日晚

（《泰东日报》1931 年 12 月 8 日，署名：杨小先）

新编杨慈灯文集

1932

天才的鬻卖

"对呀！这里应该有一根飘带；为什么身上不装四个口袋呢？我看还是这样改吧！恺君，你要知道这样才是时髦呀！"说话的是一个饮食店里的老板。人，将近是四十岁了：头发顶前的一部已经露出光油油找不出毛根子的头皮，几根稀疏的短发，从两个突出的鬓角向后脑子走去，一副圆而厚的眼镜，带两根衰绿色的金丝架在他宽阔的脸和塌而肥的鼻头上，嘴成一个六十角度的弧形，不能算薄的嘴唇张动时，可以依稀的看到一口雪白的牙齿，耳朵自然是同他脸孔一样的肥。他常常喜欢举手去弄那两块坠下的无骨头的耳坠，尤其是某一件事急切没有办法的时候。这时候，他正拿着一张画图底稿，挨着一只眼睛，一面对他身后的满等这张画的之来的好评恺君说着。

恺君是一个年轻的画家，其实他的年轻仅只能够从他的画幅里看到。人呢？却为"生活"所压榨，已经有几分老憔悴的样子！从他一切上都可以明了。

这间矮小的屋子，墙壁上虽然新近张了若干张的画幅，但是仍旧遮不住新脱落了的墙粉的处所黄色的迹痕。衣服是旧了，而且腰部肩部显然看得出许多不合法的地方来，头发或许是故意让它那样蓬松吧，但是为着那种蓬松和堆砌，更把他瘦削的面孔里的流盼得分外可怜，他的眼睛极迟钝的流盼，恍惚是代表艺术的骄傲，又好像是代表他生活苦痛的叫喊，一大把黑色的领带，吊在那微凹进去的胸前，他对于老板的话，显然表示不满，但是不满仅只推在那眉尖上，倒没有从口袋里冲出来，他手指头在桌面上奏着一个乐谱的音节，并且很快的旋转，离开了老板的身后在房子走着过于迅速的步伐，口里也低低的吹着他平素喜欢吹的一个调子："唔！对的，不过……"

他对于老板的意见正要极婉转的语音来解释，那当然，譬如一张裸体画而遇到一个人说是太难了，硬要她穿上一件衣裳，那于画画的是何等大的侮辱和损失，一个人的衣服上更要加上四个口袋来表明这时代的精神，同时反把他的初意和兴趣全给打消了！他当然是不以为然：只感到对方的浅薄罢了！他正想找一句恰合对方程度的话来解救这张画的命运，但是老板却把画放在桌上截住他的话头了。

"这简直是很有关系于细腻吧！看！这颜色的堆砌可以用手摸得出来，这深绿的和黄的中间应该还有一种浅绿来调剂，对吧！我不懂，但是我多少总可以看呢！

"唔！唔！"作的手指着桌面。

"无论怎样吧，先生！恺君！看在小店营业的面上，你就费心为我们把应该改的地方改改吧！就是说！衣服上四个口袋……"他的手摸着那肥大的耳坠子，灰黑的眼珠向上翻着。

"你是要买那样的画吗？那你就不应该来找我了，"这不由得他不傲骄了，不过在这种人面前骄傲，恺君的确认为是不得已的可情。

"哈！哈！哈！那么，我想先生定是还没有那种练习……"老板的重复的拿起画幅来看，像是要用这举动遮饰他这比较严重的语气似的，"哽"在平常，他也许早就指着手掌，说"你滚出去"，但是在今天，不是房东来过两三次，小饭馆里的主人也对他下了警告吗？他如何地明白这种侮辱的空气正围绕着他，但他却没有这勇气把他们驱逐出去，"哽！举例……"

屋子里终归于静寂，老板老是在端详那幅画，时而瞥视那已经成了昏惘状态的恺君，自己口里不住的喃喃着："四个口袋，飘带……"

画足一辐长二尺的油画，承朋友介绍给恺君画的，老板为着打算营业的发达才有这创举。他预备把他挂在破橱里能够吸引好些主顾们，画的组织也是由老板自己计划的：一对青年男女紧紧相偎，背后画一个深邃的树林子，恺君为了这张画费了五天的功夫，他想着应该怎样才动人，衣服怎样怎样才美丽，也应该怎样才能如老板所说的，他竭力体会老板的微意，牺牲了那树林子里应该有一道凄切的月光的私见。为了怕把那两个男女身上穿的衣服映出一个别的颜色来，男子的衣服上的纽扣本来是不想扣上的，但是为要衬出衣服整齐的美，不得不扣上了。谁知道在他动举的时候，不知道样的会把那一对男女画得这样丧沮，把那个树林子画得那样阴暗，好像周围都布满了死神的歌音，而他们男女是向着死神的旗旌前进似的。画好了，他自己也不知道为什么把前两年某先生组织了的腹稿《归路》，画在这上面了，但是他也高兴，他看到那画幅上活跃的灵魂，不禁高兴起来了！

"那么，先生，请你改一改吧！画是画得好的，不过……"老板褪下了眼镜揉着红润的眼皮，"是，画得真好呢！""好，照改就是！照改就是！"可怜他屈服了！"好！好！"

"对呀，你也觉得吗？"老板胜利的微笑，"照改就是！照改就是！"

"是呀！一根飘带，四个口袋，树林子里要一个太阳，""照改就是，太阳！"

"嗯！要一个太阳，"老板沉着像命似的说着，随手又从裤袋上解下了一个皮包，拿出几张钞票来，"这里是五元，余下的等改好了后来致送吧！"

"好好！"他接了钞票，"一个太阳！"

"你也觉得一个太阳的需要吗？不然太阴了！"老板摸摸耳坠子。

"一个太阳！对，一个太阳！"他真昏了！

"哈哈哈！就这样吧。"他拿了帽子，"再见罢！"

老板的脚步声由依稀而渐听不见了！

恺君倒在椅子上，像害大病似的撑不起来，他叹息着，泪水涌到他的眼边又给退去了！

寒虫拼命地在作最后的叫喊。

他忽然站起来，拿起透着一鲜红的衬衫，□里涂上，但是颤抖的，终于簸落了那枝画笔，自己也退到椅子跟前

"天才卖多少钱一斤？买多少钱一斤？"

他恍惚听见有个声音，退去的泪水重复又涌边，终于是一颗颗整齐来了。

（《泰东日报》1932年4月6日，署名：杨小先）

无母的悲哀

久别了母亲的儿子，
闷在凄惨的家里，
他想起他那慈爱的死去的母亲，
就不止的滴滴地流泪了！

他昨夜梦着他的母亲，
慈爱的神情现在他眼前！
他当时的愁苦顿时消散了！
他喜得眼泪都笑了，
梦中那一声亲热的"珍儿"，
他也辨不清是甜，是苦，
他只化在那亲热的呼声里了。

他从悲而乐的梦里醒来的时候，只恋恋地想再梦着，
但梦的神紧紧把门闭着，
总撞不进可爱的梦境了！

他无聊地从墙上摘下来母亲的遗像，
抱起他底母亲生前拍的照片，
他在她的脸上亲近的贴着，
正如和他的母亲一样！

他那玲珑的神态里，

都潜藏着几年不曾有过的笑容了，
但是真的母亲已同轻烟浮云般散了，
捉不住挽不回了。

他把母亲的遗像放下，
渐渐低头寻思，
想到没有母亲的悲哀，
惨白的面上重复挂着凄切的泪了！

（《泰东日报》1932 年 4 月 13 日）

人　心

一个信差，走到老张家门口喊道：

"来信了！"

良英是个女学生，十九岁，她正不耐烦的坐在母亲的旁边等着吃饭。听见外面的招呼有信，赶紧往外跑。

因为她跑得太急了，没有留心嫂嫂端饭进来，她的一半身子把嫂子一撞，嫂子躲避不及，把一只手里的饭碗弄掉了，打碎了，饭也撒了，另一只手端着一碗汤没有掉，可是热汤撒出了半碗，把手烫坏了，她忍着痛把这碗汤放在桌边。

"你瞎了么？"良英瞪起眼睛来，威武的看看嫂子，她的衣上溅了菜的油汤，这使她发怒，她撅着嘴走出去。

良英的母亲是个四十七岁的妇人，有满头光亮的黑发，整齐的梳着，戴着耳环，时常生气的缘故，好好的两只眼变成了三角眼，好像老鹰，还有满脸迎来的筋肉，这又是她发威风的时候了，她拍拍桌子：

"这是怎么的……要吃饭了，还打碎了碗？真可以！幸亏没有做别的，那碗怎么办？还能使么？"

碗是坏了，不能使了，良英的嫂子本来没有错，可是，因为她的面貌不扬，女婿讨厌她，常久的住外面不回家，婆婆和小姑差不多天天给她点气受，然而她像忍耐着西北风似的，也无可如何。她的性格沉默得厉害，就是谁无缘无故的打破了她的脸，她也不反抗，虽然，她明知道丈夫讨厌她，公公小姑也讨厌她，可是，她不能想办法，她不为她自己开辟一条道路，她是没有读书的女人，目不识丁，只知道三从四德，别的，她不懂得，她对于这个现实的五光十色的人生，当然无所谓见解，幸福和灾难，在她看起来只是命运，在冥冥中有神灵操纵着，除了在暗地里用眼泪倾吐她满腔的悲酸之外，她认为这一世的受苦是由于前世造了孽，或者是八字不好，命该如此。

她对着粉碎的饭碗发怔，婆婆看看她那幅丑陋的面容，再想想因此而不回的儿子，怒气更增加了。

"你还呆着做什么？打了碗就不吃饭了么？啊？赶紧收拾饭！"

桌子被手掌拍得啪啪的响，菜碟愤愤不平的跳了起来。

她寂寞的摸摸烫红的手，静静的开始收拾饭。

良英一面看着信，一面往屋子里走，迈着两条粗大的腿。

母亲问她：

"谁来的信，什么事？"

"哥哥来的。"

"啊！他有什么事，你念给我听，把信拿到这面。"

"等一等，让我看看。"她皱着眉坐下。

她的嫂子听说丈夫来了信，心里一酸，泪水滴到胸前的衣襟上，没有力气收拾饭了！

"念给我听！"母亲等不得似的催她。

"这封信"良英悄声说："还和上封一样，他并且说，母亲从小给他定了婚，这是造成他一生苦恼的原因，如果不赶紧替他离了婚，他将永久不回家，决心到远远的地方去了！"

"是么？"母亲急了。

"他还说他要自杀？"

"这……你赶紧写回信给他，先叫他回来，我和他商量，唉，这小子，也罢！这都怨我不好，可是我从前哪懂得这些事，如果你父亲不死，我也不至于这么为难，我知道怎么办？唉！我一点法子没有，我只有这么一个儿子，他还要到远处去。"她似乎要哭了，然而又没有哭，她忽然想起了吃饭，便狼似的大噪一声：

"拿饭！"

拿饭的人已经听见了她们的说话，她被伤心的网所箍紧，忘记了有事，女学生走出来看她的背影，对母亲使个眼色，撇撇嘴唇。

婆婆气愤愤的走到她侧面，吊起三角眼：

"你站在这里做什么？"

"我……手痛！"声音很小含着无限的酸楚。

"手痛怨谁！"女学生咕噜着说：

"不用吵嘴，快给我盛饭！"这是婆婆的命令。

但是，伤心的网把她套得太紧她不能动。

良英，动手盛饭了，并咒诅着：

"该死！没有你，我们怎会，恶神……"

"你才该死！"她挣扎着骂了这么一句。

良英放下碗，凶猛的向她身上扑去，好像原始的野兽一样。

"怨你！"她反过身来，这是破天荒第一次的反抗。

"怨我？为什么怨我？"

"不怨你怨谁？呸……"她的怒气太大，话说不出来了。

"放屁！你自己打了碗，你自己把手烫了，那是活该，活该，倒霉，倒霉！"

"你是不是人？……"她哭着问。

"我怎么不是人？"女学生前进两步，勇武的叉着腰，好像准备斗争。

婆婆也动手了，不消说她是帮助宝贝女儿的，两个人打一个人倒也容易，她们把她拖倒，打她的背和脸，踢她的腰，抓住她的头发。

她大哭大喊大骂，紧紧的扯着小姑的衣服，张嘴去咬，因为她的气力已经被伤心的网罗套住，很难施展出来，这是很奇怪的，她不咬她的婆母，婆母即使打死了她，她也不还手，她挨着，能够一直挨到死，她知道打婆母是有罪的，打小姑没有罪，所以不打婆母打小姑。

"该死的，你这养汉老婆，你敢咬我，你……你咬，你咬！我踢死你……"

毕竟是女学生，体格很灵敏，会打会踢，把嫂子打得连哭带喊。

婆婆的手脚也很快，凶狠的往媳妇身上踢。

她放了小姑的衣服，披散着头发躺在地上，滚了一身土，她躺着哭，叫骂，让她们痛痛快快的打。

“打吧！你们把我打死了吧！打……打吧！妈呀！你们把我打死吧……”

母女打了半天，不打了，不是因为疲乏，是因为邻居都围着门口看。

其实，这种家常便饭，邻居们都看惯了，他们也不劝，也不批评，只是毫不相干的看看光景，如果他们愿意议论，则在背地里议论。

媳妇可怜的躺在地上，柔弱无力，好像经了一场暴风雨的小鸟，羽毛全湿，昏了，飞不动了。

良英还没有消气，她噘着嘴收拾饭。

这天晚上，月光很好，初秋的晚风很凉爽，挨了一场怨打，因为面貌不扬，得不到丈夫的欢心，对于自己的恶运无法处置的女人，在这人间过活，失掉了生活勇气，她毅然决然的走到清静的井边，往井里看看，又望望四面，四面没有人。只有黑暗，黑暗中还有黑暗。只听得见一个沉重的东西落在深深的井里的郁闷的声音，那水起了一个难受的反响，接着便一切平息。夜，清静，幽雅。月光，皎洁，美丽，有诗意。

第二天早晨，这条街上，第一个先挑水的马车夫老徐，在井边得到了一个惊人的大发现，他吊着红肿的眼皮，张着厚厚的大嘴呼喊起来：

“看呐！井里有人寻死了！”

听到这消息的人都往井上奔跑。

（《泰东日报》1932 年 4 月 27 日，署名：杨小先）

爱　花

满园的各色鲜花，
喜洋洋地挤到我眼前，
缓缓的风引着阵阵奇香，
深深钻进我的心灵里，
似乎怕我不看你们的美丽？

美妙的鲜花！
你那一朵朵红红紫紫色色相溶的鲜花，
我看着你们，
确是美丽无比了，
我十几年来，
竖着的眉，蹙着的额，
都开展了。微微地笑着！

你那满园的各色鲜花！
是诗人底情之火把你燃烧着的罢？
我赞美你！
赞美你是宇宙之精华啊！

可爱的雨丝洗着你，洗得你洁净了！
温和的太阳赐你生命之光，你就笑嘻嘻地！
露水与你接吻，你脸就透出新胭脂了，
啊！好不鲜艳呵，你哟！

越发开着香美的花了。

千紫万红——满园的各色鲜花，

喜洋洋地挤到我眼前，

和暖的风引着阵阵奇香，

深深钻进我的心灵里。

呀！我疲倦了，我醉了！

我只好在你这花丛里的草儿上坐坐罢！

（《泰东日报》1932 年 4 月 29 日，署名：杨小先）

落　雨 (续)

昨天的下午，他接到他妻的来信。他看了写来的那样信真是难过，觉得无论有钱没钱也要回去的。他也真是想家了。不过"有了钱才能走啊！"这是对于恺君一个普通遍的问题，问题呈出了，他也真的不能解决了。

怎样办呢？他虽然有位亲近的朋友，但朋友身上穿着都是洗得深一块淡一块的蓝竹布长衫，那一定是无希望的了……当□吧，又哪里去找一件值钱的东西？

"还是到画友 B 君那里去借借看，回来就还他，大约总可以"，这是他最后的一条路，可是下雨呢。

"不要紧，也许等会就不下了"，他这样想着安慰自己，晚饭后不但没停，是更大的下着。恺君有些不耐烦，忽然表示着对于还下雨毫不介意，吃完饭便去换出门的衣服，全无情绪地呆了地走出去。到了马路上，雨下的更大了，这时候离舍很近想着不如回去算了，另想想法子，但这样一想，忽然又变成"就是下雨也要去！"这雨使他的心有点灰丧，但同时又使他的心有点灰丧，但同时又使他的心无端激愤起来，昂然地站在电车停留处，恺君平日种种痛心的情状，也一齐涌现出来，但也不愿去想，将那些忆想竭力排除着，但排除了又随即再想起，无可奈何地一路这样纠缠着。

从电车内走出时，雨已经落得越发的更大了，马路被雨水洗得更光滑了，悬在空中的电灯照下来，在地上形成一条条的金光，防备滑跌，仔细看着脚下在走着的恺君觉得头有点晕眩。

雨是一直未停，在他归来的路上，泥水又增加了许多，"还好，钱借到了呢！"恺君高兴地狂跳着，一溜烟地跑到家去了。

（《泰东日报》1932 年 5 月 2 日）

雨夜的噩梦

她快要和一个她素不相识的男子结婚了，这婚姻是她母亲做主，她是极不愿的，然而她不能反抗，一点反抗的能力也没有——不，有的，她反抗的唯一的武器只有哭泣，对着她的母亲，对着她的恋人。然而，她的情人——他——他很惭愧，一点没有救她的能力，只有眼睁睁的看着她如绵羊般的夺去等待上屠场的时间到来。

这时她抱着他痛哭，他也流下了伤心之泪，又仿佛是她快要别离他而归故乡了……写信打电报叫她回去是无效的，所以她亲自来接她。啊，她真窘急了，恶狠狠的母亲又生生的逼着她非回乡不行。她又想不到别的好的解救的方法。他俩只有哭，呜呜咽咽的哭。后来不知怎的，她的母亲偶然站在他们的面前，责斥他俩道："这还成什么样子！"他俩一见了她，都离开拥抱而羞涩了。

他哭不出声来，拼命地用力，忽然晕倒了似的跌下去……

室内的残烛，仍照旧的亮着，大衣也仍然放在床头顺手的地方，但桌上有声音响个不住，他又吓得屏住呼吸的去听，不一会也就明白了，是桌上的小钟殷勤地在走。

这时候除了风声雨声以外，一切都静寂了，以前是斜风细雨，转眼间就变成了暴风暴雨了！这时他的心情由烦闷转到孤寂，满心的风雨充满着无限的凄凉！因此他就想起死去的母亲，想着自己的家乡，想到他自己的一切，又想到她……

他潸然流泪了！呵！她！他们是萍水相逢，但他永不忘她的母亲都待他好，尤其是她那样真诚的爱他……

这是外边的雨下的很猛了，风也吹得愈大了！除了风声雨声以外，一切都静寂了。

室内残烛，伴着他的孤影，睡在被窝里。他轻轻地动了一下身子，想起现在不知道是什么时候了！总该过十二点了。

颇为凄然的将头蒙到被里去，那窗外的风雨之声，凄凄不断的袭来。

（《泰东日报》1932年5月11日，署名：杨小先）

谁料这里开了些鲜艳的花

有许多使人不经意的嫩芽，
都是生在荒废的瓦砾里，
人们无所顾惜地——
抛弃垃圾在他们上面，
几乎毁灭了他们底生之力。

他们被压迫得疲困极了，
身上遍都涂了污秽的痕迹，
但他们都只是拼命地——
从乱堆里努力伸出。

从来雨赐洗体给他们，
洗得他们个个清净了。
太阳赐他们生命之光，
他们的甜软的光泽便自焕发了。
在那被洗去的尘垢下都开着香美的花了。
"谁料这里开了些鲜艳的花？"
人们都欣然地注意着它。

（《泰东日报》1932 年 5 月 13 日，署名：杨小先）

同居之爱

在一个清晨，树棠正在那里洗脸的时候，秀梅从后面悄悄的走来，用她的双手把树棠的眼睛蒙住，在背后直是嗤嗤的笑着。

"谁？"树棠他问。

"我！"她答。

"你是谁？"他又问。

"我就是我！你猜一猜看！猜不着就不放手。"

她特别的好闹着玩，像这一类的事情，她不知闹了多少，也不知道和他开了多少玩笑，有时把树棠气恼了，真是哭也不是，笑也不是，只有求她的饶恕。真的，讲开玩笑，他是缠不清她的，即使打架也是打不赢她的。

他每每乘她不防备时，就把她给一顿打，有时她就假装着哭了，有时她真懊恼了，就故意不厉害地骂着他，他必低声安慰她，赔礼于她。

树棠自从搬进来到现在，已经半年多了！每日都是都在甜蜜中过生活，这种甜蜜的生活，可以说都是她给他的，他真不知道怎样感谢她才好。

他们虽是萍水相逢，但他永不能忘记秀梅和她的母亲都待他好，不知为什么，他见了她的母亲，总想起自己的母亲，见了她，总想起自己的姐姐，这样他是愈发要和她好了。

他们住的家里，门前有许多大树，枝桠交杈。

嫩叶黄绿，清晨起来，树上的小鸟吱吱的叫个不休，她家的母亲和蔼可亲，父亲早死过了，弟弟还小。树棠在她同院的住着，过的生活异常的甜蜜，而且愈加温馨，趁着没人看见的当儿，还时时接着一个蜜吻，或做一个深深的拥抱。

她的美丽是他说不出来的，有一次他们静悄悄的走到他们时常爱去玩的一条河沙滩上，他附在她的耳朵上说：

"秀梅姐，我真的爱你……"

她回过头来，轻轻的在他的颊上打了一下，随后她笑了，他也笑了。

"怪痛的"，你看打红了罢！其实他一点也不觉得痛，是故意的这样对她说的。

她像过意不去的就摸摸被打的地方，赔罪说：

"没有打痛吧？"

接着他就抱着她狂吻，她带着娇羞，起初虽然挣扎，后来也就安然顺受了。

他们沿着河边走着，手携手，彼此依傍着，这一天的天气非常清明，河水是悠悠的着，轻风拂拂的吹在面上，他们觉得非常的愉快。

他俩有些倦了，就臂挽臂走到碧翠的草茵上坐着，她憨憨的沉吟了一下，欢情的眼睛望着他情切切地说：

"你已经充满在我心里了，我说不出的爱你呵！我愿和你两人的人格融合，结成一个，你能充实我底要求么？"

他高兴地赶快回答她：

"我也正要这么要求你呢。你对我说的恰恰是我想对你说的。"

她乐得什么也似的，不期妍倩地微笑了。

他俩情投意合，紧抱着尽力地甜蜜的接吻，从前的顽皮好打好闹，现在都消减得毫无痕迹，稀有的恶劣的心情，现在也都尽情地把它埋葬了，只剩那可纪念的，还是保留着。

于是！两个灵魂并作一个，他俩就这样自由而自然的永久爱着了。

（《泰东日报》1932 年 5 月 18 日，署名：杨小先）

哀　号

昨天：我白发星星的老父大哭了两场，第一次是在母亲墓前，第二次是为着往事的追念。昨日发了一夜热，今日昏暗了一天。

已经是六十几岁的人了，怎经得这样的磨折！这是我们累他的！但我还不能谋生，谁能叫我有什么方法使一个将死的老人稍稍的休息呢？

母亲死的不久，她的墓在离我家四五里路的山坡上，昨天早上父亲心里不知又有什么悲愤，自己一人跑到她的墓前去痛哭！上午八点钟去的，十二点钟才回来，足足的哭一个钟头！他要把一切的苦闷，诉向已死的人，他们心境也可以想见了！

他的病刚好，西北风又大，从路上跌了好几次，心里又难受，叫他怎能不病呢？！

于是回到家就睡下了，昏昏沉沉的直睡到了二更的时候，我们那时真焦急嘞！我们知道父亲是不久了！唉！有什么法能停止他的悲痛呢？

现在人类的哀乐完是受着经济支配啊！我没有能力使遍地都生黄金，一时又不能实现理想之国……

候他从昏沉的状态重复清醒的时候，他又想起我死去的二位姐夫和我的二姐了，大姐的丈夫是前年死去的，二姐也是前年死去了，二姐夫是去年的今日死的，那以前家用的有二位姐夫照顾，差不多担负去一半，三姐那时候还没有出嫁，现在，母亲死了，三姐因为夫妇不和，离了婚又回到家里来，还多了我一个失学的十七岁的汉子！父亲回想起这些事，又拉起悲哀的嗓子说了！

他说：我的境遇与太坏极了！我的女儿们都因我而不能安全生活，大女婿和二女婿是死了！大女儿从前是怎样，现在，哎！现在，自从她死了以后，弄得她一家人落花流水，老刘家—我的二姐—她虽是死了！最不应该她的女婿也接跟着死了啊！幸而他俩未留下儿女，他们的死，倒不叫我怎样挂心。他说到这里嗓子不成声，极其惨痛。

小儿子是个白痴，小女儿倒好。最可怜是我的小先……从他失学的这一年内……无日不在病中过活，收入不够支出，除我外谁都未有生活的能力。将来，我死之后，哎！我是六十多岁的老人了，将来，你们怎么办呢？

他又留起泪来，我们都安慰他，然而未有什么结果。他还是伤心，时间有十二点了，他忽然坐了起来：一先儿！你母亲那年是这个时候断气的！一说完之后又哭了！我们这时都想起了往事，也都流着眼泪。

这是我们昨天的生活，我劝了劝父亲，收了眼泪，回到房里，吹灭了灯，蒙着被放声痛哭！我的前途……我的前途……是和这个房间一般的黑暗嘞！我的不幸……我的头又痛了起来。

……有什么话说？我在黑暗里把一条手巾撕成几个条，我的枕头被我咬破了，谷糠也流出来了！这样的直到鸡叫！我那时真想放一把火，把这座破屋烧掉！

我一家人真是活该！过着地狱的生活！我的心确实起了化学作用，我想放火，给几个不健全的人有一个结果！唉！不幸的人间！！不幸的我啊……

（《泰东日报》1932年5月20日，署名：杨小先）

海　滨

涌——涌——涌
海潮一阵阵起起伏伏地涌着又退着，
澎澎湃湃极复杂的浪声洋洋地，
装满我底耳鼓了！
我洋洋的心已觉洋洋了。

丝丝丝丝的情结，
低低低低地只在我心里沉下去，
溅溅潺潺的潮水，
一叠一叠滚滚地拥挤着，
似若要卷起什么而总是空回的。
我的心情也随着放荡起来了。

浪花张开他底手腕，
一叠一叠滚滚地爬上那小石礁了，
雪花似的浪花碎了——喷散着，
喷得我底心情更放荡起来了！
呵！何等任意狂游的浪花！这是！
哦！我的心呀！
你和浪花化合着，
去缠绕着你所爱的人儿罢！

涌——涌——涌

海潮一阵阵起起伏伏地涌着又退的，
澎澎湃湃极复杂的浪声洋洋的，
装满了我的耳鼓了！
我洋洋的心更觉洋洋了！

（《泰东日报》1932 年 5 月 20 日，署名：杨小先）

我的朋友

因为失学无事在家闲居的原故，使我常常想起 S 君来。

S 君是我一个很熟的朋友，可是不见面已经一年了，他的近况怎样，我一些也不知道，依我想在这种年头，大概也不会好起来的。

谈起我和 S 君相识还是二年前的事，那时我就闲住在家里，虽说已是十六岁的人了，但我总没有勇气去求职业谋生，所以喜欢和一班失学无事的少年相识，我和 S 君的关系，就是那年在 C 村住着时发生的。

C 村并不是我的故乡，但朋友却格外的多，老头子与青年人各半，只有 S 君比我大两岁。但我们都还是孩子，这是无可讳言的，那时我们常因为小事而争闹起来，但是我是个何等瘦弱的人，论气力，更和他差多了！争闹的结果，有时是就完了，有时少不得挥拳，我总是败了，回头来，他觉得是他错了，他总得向我赔罪，表出他很抱歉的样子。我是个最反对——不要气，只要记这句话的人，我以为，气同记，都是用不到的，所以我们虽是常常争闹，却从来没有伤感情。

此外我认识的所有青年汉子们内，除一部分"大少爷"戴着珠红的瓜皮帽结，穿着双梁鞋，哼两句："点点珠泪洒胸膛……"度他的悠闲岁月，多是"赵钱孙李，周吴郑王……"的"文学青年"。

那差不多是当然的，在乡间被人们称"大相公"，都欢喜各自读他们的"百家姓，三字经"之类的书，在他们读完百家姓就大家聚在一起闲谈。他们都是肚里装满了……孙悟空、猪八戒的故事，而最令我爱听的，莫过于 S 君所谈的："小生落难后花园和小旦商会，私下定了终身，直至考出了状元，夫妇团圆……"为止的故事。

S 君底谈话故事的起头，每次都是如此。

有时那些好哼着"点点珠泪洒胸膛……"的青年汉子们，常常打断他的话头说：另起一个头好不好，我已经听厌了。虽然还是那一块小生落难的故事，但 S 君毫不介意的仍继续讲着。

他们更是越发的嘲笑他说："真跟蛤蟆一样，'哇哪！哇哪！'的。"

S 君怫然了。

（《泰东日报》1932 年 5 月 25 日，署名：杨小先）

苦 闷

　　头部微微的侧着，两手背在身后，当他走到街上的时候，天是早已墨黑了，他看见一个着短青褂衫的白发老太太站在那里静看着行人，他心里忍不住的酸将起来，他的脚也停住了。那位老太婆有些和他的母亲相似，——她是我的母亲罢！她是活过来了罢！？她是来追逐她的流浪的孩子罢！啊！我的母亲！我的慈爱的母亲……他是要疯了，他确定是他的母亲来了。他几次的胆颤心惊想走上前去，又几次的胆颤心惊的退将回来……

　　我的母亲！我的母亲！我的母亲在哪里呢？于是他的泪淌了。幸而在黑暗里，没有被人看见，他又拖起沉重的脚，慢慢的顺街边石台上走着，他依靠在一棵槐树上，静静的闭着眼，想想他的母亲，他的姊妹，和一切有关系的人……

　　他默默的站了有一个钟头，又孤独的回到家里，伤感更重了，有什么法子可以排遣呢？他的心在燃着，于是他拿起笔来，在暗淡的灯光下，展开了随笔簿子乱画。

　　……妹妹拿来她作的小诗给他修改，他默默无言的点了点头，回身躺倒床上去。他的心头真是别有滋味，思潮凌乱极了，坐起来又拿起自来水笔，但他没有写到几个字，又躺了下去。他没有看到纸上写的是什么，他没有想到自己在做什么事，一切都在他的心里变狭小了。

　　写完了，苦闷并没有减少，于是，他又拿起了笔，街上的行人很多，一阵一阵的谈话，一阵一阵的脚步，一阵一阵的进到他的耳朵里，但是他默默无言，他是孤独者仿佛一个受着重伤的战士。

　　他的思潮仍然凌乱极了！和天上的星一样的不能整理，看看表，九点多了，甜蜜的空气包围了他，只他是孤独者，他差不多要流出眼泪来，他猛力的丢去手里的笔，开开窗子看看行人。

街上的行人亲切的谈话，他是不爱听的。天上的星，哪个最明亮，他也默默的比较过了！苦闷呢——还是存在着，还是包围着他犹如铁桶。他始终没有说话，也没人和他说话，许多行人多觉得他有些奇怪，惊诧着对他呆望。他厌恶极了，闭上了窗，回坐在凳上，伏在案上，将眼睛闭了。

　　他又默坐了一些时，苦闷终于排遣不掉，终于增加了。他站起身来，伸了伸懒腰，离开了桌上的书籍，重复拿起自来水笔……

　　唉！我这一晚上的心境！唉！这一晚上我的心境！我写不出来，我没有这样的力量把心里的状态写将出来。

　　他的心是碎在这一切苦闷里头了，他的心是碎在这一切苦闷里了。他本性的又把笔猛力一丢，呆了的走出去，他的影子仿佛沉重了几分。

　　街口对门停了一辆破旧的马车，疲乏的马正在低头吐气，马夫坐在高凳上，噢噢的唱着梁山泊一样的歌，用马鞭子在空气里画着圈子。

　　他似乎有些不耐烦，回到家里又苦闷起来了！发了一个晚上的牢骚，他觉得自己太可怜了。他这几日来，完全是在苦闷中过着生活。

　　唉唉！我真苦闷到说不出话来的时候了啊！毁灭了罢！毁灭了罢！

　　　　　　　　　　（《泰东日报》1932 年 5 月 27 日，署名：杨小先）

典 当

十块钱一定可以的，上次两件破旧的长衫还当三块钱呢！

临睡时，他把自己的信念又坚固了一下。

第二天一早，他就起来了，匆匆的洗了脸，匆匆的看过报，匆匆的夹了那套衣服走了出去。

他觉得当当不是偷盗，他并不畏怯，也不怕遇到熟识的人，他很有精神，仿佛手里握了十块雪亮银洋。

他跑进一家小当铺里去，把衣服送到比他还要高二分之一的柜台上去。

一个当铺里的伙计把衣包接去，打开来，先把褂子看了一回，又看了看裤子，又把褂子再看一下，然后放在一起，想了一会：

"你要当多少钱？"

"随便你。"

"那么，给你一块钱，当吗？"

怎么只当这么一点钱！他奇怪了。

洋服当不着钱哪！那店伙计微笑着，似乎现出一些轻蔑的意味。

他气急了！他想痛骂几句，他觉得这些富人们养食的狗也是很可恶的，帮助他们的店东来剥削穷人。来典当的，除了穷人还有谁呢？他们还要加以轻蔑，自己就不是穷人吗？真是可恶！真是该杀！……

当昨天晚上的时候，他因为要写一篇文，又没钱去买 socialism of shaw 一书来参考，所以跑到一家书店，在书架上看了一会，同时发现了一本装订很有趣味的小诗集，大约四毛钱总可买着。他拿了一本去问书店伙计，他有些茫然，店伙计问他是不是要买这样的诗，店伙计告诉他，他们店里没有，那店伙计又问他在哪家买的，这时他的念头转坏了：好！他既说是我的，我就带了走罢！他虽然年纪还不满十八岁，但他究竟是君子人，没有勇气，便回店伙计道："是你们的。"

"是我们的？"店伙计很怀疑，他告诉店伙计他这本书取出的地点，那店伙计才知道是新书，价单还没有，今天不发卖。

他走回到路上，又想了起来，我真该死，我为什么不把书偷回呢？

偷这样吃着作家的血的书买，偷书不是我的堕落！这样小小年纪！这种思想终究是空想，在最近的将来，是还没有勇气去做的。在路上，把这部书回味了许久。

那本小诗集很好，今天既不卖，明天设法去买，就是这样办，他只有这样的转一转念头了，好！明天决计设法去买。最后他决定了，同时一转念，想到身边只有两毛钱了，怎么能买呢？而且写的文章没寄出，还要买邮票……他不禁又愁恼起来。

晚饭后，他在灯下又独自筹划着明天买书的钱以及自己的用费。他已经向父亲要了不少的钱了，他不愿再向可怜的父亲启口，因为父亲近来也是很穷，自己又没有钱，怎么办呢？怎么办呢？

有了！他身上换了一件粗布长衫，他前几天穿的是一套哔叽的洋服，是早已脱下了，一时也不需要穿。他想此地的典当，衣服要当八成，利息只一分五厘，西装衣纵然当不出钱来，四成总不成问题，十块钱一定好当。用三块钱去买应用的书，还报费，留余剩的自己用，不然，那本小诗太好了，一定要被别人买取的。他觉得这种办法比向父亲要的好。

想定计划，他心里先暖了几分，从藤箱里把那套衣服拿出来，反复的看了一会，袋里没有什么东西，他用张纸把它包了，又用细绳系好。时间已经很晚了，他决计明天早晨去当。

他不再说什么了，他气愤，恨不愿一秒钟留在那当铺里，从店伙计手里把衣服连纸绳一同夺了回来，也不系包，夹了就走。

到了当铺门外，他已经决定不再当了，他宁愿不买那些书，他宁愿写的文章不寄出、不发表……然而，衣服没有包好，夹在手里怪不便当，又想去看朋友去，不能带在身边，回住处路又太远，真是无可奈何！

他走出当铺，想起这一幕戏剧，真是又好气、又好笑，在回家的晚上，他就写了一篇——典当！

（《泰东日报》1932年6月10日，署名：小先）

读后感

　　因为夏日老是困人，临午我非睡一会儿不可。这或许安闲的生活让我的神经随性化了的缘故。我正在床上小睡，妹妹突然拿来一篇文章非要我看看。

　　她对我说："你看了这文怎么样？"

　　"见骆驼言马驼背！"

　　"我也是这样。"妹妹微笑地对着我说："不过以云鹤先生这段文作观察旧社会的见解来印证父母者对于我们女子的手段，以这段文里的话，给一般旧文艺家作一个参考。"

　　"是，这一点我也承认。"

　　我双眼凝视着躺在床上的报纸，作妹妹的回答。

　　"可是……"妹妹一手指着报纸上说："云鹤先生不是说这些话，都替失学的女同胞想个方法吧！"哥哥！你可看明白了，妹妹瞪大了她的时而乌黑的眼睛。

　　"你也要晓得我们是个'人'我急忙抢着说是独立的人。"是应当"经营人的生活的人"，是有"不等，自由权的人"……

　　"话虽是这样说。"妹妹继续讲："可是我觉得世界上最苦痛的莫过于中国女子，又加上一个重男轻女的恶习惯，于是我们这些女子，简直都打在层层黑暗的地狱了！"

　　"吃饭！吃饭！"姐姐跑了进来，"你们谈些什么？"妹妹于是就述说事实的经过，姐姐亦表同情。"你可写篇《读后感》给他们发表"，姐姐和妹妹都参加意见。

　　"可是…"我随着说："你们知道，这文艺一栏是妇女专刊改成，那时对于这些问题你们不可不讨论，现在你们又……""你可写了去试试看！"

妹妹要求着说:"这也并非只讨论妇女问题。云鹤先生不是说:'我很希望的,同胞们看了这些话,都替女同胞想个方法吧!'哥哥!你看明白了!尤其是我们女子,哥哥!你能否有何法子想呢?!"妹妹欲哭不能似的嗔怒着。我这时心境忽然扩大起来,母亲似的抚着她,从她的手中接过报来展开了文艺栏,她指着一段"弱女哀音"叫我看。

于是我从头读下去——我真说不出的愤愤,的确,我也为女同胞们凄然了!

(原文缺失)

"不但不能增进人类的幸福,反而伐杀人类的幸福,我们还不破坏他,改造他吗?怎样的哀乐也等于无用!呀!姐姐的邮票买来了,我不能再往下写了!在这里愿云鹤先生和一般女同胞用你们的最高尚的精神、最刚勇的力量,最聪明的智慧,排除万难,斩除纠缠!愿大家奋斗!并祝云鹤先生平安!"

(原文缺失)

(《泰东日报》1932年6月17日—20日,署名:小先)

诗人是癫疯吗？

诗人是思想的花，他的生活都是被世人所不能容许，这样，他就要和虚伪的世人战争，世界的势力足以抵抗住叫他成为疯疯的神经病的人！诗人呢？他横竖乐意他那疯癫漂泊的生涯，但他决心要和世俗抵抗的，抵抗，让思想之花就开了，而新时代的创作更兴了，所以真实的诗人，敢冒大不韪，情愿牺牲人类的幸福，创造人道的光明，虽则止不住世俗从此而毁灭了，也不为耻辱的！

真正的诗人，有生成癫疯的，有激成癫疯的，天才愈高，癫疯愈甚！因为他伟大的生命中就具备癫疯的根性！就是本来不癫疯，眼看，世界苦，众生活，也要变成癫疯。唯备癫疯，方才能求他自心的所爱，直道前行。终能得到无上的光荣，成不朽的伟大的成绩！

中国的屈原不能不算一个贵族，但他流落平生，最后还沉死于泊滩！意大利的但丁（dante）算不算个名门？但他最终构造成个罪人，最后还不能死在他最可爱的故乡！英国的拜伦（Byron）算不算一个贵族？他是受尽世人之辱骂，被逐于国外。俄国的托尔斯泰（Tolstdy）算不算一个贵族？但是他晚年因为要彻底他自己的主张，决然离去家庭，最后独死在冷落的车站。凡此诸人或以孤独的惨死，或以垂绝的哀鸣，而打开混乱黑暗的势力，终遂其反抗恶社会的初愿，也拿他的疯疯成全他的伟迹。不但这样，诗人还带有佯狂根性，我们试看古来的诗人或现代的艺术家，大半经过失恋或其他境遇的痛苦而致这样的，癫疯而感痛苦，见了田野樵夫反觉光明，诗人既有这样的心情，怎会不癫？怎能不苦？第二忠实的诗人，都以赤诚待人，而一般世俗却喜欢肆行他那鬼蜮的手段，那么诗人的赤诚就没有用处，所以诗人只有疯了苦了失败了！此外更有一种绝大的原因，就是真正的诗人却有伟大的心灵，和诚挚的热情，不愿为物质的牺牲者，不愿做媚世的轻薄儿，甘心他癫疯的生活，受痛苦而不辞！这种内心的精神，便是一切天才发展的潜力！诗人就以忍耐和勇力体验人生的痛苦，创造伟大的想像，而为人道光明的先驱者。所以诗人生活在表面虽是痛苦失败，而实际上却有无限的胜利！噫！诗人他是疯癫的人吗？沉迷的社会，永久是地狱，颠倒的众生，自己互相残杀！这真是癫疯罢，诗人并不是癫疯的人啊！

（《泰东日报》1932 年 7 月 1 日，署名：杨小先）

淡　月

他吃过了晚饭，一个人在河畔柳树下，对着清白的月儿叹息着思量：

我将来的日子，不知怎么过呢！……他想，以前所吃的苦，过去了不用说，将来呢？我的白发的父亲，他已是六十岁的人了，他辛苦一生来供养我们，到如今我们是什么都没有给他，反累他为我们东奔西走。

（原文缺失）

（《泰东日报》1932 年 7 月 1 日，署名：小先）

艺　术?

　　他觉得很沉闷，常常到 A 路的一间小书店去摸书、嗅书、虽然没钱买，亦可以过一下子瘾…

　　但是，今天他却没到那小书店里点缀寂寞去。当他吃过了午饭，就在房间里踱来踱去，觉着万分的苦恼，便把他独居的书房似的屋子锁了！跑到大街上，打算去各处走走。

　　街上除了几家娱乐场和酒店之外，各大商店照例的要用千百盏的电灯、数十面的大旗，把他们的门面装潢起来，举行一次"夏季的大贱卖"。

　　他走到一家大商店门口，看到玻璃罩里的一座拿破仑的立像，他就在这里欣赏了，慢慢的，静静的，站在那里很久。幸而他穿的衣服不怎样坏，还不至于被人疑为小偷，可是谁都知道他买不起似的，每个人在他的身旁走过时，总要轻蔑的看他一眼，他本是买不起，有什么法子可想呢？

　　他只有装作不曾看见，还是慢慢的、细细的欣赏着。

　　他是一个是嗜好文学的少年，真的，他虽不懂什么是文学，但他生来就很敬爱诗与诗人的，他也欢喜其他种类的艺术，尤其是欢喜购买绘画和雕刻，放在自己的案头，逐日的欣赏，

　　但他是一个穷孩子，书都读不起，连吃饭都得靠四处设法啊！他又不曾节省经济，有时父亲供给他每月的零用，连一小时都不够敷衍，那里还说得上有余钱来买名贵的艺术品呢？所以他买的绘画，大都是价得很低的，雕刻还不曾买过呢！书籍也都是那些不值钱的。这座像，在他眼里已不止看过一次了。拿翁披着大衣，戴着便帽，在那里俯首沉思，精神表现得毕肖。第一次似乎在去年，他那时一眼看见标价是二十九元，心里猛然快活起来（其实就是二十九元也买不起），这自然又是一座，不过标价已从二十九元涨到了一百七十元了！他这时忍不住的咒诅起来：

唉！艺术呦！你受着金钱的支配了！你也说不上神圣了！你早梦做富儿们的装饰品了！制造这些雕刻的艺术家们：是为着自己的趣味来雕刻呢？是为着着自己的理想来雕刻呢？为着金钱？为着生活？为着家人老小的衣食起居？他们的制作，不是为懂得艺术的人们，不是为所有的穷人，他们只是供给富儿们装饰客厅和卧室。

这算的艺术的圣神吗？

（《泰东日报》1932 年 7 月 6 日，署名：小先）

画家的一幕

　　"先生！收房租的人来了！"两月没有卖出一幅画，正在屋里呆想着的方先生听了学徒的报告，知道是房东亲自来了，"唔！你说我……"他想照昨天坊东小伙计所说的："躲起一下吧！……"但是来不及了，"已经在坊门外呢！"学徒告诉他。

　　"哦！请！"他知道糟了！"蠢东西！"急得无法，骂起徒弟来不一会，学徒把房主人领进来。

　　"先生！你应该明了吧！我来的用意！"房东的头脑连摇了儿摇，从衣袋里掏出一盒老刀牌，很谙熟地拆落了包皮纸，把烟抽出来，学徒忙取了火柴给他燃着吸着。

　　"当然！但是对不起的很！房租明天一定付你怎样？"看方先生像有把握似的。

　　"那不行！我说先生，没有这力量，就用不着做这冒险的事，如果每月都要我这样的费力，那的确是我的不幸呢！为你们着想，师徒俩，专靠画像和卖画过活，在别处去租一两间屋子也就够哪！"房东说着抹抹头前的发。

　　"请你说话和善一点，要知道我欠你的只是区区房钱，而且是一个月的房钱！"方先生的眉头站起来了。

　　"就是呢！如果你昨天交给我那小伙计带来了，那我今天也许不会见着你呢！怎样哪？我想先生是不会把这事不放在心里的。"房东说着挽上袖子。

　　"说句不客气的话，实在还想先生原谅放宽几天罢！"他转而一想像小狗乞怜似的这样说。

　　"对呀！这句话可以说是在你刚才所说的话中最漂亮的了！但是我是

不能等的说，给你听吧！我太太的汽车费还欠下二百多元呢！"

"那么！"方先生的一种受侮辱要哭的情态。

"没有什么'那么'了！请你干脆地说一句吧！在说的时候，也用不着为这房子租不出去担忧！"

"我说，你不应该这样太侮辱我了！"这个时候，炎热的太阳正从玻璃窗子里射进来，把屋子里照得透明透亮。冷眼看去它的光线里正不跳跃着多少微细的扬尘，把墙上的画封了一行浮灰，桌上也蒙着一层——也许不止一层——细末。这实在是因为方先生太忙了的原故。

"没有的事！"房东先生的眼珠在屋的周围望了一下说："你把我的话听错了，老实说：我无处不在为先生设想呢。如刚才所说到别处找一两间房子的话，不是为先生的经济上……"

"算了！"他倒在椅子上，翻着桌上的画稿。

"那么房租呢？"房东说着站了起来。

"…………"他没有说什么。

"我说你不应用这大的气说话呀！哈哈！"房东露出一些轻蔑的笑。

"停止你的嘴！"他忽然跳了起来，势利的东西，在说这话的时候，你也应该记起三个月前在这里说话的你！"

"哈哈！先生！"房东的眼珠白上翻着，似乎有所记起的样子。

"房租明天准给你！"

"明天准给我？哈哈！"

"笑什么！明天不给你，我搬！并且你可以在衙门告我！"

"漂亮！就这样着吧！先生，祝你顺利吧！再见！"

"好不送了！"他目送着房东大摇大摆的走去，学徒站在房边呆望着。

（《泰东日报》1932 年 7 月 15 日—20 日，署名：小先）

星期日——堕落

太阳已经全部的走上来了石墙，白色的灯光，把屋子里照得明明亮，街上的小朋友们又开始叫嚷着要踢皮球了！卖杏仁茶的老头子也拖长声音悲壮地喊着，引起我心里一种无名的烦躁。

"出去吧！"我把手里的笔向桌子上一扔，但是一看，纸上还没有写满三行，我的出去的念头就无形地打消了！

勉强把只得装开的笔尖弄复原了！勉强地又写了下去，然而我心里一阵阵奇怪的骚扰，眼睛一花，恍惚纸上跳跃的画是一些粉红色的曲线，我只好仍旧把笔轻轻地搁下了！两手抱着头颈项，眼望着天空，"出去散散吧！唉！"我叹了一口气。

时针快要指到四点，我怅惘地走出了房门，来到了街上。

小朋友们的踢皮球正在踢的高兴，推推挤挤闹得一塌糊涂。卖杏仁茶的老头子，张动着大嘴呆呆地喊着一些从店里出来的摆货摊的，正懒懒地守着他们的烂铁碎铜，也有不少的行人。

一个美丽的姑娘！

我自己的新发现，精神像饮了兴奋剂，眼睛也分外明亮了。她站在那边的街沿边，云色的旗袍，雪白的颈子伸出在领口的上面，头发已经剪去了。黑乌乌的鬓角勾到粉的腮边，衣裳紧紧地箍着，隐隐隆起的乳部和臀部，当她笑的时候，可以看到那一种动人的微颤。她倚着墙角在看小朋友们的足球！

一个美丽的姑娘，小姐！我心里又一阵奇怪的骚动。她偶尔把眼光回过来，发现了两只呆板的眼睛在死死地向着她盯着的我，就噗嗤地笑了一声，走到家里去把门关上了！我脸儿一阵热，眼睛随就搬到了别处，我只听见门声一响，再转过脸来的时候，伊人已经消失了。

"什么都消失了！一个美丽的姑娘，姑娘，小姐！"我懒洋洋地走到她站的地方站了一会，黑漆的几张门始终紧紧地关着，大约是不会再出来了！走吧，蠢东西，站在这里干什么呵！

我自己也抿着嘴唇笑了！

转了几个弯，过了几个胡同，兜上了大街，汽车……车……车的喧声就渗进了我的耳鼓。

在C学校门口站着，看看来往的行人，因为是星期日，C学校的门关得紧紧的。我慢拖拖地走进了B书店，和牛老板谈了些无聊的话，又信步走了出来。

牺牲了几个铜子，和那些穿着蓝布长衫的朋友们玩了一会儿手摇西洋景，　大片！但是仍旧觉得无聊，正要离开那里，忽然我的精神又因为一样东西兴奋起来——好一个美丽的女学生呵！我的目光直望街边射去落在一个姑娘的身上。

一股动人的香气钻进我的鼻孔里来，我已经走到她身边擦过去了，我看了他进了戏院子里去，我看了她在楼梯间向我笑时的两个酒窝，我的魂魄已经随那楼梯上去了！

两只手在衣袋里把仅有的四毛钱和几个铜子翻了又翻，两只脚不停的在各场窜了几转，挨次地把每一个观众的面孔看了一次。好久，我没有找到她，我没有找到自己失去的灵魂，我几乎失望了！

"咦！这可给我找着了！"当我在若干的头颅里找到了一个蓬松着头发的、而又确乎像刚才所遇到的她的时候，我喜欢的几乎叫了出来。同时，我肚子里也好像有一点热水的在翻沸着的难过，我终于排开一切的人挤在她的跟前立着了，果然，真是她。

电光虽然没有太阳那样能够把肉映成粉红色，但是也能够映成莹润的鹅黄，她蓬松的头发的下面压着粉嫩微黄的脸儿，很均匀的嵌着一泓清水似的眸子，细长的眉毛，尖尖的鼻子，也不像个西洋人那般尖的无聊，薄薄的樱唇，两边还挂着一只玲珑的耳朵，颈项里的白肉折叠起来成一条条地柔曲的波纹，笑起来的时候，薄薄的樱唇里露出一排整齐的珍珠似的玉齿，但那不容易见到的，因为她正预备笑的时候，马山就会留心到自己的嘴唇，一留心，虽然笑，也是抿着嘴唇笑了。我又留意到她的装束，女学生式的衣服，兽皮围颈格外俏俊得可爱。

我想再靠近她一点，把手掌插进那人叠人蓬里，身子往里面直钻，"挤什么！"在我前面的一个高大汉子回过头来横着眼望我，但是也就因为这一回头，我就乘势钻在他的前面，离她只不过隔着三把椅子了。起先我还装着一心一意在欣赏台上的表演，后来，我的视线专集在她身上了。同时也有别的几个大些的学生。

从侧面去审视她的脸部，那更使我自己庆幸，能在这里遇到这样的美人，我死死的钉住她，也不愿再为敷衍那大汉子和别的观众把目光分到戏台上去了！

她也许对于一个个地男女站在台上无聊的独唱不感觉兴趣吧，站起来，在人缝中挤出去了，当走到我身畔擦过去的时候，微红的脸抬起来对我看了一看！

"跟？"

我迟疑了一会儿不客气地从人缝中出来。

"我爱你，女士。"我能宽恕你过去的一切，我愿意和你做朋友，我是一个纯洁的少年！……

虽然我想起了这些话，但是我只有在后面紧紧地跟着，内的胡琴已经乌拉乌拉地响起了！她已走下了楼梯。

一种力量使我的脚自然地不前进，等到我觉悟赶紧跑到楼下时，她已经不知踪影了！

下了楼梯跟着四处寻觅，已不见她的踪迹了。我漫步踏到街上，只有看守交通的巡捕正圆着眼睛注视过往的行人。

她脸上桃色的羞红，她玉腮的酒窝，他……我倚着校的铁门苦笑了一阵！

想起来，不知笑的是，还是哭的是，自己才知道自己已堕落到这步田地了！

（《泰东日报》1932 年 7 月 29 日，署名：杨小先）

献给 C······们

这为什么？她做了什么呢？她带了她诚实的心，仿佛摆在了手掌上似的，口吃而且喘着气。

但是你们看见她的整个的心说话，在世界上不能每天找得到的那种的爱的说话，即使你们决定拒绝，为什么你们不像那慈悲的好人拒绝她，为什么你们侮辱她呢？

你们冒名的人世间的人呵！你们冒名的理想家呀！你们能知道我自从听你们这种谈话以后会去做什么吗？谁对你们证明说她虽然要不再嫁，她不能生活，二则不能容忍那种反话和倒行，那种处理和撒谎，她是不会把弹丸射进她的头里去的呢？你们为什么竟连一秒钟也不怜悯她呢？大家不该蹂躏她，大家应该可怜她的呀！

也许你们藉此可弄得些钱，你们要知道她若不被旧社会所拘也正还是一个学生，也许她将来会在世界上为别人做出一点事情来的。

我们都是一些年轻的人，未来正在我们的面前，上帝呵！我不知道你们为什么往她的上面吐了一口唾沫。

我以为你们是一些诚实的人，原来你们是骗人的骗子，滥用她的信任——就是这几句话，我用这几句话，鞭一般的打你们的面孔。

你们那样侮辱她、蹂躏她，甚至有一个时候，我也以为她真做过卑贱的事情而且实在骗过人们了！

但是什么样呢？怎样呢？谁骗过？谁是卑贱的人呢？要不是你们发了疯，那么真诚的爱人家而且供献自己的灵魂以及血和工作，并不算什么卑贱，你们要真是忿怒了——毕竟谁是蠢人呢？

咳——讲到你们，我也被你们骗了，我，这样爱你们的我！我对你们说：若果真这么疯了下去：我决定宣布述说事实的经过，并且把你们一个一个的名字指出，给大家看个明明白白！别的人读了上边的几句话，一定莫名其妙只有你们，只有你们这一大群狠人呦！一定会明白的！我也情愿只献给你们这一群狗……不，狗？它还能守门！你们连狗也不如呦！……

（《泰东日报》1932年7月22日，署名：小先）

恩　物

父亲和弟弟的回去的日期渐渐的近了，我为他们买一点东西的念头日益强烈，我也知道其间没有多少意思，不过总觉得多买点东西给他们，心里要好过一点。

在他们决定离这里的前一天下午，我一个人跑到街市上去。我想弟弟来这里以后，已经有了一乘小火车，一尾尺来长的像皮鱼，一个小铁桶，还有一个 K 字号的小皮球。……我再买什么给他呢？……啊！又买点什么带给妹妹呢？……磁狗子，我昨天问过了！他们向我要十二元，我只有伸一伸舌头，我能买得起这样高贵的玩物吗？小洋团团也是买不起，小的都得在一元以上。

买什么呢？……在街上跑了一转，没有法想，只有在炎热的天气买一个背时的着皮衣的老头儿！弟弟哟！我心里实在有些难过，然而我们是穷人，我们有什么办法呢？父亲哟！你辛辛苦苦作了一生的木匠，到底得着些什么呢？试问你造过的那些贵重家器，都供给谁用了呢？我们的家里还有一件吗？那些高楼大厦都有谁在住呢？都有谁……唉唉！这是工人的必然结果，这是穷人劳苦经过的结果，穷越发更穷，我们有什么办法呢？弟弟哟！这个世界是为富儿们造的，我们是穷人家的穷孩子，那里能得着好玩的恩物呢！

我又在街上跳了几转，最后在一家商家替父亲买了两件 ABC 的背心，两条短裤，两双袜子，这是以前需用的，对于父亲我想是很适宜的，我心里稍为安慰一点……

又在这里买了两件小东西，分给弟弟和妹妹，又为弟弟买了一个小绒枕。

假使我腰里还有钱时，我还想点东西，可是没有了，只剩下些零碎铜字，钱不完，我心不能安定，钱完了，我心也就安定了。

我带着欢喜，而又悲伤的心，抱着东西跑回了家，将衣服献给了父亲，将恩物给了弟弟，弟弟表示了片时的愉快，我仿佛尽了大责任，我是如释重负，我的心虽然为着别离而悲伤，又多少有着一些欢喜，我买了东西而后，我的心是比较的安慰多了啊！

啊！我的父亲！啊！我亲爱的弟弟！这几件东西里面藏了我的心啊！我的心献给你们，我的心便安慰了，我愿你们永久的快乐，让我祝你们永久的康健罢！

（《泰东日报》1932 年 7 月 29 日，署名：小先）

别离的前夜

一枝十烛火的电灯悬在室的中间，放射着黄色的、好像在微颤着的弱光，凄淡地、寂寞地，而又是怜悯地、同情地在照着我们，穷苦中的我们，热情而又寂寞的我们——而且到明朝呀！我们便分离了！远别了……

"真的吗？我们便要分别了吗？"我那时这样无意识似的问着。

"别了！我们分别了！但是我觉得好像有一种什么东西在压迫着我回去，压迫着我们分别的样子……啊！我心为什么这样难过呀！……"坤轻轻地移动了一下身子，寂寞又充满着一室，包围着我们的身心。"唉！多么沉重的一种压迫啊！"我把我的手让给他紧握着。

"我活了十九年，没有一天不和恶劣的环境奋斗，但是，穷苦和压抑把我的青春的活力缓缓地侵蚀着！……现在我终于病了！唉！我在愁苦里病了！先！我有时会躺在这里细细地回忆我□□的春光，我可得到什么呢？先！先！我们可得到什么呢？"他兴奋地、热烈地问着我。

"唉！"我只得微叹着。

"先！我们得到什么呢？唉！"他的热泪好像室外的暴雨一般奔涌出来。

我记得：那时的室里充满着一种灰色的空气，可怜的坤他将手按着胸脯，好像受不过那种血潮的激动地样子。

"唉！似在梦里一般！"他又说了这一句，他的眼睛也呆呆的望着，他是在沉思着。

"唉！我们都是很穷的，我寄食他人，而坤呢？他是东拉西扯的支持着过活，这时我才感到了痛苦，比病了的他还痛苦，我也想为他请来一个医生，我也想设法多筹一点钱，但是我都失败。我记得，在他初病的第一天，我向我的寄食的亲戚借五块钱。他沉黑着脸，从他的衣袋里摸出一块钱给我，一声也不响。第二次，他便说没有了！试想想在这样的情景下，我怎么样能够弄出钱来呢？我们的生命也是保不着啊！但是，我真不能够睁着眼睛看着我的最亲爱的朋友害着病而死去啊！

当我典当衣服得了三块钱，满怀舒适地走进他的房里来的时候，我看见坤忽然坐在椅子上在写信了！我那时非常得意的掏出三块钱给他看。

"你的钱那里来的？"他担忧的说。

"我借来的！买药够了罢！"我装着笑容说。

"借来的？哪里呀？"他盘问着，他颦蹙着眉头。

"朋友的……"我含糊地回答。

"有钱的人肯借给你吗？"他打断我的话头，冷笑的说，他的余怒还未停止。"唉！你又骗了我！先！你又是弄些什么当去了！"

"没有。"我强辩着，无力说了这两个字。

"唉！先！你不愿做我的朋友了吗！这样累人，我倒愿意死啊！"他有时这样无效果的叹息着。

他可真的愿意死了么！他还是那样的年轻力壮呀！……

"上帝呀！他是一个穷学生呢！请你保佑着他罢！他是我最亲爱的朋友！"

直至今天家里的人来接他回去的时候，我才把心放下一点。坤的父亲的意思，既没有钱入病院，不如回到家里调养的好，他也同意了。

啊！在别离的一夜，我们不想会痛哭起来呢！我的眼泪竟滴在他的盖在身上的毛巾被上下！……

唉！眼泪！眼泪！没有钱的人却活在眼泪和希望里呀！

于是！我们便从此分别了！

（《泰东日报》1932 年 8 月 17 日，署名：小先）

金戒指

一天早上，太太起来后，忽然觉察到昨晚临睡时放在桌上的饰器中少了一只钻石戒指，而且是她最所心爱的那一只，就满处乱寻了一阵，只不见有戒指。

冯妈及墨芬等听见太太失掉了戒指，不约而同的都会集了来，你一言，我一语，纷纷议论着。

太太思量了一会儿，首先讲述她遗失的经过了，她说："我明明记得——"她说着，同时演着手式。"昨天我睡的时候——那时谁都睡了，只有墨芬在关窗户。我将戒指耳环……等都放在这里靠床的桌子上的，怎么今天一早就会没有了？……"

"对呵！这一定不能是外贼，要是外贼，不把桌上的全给偷了？"冯妈接着谄相对太太说："太太！你细心访察得了！戒指一定还没出门，在家呢。"

"话是对的。"其中的赵婆现出惊怕的样儿道："可是咱几个人都在这里，谁又要偷一只戒指呢？"

"不要是太太你放忘了吧？"冯妈真是在寻的样子说。

"那怎么能够呢！我亲手放的东西，难道睡了一夜就忘了？没有的事！"太太思索的说："就是放忘了，总在这间房里，可是什么地方都寻到了，怎会没有！"

"咱们再寻寻看，或许掉在什么地方，总不至于真的偷了！"冯妈又说。

她们这几个人就又满处寻了一阵，什么地方都寻到了，只不见有什么戒指。

"哪里有？"太太很生气的坐在床上说："一定是给人家偷去了！"

"可不是真奇怪，没人拿会上哪里去呢？"赵婆说："太太，昨天你到底戴了没有？"

　　"自然是戴的。"太太自信的说。"昨天太太吃饭的时候，我看见太太是戴着的。"冯妈说。

　　"可是会上什么地方去呢？"赵婆眯着眼说。

　　"真是奇怪！从来没有少过东西。"太太说。

　　她们都静默了一会儿，各人想着各人的。

　　"这个戒指是我最心爱的，竟给偷去了！"太太愤怒的说："我非得寻着不可！"

　　这时她们都很惊恐地想摆脱自己的嫌疑。

　　"奇怪！会跑什么地方？难道能生了翅膀飞去不成？"冯妈首先说。"照太太说的：说是昨晚咱们都睡了的时候还在桌上放着，那一定是今早失掉的。——反正我今早早就洗衣裳，没有闲空，而且太太房里，我也不大去的。……"

　　"可不是么！"赵妈也接着说。"我非得等太太梳头的时候，才到太太房里去呢。"

　　"我一大早忙着小姐少爷们上学，也没有一点的空，——反正偷的人肚子里自己知道。"

　　墨芬站在一旁，听见她们说着，自己又不敢说。并且今早实在只有她是在太太房里收拾的，她自觉众人的口气，渐渐移向她来，她惊颤着好似特决的犯人了！

　　"奇怪！真的能长腿溜了？我想反正有人偷的。"太太说着心一动，想起来什么似的，就转过头来问墨芬道：

　　"你早上擦桌子的时候，我好像听见你在看什么似的，——那时戒指还有吗？"

　　太太说着时，众人的视线就都集到墨芬身上。

　　这时墨芬惊怯到面色也变了迟迟地回答道："我……我也没有留心啊！"

　　"啊！"太太冷笑一声，"每天早上只有你是在我房里的，除了你有谁进来？……我想还是你的嫌疑大。"

"我哪敢呢？……太太！……"墨芬要哭了。

"冯妈！"太太怒声说"替我搜！把她衣服口袋里满搜一下"。

"可不是么！"冯妈说着搜墨芬的衣袋。"太太房里，只有她是时常在那里的，别的人，非得太太喊时才去呢"——冯妈将墨芬身上满搜过了道："太太，没有什么。"

"没有？"太太又思量了一下道："把看门的王五喊来！"赵婆答应着兴忽忽的去了！

墨芬更觉恐怯了，她想到别的日子从来没有出过门一步，可巧今早是出去买过三个铜板头绳，她知道今天的苦楚，一定又是免不掉的了。不多时，王五来了，很恭敬的站在一旁。太太便问道："今早有人出去过没有？"

"没有，今早我一直是坐在门口"。王五说着思索了片刻道："只有墨芬是出去过一次的，我问她为什么出去，她只说是买头绳去。"

"我知道了，你去吧！"太太说着对墨芬道："跟我来！"她说着就走，墨芬只得抖擞着，满怀着恐怯，跟太太走到中屋。

"你到底偷了没有？"太太坐定了问，"直说！现在藏在什么地方，你说了，我不打你。"

"太太！我真的没有偷！"墨芬哭声的回答。"我要偷它干什么用呢？……"

"吓！……"太太可怕的冷笑了一声，"除了你，还有谁？快说出来！我没有功夫等你！……好！好！你这小混蛋，愈来愈能干，竟偷起东西来了！……"

"太太！我实在没有偷！"墨芬哭丧着脸跪了下去说："我能赌咒，我要偷了……天雷打死我……"

"什么？你的嘴到真学老了！"太太变大了声音说："我看非得打，就不肯招了。冯妈！把鸡毛帚事拿来！"冯妈去拿了鸡毛帚来，对墨芬说："得了！你就实说了罢！到底藏在什么地方，免得皮肉受苦。"

"冯奶奶，我真的没有偷，又叫我招什么呢！"墨芬落泪说。

"除了你，还有谁？嘴这样硬！"太太接着鸡毛帚说着，不管什么，将墨芬乱打了一阵，嘴里只问着："你说！你说……"

"我，我实在没有拿，太太……"墨芬哭喊着，痛倒在地上打滚了一阵。她只觉得竹鞭如雨点般在她身上着过，立刻一条像着了刀痕的痛，她只觉满身痛着，什么都忘了！

"藏在什么地方？"太太打到无力再打，就停了手问。

"我……我实在没有偷啊！……"墨芬痛哭着答，她将手摸着在痛的地方。

"你还没有偷！"太太狠眼盯着墨芬问："除了你，还有谁？我问你：到底藏在什么地方？"

"得了，墨芬。"冯妈在一旁不关痛痒的说："免得又皮肉受苦，太太又费了力打，又这般痛，实说，太太房里的东西，除了你，还有谁偷呢？"

"唉！"墨芬凄惨的长叹一声道："我实在没有偷……太太！……你！你！……就是打死了我，我……我也……也没有偷！……"

"好，好，……难道我就屈说你？……"太太又打了她一鞭，对冯妈说："去寻根绳子来，我今天非得要我的戒指不可！"

"墨芬，你说了吧！"冯妈对墨芬说了一声，去拿了一根绳子来，太太亲自动手，将痛哭着的墨芬，紧紧绑在柱上，将鸡毛帚一扬，问墨芬道："说，藏在什么地方？"

"我……我的太太，我实在没有偷啊！……"墨芬膜拜着，"还没有偷？"太太说着，又用竹鞭将墨芬乱敲了一阵，墨芬这时身体失了自由，只好随着她击着，只用手来护着脸，哭着喊："啊呦！啊！……"

无情的便在随意的着了米粉的手，墨芬将手一缩时，第二鞭又着了她的鼻子，鼻子里就流了许多血出来。墨芬只掩着鼻哭：

"我的妈啊！……你在家……里……又又怎么会料……料到你女儿在这里受……受这般痛苦？……我的妈啊！……"

太太停了手道："我这时要吃饭了，也没有力再来打你，你好好儿等着吧！……"她说着对冯妈道："我肚子倒打饿了，饭没有好，拿粥来吃！"她说着就回到房里去。

墨芬哭着，抹清鼻血，看看又哭。"我的妈！我这是死了，免受这般痛苦！……好狠心的姑妈！你……你将我送到这里来了！……"她被绳绑着又不能行动，只得将绳渐渐向下移，移到柱根，就蹲在地下抹着鼻血痛哭。

墨芬从被姑愚弄到这里做了头后，差不多痛哭变成她的日常生活了！而且对于这般暴酷的境地，也成了习惯，不以为苦了。照这般随便的过了好许多时候。但现在竟发生了更可悲苦而且使她永远——到临终也无法忘记的……她只有哭，蹲在地上抹着鼻血痛哭。

（《泰东日报》1932 年 8 月 31 日—9 月 9 日，署名：小先）

我们的愿望

我们想到将来，
在世界名单花园中，
开上灿灿烂烂的，
光彩耀天的花。
把丑丑恶恶的，
点缀成锦锦绣绣的，
把臭臭浊浊的，
熏酿成香香喷喷的，
把扰扰攘攘的，
感化成亲亲爱爱的，
那时上帝也微笑赞赞我们！
"这么遵我底吩咐、
才是我宠爱的孩子了。"

怎奈罪恶世界伤了我们底心，
枯了我们底爱泉，
冷了我们底情炉，
哑了我们底歌喉，
废止养我们高尚的人格，
教我们唱愉快的歌。

神啊！赐我们些吧！！！
爱泪情热和歌声啊！！！

不然把我们这般愿望不能愿望，

那些灿灿烂烂的，

光彩耀天的花，

——若是萎了——

我们将此消灭呀！

一九三二、四、五、在张师画室

（《泰东日报》1932 年 8 月 31 日，署名：杨小先）

泣

惨淡的黄昏，空寂的房间里，阴暗的灯光之下，孤独的一人伏在桌子上，呆呆的坐在椅子里，眼睛虽是看着书本，但书本对于他，已经发生不出兴趣来了，这样不由他不想起三年前的旧事：

那时母亲还在，每日黄昏，母亲照例的要他读一炷香的夜书，母亲自己也在灯火之下，低着头默默的缝补。然而有些时候，母亲的心上不知又想起些什么事来了，忽然的放了针线，呆呆的沉思起来。"妈！"他寂寞的叫她一声，母亲慢慢的斜转她那满眶泪水的眼睛来，便哽哽噎噎的对他说道："先儿，你大起来总要记得家里的苦处，和你姐姐妹妹要有情有义，大家亲亲热热。你看你的舅父为欠了他几十块钱，他今天一封信来，明天一封信来，硬声硬气的来逼。姨母处，也为了有些东西抵在她那里的缘故，也一回两回的来催人去赎。这些亲戚都是我的同胞手足，从前我家还没有零落，他们都还困难的时候，来到我家，今天姐姐长姐姐短的要借些，明天姐姐长姐姐短的要拿些，我都看在同胞手足面上，瞒着你爹，总多少给他们拿些转身。到而今，非但前情尽忘，亲妹也视同陌生人了！现在全要你们兄弟日后一心一意，大家有好日，赚得钱来，把这两笔债先清了，那娘我虽已死了看不见，在阴间知道了，也是快乐的……"他在母亲十年的训育之中，觉得唯有这一层，受到最深刻的感动，因此之故，他酒店里不要去，从店里逃了出来，什么小小的生意都不愿学，一心想飞上天去，到现在流离颠沛的几年工夫之中，除饱尝了人间一般苦痛之外，非但仍无一行正当的职业，还落得一场走投无路，母亲得知了，真不知在九泉下要如何的痛哭呢！

他有些精神思想得疲倦起来了，于是他便伏在桌子上打起瞌睡来，他在瞌睡的梦境里，常常看见他母亲。这一次，他抱住了他的母亲哭着说道：

"呀！妈！你回来了吗？……"

"儿呀，妈回来了！妈因为知道你现在的痛苦，所以妈回来安慰你的。"

"妈！你以后再不到别的地方去了吗？……"

"妈以后再不到别的地方去了。妈从此永远的抚慰你了。"

（《泰东日报》1932 年 10 月 26 日，署名：小先）

过去的生命

　　这过去的我的十七年的生命，哪里去了？没有了！永远的走过去了！我亲自听见他沉沉的缓缓的一步一步的在我床头走过去了！

　　我坐起来，拿了一支笔，在纸上乱点，想将他按在纸上，留下一些痕迹——但是一些也不能写，一行也不能写。我仍是睡在床上，亲自听见他沉沉的缓缓的，一步一步的，在我床头走远去了。

　　早上我起来的时候，小屋里射进两三方斜斜的太阳，太阳他有脚啊，轻轻悄悄的挪移了！我也茫茫然跟着旋转，于是——洗手的时候日子从水盆里过去了，默默时，便从凝然的双眼前过去。

　　我觉察他去的匆速了，伸出手遮挽时，他又从遮挽着的手边过去，天黑时我躺在床上，他便又从我身边跨过，从我脚边飞去了。

　　等我睁开眼和太阳再见，这算又溜走了一日，我掩面叹息。

　　但是新来的日子的影儿又开始在叹惜里闪过了。

　　在逃去如飞的日子里，在过去如死的我的十七年的生命里，在千门万户的世界里的我能做些什么呢？只有徘徊外，又剩些什么呢？过去的日子如轻烟，被微风吹放了，如薄雾，被初阳蒸融了，我留着些什么呢？我何曾留着像游丝样的痕迹呢？我赤裸裸来到这世界，转眼间也将赤裸裸的回去罢？但不能平的，为什么偏要白白走这一遭啊？

　　你聪明的光阴呵！我请求你：告诉我，我们的日子为什么一去不复返呢？

（《泰东日报》1932 年 11 月 21 日，署名：杨小先）

新编杨慈灯文集

1933

一缕白烟

天气很冷。三个星期而放假的少年学生，围着一个小火炉在研究他们一天的消遣方法，他们都是穷过到无隔宿粮的。现在虽已得到了这个栖身之所，竟把他们从前典当破旧的衣服过着生活的景况忘记了。

他们先讨论到 EdenCafé 里去看跳舞，听音乐，喝咖啡，从那里谈到新民舞台听小玉的大鼓，去处愈大，还是一个被称谓恋爱狂的，刘用一句话说了起来：

"我们到街里去买布料做衣服罢！"

这个建议仿佛火炉灰的裂炭爆炸，炸烈声便陆继起来了，其他的两个人，一个是足球健将郑，一个是秀才派的金县人。此时就声明同意。早晨的寒冷的空气此即一变。各人脸上都有了喜色，似乎有最美丽的衣服在他们的身上穿着了。

首先由提义人说明衣和装式：

"先到洋服店里看布料，选几种颜色鲜艳的，做两套西装服，还要做一件顶漂亮的大氅。所费不多，而我们穿着，管保同学们谁都赞美，尤其是女生们……

"我们也可以做双新皮鞋，给那些看不起我们的人生生气！"足球健将郑不等他的话说完，紧紧的插上这一句。

"那是自然！"秀才派的金县人把手一挥，"赶紧就做，最好在新年那天我们就能够穿。"

按轮流的说法，当然轮到那变态狂的刘了！

"在马路上一走，谁不睁大着眼睛瞧，若是到咖啡店去，那女 Waitor 敢不善于招待。我们还能立刻得一个 Lovcr 呢！……"

足球健将郑的欢喜起来了。

"那时候心里一定好！"

"若是这样润到我们毕了业尤其好呢！"

恋爱狂的刘几乎跳了起来。究竟秀才的金县人头脑比较冷静，忽然想起一个大问题，此时就收敛了他的笑容，向着提案人说：

"需要多少钱呢？"

"一二百元。"

恋爱狂的刘不加思索的答。

"哪里来！"

火炉上放的一壶水，嘴里早已出了白烟，这时叫了起来，开了，各人都不做声，拿了茶杯，提起水壶来倒茶。一缕白烟，隔住了他们的彼此，把他们划在三个世界里去。

他们果真要买布料做衣服么？一件棉袍的来源还无着呢！讲得玩玩罢了！

一九三二·十二·三十

（《泰东日报》1933 年 1 月 23 日，署名：杨小先）

新编杨慈灯文集

1934

创伤的悲声

凶恶的刀，深深地刺着他的灵魂，
人们的眼，现着奸诈粗暴的怒容，
在看着他灵魂深处所流出来的血迹！
他不觉身体颤动起来，
无力地倒在地上。
因灵魂的创伤而痛楚，
朦胧中，他含着创伤的声音而呻吟：
"不论你们对我如何残害，我是永远不与伟大离开的！"

一九三四，一，一七，于冷河

（《泰东日报》1934 年 2 月 21 日，署名：杨小先）

短　笺

"光天，我忠实的告诉你，你应当注意，青年人要忠实，思想要彻底，尤其是我们军人，不可有那种古怪性情的缺点，成为人们的眼中钉。近来很多人议论你，说你的个性这样的强烈，面目也太有点浪漫的意味，虽则你对于各事有计划有系统，有批评，但你那种目中无人的对待朋友，我想，早晚总有人教训你。我因你是一个很有希望的青年，所以不忍对你有不满意的表示，而我们都是抱着砥砺献身殉国的精神，及爱国之至诚，所以我们益以相信相倚的毅然，并须戮力同心成为一体，以求将来任务之遂行。但观察你近来的性质太奇异还有事实，总之，我劝你，你自己决不要断丧了自己的名誉！劝者。"

当早晨出马术回来的时候，也接到了这样的一封短信，他读了这封信，真是弄个莫名其妙，这是谁写的呢？又没署上名字，是鬼么？他越算得可以。

我应当注意，注意什么呢？思想要彻底？他妈的！这更奇了，我的脑袋又不像七八月的甜瓜那没坏。又怎么就不彻底了呢？这真是狗咬拿破仑，不认识英雄。

他深恐昨日信是拿错了，再三的把这封信看了又看，上面明明写着他的名字。二分邮花。日本国的左角剪了一个六分来长的缺口。字是草书，这到底是谁写的呢？

"不要有那种奇怪性情的缺点，成为人们的眼中钉。"啊！我明白了……他这时候知道他确实是人们的眼中钉。虽则他自己近来觉得他的奇怪性质大改了，可是谁能因他不古怪了而对他改变态度，同时他知道，只有 CKF 这群狗东西说他古怪。然而他并不因此沮丧、失望，或叹气，觉得生命上，灵魂上，给人们刻画了深深的伤痕！他的骨头越加硬起来，这是不是军人应有的态度？

他觉得不如离开这个地方他去。"但是，到哪里去呢？我能受这一点意外的打击，就把青年应有的坚忍不拔的意志，与刚强的个性失了掌控么？……唉！我的个性太强烈了，我过去太不能忍耐了，现在他们不论说我怎样，只要我心中是这样……全仗牛臀拔根毛……而且我过去是因经济而失学的人，没有半点丝毫的学问，现在得到这个学校是怎样不易，在这里每天所受的训练，里面散播的真理的种子……我可得到很多利益，别处都不行，我还是忍耐……"

他这样仔细地想了以后，他便决计努力。对于他过去的生活为什么那样苦痛的事情他想，非辨别不可，非理解不行。自从他知道了世界的真理以来，他相信人类的本来，他所以有义务为人民谋一点幸福，也就不计较别人的意外攻击。

可是他总不明白这封信里的"不要断丧了自己的名誉"，什么是名誉？到今年一九三四年，他整整活了二十年，总不晓得什么是名誉，他至今会这样觉得，现在的社会有钱的，有势的，做官的，做什么"家"的才有名誉，在现代的社会我们没听得说"穷汉"是有名誉的呀！而且名誉是什么东西！是骗人的假面具，是吃人的假招牌！有名誉的都是一些狗东西！ × 他妈！名誉？

老实说！这一封短信的印象，给他是很深的，他觉性情古怪的自己，主观色彩很重，许多朋友个个都有些讨厌他。

（《泰东日报》1934 年 5 月 18 日，署名：杨小先）

烦　闷

　　几声起床的号声，把他从疲乏的浓睡中唤醒，他还在神志朦胧的时候，已似乎深深的觉得郁闷烦躁。推开枕头，枕着右臂闭目思索了一会儿，又似乎没有什么事情，可以使他不痛快。这时廊外同学的脚步声，已经繁杂了，他只得无聊地穿起来，一边整顿寝具和桌上散乱的书，一边呆呆地想着。

　　盥洗刚完，号声又响了，他偏不性急的，慢慢的，走到操场，站在集合地点，看着从宿舍出来的同学纷纷的向着这边跑。四十分钟的基本体操完了，他回到宿舍里，饭是不吃了，夹着书本来到教室，他拿起钢笔来，在本子上画来画去，不知画了多久，觉得有人从门进来，回头看时，正是同部队的赵宝宝，他也夹着旧书来了，看见他便问："你怎么不画了？"他微笑着摇一摇头，赵君看着他这光景，就忽然想起什么在讲台上拿起粉笔书写了一阵英文，便去坐下，拿出他的书来。

　　要在别日，他总爱和赵君讲东讲西，今天他只不言语，从前面呆呆的看着赵君，他想："赵宝宝这孩子很聪明，他的这种青年豪爽的气概，诚实的态度，又加之他的那种勇敢的思想和风度……"又想……"可惜他的牺牲精神缺少……"。又想，"克风前天写信叫我做些稿子，没有复他，他现在一定……"这时同学愈来愈多，他的思潮被打断，便拿起书来，随便翻开。

　　他在军事学中最喜欢战术。他虽然觉得战争最愚蠢，可是在纸上谈兵也很有趣，但今日却无心听讲，只望着窗外的枯枝残雪，偶尔看看教官在黑板上画着要图，一会儿教官讲完了，问着有没有什么质问。

　　两点钟匆匆过了，他无精打采的随着众人出来。

　　回到屋里，放下书，走了几圈，便坐下，无聊的拿起笔来，要写信给他的朋友夏修人，这是他烦闷的习惯，不是沉思，就是乱写。

"修人：我今天又起了烦闷了，你知道这里的天气么？阴冷暗淡。更像我的心情，令人无可有之乡了，你莫要笑我，我的思想活跃，和我交情浅的人，总觉得我是活泼的，有说有笑，我也自觉是动的，不是静的。然而我喜欢玄想，想到上天入地，更不时起烦闷，不但在寂寞时，在热闹场中也是如此。朋友啊！这是为什么呢？"他写了这几句就停止了，从头看了一下，觉得不合意，走到窗前站了一会儿，又回来，把信投到炉里烧了。

　　他不愿意别人受他思想的影响，更不愿示弱，使人知道他是这样的受环境的逼迫，横竖写了，他精神中的痛苦，已经发泄，不寄也没有什么，只是空耗了无数的光阴和纸笔，因写他的信纸不多了，所以他写了两句便中止了。

　　这时外面同学欢笑奔走的声音，又散满了，已经到了吃午饭的时候，他觉得饿了，便出来走到饭厅里。

　　从饭厅里出来他想："到底是吃饭为活着，还是活着为吃饭？一生的大事，就是吃饭么？假如人可以不吃饭，岂不可以少生许多的是非，少犯许多的罪过……"

　　　　　　　　（《泰东日报》1932年5月27日，署名：杨小先）

陈寡妇

　　没有一个人不知道老王是与陈寡妇有关系的，尤其是和老王有深交的人——如老刘之类，他们都知道老王把六月份得十元的薪金全都用到陈寡妇那里去了。

　　我们也觉得这并不是一件坏事。而且老刘对于陈寡妇的身世是特别的详细。据老刘说：陈寡妇是一个很美丽的女子，今年仅仅的只有十九岁，她又是出人的聪明，在她的举止中间，可以得到不可测量的情感，和不可抑制的以温柔的态度安慰的渴望，在各种方面看她，都能使人满意。

　　再有这些，就从老王近来的笑的甜蜜中都可以看得出来。

　　听说上星期老王的宿假，就在陈寡妇那里过了一夜。第二天老刘硬要老王随他去看她一次，就是要看看陈寡妇和老王办了那几回事——据老刘自己说，他是有着这样经验的，比如在街上看见一个女人他可以知道她是姑娘是女人，也可以知道一个姑娘是否和男子睡过觉，老王很佩服他的天才，就甘心乐意和他去了。

　　老刘回来的时候，和大家说：

　　她的家里除了她之外，还有一个四十来岁的中年妇人，那便是她的婆婆，他去的时候，陈寡妇是如何地款待他，给他几杯茶之外，还给了他一根粉刀烟。当她拿洋火给他点烟的时候，他看见她的手足如何地细嫩滑腻，他又看见她的面貌有些瘦了，他判断说：他和老王昨夜最少有三回，她是用尽了她的力量在各方面使他满意，他乐得回来不知怎样好了。

　　当陈寡妇的丈夫还活着的时候，她们的生活就很苦，她的丈夫在一个日本人的商店里当小使，每月的收入不够她们一家三口的生活费。而陈寡妇自做了人家的媳妇这一年中，都是忍着艰难，耐着缺乏困苦的精神往后混。忽然今年三月她的丈夫得了急病死去了！她的丈夫死后，人家都背地称她叫陈寡妇。

后来老王遇竟不知怎么会和她结识了，听说她的婆婆是很厉害的，假如她慢待了老王，她的婆婆是不许可的！

其实这也是没有法子，因为她的婆婆要不拿老王几十元钱，她他们就没有饭吃，就会饿死……

她的娘家还有一个哥哥和嫂子，她的爸妈在她小时候，就死去了，她在七岁的时候曾在一个洋学堂里读了半年书，她是很聪明，她不但认得很多字，而且拿起笔来也可以写几句歪信。

这几天老王差不多每天都要去了，而且每天晚上不回来。他每天办公的时候时常心不在肝的会在电报纸上写错几个字，据老刘说，他们的爱情已经达到沸点了。

我们的机关快要搬到 S 县去了，老王非常着急，大概是舍不得陈寡妇的缘故，听老刘说老王打算偷偷地把她领走，不叫她的婆婆知道。

我想，假如老王那样做了的时候，她的婆婆从此便拿不到老王的钱，是不是没有饭吃！是不是就要饿死……

（《泰东日报》1934 年 8 月 3 日，署名：杨小先）

父子夜话

这是在家里最后的一夜了。弟弟已经睡去，妹妹好像没有睡着，在那里翻来翻去。

他本想再看一点书，但是心绪烦乱，无论如何没有再看书的兴趣。而明天早晨六点钟就得起来，于是也就把衣服脱了跑上去。

夜已经很深了，他总没有安然的睡着，他抓住了枕头，紧紧地压着烦乱的心，谁知将来还得几年才能回来家呢？

十二点钟的时候，父亲走进他的房里，以为他睡着了，他就假装作睡着了的样子。要是起来，谈着，那是太难过了。

父亲在他的床边坐到很晚，他觉得痛苦，睡浪像泉涌似的直向肚内流。他忍不住了，假装刚醒过来的样子：

"去睡吧，父亲！你很乏了的。"

"我可以在白天多睡。"

他坐了起来：

"我并不是到前线去打仗的，父亲，我是从后方训练士兵，我也许在今年年底能回家来的……"

父亲是沉默着，静静地不动，停了一会，很和蔼地问：

"你害怕不？"

"不，父亲。"

"我告诉你，你须处处小心，那里的事情说不定，你得时刻防着。"

父亲的脸上湿了，把脸转到暗处！

他并不回答，眼泪很迅速地从他面颊上流下来，流进他的嘴里，滴到他的衣襟！

一个钟头过了，他们静肃的坐着，他们的悲哀到了极点，简直是不能忍受的。这种凄凉的生命是全人类的痛苦，他想还不如掏出手枪把这可怜的一家了结了呢！

"我们所处的环境是没有危险的，父亲，请你放心！"他竭力地镇静着说。

"在那里千万要自己当心。"

"是的！父亲，我会的。"

"不过我在家里没有一天放过心呢！从你走后，我是日夜担心！最好你将来找到一桩别的事做，不像这样危险。"

"是的，父亲。也许可以找到别的事，那是容易做得到的。"

"你就这样去做吧，你再别太强硬了，别人都说你……"

"那是没有关系的，父亲，我能对付他们。"

父亲叹气，他的面孔在黑暗中，可以看出痛苦的皱纹。

"去睡吧，父亲！很晚了。"

父亲并不回答，走了出去。

屋里静了，他听见父亲的叹气和桌上钟表的滴答声。窗外风吹着，猫在房上哀叫声……

他把头埋在枕头里面，他紧紧抓着头发，想免去这暂时的痛苦，把手指咬破了，鲜血滴在褥上。

一九三四、七、二十九

（《泰东日报》1934 年 8 月 15 日，署名：杨光天）

82

小　富

　　小富天天给他爸爸送饭，必要经过一个军营。他提着饭盒，有时挟着干粮包，连跑带跳的走着，但是经过那营前广场的时候，便把脚步放慢了，看那些士兵们出操。他们一排一排的站在朝阳之下，那雪亮的刺刀，浅黄的军服，佩上血红的领章，十分鲜明整齐。小富在旁边默默的看着，看见一个穿着黑色漆亮的马靴，腰间挂一柄长大的刀，小富一看便知道，这是军官。他由营门里走出来，那个看大门的士兵把枪向上一举，那个军官就把右手一扬，走向那一排一排的士兵前面，那个最前一排的士兵的右翼一个戴着肩章中央还有一条金线的，喊了一声"立正"，所有的士兵都站得直直的，一动也不动，然后那个士兵又喊了一声"向右一看！"如是那许多士兵都把头向着军官，又把右手一扬放下来，那个士兵又喊了一声"向前一看！"之后，就面对着军官不知说了一些什么？好像说着什么多少名，多少名？小富看着，喜欢羡慕的了不得，心想，"以后我大了，一定去当兵，我也穿着军服，还要拿着枪，但是，那个军官的大刀太骇人了！他一定是很利害的……"这个思想，天天在小富脑中旋转。

　　有一天照旧的在广场前凝望的时候，忽然觉得有人附着他的肩头，他回头一看，只见是那个军官，站在他背后，微笑着看他。小富有些瑟缩，又不敢走开。军官笑着问道：

　　"小朋友，你叫什么？"小富道，"我叫小富"。军官又问道，

　　"你今年几岁了？"

　　小富说，"十岁了。"

　　军官忽然呆呆两手杵着刀，口里自己说道，"我的弟弟也是十岁了，现在不知长成什么样子了？"

　　小富趁着他凝想的时候，慢慢地挪开数步以外，便飞跑了。回头看时，

那个军官依旧呆立着，好似石像一般。

晚上，小富依旧给他爸爸送饭，经过营门前，那军官又在营门前散步，看见他来了，便笑着招手叫他，小富只得过去了。军官找一块大石上坐下，叫他坐在旁边。小富看着他那红红面孔，深沉的目光，却显出极其温蔼的样子，渐渐地不害怕了，便慢慢伸手去摸着他的刀，抬起头来，那军官依旧凝想着，同早晨一样。

以后他们便成了极好的朋友，军官给了他几盒牛奶糖，他早晚经过营门的时候，军官也必定在营前等着，他们会见了，并不多说话，小富自己摸着军官的刀，军官也只坐在一旁看着他。

有一回，军官问他说，"你为什么不读书呢？"

小富答道，"母亲不准我读书，母亲说家里没有钱，父亲在一个日本人的工厂里做工，赚的钱仅仅够我们一家三口吃饭，父亲做工回来的时候，教我背读三字经，我已经能够背诵多半本了……"

军官听了他的话，就问道，"你现在背一背给我听听好么？"小富便人之初，性本善，性相近，习相远的背了起来。军官很不快似的摸摸他的头自己说，"可怜！我们穷人没有钱，就不能读书，这简直是一个什么世界呢？"

小富终竟是个小孩子，过了些时，那个笨重的大刀也摸腻了，经过营前的时候也不去看望老朋友了。有时因为那个军官，只管追问着他这样、那样，他觉得厌烦，连看操也不敢看了，远望着军官在营前便急忙开走。但是那个军官早晚依旧在营前凝望，转眼之间好几个月了。

这一天早晨，小富依旧送饭给他的爸爸，刚刚开了街门，就有一个大包袱向他倒来，定睛一看，原来是一大包旧衣裳和一些茶壶茶碗之类的物品，上面贴着一条白纸，写道"小富收留，爱你的老朋友"。

小富把这一大包东西拿给母亲看，母亲也很欢喜，小富又跑到营前，但是这队兵已经开拔了，军营也空了！每天站在营前的不是军官，却是娇憨可爱的小富了。

九，九日，于大虎山

（《泰东日报》1934年9月26日，署名：杨小先）

结　婚

申先生的年纪已经是二十岁了，他的袜子破了的时候，仍是自己拿针线来补。

当然的，一个穷小子，袜子破了没有钱买，自己不去补就没有袜子穿，难道说赤着足不成？还能有何办法呢？

但是，他相信他将来要是结了婚，就不愁了，袜子破了的时候，他的女人自然会替他去补，而他也可以趁那时间，在灯下读读书，写写字，或是同他女人谈谈话，那是应该如何的快乐呢。他时常这样想，有时想到了出神，就微笑起来，仿佛真的和一个美丽的女子结了婚，他觉得他是宇宙间最快乐最幸福的人了。

可是至今总没有一个女子去爱他，和他结婚，他真是有一点着急了！

照理讲，像申先生这样一个少年，虽然没有宋玉潘安那般漂亮，但是也没有像李逵那样黑得怕人，像《西游记》中的朱老八样丑得特别，申先生的确长的并不算讨厌人，即使脸面生得不十分好，只要他是那样努力，那样奋勉还怕没有女子来爱他么？但是事情是这样出乎人意料之外的相反！我们的申先生简直没有找到一个爱人甚至连丑一些的女子也没有理会他的！这究竟是什么原因呢？难道说天下的女子都瞎了眼睛不成吗？

说起来这其中自然有一个原因，他的一切都好，品行也好，名声也好，但是有一点不好，就是少了几张老头票大头洋用，他所以没有得到女子的爱慕，从他穿的那身破长衫看来，也决不会博得一个女子去爱慕他的，经济状况既然困难，家庭又是那样穷得没有人敢亲近，更叫我们那许许多多美丽可爱的女士们怎样去爱他呢？但是我们的申先生常常想到，爱情是超出金钱以外的！难道说爱情也需要金钱的吗？我现在是穷一点，可是我的志气不穷，我有伟大的精神，反抗的魄力和纯洁的心灵，难道说这种精神不可爱，而金钱倒可爱么？难道说女子都是爱金钱的吗？绝对不！爱金钱的女子只是娼妓和一些下流的人！并且银钱算一些什么呢？爱情不应当顾及到钱上……申先生总是这样想着，对于自己将来总会找到一个可爱女子，可是光阴一天一天过去，申先生天天盼望他的理想中的女子总没有影子，申先生是渐渐着急起来了。

申先生现在也渐渐穷了！几乎连买一双袜子的零钱也没有了，穷家庭是没有接济的，他只得买了五分钱的白线和几个铜子的针，把破袜子自己修补，有时觉得这样生活太没有兴味了！如是申先生不禁流下了几滴眼泪……

有一天晚上，申先生正在补一只破了的袜子，觉得很疲乏了，就收拾收拾走出门去，他走到一个街头的时候，正从对面走来一个女子，这个女子真是美丽得很，我们的申先生一看到了她便不肯将视线轻易的移开。他真想过去在她面前，把自己胸中的苦衷向她说说！或许能够得到她一丝半毫的同情，说不定她还许因此爱上了他，倘若街上来往没有行人的时候，我们的申先生一定要这样办了！就是在她面前跪下也不要紧的……

最后申先生就决定要向她追求，唯一的办法，就是先跟随着她，首先她还没有注意，后来她渐渐觉察到他是在追随着她了，她觉得非常羞怯，低下了头，有时故意把步伐放慢些，表示她也是在街上闲走的意思，但是街上的行人太多了，申先生只有紧跟随，一气跟到了公园，看见她在长椅上坐下，便在她附近的周围来回散步着，他想怎样能和她说话的办法，他真寻尽了枯肠，结果便大着胆子与她亲近了，谈话了。她真是一位天仙的女子，有着侠义的温情和特别的识见，在谈话中间，他感觉她对他表示很温柔的同情，这真是偶然的事，一件偶然的事呀！

我们的申先生真是高兴极了！他天天盼望的理想中的美丽的女子，现在可实现了。他们谈得真是合意，心心相印，她对于他实在发生了爱苗，而申先生呢？更不待言，终于，在他们商量的结果，便在那天晚上结了婚，这简直是一件奇妙的事，为啥子这件事成这样的快呢？（或者是申先生命中注定？糟糕的很！连我作者也弄不清楚！）

他们的婚礼是非常隆重，许多的亲友都来祝贺他们，申先生看着美丽可爱的新娘，欢喜得几乎叫了出来，他实在忍不住了，情不自禁地将她搂在怀里，想和她接一个甜蜜的吻，刚刚把嘴唇还没有凑上，忽然啪的一声响，申先生吓了一跳，睁开眼一看，一个茶碗掉在地上打碎了！刚才一场美事却原来是个梦，他怅惘的瞧着地下打碎的茶碗，和床上还没补好的袜子，桌上的小钟已经打过十二下了。

于黑山前 × 营

（《泰东日报》1934 年 10 月 12 日，署名：杨小先）

新编杨慈灯文集

1935

一页日记

十二月九日—在奉天—

奉天的气候，在冬天是特别寒冷。城里的市民，总是整天不断的喧扰。听惯了街上的汽车声、马车声，更有许多无产阶级的劳动者搬运着笨重的货物，在严威的北风下，不息的工作着。洋车夫憔悴的面孔，遮没了他们的感情的表现，只是呆呆的四面望着顾客。

在这文明鼎沸的都市中，我得到的是满面灰尘和满身的肮脏。我来到这里不到一个星期，已经换下两次黄色的衣裤，前后到澡堂洗了两次澡，然而身体仍觉得不大轻松。

今天是比较风微的一天，申绍志和灵原君因为访问朋友早晨很早就出去了。我忙着收拾零乱的东西，收拾好了便嘱咐茶房锁门，我一面理衣服下楼走出旅馆来——我们住着的旅馆是在日本站一条不很热闹的街上。说起来日本站，真可比城里差得太多了！人声的喧扰，一些不使人觉得，最使我印象深刻地，是日本人所穿，木屐打在石路上哒哒的声音。此外卖豆腐的铃铛，咖啡馆的无线电传出一阵阵西洋音乐的余音，总使艺术赏鉴力很贫乏的我，也觉得粗鲁的感情不佳的作着激烈震荡或感到一种暗愁幽长的情调。

我刚一出旅馆的门，从四面跑来好几辆洋车，我说："对不住，不坐车。"他们就很失望的散开去了！

我的目的是到城里买几本书。自弥生町到城里，约有二十分钟的路程，坐在汽车轻柔的绒垫上，风驰电掣般的，急急奔跑。女剪票员用日本话喊各站的街市名，我很注视她们身上，穿的很引人注目的颜色的衣服，脸上也像普通女人掣上不少的粉，但是她们的自然、活泼的形态使我很羡慕。

从大东书局买几本书出来，又到商务印书馆看了一回，这时，已经是十一时光景，肚子觉得很饿，所以急忙走出来想找一家饭馆，即可弄点饭吃。哪知道进了一家饭馆，因为有女招待的缘故，顾客太多，这一顿饭足足等了半个多钟头。

回到旅馆把书交给茶房之后，便跳上洋车叫他拉到沈阳电影院去。

沿路感到的，是一切物质文明吞没了一切艺术，商店里五光十彩诱人的好东西，叫我无意中两手去摸袋里的钱囊，虽则我明明知道我袋里仅有三元零七毛和几个铜子。

洋车很迅速的跑着，我真是无所不想。就拿这一个洋车夫做题材，他每日过着的是沉默的生活，他的感情在忙跑中消灭，我们试着看他跑时栗突的筋肉和血汗，便可想象到他抑制自己的本能，抑制他的情感的用力和苦心。

世界上的只有无产阶级的最下等的劳动者，接受我们的崇拜和尊敬，他们能够完全制住他们的感情作用，这就是他们的伟大。

仰头已见到了目的地，付了钱，下车来最先入眼的，是服装奇异各色不同的学生，整马车施引出来许多的所谓"摩登"女士们，几乎昏花了我的眼。

买了票进去，照规矩在"后排"找了一个位置坐下，这个位置实在不错，一眼可以收罗万象。陆续进来的人很多，但未至挤来挤去，又偏巧坐在我左边的是一位很动人的女士，她身上送来一阵阵迷人的香味，简直是酒一般醉我的心，我真是成了幸福的人了。

"脂粉市场"这部影片，我也不敢批评怎样，"大概不错"我也只好用这句话来形容完事了。

晚上，去访问朋友的申绍志和灵原君回来了，我们一同吃晚饭。饭后，到春日町游逛，春日町是日本站最热闹的街道，仿佛像大连的浪速町一样。那里有许多电灯放着极强烈的光明，我觉得有些刺眼，游人很多，卖各样物品的商店门前摊出各样的商品。

由于我在一家商店要买了一张"拿破仑"肖像，花四十钱（就是四毛钱）。

我们回旅馆睡觉的时候，已经是十一点将近了，这篇日记，至此告一结束吧。

一九三五、一、十，抄于大虎山五教候

（《泰东日报》1935年1月23日，署名：杨剑慈）

艰　难

　　两个小孩子站在马路上向远处望着，在黄昏还没有来到以前。

　　马路像一条长长的大带，平铺着，颜色是清灰，没有生气，这是人们走惯了的一条路，一天到晚，不知有多少人在这条路上走过，走的人，或老或少，都抱着一式的目的，那便是生活，尘土在人们的脸上敷了一层奔波的粉，这种粉涂抹久了的人，就衰老了，快进坟墓里去了！本来这是宇宙的公例，只有这项定义，是最公平的原则，但这时马路上的行人正很热闹，因为每天傍晚，常缺少温暖的冬天的太阳接近西山时，各处进城赶集的乡下人，赶着牛车，驱策着毛驴，忙忙碌碌的往家里跑，他们进城，多半是驮着秋收的谷粮和柴草，去变卖现钱或换些生活的材料——油盐酱醋或衣料等等，两个孩子，是母亲所吩咐，盼望着他们的父亲，他们已经站在那里，足有一个多钟头了！

　　在来来往往，连续不断的行人中间，仔细的用眼睛搜索着，当他们在远处发现一个单独的人影，不管那是谁，总会激起这两个孩子的热心。好像那个渐近的人就是他们的父亲，而那影子，又偏是十分相像，然而走近了他们仔细一看，原来是陌生的不识者，于是失望了！很凄切的看着那个从他们身旁经过的人的侧影，背影，直至走远，看不清了！他们这才回过身来。

　　吹了一天的西北风，这时已经感到疲倦，藏在房屋的背后，或者在地面中裂缝里，桥下……尽着所能，藏在一切的地方的掩蔽部，休息着，恢复着力气，待到了明天，再振起新的勇气来，刮一个痛快，给人们一个冷酷的教训。

　　黄昏渐渐来到，行人稀少了，两个孩子忽然快乐起来，看见他们的父亲这一回确实到了，是一个须髯半白的老头，他蹀躞着走路，看见自己的孩子，好像增加不少忧愁，他到城里，是为讨几个在一家商铺里，做了三天的木匠工钱，然而并没有讨来，他的两手空空，口里吐着因疲劳而奔放的白烟。

风似乎，有再起的形势，树枝摇动着，风也许是恢复过了气量，打算伴着黑夜奏上一曲，凑个热闹了！

火油灯里没有许多油了。带亮不亮的光照得小屋子里，又暗淡又灰惨，好像缺少香火的山神庙，只有萤火虫一般的小盅，挂着的一条绳头闪着蓝色的鬼火一样！窗纸破许多窟窿，寒风袭进来，挣扎着，好容易喘过最后的一丝气量，算是没有消灭，但油灯是病得很重，到了危险的一刻，它的生活，不知能不能再延长一分钟！

这时，小屋里的一家人，刚吃过仅有的一顿米煮成的稀饭，因为第二天没有米下锅的难关，正在忧虑着，愁苦着，感到穷人活着的艰难，长吁短叹的不停的悲哀。

老头把自己一生所知道的救急的法子都想遍了，可是这一次却想不出一样办法，老婆是坐在炕沿上把头垂在胸前，叠着手背，无计可施的沉默着，不时的抬头去看看那挂在土壁上半死不活的油灯，两个孩子，毫无秩序的躺在炕上，最年幼的男子已经睡熟了，两只小手抱着脑袋，岁数大的女孩因为寒冷睡不着，翻来覆去的焦急着脖颈紧紧的缩在衣领里面。

这样静肃的熬着愁苦的时间，老头决心的点点头，出去了，门开时，一股难耐的寒风袭进屋子来，油灯抖擞着很难受的减去了亮光，苦闷的闪动着，差一点灭了，屋子里黑了半刻，好容易恢复了原状，老婆流出泪水，亮晶晶的落在胸前，男孩躺在墙壁角的暗处，只有两只穿着露脚的破袜子的脚可以看得出来，这时，两只脚活动了几下，接着爬起来了。喊道："妈！冷！"

回答他的只有外面刮得正凶的北风，呼呼的吼着，似乎在告诉他，喊冷也没有用啊！然而他还是喊，开门的声音把他打断了。

老头回来了，他冻得瑟缩着，须发结着冰碴，好像露珠似的闪着亮，两手捧一个纸包，放在炕前的锅盖上，那就是锅灶，几块木柴乱堆着，锅盖上扣放着瓦钵，旁边还扣一垛粗瓷饭碗。

老头把米小心的放好之后，又有一把铜字儿放在炕沿上，老婆睁开泪眼看看，他的棉袄没有了，只穿着一件补得非常零乱的单褂。

北风吼了几声，从窗空袭进一股风来，直击着灯芯，火苗拼命的挣扎，向左右畏缩的摇摆几下，想立起来，接续亮着，但这一股风的力量太大，把它压近得抬不起头，终于闪了几下，灭了！小屋里忽然黑下，什么也看不见了！

（《泰东日报》1935 年 2 月 13 日，署名：杨慈灯）

炉边夜话

"如果现在从空中掉下几万块钱给我，哈哈！那就不愁了，我此刻开上一个饭店，你给我当账房先生，掌理金钱，老渠当茶房总管，监视伙计们好好干。老申督办一切，我自己则设法怎样扩大营业，在闲暇的时候，我们几个人摆上一桌上等酒菜，慢慢谈，那样，我们能有多么愉快呀！哈哈……"

晚上八点钟的时候，下了大雪，天气非常寒冷，与我同寝的是四个人！一位南京人，两位闲人，还有一个就是我，我是大连人，我们寝室里没有当差的，如扫地和烧炉子这些事情，都是我们自己做，煮饭是我们四个人轮流做。其实我们的煮饭很省事，只要炉子一燃着，十几分钟就宣告成功了，真是实行劳动主义呢。这一天晚上既然很冷，我们大家就一齐动手，劈木材，弄煤炭的弄煤炭，不一会把炉子烧起来，炉子烧起来之后，我们几个人就围绕坐着闲谈起来，我们谈话的资料，总爱谈及女子的脸蛋圆的好看，还是长长的好看？

"我上月回奉天，在城里看见了一个姑娘，长得真漂亮，她那温柔的态度，她的朱红的嘴唇，她的一弯新月的俊眉，玫瑰色的面庞，细嫩白净的双手，还有她那一对明珠似的眼睛啊！她那一对眼睛真是动人呀！我看她几乎看得呆了，险些被汽车碰上……"

"你打算几时结婚？"

"唉，我今年二十岁，我倒很想结婚，但是我还没有……并且我连自己都养活不起……"

我们就是这样东一句，西一句，乱七八糟瞎吹着。

那个南京人忽然改换了话锋，说起要开饭店的事，如是大家就又说到那上面去了。

老申接着说道："我们招几个女招待，生得要好看，对于客人要殷勤，侍候要周到，那么我们的营业不是更兴盛吗？"

"是呀！"南京人接着说，"我也想到了后层，不过往往有许多男子，他们到饭店里坐，不是单为吃饭，他们是看中了想要吊她们的膀子，这真是未免在提倡女子解放上是一个大大的矛盾，我们总要使那些无智的不要脸的男子明了女招待的本意最好。"

"你说的话不错，现在有许多男子不了解为什么在职业上用女子的缘故——像公共汽车的女剪票员，时常有被逗引调笑的情形，这都是不对的，还有在洋行，公司，什么机关里做事的女子，更是不容易了！这些都得在提倡女子职业的根本上设法方可，使许多服务于社会上的女子，不感到丝毫痛苦。"

老渠说完了这话之后，去摸袋里的烟卷，他早知老申新买来一盒粉刀烟，故意装着说：

"我的烟不知放到什么地方去了。"其实他已经很久没有钱买烟了。

"我这里有。"老申拿出烟来，抽出一根给南京人，又送到自己嘴里一支，他知道我不会吸烟，就把烟卷递给了老渠。

"但是……"老申燃着了吐了一口痰之后，说道，"现在不是有很多有职业的女子——像饭馆里的招待，和汽车女剪票员，她们动不动就拿出傲慢的态度，特别是对待衣衫不整的朋友，时常拿出一种令人难堪的神情……这难道又是谁不好呢？"

"那就是现在社会的制度不良，太黑暗，许多人忘记了自己的地位，不尽义务，而且丧失了良心，养成一种惰性，所以不论是男是女，他们都是为了生活的关系，迫不得已为社会做了几小时工作，他们竟自认为是在人道义务上尽了责任了，更有的简直是安闲，安闲，拿了最高的薪水，而第三个安闲的混了一天，他们的心里也不会觉得不安，他们夜里做种种不正当的娱乐，白昼就筋疲力尽去睡眠，因而便没有机会去尽他们对于自己的义务。譬如说，快乐就是他们自己的义务，但他们未必就有真快乐，这点就是从他们没有享受艺术的机会上就可断言。所以我们要根本改良，我们先得去从生活上改善。"

南京人说完这段话，似乎很兴奋，把饭店的问题罢之脑后了。

"那么生活第一，艺术是第二了。"老申的声音。

（《泰东日报》1935 年 2 月 15 日，署名：杨小先）

访 问

　　Y 先生回到家中是在阴历年前头三天，在不知道的人看来，以为他是回家来过年了（旅顺的市民差不多都过旧历年），其实他是藉着这个假期的机会可以会见几个润起来的朋友，求他们找一点相当的工作。能赚几个钱，好维持家中几个人不至于饿死！然而这一切的结果都终于失望了。

　　他在家中过了七天！这七天的光阴真是太困苦了！父亲和姐姐殷勤的问他有什么烦恼，他都假意说没有什么事情，他心中难言的苦楚向谁去说呢。

　　他时常在街上闲走着，每分钟都觉得有无限的烦恼。他最怕那些熟识人，甚至看见了熟识人抬不起头来，他觉得旅顺这地方实在没有他的立足地。而一般人以为他现在做了什么官？总不曾有一个人了解这是年轻力壮的人，找不到事做。为了吃饭的关系，迫不得已走着自己不喜欢走的路。

　　星期六那天到了大连，朋友们回家的回家，游荡的游荡去了，他等到了只是一个几年前在中学里的老师，他起初以为这老师的环境大约也是不大好的，谁知一打听才知道这位老

　　（原文残缺）

（《泰东日报》1935 年 3 月 1 日，署名：杨剑赤）

98

旅馆的一夜

　　我在这里住下第二天，不知从什么地方来了一对青年夫妇，住在我隔壁的屋子里，那个青年大约有二十七八岁，女子不过二十一二岁光景，长得美丽不美丽？我不敢说——因为我没有判别美人的眼光，我只觉得她穿着华丽的衣服和脸上擦的厚厚的粉，虽然太不自然也是足可以使男子的心里感到一种真实的魔力，当然也有人辨认出她不过是衣裳和化妆的美，却不能引起一丝感觉。

　　夜里，我没有事，打开提包拿出纸笔，想静下心写点什么东西，但是没有写到三行，就听隔壁的房里有说话和什么骚动的声响，似乎男子力乏了不住的喘气和女子有病哼……哼……呻吟的声音，我为好奇心所驱使，就放下笔，静静的听着：

　　"你嫁给我好吗？你不要再做那种生涯了！好吗？你愿意嫁给我吗？你爱我吗？……"男子的声音。

　　"我爱你，我愿意嫁你，不过我哪里愿做一个下贱的野鸡的生活呢！我不干又怎样办？父亲没有了，母亲要吃饭，弟弟幼小，我如果不干这种事，谁能给他们钱？他们怎样生活？"女子的声音。

　　"那怕什么呢？钱算什么呢？我一个月赚二百多元，难道不够他们几个人吃饭吗？你如果嫁了我，我自会养活他们，用不着你操心，你看怎样？"男子的声音。

　　"那自然很好啰！可是你家里的老婆怎么办？你的父母又怎么办？他们能许可你吗？"女子的声音。

　　"那些更都不成问题了，父亲有的是钱，母亲愁什么呢？老婆把她离了不是很容易的吗？"男子的声音。

　　"父亲有钱，母亲当然不成问题了，要抛老婆恐很难吧？而且你的父母也怕不许可你！……"女子的声音。

"你真是糊涂了！只要有钱，便有势力，我是他们独一无二的儿子，他们看我同掌上明珠，我要怎样，他们便怎样依我，至于不要老婆又何难呢？只要有钱，天下还有办不到的事吗？我现在要没有钱，你能让我搂在怀里睡吗？而且让我……"男子的声音。

"得了，别说了，我决定嫁给你了，我的小宝贝，你快点吧！我要累死了……"女子的声音。

如是就一阵阵骚动起来，我听得这里，心中觉得有一种不安的滋味，眼睛一花，仿佛在纸上那三行字都变成了一些说不出的东西，在那里蠢动，我想极力忘记，然而在我耳朵里，那些对话，和一些什么动静，总是跃进脑里，只能写的三行字，再没有勇气写下去了。

二月四日于奉天 B 旅馆

（《泰东日报》1935 年 3 月 6 日，署名：杨小先）

盼　望

"父亲：当我接到来信的时候，说不出欢喜和愉快到了什么程度！不过父亲说我长久不寄信！是把父亲忘了！简直不是这样！天知道，我实在因为事忙，没有工夫写信，请父亲原谅，现在这里很平安，一切都如在家中的时候相同，我的身体比从前强得多了！我现在学会了不少的日本话和俄国话，绘画已弃了好几年不练习，现在恐怕笔都不会拿了！年底打算回家，想在家中留一个星期，我现在实在动了思家之情了，屈指离家已经四年，跑了不少地方，但是没有做成半点事，最近得到一点工作，不大称意，然而为了吃饭的关系也顾不得许多了！现在正是那年离家的时光，光阴过得多快！转瞬间是几年，这几年的家中是怎样的景况？弟弟还如当年一样的活泼吗？母亲的坟上已经长了很高的草吧？！一切，一切都时常涌进我的脑里。

我今年已经是二十一岁的人了！知识、学问、艺术这许多东西，一点都谈不到，我现在正焦急着哩！无论如何，我在年底决定回家看看，那时再和父亲谈吧，寄上的拾元大洋，备弟弟读书用吧！

此祝安好！

志毅上十一月十五日"

老人得到这样一封信，真是快活得说不出话来，小儿子放学回家来，他又拿出信来叫他读，他简直高兴得不知如何是好！

阴历年一天一天逼近，他盼望儿子归来的心，也一天一天加紧，时常到火车站望着旅客中没有他儿子的影子，就忧忧不乐起来。

"莫非不回来了吗？或者因为事忙走不开？"他时时叹息着说：

"老吴家的大哥今天回来了。"小儿子放学回来和父亲道喜。

"哥哥怎么还不回来呢？真急死人！"小女儿哭丧着脸说，但是尽管焦苦盼望归来的人总不见归来。

一天，空中起了大风，树枝抵抗不住风的威力，把枝芽极力摇动，发出呜呜的声响，表示痛苦的叫喊，老人盼望儿子把猫皮帽深深地盖没了前额，灰色的胡须上，冻成小冰结，看他憔悴的样子，比平常格外烦恼，他在街门口望着，望得雪花纷纷落下来了，才慢慢走回家里。

失望和伤心止不住他的叹气，把头垂到胸前，眼睛沉重的闭合着，室内充满悲愁之云了。

"傍晚还有一次火车，我去车站迎接着看看吧？也许今晚哥哥能回来。"小女儿这样说了之后，就去穿棉衣裳，小儿子这时正在温习课本，跳起来喊道："我也去！"

"外面下雪呢！"老人摇摇头望着外面，但是两个孩子像没听见似的一同走出去了。

雪花把污秽的大街变成白色，北风把忙碌的人们都吹抖了，只有饿腹的狗来往的慌张奔跑，这两个孩子都冻得发硬，然而哥哥正要归来呢，他们一定要迎到哥哥回来，如果迎不着，怕父亲连晚饭都吃不下去的！

雪花起劲的飞舞，北风更加紧了，夜之幕渐渐拉下来，电线杆上电灯放出悲哀的光芒，两个孩子奋力的逆着北风向火车站进发。

他们能盼到哥哥归来吗？他们的哥哥已经受命讨匪在昨夜上二点随队司令部东去了。

（《泰东日报》1935 年 3 月 20 日，署名：杨剑赤）

妓女的来信

因是去年五月初十号的头几天，下了一夜的大雨，什么地方都是水，中午的时候，由东面飞来了几片灰色的层云，接着就刮起风来了。吃过晚饭之后，到一个姑娘那里去，这个姑娘是一个妓女，两个星期之前我认识她的。

自从有了职业以来逛窑子已经让我学会了，每天到傍晚时分，就不得不脱下制服换上便衣上窑子去。我明明知道这种事情于我种种方面都有妨碍，但要改过来又不可能，这就是一般所谓"荒唐，学坏了"的行径，这是许多堕落人的步履。不过我虽是这样想，一面却走到门外，跳上了洋车。

洋车直向指定的地方跑去，这地方在我初来的时候常常觉得是干枯乏味不得了的，但是在黄昏的暮色中却也有种动人的情调，高朗的晴空之下，一簇簇美丽的云霞，街上来往不断的车马，热闹极了，对着马路尽头是一个大火车站，一阵阵火车的鸣声，更令我忆起回家的念头，我便莫名其妙的忽然感到些漂泊流浪的苦味和无名的烦恼。一方面又想到那个姑娘身上去。

她今年十八岁，上海人，算起来她的生日和我的比较正好，小两个手指的年岁。那粉红的面庞第一天就合上了我的口胃，又很巧，当时我被朋友程君拉进去的时候，我非常恨他，找到了她之后，我又觉得程君实在不错，我就和她熟识了。起初我总觉得脸上发烧，不到两天就不怎样了，互相之间一点不怕羞，渐渐熟起来，大有难舍难离的气概。

她曾读过二年零三个月的书，已经有能力看很浅近的小说，拿起笔来，也能写极简单的信。上海事变的时候，她听过轰轰的大炮响，事变后来到北方，我格外推崇她了。

"这是一个很可惜的女子，环境逼迫她去卖身，真是可怜又可爱的！"

我时常坐在洋车上这样想，她的那个院子是很大的四方形，进门处有一个像影壁似的大镜子，里面有二十几个姑娘，房面排列的如同大轮船的房舱一般。我到那里时已经有八点多钟，电灯已经放肆地亮着，电铃响和伙计的巨喊："六号打帘子！"在这繁嚣之中，我被让进她的屋子。我一坐到床上时，就有一碟瓜子和整壶茶水拿上来，那老妈子非常和蔼，看见我总是笑起来，我时常被她的笑以为是做错了什么事。她把一盆水果端上来，问我事体忙不忙。

她正在吃饭，看见我去了立刻放下碗筷跳进来，用那两只白嫩的小手摸我的领带：

"你快要到别的地方去了是不是，我听你的那位朋友说的……"她热烈的看着我说，并把一双动人的眼睛充满着献媚的姿态，倒在我的怀里，我便把脸紧偎着她的颊，闻着醉人的脂粉香。说来，我本来在许多朋友中认为最有气力的，可是每靠上了她的身体，就软软无力起来，而且有一种说不出的麻木的滋味……她的唇涂得猩红，太不自然，然而她时常端出严肃的态度，谈一些国家大事，以及她自身的痛史，我也自己夸说我并不是一个通俗的青年，我是有着伟大的精神，反抗的魄力和纯洁的心灵。她也常说我是很诚实，有着豪爽的气概和勇敢的思想，并且说我怎样有作为。而且对我怎样发生了无涯的爱敬，我每次听了她说的话，总觉我们的性情实在相投，又加之她的美貌，实在非一般女子可比。我常对朋友说，风尘中真有好女子，像私奔李卫公的红拂，桃花扇中的李香君，都是风尘中的人物，竟能做出千古的大事。像现在一般女学生和什么小姐眼睛里只有金钱，心目中只有势利，都是预备做姨太太的材料，绝对不能爱一个地产阶级的穷小子，都是不可靠的东西！

我曾在一个大雨的天气在她那里睡过一宿——并不是以下雨借词，我当时实在被某种烈火烧得厉害，我当然也是一个有情感的动物，我没有尝过女子的滋味！一个星期之后，我得了一种不能喝茶水，需注射"意斯拉文"的病，这真是太不幸了！然而我不悔恨。

从九月以后，我因为换了工作的地方，我就来到我现在住着的 H 景来了。

她时常来信，她的信中总说她是如何想念我，如何盼望我回去，仍然能时常和她见过面的事或者是因为想我吃不下饭去，又在深夜里哭，后来又要来找我，跟我过日子。

当接到她的来信也总是复信，信中无非是些安慰她的话，至于要找我来的话，是万万办不到的，因为我现在很穷，连自己都养活不起！等将来发财的时候再说！

谁知道这样的通信大约有五个月的光景，再也没有她的来信了！我因为吃饭的问题东跑西奔，自己的性命几乎送掉，这件事自然也置诸脑后了。

今年正月程君到锦县有事，经过这里顺便来看我，告诉我说：她早就跟某银行经理的少爷从良（当姨太太）了！

三月九日写于大虎山

（《泰东日报》1935 年 3 月 22 日，署名：杨剑赤）

文艺杂话

（一）

艺术是弱者的同情者，是爱情的保护者，没有国境的差别，不问人种的异同，这博大的爱在近代的艺术界上所现出的活剧如何是大家所知道的，但是国家对于这博大的爱，如何的在逼迫仇视，却是大家所不知道的。

因为艺术就是人生，人生就是艺术，试问无艺术的人生可以算得人生么？再试问古今来那一种艺术品是和人生没有关系的。

法国的大革命，美国的独立战争，德国的反拿破仑同盟，意大利的统一运动，都是青年的文学家演出来的活剧即是前代的理想主义者撒播下的种子的花果，一些赤诚的文学家在前面做了先驱。

在中国文艺是贵族和准贵族的娱乐品，农民不但自己不能创造他们的文艺，就是有了替他们创造的人，他们也不会欣赏、不能感泣的，所以在中国的文字里，关于农民的文学，很少很少，就是有也不过是说些与农夫不关痛痒的风凉话，像唐诗里那些说自然美，赞渔夫农民的诗歌，便算农民文艺了，要明了这种文艺的价值，大家去念给那些自早至晚，在田里劳苦的人听听，看他们会不会首肯。

（二）

古代中国的田园诗人作品，大抵是赞叹田园风景的纯美，农民生活的安乐的，这一种文艺，在上古日出而做日入而息的时候，或者可以代表一部分农民的感情意识，而现在的那些贫农的情感和意识，却与此完全相反了，并且这些作者，大抵是自身不到田里去，只立在高岸上作客观的人，由客观的地位看来，农夫周围的自然风景，的确是美得很，农夫的生活的态度，当然是高尚自由的，然而太阳火热的五月的日中，他们不得不去耕田，秋风凉爽的八月中间，他们不得不和自然争斗，趁天气晴快的时候，去割进稻麦来的那些苦楚，并且更有催税的官吏要租的田主，是客观的诗人怎么也梦想不到的，况且天旱了，有旱时的焦急，天雨了有水灾的危惧，这些心事，是哪一个诗人小说家道过？

现在中国的新文艺，描写资产阶级的堕落的是有了，讽刺军人的横暴残虐的是有了，代替劳动者申诉不平的是有了，独于农民的生活，农民的感情，农民的苦楚，却不见有人出来描写过，那么文艺既是人生的表现，应当将人生各方面全部都表现出来的，现在我们觉得中国的文艺缺少农民的文艺，是新文艺的耻辱。

一般人心中的文学，实在说起来，已经离真的文学很远了，不是把时代看得太重，便是把文艺看得太轻，所以新文学中，已经有不少的人走错了路径，把精神完全空费了。

一，对于时代的使命，二，对于国语的使命，三，文学本身的使命，这三种是新闻学至少应有的使命，而这三种以外，却也不必多贪了。

文学家的重大责任是把现代的生活的样式、内容，取严肃的态度，加以精密的观察与公正的批评，对于他的不公的组织与因袭的罪恶，加以严厉的声讨，像有些人每每假笑佯啼，强投人好，却不仅软弱无力，使人作吐，而且没有真挚的热情，这是腐败的文学家不用说了。

一个文学家，爱慕之心比人强，憎恶之心也比人大，文学是时代的良心，文学家是良心的战士，在我们这种良心埋没了的社会，文学家尤其是任重而道远。

在冰冷的麻痹了的良心吹起烘烘的炎火，招起摇摇的激震，对于时代的虚伪与他的罪孽，加以猛烈的炮火，打破虚伪充斥了的罪孽和在浊气中窒息的生命，是新文学家独任的大职。

在外国文学中所能看出的那种丰富的表现为什么在中国的生活中，在中国的文学中都是寻不出来的？是数千年以文化自负的国民入了循环的衰颓的时代了？还是数千年来的宏富的文章终不过是一些文字的游戏了？

（三）

我们虽不能对于现在新兴的文学在这样短少的期间抱过分的希望，还不可以过于苛求，而且只要循序渐进，不入迷途，成功原可预计，然而我们一翻现在的出版物，几于文法清通不令人作呕的文字都不多有，内容更是无须多说，这真未免太令人失望了，我们的作家大多是学生，有些尚不出中等学堂的程度，这固然可以使我们惊异这种天才。然而粗制滥造，毫不努力求精，我们每天看到报纸杂志堂堂皇皇登出来，可是在明眼里，只是些赤裸裸的不努力，像把随便的两句话录来当诗，把毫无意义两句话结构成便算什么文艺小说了，像这派恐怕要把新文学的建设，求之于异代了。

不是对于艺术有兴趣的人，决不能理解为什么一个画家是在酷热严寒里工作，为什么一个诗人肯废寝忘食去冥想，我们对于艺术派不能理解，也许与一般对于艺术没有兴趣的人不能理解艺术家同是一辙。

我们的时代对于我们的智与意的作用赋税太重了，我们的生活已经到了干燥的尽处，我们渴望着有美的文学来养我们优美的感情，把我们的生活洗刷了，文学是我们的精神生活的粮食，我们由文学可以感到多少的欢喜！可以感到多少生的跳跃！

科学决不比哲学与文学难，文学决不比科学与哲学易，所以要做一个文学家，要先有十分的科学与哲学上的素养。

艺术二字，是包含美术及美术以美的追求为生命的各种努力之统称，是手与头与心协作的事情。

如果要创作伟大的艺术品，要有伟大的心情的努力，如果要做一个真的艺术家，要有真的心情的伟力。

（四）

艺术家所以要养成伟大的心情，是为他的生活面而不是为他的作品，实在也要有伟大的心情使他的生活伟大，才能有伟大的心情流贯他的作品，（这里所用的"伟大"二字，不是可以名与利来测量的）作些好听的文字迎合时人，而自吹自唱，自画些好看的图画愚弄群盲，这实在不能说是艺术家，最好是挟着自己的技术去为人画招牌或去为人作广告。

艺术家只是低头于美，他的信条是美即真即善，他所希求的是永远，他所努力的是伟大，名利不能动他的心，更不能引他去追逐。伟大的艺术家莫不嫉视世间的虚伪，然而他们绝不是遁世者流，他们反极高兴备尝人生的苦乐，他们的伟大的心情，乐时要比一般人更欢喜，苦时也要比一般的人更悲痛，他们乐时是为全人类乐，苦时是为全人类苦，他们自知全人类的有意识的一部分，他们以此为苦，也以此为乐，他们决不能独善其身，弃此徬徨的羊群而他去。

多少伟大的艺术家传播了他们的"爱"的宗教！他们之中，有的是出于悲悯，有的是别无所为，前者近于宗教家，后者才是纯粹的艺术家，他们的动机虽或不同，然而是出自他们的伟大的情，并且不断地有心情的伟力支持着，他们是宗教的艺术家，同时他们又是艺术的宗教的传播者，这不是人而是神的超人者吗？

同着小朋友游行过的人，每每会感到一种偶然的不快，就是遇着街上有什么特别事故的时候，小朋友总要钻进里面去游玩半天，把你扔在街上不理，一定过些时候才欣然跑出来，小朋友是在寻找趣味，他是不知道观察的方法，他是忘记了一切，当然也忘记了老朋友，这种态度是享乐的而不是艺术的。

（五）

一个文学作家是要把住他的时代，用直观来把时代一切伟大的事实包括在他的作品之中，决不是写一写自家的生活所可了事，也决不是唱一唱无可奈何的哀歌所可了事的。

自命为文学家的人，有一个最大的病征，但是不能吃苦！譬如在这样使人受刺激的时代，反而不息地去赞美自然和无聊的陶醉恋爱的断简残篇，这真是一桩怪事！

只愿个人享乐，不顾考察分析环境和不能吃苦的青年创作家！快要禁止伤感，禁止愁观，态度要和炭坑里与生死奋斗的工人一样，除了紧张和严肃没有别的，须得深深的忏悔，深深地反省，现在的自然已经用不着去费心赞美，恋爱也用不着迷魂陶醉，所有的时间已经由个人而转恋为大众的，由安静的而变为斗争的了，要是不得在这种时间中生活，那么请趁早搁下笔，因为你的恋爱美景我们都厌烦到绝点了！我们不须要。

现代个人的文艺家已经失去了他的权威，所要求的是民众文艺家，是置身于普罗列搭利亚的文艺家。

要问文艺到什么程度是大成了，那就如问文化怎样是极顶一样，都是不能回答的事，因为进化是没有止境的。

我们看见史诗的歌咏神人英雄的事迹，容易误解以为"歌功颂德"，是贵族文学的滥觞，其实那正是平民的文学的真鼎呢。

（六）

鼓吹血和泪的文学，不是便叫一切的作家都弃了他素来的主义，齐向这方面努力，也不是便以为除了血和泪的作品以外，更没有别的好文学，文学是情绪的作品，不能强欢乐的人哭泣，正如不能叫那些哭泣的人强为欢笑。

在现代的社会里，没有真正的艺术，真正的艺术即使偶尔抬起头来，也是要被践踏像待遇妓女的方法一样！

现在的艺术家都不是工人，他们不喜欢工作，习惯了流浪的生涯，不高兴乡村里不舒服的生活，有了软垫座就不高兴坐三等车，他们不愿意到矿洞里去和工人共同生活，并且不高兴和城市附近的工人认识，不但不知道今日的工人和农人是怎样的状况，并且不知道新经济政策下面的人生，有几个敢投军队里尝尝在战场上炮火的烟味？

时代的无可抵抗的巨潮已经把文艺的国土里建筑着的巍峨的高贵艺术之宫与精美的雅致的象牙之塔涅没在汹涌的潮里坍颓在人间的废墟上了！在那里从前住在艺术之宫与象牙之塔的雅士文人，不是在废墟中淹死，便是在破屋中逃出生命向十字街口，去在苦风凄雨之中销魂！

"红的花，黄的花，多么好看呀！怪可爱的！"这便是新诗吗？三月二日选自文艺论于大虎山。

（《滨江时报》1935 年 3 月 22 日—29 日，署名：杨剑赤）

卖萝卜的

时常在街上有一个挑担卖蔬菜的小贩，他每天早晨挑着担子，在大街小巷张动着大嘴喊道："白菜，大葱，萝卜，大蒜！"有时他挑了一担鱼，大喊道："新鲜黄花鱼，六分钱一斤！"因为他不时常卖鱼，大葱和萝卜要算穷人最多数的欢迎品了。

二十号那天，气候非常湿和微风吹在脸上，觉得有一种甜性的滋味，一阵阵沁人心扉。他仍像往常朝朝暮暮的挑着重重的一担蔬菜，走到一条热闹的街市，他嘶长了声音，喊着他的担里所有的蔬菜的名目，正午的时候，他经过一个富官人家门前，从里面出来一位四十左右的小脚太太，她的衣服很华丽，嘴里含着一支香烟，隐约可看出嘴角的几颗金牙，她走到卖菜的担前，带着嫌恶的样子拿起一个长长的萝卜说：

"你这个萝卜有多么难看，要多少钱一个？"

"萝卜是在乎好吃不在乎好看，你太太要买是不能多算的，一毛钱六斤，再没比这萝卜更好吃的了。"

"一角钱六斤？这么贵？这样难看的萝卜！"

他今年五十多岁，卖了三十余年蔬菜，很少听见有把蔬菜以好看为着眼点，而不讲究好吃的，他把担子放下来，想看看这位太太独特的脾气，他说：

"你太太是看着好吃，还是好看？"

"当然不是看着吃，我买是想用水养着好看的，好吃不好吃算计什么呢？"

"噢。"他总算弄明白了太太的用意，是买了要发芽好看的，不是要吃的！有钱的人真是好美呀！一个萝卜要想把它美起来，太太是爱着美术呢！

太太把萝卜丢在挑筐里，做了个嫌弃的神气，正在这时，从十字路跑来一个他惹不得的人对他大声喝道：

"走！走！到那边去！"他知道若不赶紧走开是不合于事理的，他一面准备服从着那人，一面催促太太快选她好看的萝卜。

"干嘛这样急？我还要仔细选选货色呢！"太太不耐烦的抗声，似乎有几分动怒了，于是让她一个一个拣选心意的萝卜，她不慌不忙很镇静的挑选着，嘴里吐出一朵朵的白烟，观察她的面上，可知她的心胸真是得意洋洋的。

"我先拿回去，因为我身边没带钱，回头就送给你。"她抱着三个优美的萝卜，走进大门，忽然又转回来："我忘记了！你得称称是多少斤，合多少钱。"他为她称了称，用黑色的手指计算一遍，"请太太赏半角钱吧！这太便宜了，你太太快……快点！"他急得两眼直瞪，两脚直踩，把头四面转动顾望着。

"半角钱？太贵了！这样三个丑萝卜，给你十个铜子尽够了！"太太重走回大门里，在院里站着一位年轻的小姐抱着肥胖的小少爷等候她多时了。这时看她进来，就把小少爷抱给她说："给你孩子，我们要看电影去，时间快要到了。"她说着就把孩子放到她怀里，也不顾她抱着的萝卜，就急忙跑回屋里化妆去了。

这时那个先前的那人又在下第二次警告了："走开！快走开！快到那边去……"

"是是是……我就走，就走，不过我等我的钱，钱来了就走。"他焦苦的答着。

"我叫你走你就要快走开，等什么钱？赶快走！"看着这坚强的态度，严肃的怒意。

"操！她妈的……真是……"他在这情境下，本想着立刻就走，无耐他卖出东西还没有得钱，很想再迟延几分钟是不要紧的，他听了那个带着怒意的驱逐，就忍不住埋怨起太太的迟慢来，所以顺嘴溜出一个"她妈的！"口头语。

"呵！你还骂人？你这个老混蛋！跟我来！"说着就过来一下把他的

破衣袖抓着，拉着就走，他在极端的惊骇和窘迫中，把一对阔大而被太阳之光的恩惠晒红了的眼睛望着对方的脸，像哀告申辩似的说不出话。

（《泰东日报》1935 年 4 月 14 日，署名：杨小先）

复郝君的信

郝君先生：

　　星期日早晨坐在图书馆里看见报上有你写给我的一封信，读完之后，预备立刻回宿舍写回信给你。谁知道刚走出图书馆的门，碰见了一位友邦的青年同志。他不问我有事无事，硬扯到一家咖啡馆同女招待们说笑着开心。喝了不少酒精消耗了两个多钟头的光阴，出来已经是十一点多钟了！我因为胸中有事，和他打个招呼，说声"沙要那啦！"就风快的跑回目的地。

　　我的宿舍——其实仅仅是一间屋子罢了，位置在我们的司令部院里，离图书馆约有五百米光景。紧靠着司令官将军办公室，里面除了被褥子而外，一概都不是长久生活所要的设备，错乱得如杂货摊的书籍，东倒西歪的躺在炕头，零碎东西也放置得一点没有秩序。我最爱读的几部书也都被灰尘蒙蔽得不堪了——我一面简单的收拾收拾，一面心里叹息着这几个文学家与诗人，为什么跟着我这个浪子？虽然他们（书）时刻坐在我的面前，可是最近几个月来因为生活的关系，失掉了自由的力量！被逼迫得东跑西奔，从不会睬他们一眼，我真是罪过，太对不起他们永久不会灭亡的像海涛怒吼一般雄壮的热血的精神了！我恭恭敬敬地给他们一个安憩的位置，然后又从提包里翻出稿纸。

　　因为屋内没有写字台的缘故，只好用两个提包堆在一块，这样便可盘着膝坐直给你写信了（请放心，这样是很便利的，习惯了并不觉得受屈）。回忆起在黑山曾蒙你在放学后刚可得到些休息的时候，又碰到了我去访你，恰巧在人和旅馆门前相遇，然而当时要没有旅馆经理的介绍，怕我们相见不相识的各自东西了。

　　以后几个月光景，我虽则多次想去会会你，总因一些事情羁绊住身体，一面再加上懒，所以到现在我来到"环绕皆山也"的热河省承德，想起你来已经后悔看不见。恨当初的懒也来不及了!

我的职业,仍是同从前一样的穿着黄色制服,黑色马靴,佩着洋刀的军人,不过责任有些不同了,我现在是满洲帝国陆军少尉参谋官,将来的前程是不可限量的!请你为我祝福啊!

你说我有天才?——怕只是吃饭的天才!如果我们都能坚忍的努力——至少你的著作出世后,总有很好的成绩。我在这里深切的期待,我近来计划着想把世界著名文艺家的作品介绍出来,让大众有与文学亲近的机会。

K君已经是结婚的人了!我还有一个朋友!倘不过穷,倘若女方能耐"贫寒之苦"的时候,我可以给介绍,这是一个很有毅力的青年,不知怎样?灵原君已经于上月回南京。

现在有个朋友找我玩了,等下次再写罢!至于我这次的来承德,没有什么印象,也没有什么感触,所获得的材料——也许有的,且拿现代的希伯莱诗人甲古伯哥的诗(他的诗我感觉是脆弱的,不夹使命的没有紧张的情感的负担,而是诉情亲切妙趣环生……)不过拿来代我某种感情的流露吧。

你可知道那些山峰是什么?
山峰是呼啸山庄——自由的呼啸!
怒涛似的众声,
飓风扫海似的雷鸣,
强者之心方谋兴国兴命令,
他们跃出于人类底心,
旋舞向天空,
但是,现在该不停非点点而无闻!

(《泰东日报》1935 年 6 月 14 日,署名:杨小先)

一篇散文

一张报纸放在他的面前，刚送来的报纸，当他注视到他的稿子登出来的时候，真是没有比这时的心境更高兴的了！恍惚有许多人头从他的肩上俯下来，都怀着真实的感情，趋向于他同一的目标，打算从觉醒中努力把恶根性和盘推翻，而求新生命之新的表现。

他整整一天没出门，把他的稿子再三读过，觉得这实在是给有心真理而尚在暗中摸索找不出通路来的人一下铁棒！晚饭后的黄昏，他从藤箱里取出一件新衣换上，满面愉快的走出大门，街上来往不相识的行人似乎都恭敬的瞧着他，赞美着这是一位想克服一切的咆哮的英雄！想把安安稳稳的睡在丝绸床上的爱人们，投一颗炸弹惊醒昏迷的梦，让只有交通便利的社会发展好多地方的原始状态，一切草木，一切飞虫不久便齐唱凯旋之歌，欢迎了春之归至。他得意极了，唇边微微露出笑意，心中感到多少生的欢喜，感到多少生的跳跃！他走到教育局门前，遇见一个朋友，那位朋友老远就举手打招呼，叫道："大喜！大喜！"

"不见得，不见得。"他低下眼睛，谦和的说道："请你不要客气的批评批评，到底有点审美的形式不？"

"不错，实在不错，有着震撼的热力的美，可惜色彩稍微暗淡了些……"

"是的，我很承认，那本来是带着我的灵魂的色彩，代表我的思想的。"

"但是资料虽然很出色，论到工艺……也说得过去！这大概是英国式罢？"

"哪里话！"他反驳着说："我不喜欢英国的东西，你如果这样下批评，我不敢首肯了，不客气说一句，我这多半倒是受了俄国作品的影响呢。"

他的朋友没等他说完，就嚷着说道："横竖是一样的，英国的也罢，法国也罢，总之是非常出色就是了！但是我能指出一个缺点……"

"一个缺点！"他的脸色变成通红，显出一种辩护的态度，"什么缺点？缺点在哪里？"

"就是衣袋的口子太大，而且纽扣的颜色不好！"

他听了朋友的话完全失望，苦笑的味味着说："你讨论的是什么呵？"

"当然是你的衣服哩！我并没说别的呀！"

"糟糕！我以为你是在谈论着我发表的那篇散文了呢！"

"什么？你发表了一篇散文？我怎样不知道？我是非常爱好文艺的，

你会写散文的事，我还是头一次听说哩！是什么内容？是甜蜜的恋爱吗？或许是失恋的故事吧？我最爱读这样的作品，是不是？"

"……"他半天不开口，两道秀眉紧紧绑在一起，他的朋友继着又说："你如果爱写恋爱的故事，我可以给你好多的材料，希望你努力写作，因为恋爱的故事，实在是一般青年所热烈欢迎的呢！"

上灯时分，他回到家——其实仅仅是在督察厅对门租的一间小屋——他看见摊在桌上的报纸，上面登的一篇散文，伤心伤意的含着泪，严厉的埋怨他说："你千不该万不该，把我投出去，有谁肯理我一眼！……"

（《泰东日报》1935 年 7 月 3 日，署名：杨小先）

深夜的哭声

"我打死你这个养汉的老婆！为什么不赶紧做好饭？你难道不知道我要回来吗？你看看表几点钟，你眼睛瞎吗？你这个懒老婆！……"

像这样的吵闹，我差不多每天都可以听到，如果她稍一回话她的丈夫便越发大声骂了。"你这个丑老婆，还不服气吗？你滚过来！我给你一个大耳光……"

她丈夫是某机关的职员，将近三十几的年纪，脸色灰白，身体瘦弱，看来未能有四十斤体重，走起路来像一个瘦弱的妇人，一阵凛冽的大风能把他吹向空中去！他每天下班四点或五点回家来，开门就骂他妻子。不管是一点不值得注意的小事，他总嘴边不三不四大声的嚷着。因了这事，我曾几次下决心搬家，避开这样繁器的所在，但是此地的风俗，大抵独身男子找房子是不大容易的，尤其是像我这一个被一般人认为"野蛮"的武夫！所以我只好在对面房里，假装听不见，任凭他们吵闹去。

她向来似乎不大开口，丈夫百般侮辱她这种忍耐的苦工夫，她更能亲切温存的贴近她的丈夫。不论在任何严威之下，她总说：

"饭做好了，你吃吗？我立刻收拾上来，你先喝一杯茶吧……"

如果她的饭做迟了些时，就哀婉的说道："我多洗了一件衣服，所以把饭耽误了，你饿了吧？有鸡蛋糕，你先吃点好吧？我弄水给你擦脸。你今天一定又累苦了……"接着小心的把丈夫的帽子脱下，把鞋放好，把衣服挂上，把被子拿到外面，她丈夫并不丝毫加以原谅和同情，踢她一脚，或用拳头打她一下，然后倒在床上，张动着大嘴，唱到："未开销不由我，牙根咬狼，骂一声毛豪寿，你这个卖国的奸臣你祖先吃君禄，你就应该把忠尽，为什么投番邦，丧尽了良心……"

日子一天一天过去，她在这样环境中讨生活，似乎也不觉得怎样痛苦，有一天，我问她为什么她的丈夫那般凶呢？她仅仅一笑，我觉得这样女子很奇异，她又终日不出大门一步，冷清清的守着闷人的屋子，世界上的事情她不但不懂，连街上的情景怕都不知道呢。

　　有一天晚上，大约是十二点光景，外面下着大雨，一阵阵隆隆的雷雨如最大的爆炸弹，想投下来轰击这块土。我刚放下书本躺在炕上想安睡，听见对面屋里有抽搐着的哭声，我静静听着，男的说道："养汉精，你的假叔叔呢？他死到哪里去了？到哪里去了？你为什么不找他去？"停了一回又道："你不死，我心中总不能痛快，你赶快死掉好了……我好另说人，而且你不死，我是不能重娶的，你赶快死去好了……"

　　女人只有如火山爆裂一样悲痛的哭泣声，外面的雨下得更大了，雨点刚打在了窗纸上，沙沙作响，我无论如何也睡不着了，有心爬起过去问问究竟是怎么一回事情吧？又在夜里不方便！——而且我和他们又不熟悉，只好有机会的时候再向她详细问问，"暂时用理智来压，服住这不平的情绪吧！"只有这样的自慰着。

六月二十二日投于承德

（《泰东日报》1935 年 8 月 2 日，署名：杨小先）

新编杨慈灯文集

1936

卖艺的人

天气晴朗无风的午前，在鲁镇关帝庙门前的广场上，风雨不透的围了一大圈人。只看见每人的后脑袋，小孩子们从空隙中向里面拼命的直钻。身体高大的人，安然得意的背着两手，身体矮小的人，则提起两只足跟，上体东倒西歪的忙着观看。先进的小孩子们蹲在最前面的一行，或盘膝坐在泥地上，大家一心一意地赞赏着场中央那一老一少的武艺。

大概在半点钟以前，从什么地方就来了这两个外省人，背着短刀花枪及八般种种武器，在关帝主庙内给关老爷磕了头，休息片刻，在庙前打了个宽场，把刀枪摆好了不久，就四面八方很快的聚集来若干人，越集越多，拥挤得很厉害，途中仍络绎不绝，一面奔跑，一面喊道："……卖艺的……打把式的……"

最先由那位年老者向观众拱了拳，很谦逊的说道：

"在下吴省人，自幼在家种田，年头不好，生计困难，五年前兵匪造乱，一家大小全遭失散，只剩在下父子二人，跑了出来，又没有能力，没有亲友可投，便想起来幼年跟父母学的些简单的拳脚就决意卖艺度生。二年来，蒙四海兄弟们的帮助，置备几样武器，教小儿一些棍棒，就到处漂泊，今天路过此地，免不了又要求大家帮忙，赏一碗饭吃，不过在下年老，小儿尚幼，没有武艺请大家多多指教……"

那老者说完这些客气话，就叫了身旁那一个年约十四五岁的小孩，看他红红的小圆脸，穿一身黑色短裤衫，开口布鞋，扎着裤角，两眼炯炯有光，确是练过武艺人，精神异常。

那老者，是白须浓眉的五十岁上下，粗蓝布肥的长衫，腰间系着腰带，前后大襟系在腰带上，成一个 V 字形，鞋是唱戏的武生穿的一样的短靴，脸上被风淋雨打已憔悴不堪了！

那小孩未经指示，就打了一套什么拳，大家虽都是门外汉，可觉悟出那是了不得的武艺。就看那小孩灵活敏捷有力的拳脚，演完后不动不喘的泰然的姿态，说不上那少年有什么惊人的武艺！

果然不差，那老者所演的是大家从来不曾过识的武艺，据老年人说，那是太极八卦阵。

拍手叫好的人多，慷慨的人很少的，大家看完了好武艺，谁也不掏出一个铜板，只有富有的老张头，发了几次狠，向场中丢了一个在袋中放了一年之久的铜板。他这一个铜板是花得有意义的，他知道卖艺的重义气，既然前来，一定知道谁家富有，他如不宽宏一点，谁知那卖艺的是什么人，谁管保他们不会在夜里钻进他的房内呢？

看光景，武艺是不想演的了，大家疏疏星散，广大的平场上，只剩下一老一少，失望的望着四散的背影，太阳西下的时候，那两个流浪人才收拾起来武器，离开鲁镇向什么地方走去了，那个老张头丢的铜板，被一个挑水的经过拾了起来。

（《泰东日报》1936 年 5 月 17 日，署名：慈灯）

我的好友 Y 君

在我许多年相识的许多朋友之中实在没有比 Y 君的思想更正确而且勇敢的人了。

他的年龄和我一般大小，我是那年秋天生的，他的生日则是那年的初春，所以我称他叫大哥。他看我比一母所生的弟弟还要亲近几万倍。我们同居、同食、同桌读书——可惜并不长久，没有到一年半的光景，他因为种种不得已的原因,实在没有再求学的可能,就到 B 省独立谋生去了！别后，曾互相通过几束信，他那时是在 B 省一个军事机关当书记，后来消息隔绝，他的下落从什么地方也打听不着，到如今，已是三年多的光阴，偶尔从朋友们口中，得知他一点片段消息，但是渺茫得很！无论如何也不能知道他现在在什么地方？做什么事？是不是仍如从前一样的健壮？我时常想起来，想到很苦恼的地方，就焦急得跳起来，满街奔跑，在来来往往的行人中间，极力想发现我敬爱的 Y 君来！可是在行人中间，有老的、有少的、有各种人，就没有我寻找的 Y 君的踪影，没有那样一个我日夜苦想的少年！我精疲力尽地跑回家，伏在案上，四面八方想尽各种能寻到他的方法，结果完全失望！

他苹果似的脸蛋是略近团团形，两条清秀的眉毛下面的两只动人的眼睛。那两只眼睛，不论谁看见，恐怕没有不觉着可爱的。和他相看一下，就好像得到了很大的安愈，有说不出来的愉快！他的身材不高，也不太低，不瘦，也不像大买卖掌柜的那样肥胖，是温柔的姿态，但是又叫人不敢去侵犯他，好像他一举手、一抬足，有无限的力量！至于他的谈吐，那更使我忧愁了！为什么呢？因为我这枝秃笔实在描写不出来呀！他的话，能逼你生气，又能使你快乐。他讽刺你的时候，能惹你用武力报复他的念头，听到他最后的劝愈，你不得不赔罪你错误的念头暗暗在胸中道歉，表示对他的同情，使你领到有益的教训，使你不顾一时一刻的离开他和他接近——也许他并不是这样？……但是我实在形容不出来了！一点也形容不出来他的"什么都好"！

有一天黄昏，太阳还没有整个下去，在西方的山上露着通红的半个脸，西北风狂吼了一天，这时已疲乏了，到什么地方休息去了。我和Y君相约至郊外散步，望着附近家家户户的炊烟，Y君自言自语的说道：

"图书馆里的书，我已经读完了，今后怎么办呢？……"

"那不要紧，可以和朋友们借。"我这样答他。

"借？都借过了！再没有可借的了……"他停住步，望着西方美丽的云霞，忽然他两手放在我的肩头，眼睛看着空中说道：

"我们快要别离了。"

"怎么？"我的心跳了起来，我实在不愿离开呀！"我要到B省去了，我的舅父在那里，我找他去，他能带我找很好的职业，此地我已不能过下去，再过下去，就要有一场悲剧表演在我面前了！"

他所说的悲剧，我已听K君讲过，便是供他读书的人要把麻脸姑娘嫁给他，他要到B省去，怕是他反对抵抗的手段了。谁知道这在一个星期之后Y君失踪的消息传遍全校，他的恩人私下搜寻，得不到他的影子。一个月过去了，两个月过去了，忽然在一天接到他从前B省的来信，说在B省找到了舅父，舅父当了官，他在那里当书记。不用说，我也极高兴，可是通信不久，以后就接不到他的信了，我去信问他舅父，舅父说他不知去向，我想Y君是又开始他勇敢流浪的生活去了。

（原文缺失）

Y君批评他说：

"我们爱惜Y君是不单他的思想与言论正确，他的贵乎说出来就去实践，已不是一般饭桶容易办到的。他在讲堂上和考试的成绩，诚然不及我们，可是我们丢开了教科书，肚子是空虚的，Y君则反之，他第一经验过丰富的生活，他接触了人生的各方面，我们就看他不愿和麻脸姑娘结婚的逃走，就可以断言他勇敢不违背心中的所愿的意志，足为我等的模范。"

光阴一天一天的飞过去，转眼已是三年，这三年一切的变动是一笔写不出来的。我常想起 Y 君来，觉得他真如小说中的人物，使人念念不忘，我希望 Y 君不至于有什么意外，能够把过去所写的许多文章，在什么地方发表出来。再祝 Y 君有成为一个有名的人物的一天。

（《泰东日报》1936 年 5 月 7 日—9 日，署名：赤灯）

姐姐的泪

去年春天，我坐了一天的长途汽车又换乘火车熬了一昼一夜才到了家。在火车上是没有福可享的，特别是三等车中，人山人海，挤个风雨不透，既然无地方躺下身子好好睡一睡，歇一歇，坐着还要闻那一股四面八方逼来的怪气味和呼吸着乌烟瘴气的空气，要不是我身体强壮一点，或许要病倒在车上了。后来快到了家，乘客屡次下去，才渐渐稀少，等我有机会想在短凳上屈腿睡一觉的时候，已经到家乡的车站了。

奔家心切，一路上什么光景我也没注意。当我提着皮包迈进家门的时候，弟弟拿一本书坐在墙角下，妹妹站在那里，无精打采的望着天，他们看见了我，惊喜交加，几乎惨然的说不出话来。我也不知说什么好，还是弟弟喊了一声：

"哥哥，回来了！"

姐姐从屋内跑出来，慌慌张张的样子，看见我的面先是笑着，接下我的皮包，到屋里时——我刚一跨门坎，心中突然一阵酸，眼泪很迅速的像泉涌一般，夺眶而出。姐姐也呜咽起来，弟弟和妹妹站在那里不出声，眼泪含在眼角上了！

父亲从炕上翻过身来，那一副久病憔悴的衰老面孔啊！我哪敢多看一眼，过了很久，父亲才挣扎着说出一句话：

"回来了！全！你辛苦了……"

我听见他颤抖的一声音，心简直碎了！姐姐哭得更厉害，这样悲哀的空气持续好久，父亲很疲乏的样子，姐姐嘱他睡下，然后去预备饭去了。我抱着妹妹和弟弟亲吻。姐姐在外屋檐下，显然是泪水又滴下来了！

第二天，姐姐告诉我说：

"从我出外后，父亲这是第二次病了，穷苦一点倒不算什么，求老天保佑父亲的病好……"姐姐说完这话的时候，又痛哭起来了！我伏在姐姐怀里默默祷告上天！

现在又是春天了，感谢老天爷，父亲的病早已痊好，大概在我写到这里的时候，父亲正在劳苦的做工吧！

（《泰东日报》1936 年 5 月 12 日，署名：赤灯）

母亲的坟

一座山神庙，建筑在村东端的无人之境大概有很久的年头了，瓦盖上面的枯草有一尺多高，门是极小的城门式的洞，里面是凹字形一列木牌，木牌上面写着字，那些我虽然看不清楚，无疑的那就是神仙了！庙前是一棵古老粗大的松树，松树上点缀着许多红布条，风吹来，树枝奏起奥妙的古音乐，使人有一种说不出来之感。

我和妹妹两个人，挎着一筐黄纸和香，顶着西北风走了五里多远。到这里，妹妹实在疲乏不堪了，便说道："哥哥，我乏得不能走了，在这里坐一会休息休息吧！"

"好！"我们兄妹二人各占树下大石的一端，我四面观起风景来。

东方隐隐有一个村落，村落前面是一条河，后面则是山，山上没有树，一个人在山坡上干着什么，大概是打柴吧？还有一只牲畜在那人后面，可看不出来是牛还是马，妹妹说是一匹小毛驴。西方是连连的山了，南方只可以看见村落的背面，北方也是山，山前面那无数的坟墓，我母亲的坟便在那其中埋着，已经三年零九个月了。我想起母亲生前家境的苦况，她所受的罪，唉！不必说了！

"走吧！"我和妹妹又走了不少的大路小径，到母亲的坟前，徘徊了许久，把筐中的香燃着，插在坟前的柔土上，又把黄纸打开烧了，我与妹妹跪下叩了头，起来之后，我说给妹妹许多母亲的事情。我又告诉她说：

"烧香磕头的礼节我本是很反对的，但是父亲嘱咐再三，我们实行了，也没有损失什么。要点，则在看我们将来是怎样的努力了。"

妹妹点一点头，太阳离西山还有一丈多高。

（《泰东日报》1936 年 5 月 14 日，署名：赤灯）

童年的伴侣

我们一路上学校，在一张桌上听先生讲，放学的时候，我们一路背着书包回家，虽然不在一间屋内用饭，就寝相隔仅仅一道高墙，我在院子只消一声喊："贞！"然后跑到后街上一看，她管保风快地早跑到树下笑嘻嘻的等我。我们开始唱歌或做种种有趣味的游戏，从来不知什么叫翻脸，生气更不知是怎么一回事了。亲亲密密地有说不出来的幸福，我俩唯一的差异便是她的衣服整洁些，我的稍见粗旧些，可是那又有什么关系呢？不是一样温暖吗？其次便是食品，她吃的是白面卷子，我吃的是苞米儿饼子，她时常把白面卷子换给我，吃我的苞米饼子，我真是不知怎样感谢才好！她父亲在外埠营商，我父亲在乡间做工，她的母亲和我的母亲也是极要好的，可是不如我俩亲近的时间多，我们是一时一刻形影不离的，如果一天不见，那我如失掉灵魂一般，怅惘若失！据她说也是如此，为什么我和别的小朋友们不如此呢？

这个我实在解释不出来究竟是什么理由！

她的面庞，我真形容不出来，我时常指着她脸蛋上的两个一笑就显出来的酒窝说："我真爱呀！"她总笑眯眯的羞红了小脸答道："你呢？你也有哩！""你爱吗？"我插嘴逼问："爱！……"声音很小几乎听不出来，于是我们快乐得手携手对面跳起来，直至母亲叫了，才恋恋不舍的各自回家。

光阴一天一天把我们长大了，她更较前秀丽无比，不过我们不能像从前那样相聚的时间多了，这原因，是学级高了，功课忙碌一些，她又有很多事要帮母亲做，没有常出外游玩的机会，我常常见不到她，觉得很闷，便彷徨在她家门口，几时看见她出来，就上前说几句话，有时看她在院子里和母亲做什么，便走进去，站在旁边，她的母亲忙碌太甚，是不能问我什么话的，我只好和她说些学校里的事情，在杂志里看见的有趣的故事等。或者一言不发，相对之微笑。

最使我纳闷的，是我母亲常告诉我说："不要常到贞家里去。""为什么呢？"母亲则不答，只默默看看我，说到别的事情上面去了！

有一天晚上，贞母亲领着贞到家里来，母亲说道：

"贞婶，东西都收拾好了，明天早晨七点钟起身，到那面有她（指贞）父亲在火车站上接，没有什么困难的，贞婶，做了多年邻居，一直要离开了觉得很难过的！好在后头不能没有见面的日子，两个山不能到一块，两个人却常容易碰一块，带着孩子们对付过吧，小三大起来能赚钱就不愁了……"以后她们说些什么我一点没听着，我的耳朵已经听不见了，我的眼睛被泪水遮住，也看不见东西了！我跑到外面靠在黑暗的大树下，呆呆的站着，望着空中闪明的星光，隐约听见母亲在屋内喊我："小三！小三！"也不知怎么，我没有进去，她们走后，母亲在树下把我拖进家去……

第二天，我急急的爬起来到贞的家里一看，屋子里空空的，有两生面客，在里面收拾屋子，说是再过三天就搬进来。

翌年的七月，我失了学，托姐夫在 D 埠介绍给外国洋行当杂役，月薪是八元五角，一年津贴两套蓝毛月布裤褂。

到如今，不见贞已经多年了。但是我却没有一天忘记过她的影子，我想写一封信给她吧，又不知道她现在住在什么地方，向什么地方写去。上月从朋友处偶然得到了她的消息，说是她前年由 D 埠女子中学毕业，去年结了婚。

四月二十四日黄昏

（《泰东日报》1936 年 5 月 15 日，署名：赤灯）

日记两篇

四月一日

应该预先声明，就是对于不写天气是晴是阴也有理由，没有气象家把我的日记拿去做参考，而且往往在记事中涉及天气的，那么何苦多费事呢？这并不是懒小子的学说，我实在觉得在我们日常生活中的一举一动，有许多固执得令人呕吐的地方，应该改革的，不过我一时想不起来许多罢了，这是一来因为我脑袋笨，二来因为我懒惰去想他的原因，好在世界上颇不乏聪明的博士，用不着我去琐琐碎碎麻烦。

早晨也不知道是怎么，躺在床上总不愿意起来，发了好几次狠，下了多次坚毅的决心，结果是翻一个身，很果决的转向里面又睡去了！睡到九点多钟的光景吧，太阳的光线照遍了全个屋子，听见外面喊一声"吃饭！"的声音。我一听说吃饭，就不肯落后，比方满意的菜，我不辞劳苦的把筷子伸得很远，那筷子的运用也比我作文的笔灵敏得多。还有一件，是我不易变更的毛病，就是上厕所，当去时走得很快，回来走的最慢，而且慢得与去时的速度太不均衡。有一次，我实行改了，回来用疾速的跑步，但是以后又忘了，固步同前，这都是对的吗？

访孙大川君，恰巧他在家，我劈头就把他一顿骂，骂得他体无完肤，一败涂地——我的所谓骂并不是"……妈"，"……祖宗"的骂，是申斥他为什么昨天约我在家等他同出游玩而失了信用，害得我苦苦的闷坐在斗室等一个整上午，亏我读了几页书，要不则白空过宝贵的光阴了。他用牛奶糖政策征服了我，我们讨论哲学问题，可笑我们并不懂什么叫哲学，互相把听人家讲的片断搬出来以显各人博学，他说要在海边上建筑一座高楼大厦，在里面住着才能创作，我说生活苦楚而后有伟大的创作，住在高楼大厦里的富翁，是不懂艺术两个字当什么讲的，就是创作出来的东西也是极下流，不及垃圾箱中的废物！

我们信口开河，上自天文，下至地理，无所不讲，什么皆谈，最后是他的提议，到野外逛逛。

桃花盛开了，柳叶将浓，河水潺潺的流着，远远的山，不像冬日那般暗淡，附近的平原，一片浅淡的黄绿色，农夫和他们的老婆孩子们，已脱去笨重的大棉袄，穿上了轻便的衣裳，不用说明，这是什么季节了。我们顺着溪流且走且谈，约有一点钟光景，我因为有事，便和他分道扬镳，各奔前程。我有什么事呢？什么也没有，我是走乏了想回来睡他一觉，但是回来又想起应该写信给父亲了，便坐下来写信。

下午读书半本，洗衬衣三件，袜子四双，在室内练习演说半小时，题目是：生活苦楚不苦楚和创作伟大不伟大。

（《泰东日报》1936 年 5 月 16 日，署名：赤灯）

两个可怜的苦儿

那一年秋天，M省B县附近的江水，因为下雨太多的缘故，涨多了二尺，住在江岸上指着捕鱼维持生活的渔民，都惊慌异常，过了两天雨才住了，江水消减下去不少，人民才放了心。

谁料想过了两天，在一天深黑的夜里又下起大雨，江中的水猛烈的膨胀，冲到住民房屋的门前，转眼之间，家家户户浸进去的水已有膝盖深，人们从睡梦中惊醒过来，有跑得快的，便逃了活命，有的人家等水浸到炕上才知道！想逃命也来不及了！于是，根本就不怎样牢固的房屋，被大水拖倒六百户之多，光出活命而无家可归的人仅有一少半，六百四十几人。这些人之中，有的是无父母的孤儿，有的是抛下儿女妻子的成年人，老年人极少。

可怜在这群得以活命的人之中，有一个年约三十左右的妇人和一个年约十五六岁的女儿，还有个六岁的男孩子，他们住在临江的最右一角，当大水浸入室内，妇人尚未安眠，因为她的丈夫嗜赌，常常至深夜归家，妇人必等丈夫归来后，始得上炕就寝，否则她便要挨打挨骂的。这一夜，她丈夫又去聚赌，妇人无法相劝，只得把孩子安睡了，点起油灯，缝补些破烂衣服，至夜半，丈夫仍然不归，她不消说又焦急，又苦恼，想起自己的薄命来顺应潮流伏在案上哭泣！忽然，大雨倾盆，狂风把屋子刮得咯吱咯吱响，几乎要倒塌的样子。她吓得魂飞天外，急忙把孩子喊起，穿上衣服，这时纸窗已被风雨打得粉碎，油灯已被风扑灭了，她战战兢兢抱着两个孩子在怀里，盼望丈夫赶紧回来，不要在路上遇见大雨。她一等也不来，二等也不见丈夫的影子，从闪光一刹那之间，看见地下浸进了水，她知道不妙！没有片刻，说不上就来不及了，她手脚忙乱的摸一床破被，把男孩用腰带捆在自己肩上，领着女儿就往外跑，走不多远，就听得房屋倒塌的声音呼喊救命的哭声，和大水澎湃的吼声闹成一片，她冒着狂风暴雨奔逃，同时也有别的人连哭带喊的逃出来，她不知走了多远，大雨渐渐变小，狂风也渐渐息怒，她及两个孩子身上单薄的衣服早被雨水浇透，男孩受不住冷风吹击，冻得呱呱直叫，她好容易奔到县城里了，寻一家大门底下，把孩子放下来休息。

江岸的居民地，稠密的破烂房屋，连个尖都看不见，县与省府得到消息派员前往搭救时，只看见一片汪洋的大海了。

在海上面漂浮着的，是些盆碗罐和碎木板，死尸首都不见！许多被派遣的救生员，呆若木鸡似的站在岸上，一心一意的欣赏这伟大的自然。新闻记者，笔写之余，看着这是一幅人的画面，便拿出照相机，闭上一只左眼对光，第一天的报纸上有特号的铅字把这段惊人心魂的新闻登了出来，还有凄凉的照片，城里的老爷、姨太太们看见了，很表同情的叹道：

"真是一幅凄惨的图画呀，可怜！可怜！"说着相对之一笑，去准备化妆，赶什么跳舞会去了。

（《泰东日报》1936 年 5 月 20 日—22 日，署名：赤灯）

妹　妹

　　我们的家范围虽小，但是父亲、我、弟弟几个人的饭也得有一个人经理的，母亲活时当然不成问题，又不是有房子有地或积几个钱，能雇厨师，就是袜子破了补补，衣服脏了洗洗，无论如何要没有一个专门人才，实在太困难。这样，在没有办法的情景下，十三岁的妹妹便成了重要的台柱，做饭用她，洗衣服用她，收拾碗碟有时我帮忙，可是扫地就是她的责任，此外说不尽的乱七八糟的琐碎事情都由她担负，比方上街买油醋也是她的职务。

　　从早晨到晚上，除了睡觉之外，她是没有休息的！

　　并且弟弟幼小，一举一动她都放在心上，时时刻刻须各方面周全的顾虑着。

　　父亲和我是早出晚归——有时天不好，便住宿在工作的地方不归家，妹妹和弟弟两个人守着三间草屋。第二天当我连颠带跑的先父亲到了家，看见妹妹的时候，我的眼泪不能止住的奔流了！我抱着弟弟吻着妹妹，望着墙上母亲的遗像，眼泪滴在妹妹的发上，弟弟的颊上，我想着几时妹妹能长大起来，——至少到了十七八岁的时候，我便放下心了。

　　父亲常常想起来什么伤心的事情就哭丧着憔悴衰老的脸。

　　我家的房右边是一个小小的菜园，长有七十米突远，宽不过约十四步光景。春初的季节，买点各种蔬菜的种子，我和父亲利用没有工作的机会栽种。落几场雨后，嫩绿的小芽发出来了，可恨邻家的鸡常飞过来偷吃，有一天妹妹丢一个石子打坏了一只鸡，被鸡主人找上门硬要和父亲打官司，可怜的妹妹被人家痛打一顿之后，才算了结了！这件事情时常使我想起来痛苦！

　　那一年，刘姓的村长看中了妹妹，托人给他儿子提媒，父亲拒绝的结果，被无理由的驱逐出村！我们搬到另一个地方住。

妹妹的年纪虽小，做起活计常有大人所不及的地方，动作敏捷，而且知道卫生，她常不满意烧柴放在屋子里，说早晨应该打开窗户放放空气。夏天的时候，她想尽方法讨伐苍蝇。她开一面窗户，拿一件衣服，从地下跳在炕上，从炕上跳在地下，把衣服挥舞着，苍蝇逐出去不少，可是没有半小时又都从什么地方飞进来了。她瞪着两只可爱的眼睛，咬着嘴唇，两手叉在腰际，恨恨的说道："这些东西气死人！"

我的妹妹有出人的聪明，可惜不曾进过一天学校，这件事情也时常使我想起来痛苦！

上月回故乡看见了妹妹，她已经长得很高了。

三六年五月二日投自哈尔滨

（《泰东日报》1936 年 5 月 24 日，署名：赤灯）

茶　碗

　　早晨天不亮我就爬起来了，收拾收拾这里，打扫打扫那里，忙得一身大汗，不小心快要工作完了之际把柜房的茶几碰倒，哗啷一声！上面摆着四个茶碗打得粉碎！幸而茶壶放在账桌上，否则茶壶也送了命了！怎么办？没有办法，我把破茶碗渣收拾起来，丢进垃圾箱中，坐等着掌柜的起来一场泼口大骂，骂得孩子身无完肤，或者重些，则是毒打……打得我落花流水，一败涂地！

　　钟表当当响了七下，账桌先生最先起来，其余的伙计们也陆续起来，最后的是掌柜的起来了，用不着指使，我把行李捲好，打一盆洗面水，把手巾摊开叠一下放在盆中央，再沏一壶茶，——问题就在这里了，沏上茶叶，没有茶碗，难道叫掌柜的嘴对着壶嘴喝不成？无论如何没有茶碗是不行的，我还是说明了的好罢？便苦丧着脸，表现一副"实在错了！"的容貌求掌柜的原谅。

　　"什么？"这一声严苛之音，吓得我腿肚子几乎转在前面，我的命运，也由这一声判决倒霉了！

　　"你不是今天掉饭盆就是明天打茶碗，街门的玻璃被你打碎了三块，茶碗已经不只打了一次，今天又打，打个干干净净……"掌柜的说到这里，把手巾的一端用食指，撞进耳空中转了一圈，拿出来又换一只手，在另一只耳上，做了同样的动作，然后把手巾丢在水中。我正要过去端起洗脸盆想拿到外面泼去的时候，掌柜的搂头就赏我一巴掌，打在我后脑勺上，我的上体向前一倾，下体也随之不能做主，"扑通"一声，四条木棍制成的洗脸架向那面倒去，一盆水泼在地下，地下立即变成了大海，我好像一只轮船，漂在海面上。

　　我急忙爬起来，手与胸前沾了泥水，脸上也肮脏了半面，成一个滑稽的丑角，继着又是一巴掌，赏在我的耳后，觉得脑袋"嗡！"一声，眼圈冒着金花，可是这"金花"的欣赏是不长久的，留住了片刻就恢复了原状，伙计们听见打骂，进来劝开，把我拖到门外街上去了。

一天的灯下写

（《泰东日报》1936 年 5 月 27 日，署名：赤灯）

小三的命运

（一）

　　小三到今年三月初九是不多不少整整满十六岁的孩子了。他长长脸蛋，被风吹雨打的，较从前更显得乌黑消瘦，两只眼珠深深的凹在黄黄的鼻梁两旁，手是提不得了，皱皱巴巴的，好像鱼鳞一般。衣裳补了又补，袖头破得很杂乱，前胸与低襟抹了厚厚的油腻，几乎完全失掉了本来的深蓝色，鞋呢更糟，前尖开了花，要不是新近花了三个铜板雇掌破鞋的缝好，脚趾头早露在外面了。亏他两条腿硬，早晨晚间，东跑西奔的跑了二年半，还没有觉得十分的疲乏，但是他感到自己所干的职业，实在发生不出什么兴味来。是这样从早晨起来，被指使到一家去送一碗饺子，到那一家去去送一碗肉丝面，一气到晚上，不停的提着长方形木盒，在大街小巷，串来串去。有时候因为穷上忙，做得慢些，并不怨他，可是他却要代替在花钱的老爷们面前，捱一顿臭骂。他的脾气生来是很强烈的，可是因为家中贫寒，不得不给人家当牛马一样的使唤，不低声下气的把眼泪偷偷的吞进肚内去忍耐着。

　　此外有什么可施的办法，种种的痛苦，向谁陈诉，谁能同情他可怜他，改变他恶劣的景况。他在无可如何的情形下，很伤了一番苦心，忍耐了二年半的长时间了。在温暖的春日和清爽的秋天，还比较好受一点。在那六七月的酷夏，太阳好像火盆似的放在头上，热得头迷眼花，晒得肩背、紫一块红一块的暴皮。夜晚想好好休息睡一下吧，那讨厌的蚊子虱子又来和他为难。到了冬天，无情的西北风，就如利刃一样，削着他的耳朵、鼻尖，手是一年一犯的冻疮。夜晚痛得连觉也睡不着。他常常在无人的地方哭泣，看见人家与他般大般小的孩子，都快快乐乐的拿着书包，三个一群、五个一伙，说说笑笑的上学校，那种快乐的情形，使他羡慕得只有在梦中去实现。他现在过够了这辛劳的生活，这样过度的劳动，于他身体上精神上毫没有一点益处可说。他确实憎厌了，不能再混下去了，特别是今天，他受的打击比往日特别厉害。晚上，人们都安睡了，他在两块木板临时铺成的床上，翻来覆去，总睡不着，想想父亲终日挑一担花生烟卷到处的叫卖，可怜的九岁的小妹妹孤独的看着家，那凄凉的生活状况，有多么酸鼻呀。假如慈爱的母亲不死，小妹妹还有个依靠，他又不能常常回家，看看受苦的一老一小，邻居的孩子们不能欺负她吧。她一个人不寂寞不害怕吗？院子里虽然住了好几家，可是谁能照顾他的小妹妹呢！他又想起母亲活着时的情形来了。

（二）

那一年，他才九岁，妹妹还抱在母亲怀里，父亲的身体尚属强壮，在外面做工终日所得，足够维持一家生计。他白天到山上去拾些烧柴，傍晚回家，父亲也放工回去了，团团圆圆的在灯下吃晚饭。饭后父亲教给他识几个新字，念百家姓，他那时就认得很多字了，他聪明异常，父亲所会的一本百家姓教完他后，实在没有可教的了，想送他入学，那时乡村没有免费的学堂，私学馆的学费太贵，父亲没有余力一年拿出来十二三块钱，他的聪明才干，不得已让环境埋没了！

他曾为读不起书哭过无数次，母亲也极伤心，但是没有法想。夏天的晚上，一家人在院子里铺着草席坐着乘凉，母亲指点夜空天河的位置，星星的名字，又讲牛郎织女的故事给他听。

他的家乡虽没有产业，租了两间茅房，一块菜园，父亲由工厂回来，便和他种些大葱、豆角、茄子等类的蔬菜，足够一整个夏天吃的了。冬天，他背了一个麻袋，拿着耙子，到附近的丛林中，搂些从树上落下来的树叶，弄得很多，或者到山上弄些柴，烧火便不成问题了。

这样简俗的生活，在他所能记忆到的，过了不久，在他十二岁那年，母亲病了一春，迟延至过年的头五天，不幸的抛弃了他和幼小的妹妹，到另一个世界去了！

他想到这里，不禁长叹一声，翻一个身，仍然睡不着觉，室内漆黑的如地狱一般，他听听别的同事们，呼呼地睡得很甜。他是一点睡意也没有。

（三）

母亲死后，父亲很快的衰老下去，精神一天不如一天，每天跋涉十余里来回的工厂不能担当了，便想了一个小资本的营生。

翌年春，托亲求友总没有代他寻到一点相当的职业，后来父亲的旧同事给他找一家饭馆，职务是送外卖，父亲与他虽皆不同意，但是没有别的出路，他看父亲忧愁的脸，伤心的泪，他下了决心，便毅然离开家园，到三十里地外的地方干"送外卖"的职务了。距家三十里路在我们看来很近，那是因为我们的环境与他不同之故，我们高兴的话，乘自行车用不上两个钟头就跑到了，可是在三，他从不曾出过远门，而且妹妹系在他的心上，一时一刻放心不下，他的职务缠身，半点不能离开，二年半的光景，他只回家过三次，还是许多面子相顾。我在这里，不愿为他们掌柜的那没有人类同情心和种种虐待小三的横暴，我们大概有眼睛有耳朵的人，都见到或听见过，我们这一个悠久光荣文化历史的国家的旧式商店，对待学徒伙计的文明待遇了。

小三无论如何也睡不下去了，他又想起今日上午所忍受的一个大打击来，他把六个菜两个汤和两壶酒用一个大提盒送到离饭馆半里路的客栈去，当他累得满身大汗，小心一步一注意视看来往的行人和脚下的道路，好容易走到客栈的门前时，从里面跑出一个愣头愣脑的汉子，他回避不及，那个汉子撞在他的身上，他是有经验的，急忙把右手的提盒向身后拿开，没有打翻，但是里面受这一下震动，不用看准变了一点形样了。

原来他提盒里面是两层隔板，下层放菜，上层放着汤，这种汤——简单说，也就是水。

（四）

那青年是看见他提盒中放着两个大碗的，而且提盒中有水，他觉悟了似的，忙拿起筷子，挟了一口菜吃，皱着眉头说道：

"唔！这是什么味？你分明把汤洒在这些菜上面了，你看，盘子里还有水，你这小鬼，你还撒谎，这怎么吃？你拿回去也是不行的！我们等了多时，肚子早已饿了，看你怎么办？"

这一个问题，非同小可，小三惊呆了，半天说不出话来，喃喃地发出几句话：

"先生！请原谅，钱不钱是不要紧的，只求将就……将就一点……"

"什么？我花不起钱吗？怎样将就？你说！怎样将就？……"

那个少女在旁边插嘴道："我顶讨厌撒谎，他说了实话还没有什么，他倒想个圆满，说得那么周全，你看他多么懒惰！快叫他出去吧！"

那个青年喊了一声："茶房！"进来一个人，他命令道："打电话把他们掌柜的叫来。"茶房唯命是从的应了一声，"是！"便出去了。不大会工夫，进来喘息着的是他们掌柜的，问明了事情，便狠狠的瞪了他一眼，向那青年百般道歉，说了数万好话，最后那青年答应在二十分钟重做一份送到。掌柜的吼道：

"快给我滚回去！"

小三的灵魂完全飞到什么地方去了，哭丧着脸，把酒菜收拾好，拐了回去。刚一跨门坎，掌柜的在后面跟上来，"拍"的一巴掌，小三倒在地下，衣上沾了不少污秽的土，越显得肮脏了！继着又是几脚踢，小三连滚带爬的挣扎到后屋呜咽去了！谁也不安慰他一声。

小三想着这些，胸中忽然一阵酸，泪水泉涌在眼角，滴在枕头上，不知什么时候，悲哀得太疲乏，才含着泪水到梦乡哭诉给他母亲听去了！

一九三六、四、二六　投自磐石县

（《泰东日报》1936年5月29日—6月2日，署名：赤灯）

五年后 （残篇）

　　八九个三年级的中学生坐在宿舍内谈得特别兴奋，时间是下午四点钟左右，功课已经告毕，起初他们不过才两三个人，随便谈谈，陆续增加了几个人，越聚越多，你一言，我一语，吵个不休。操场上各种不停息的球声和激烈的呐喊几乎听不见了，坐在桌上的团脸，趁着大家的喧嚣稍微间断的时机，昂起头说道：

　　"你们的愿望都不错，有希望将来当大文学家的，有希望当画家的，有的希望当上了银行经理已经不知足，有希望当政治家还觉得不够，更要鼓吹什么运动，也有希望当音乐家周游世界，还有希望当一个将军，在前线击灭几十万敌军，得胜归来，受民众热烈的欢迎，这些我极称赞，而且盼望你们有成功的那一天，可是我，我将来的希望是：当一个鼎鼎大名的电影明星，你们说，怎么样？"

　　"没有什么价值！"背靠墙站着的小眼睛，把右手一举，左右一摆，反吵着说："为什么没有价值呢？请你耐着性子听我说，电影明星者，究其实不过是给老爷、太太、小姐、少爷们消消遣，开开心的滑稽小丑的角色而已，这个你可以进电影院看看，坐在那里的是何等人，立刻就证明我的话是真实有理的，我劝你改行为妙！"

　　"抽象的理论！不健全的瞎说！"团脸很不服，从桌上跳下来，两眼直直瞅着小眼睛，似乎非打倒他的言论，批评一个水落石出不可，他看了一看别人，大家的视线全集中他身上。"砰！"一下足球声，接着，"勾豆报鲁！"一声叫喊，在他们这沉默期中传来团脸开始辩论道：

　　"我……"他咳嗽一声，"我忘记你是将来当诗人的希望了！我先问你，诗有什么用？谁懂得你写的那些咒语？假算你吟的那些外国诗有人明白，试问你的读者都是何等人？一册诗放在高贵的书店里陈列着，索价至少是七角八角，甚至几元……"

"哪里！胡思永的遗诗不过才三角零五分。"交叉着手站在小眼睛旁边那个穿短袖汗衫的插着嘴这样说。在团脸对面椅上坐着的瘦子听了，很不满的反驳他："什么话？白薇女士的《打出幽灵塔》就卖八角五！上礼拜我在 B 书店看见的，摸摸钱包不够，没有买起哩……"

团脸瞥了瘦子一眼，表示对他的无稽之谈不足辩论的样子，继续说道：

"几元几角一本诗没有关系，我问问你，我国的同胞大多数目不识丁，读你的诗，反是些比进电影院的阶级还高的，花呀！草呀！哥哥呀！妹妹呀！这就是你诗人的价值？电影是补足社会的教育，在现时代已经成为不可缺少的艺术。至于进电影院的人们，不见得尽是如你所说的一流，并且在将来，我有本领改善的。你的诗就不见得容易改革！"

这时从外面又跑进来足球大王刘世无，他满头大汗，高兴的笑着说："今天练习的成绩很不坏，下星期和 K 校的决赛是必定胜利的。"

他的话没有人注意，希望当银行经理的，从角落里很郑重的搬一搬近视眼镜严肃的说道：

"电影明星有价值，诗人也不能说无用，凡是艺术家，都负着伟大的使命，不过这是极不容易成就的，非有天才和长期的苦训不可，我的希望当银行经理，就因为没有天才，我父亲是银行家，我可以跟他学学，如果你们文学家诗人或者画家的作品，价钱太贵，穷人欣赏不起的时候，我可以拨款设专门的印刷所或为大众所创办一个大书店，价钱叫他低得甚至分文不取。你们看看如何？"

"这是空想，梦想，幻想！很难办到的事。"背手立在窗前的高个半天未发言了，他是希望将来当政治家的，看着现在是发言的时候了，就毫不迟疑的高谈道：

"政者正也，或曰政以正民，他的用处就在正人之不正，治者理也，就是治理人民，可是现在的解释，则是管理众人的事，便是政治，我有这样的本领……"

（原文缺失）

（《泰东日报》1936 年 6 月 5 日，署名：赤灯）

李家庄

"王八羔子！你一点不知道用功，叫你挑水你不干，叫你放牛你不去，成天跑，到了吃饭的时候，你回来啦！我看你敢端起筷碗？……"

老头子的怒气可真不小，把烟袋锅在板凳腿上敲了几下，昂起头对着老四瞪眼睛，申斥几句觉得不出气，就走过去在老四的脑袋上狠狠一巴掌。但是老四机敏得很，急忙把身体一缩，跑开了。老头子用力过猛，一跟头，险些跌倒，这一来怒气更盛了！用尽平生之力紧紧追去，老四看光景不妙，一鼓劲，转过墙角，不知去向。老太太坐在当院，看得分明，喊出大儿和二儿子出去劝，两个儿媳妇在收拾着饭菜，互相使一怪脸，等大儿二儿跑出大门，老头子早不见踪影，他俩毕竟年轻，几步便追在老头子前面，挡住去路，哀求道：

"爹，别生气了！饶了他这次吧！"

老头子六十多岁了，身体又弱，走路已经很困难，何况跑，累得上气不接下气，张口喘，看见两个孝心的儿子追来，就长叹一声，坐在路旁的树下休息着，平下气来，伤心伤意的说道，

"我起初不愿老三读书，你们不肯，说家中没有识字人，叫他学学写信记账，你们偏听从他的鬼话，进什么师范，将来能赚钱发家，这个我也不反对。你们看，他从小的婚妻不娶，在外面和没有头发的鬼了头偷偷的结了婚！我们祖上有这种规矩吗？姓李的全家，那一个不埋怨我供他读书太多的不当？如今他能够赚钱了，在外面三年半不回来，他把父亲母亲忘在九霄云外。这不孝的畜生……"

老头子说到这里，咬紧牙齿，看着远远一辆辆牛车，在浅浅的河上面经过，那车走到河中央，忽然停住，那只黄色的老牛一前一后，弯下脖颈，饮着流动的溪水，赶车的坐在车沿上，把鞭子在空中画着圆圈，老头子回

过头来又继续说道，"轮到这个小兔羔子身上，我是无论如何也不准他进洋学堂了，谁知会上来干涉，说什么到年岁的孩子，不读书惩罚家长，他读了四年，就学成了这样懒惰，我不好好教训他，谁能管束好这个婊子养的，他竟不听我管教了！真是人心大变，到了天塌地陷的年头！"

"是的，爹！不要生气了，看他年纪还小，慢慢教训他，不至于像老三那样……"大儿子是孝子，他的话老头子肯听，便立起身，走在回家的路上，二儿退后面几步，在河边大树后面叫出老四，老四嬉皮笑脸的跟在二哥后面，等老头子走远，他们看老头子到了家，也走了回去。

院子中央，放好了桌凳，饭菜也收拾妥当，老头子坐下来，等着儿媳妇盛饭，刚从儿媳妇手里接过来饭碗，正要送到口边的时候，看见二儿子身后，老四跟了进来，就放下碗，大家知道老头子的脾气，非向他叩头赔了罪，是不能完结的，老太太命令着，老四跪下去，磕了头，说再不敢犯第二次，这样算了结，全家围圈坐在方桌四周，默默的吃饭，老太太一边吃饭，指教老四说：

"再有礼拜的日子，好好坐在家里温习书，再不然帮大哥和二哥下地做活，你不看见大哥天不亮就爬起来了下地去了，二哥半夜起身喂牲口吃草，你到处跑着贪玩！于心忍吗？你年岁不小了，十四岁了，十四岁的小子正经须做些活计，挑担水不是应该的？……"

天色黑了，老头子坐在火油灯下，想起旱烟袋丢失，命二儿子拿着灯笼出去寻找，没有找着，老头子又一阵生气，没有法，暂借老太太的用着，一口一口吐着白烟，忽然听见远远"康嘟—康嘟"有敲钟声，挟着犬吠，钟声渐紧，又有吵杂的人声，拼命的叫喊，门外也有人活动起来，老头子惊愕的问道：

"什么事？"

大儿子匆忙跑出去，在黑暗中，一眼看见隔壁长工老张，"什么事？"他问，"大概是谁家失火了！"老张答，不一会，只见得西方火光耀天，火光中带着黑烟，非常炽烈，锣声、人声、犬声闹成一片，人们奔跑着，喊着："救火去，救火去，村长家失火了！"

老头子走出来，老太太与儿媳妇也都走出来，提起脚后跟张望，因为是小脚，提起脚跟，单用细细的脚尖很难站稳，东倒西歪的非常焦急。两个儿子商量好，各拿一把铁铣，老四也跟在后面，随着奔跑的人丛中滚去。

村长家在村的最西端，是三出三进的瓦房，在村中——就是附近的三四个村子，也没有这样大的建筑，现在竟起了火，而且是在夜晚，人们将睡去的时候，真是怪事！只见正房的七间，由门窗猛烈的吐着火舌，右面的两间，房盖已经塌下来，人们泼水的铁桶和碰的声响，来往奔跑的狂叫，种种声音，打成一片，那火焰直冲至半空，大家提心吊胆，忧愁那火中恐怕有在挣扎着，没逃出来的人，可惜那许多贵重物品，眼看在火中变成了灰烬，谁也不敢过去取夺，村长哭丧着脸，在动乱的人丛中，奔来奔去，在集合一家大小，妻子和三个孩子是找到了，战战兢兢蹲在那里哭泣，村长的母亲也拖出来了，已经受惊过度，不能开口，村长的兄弟媳妇只穿一件褂子逃出来，村长脱下长衫给她披上，只有村长兄弟，怎么寻找、叫喊也不见，人越来越多，推拥不透，这样一来，救火的工作，进行困难，热心人家忙得汗流浃背，更有站着一动不动，微笑着看热闹的，火焰渐渐减煞凶猛的炽烈，慢慢的，火光退下去，人们七手八脚的，趁机把火扑灭，只听村长兄弟媳妇哭喊着："他……他烧在里面了……他……他没有出来！……"

老四站在远远的地方，在烈火炽盛的时候，看见同学刘三，他问他："为什么会着了火呢？"刘三低低告诉他道："仇人太多……少说话吧！我们又没有见着，谁知怎么个原因。"火熄后，老四先看见大哥，然后又找到二哥，他们看许多人都往回走了，也随在人群中走回家。老头子看见他们回来，又是一阵怨言：

"小兔羔子！你跑去干什么？你不怕碰着吗？"老四颇有些惧怕父亲，悄悄地走进屋子，准备睡觉去了。

过了三天，老四退了学，这不消说是老头子的主张，他在家里，从此干"庄稼"活计。早晨，他只得早些爬起来，帮助大哥套车，有时候不用车辆，他则赶着两只牛，一头毛驴，背着水，随在两个哥哥后面。到了自家的田地，两个哥哥锄着田中的荒草，他把牛赶到附近的山坡上吃草，他坐在草地上，望着远远村庄的茅房。那三百多户的农家，在老四看来，不管穷富，毫不激起什么感想。晌午，他把牛赶回家，吃了饭，跑到河中的深处，和许多孩子们，脱光了衣服，在其中洗澡，也在水中做种种游戏。困乏了，就在河边树阴下睡一觉，下午仍继续放牛的工作。秋天到了，是收获的季节，比较忙碌些，可是年成不大好，打得区区几石粮，仅可维持全家一年的生计而已！冬天，老四和哥哥们主要的工作，是打柴。他很能吃苦，一年又一年，他的职务随着年龄增加。大嫂二嫂生下了几个孩子，老头时常卧病不起，医药的费用，是一笔棘手的担负，老四到了当娶的年龄，在一个秋天，把幼年所定的终身伴侣迎过来，可是不幸便来了！老头子死去，兄弟分了家，老四所得的产业有限，也不知什么神仙在暗中做鬼，年成是一年不如一年，够吃够穿的是仅有的人家。老四也生了孩子，生活渐感到艰难，到这时，我也离开了李家庄，以后的情形我是不得而知了。我想，李家庄崩溃的命运是不难推想的，因为大家小户，许多破了产，老头子说得很对，到了天塌地陷的年头！

五月十二日脱稿

（《泰东日报》1936 年 6 月 11 日、13 日、16 日，署名：赤灯）

四个人的故事

在山坡的松林下坐着，好像在海边一样，高大古老的松树被微风吹动，发出"哗啊哗啊"的声响，简直与滚滚的波浪的汹涌没有区别，有时听着如山前疾驰的长列货车。微风停了，"货车"走远，大地寂静无声，山下耕地的农夫喊着：

"哦哦！大大！"附近村中的小孩子歌唱，和鸡鸣驴叫，都清清楚楚，送入我们四个人的耳鼓，唐殊永站起来伸一个懒腰，走到冯慢章背后，把手压在他的两肩，摇了几摇，又走回郑世华身边坐下，望着我像突然的想起来什么似的说道，"我们四个人轮流，每个人讲一段故事好不好？"

"赞成！"冯慢章举起左手表示同意，郑世华低头想了一想，提议道：

"好是好的，不过我们今天要讲的故事换换花样，不再讲那些小生落难，后花园与小姐相会，以致受尽折磨，中了状元，回来团圆……等千篇一律的罗曼史，我们今天把自己的过去，拣选最有趣的或最悲哀的一段慢慢讲述，好在今天放假，有整天的工夫，就用不着到处乱跑了，如何？"

"最好没有了！韩绫哲，你愿意不？"唐殊永笑着问我，急待我的答复。我是没有好故事可说的，过去也是平平淡淡，恐怕说出来太无聊、扫兴。但是他们三个人都极力提倡，我怎好反对？便答应了他们。大家决议通过，往一块凑了凑。唐殊永坐在我的左面，冯慢章坐在我的右面，郑世华坐在我的对面，首先由唐殊永开始讲。他两眼望着空中的白云，大概总是在努力收集材料吧，住了一会儿，笑着说道：

"我一时想不起来许多，就讲讲我十二岁那年跳水救一个小孩子的事吧。

那年夏天，我和哥哥到海边钓鱼回来，经过郑村，顺着林中的羊肠小道慢慢走着，那时正在下午，树上的蝉拼命的号叫，我想爬上树捕几个下来，哥哥不准，说他是音乐家，他的歌曲很难了解，不能捕音乐家玩弄，我一想很对，以后永不捕蝉。我们走不远，忽听得'救命呀！救命啊！'的妇人的大喊声，我和哥哥急跑，跑到树林尽头，一湾绿水，那妇人在对岸，指着水中冒着水珠处，喊道：

'我的孩子，掉进水中了！谁能救救，那是最深的地方，快点救救我的孩子……快……'那妇人急得发狂，我把钓竿交给哥哥脱下上衣，

"你会浮水吗？"冯慢章插嘴问。

"那当然！我在海边上长大，从小就在大海里漂在大浪中间玩耍，何况一池水湾，不怕那池水怎么深，我跳进去也不要紧，哥哥知道我能够救上来，所以不拒绝，我一蹚便窜进水中，换了半天，没有摸到什么，我在水中四面觅寻，寻了半天，看见那孩子在远远的急流中出现了，我心中一喜，勇气增加不少，便用尽平生的力量，急急向那面游去，结果我把那孩子救了上来，救上一看，那孩子还有气，哥哥是懂得救生的法子的，施一点手术，那孩子把水全从口吐了出来，活过来了。那妇人欢喜得眼泪都流了出来！不知如何感谢是好，这时欢聚来许多人，都称道我的勇敢，那妇人硬请我们弟兄俩到她家里坐坐，以示慰劳。

"唉！你真不幸，那么你的意思是，我们应该不须家么？"唐殊永很悲哀的样子问他：

"也不是，我自己觉得，不好的东西应该丢弃的！另设法找新的。"我们应该建设一个新的家，我们明白他的意志，不讨论下去，催郑世华讲他的故事，他大概早想好了，所以并未思索：

"一九二九年秋天，我在 C 县 P 中学读书，C 县是邻着 M 江附近的。星期的日子，我时常和三五个朋友到江边去散步，江中有无数渔船，船上都是穷苦的渔家，因为租不起房子住，就在船上盖了小房生活，春夏秋冬，倒也度了过去。可是我很为他们担忧，在江边停泊着当然很稳，可是他们时时刻刻把船摇到江心捕鱼，那么，如要遇见风浪，是不是一家大小都很危险？说也奇怪，我为了这事，竟时刻惦记着。有一天，我一个人走到江边，看见一只船上面，老小有数口，我便上前问那个正在修补渔网的老人，在江中的生活怎样？那老人看看我停下工作，和我开始谈话，谈得很投意。

151

以后我常去和他谈天，他在老伴之外，有一个长子，据说随别的渔船到远方打鱼去了。还有一个女儿，年龄与我相等。有一个小儿子，十二三岁，天真活泼，非常可爱。我去的时候，他们总是热烈的欢迎，问我这样，问我那样，说不出的亲近。有时我回去时，他们再三送一些鱼给我，我真有点过不去，又不好意思不拿，于是我也时常带些物品酬谢他们，简直成一家人了，我也很希望成他们一家人。"

"那个女儿对你怎样？"冯慢章插口问。

"自然对她我也很亲近，不过她怕羞一点，总是微笑着，不愿开口。"

"她美丽吗？"唐殊永又急切的插着嘴问。

"这点请原谅，等我改日再谈她吧。我们这样的友谊来往了半年，忽然他们不见了！我打听那船，他们说到别的地方去了！我一听，觉得很难过，竟站在江边望着江水滴下泪来！"他说到这里，眼泪真个流出来了！大家很奇怪，安慰着他叫他讲下去，但是他无论如何也不肯讲下去了。说心中凄凉，万难讲下去。大家面面相观，知道他胸中必有什么隐衷，不肯直说出来罢了，又不可勉强，最后请求他的同意，日后再讲。

这次轮到我身上了，我讲什么好呢？我实在没有什么可讲的，就把我过去一件最有价值的讲给他们听。

"有一次，朋友的哥哥结婚，礼式是在大饭店里举行。我前去参加的目的，并不是祝贺的诚意，乃是为一顿丰美的吃喝。果然不错，那筵席是顶上顶上等的，我虽然吃过几次好饭菜，但从来没有看见过，而且也没有听说过那许多样样好吃的饭菜，我吃了一气，暗暗的松一松裤腰带。和我同桌的都是高贵的宾者，整洁的西装，华丽的旗袍，还有那些我不知名的奇装怪服。衣服的华美，一向就没有引我尊敬的力量，我明明白白，他们什么不懂得，是些真正的傻瓜！然而他们装得却特别神气，这越发使我鄙视他们，他们半天伸一伸筷，大有'这些东西不值得吃'的气概！我趁他们谈笑的机会，就狼吞虎咽吃个痛快。我反对主张饭桌上不是英雄用武之地的主张，所以有几个看着我笑的傻瓜，我毫不理会。为进行吃的政策，谁有工夫顾虑他们，但是糟糕得很，我实在吃得太多了！肚子里无力容纳，我走到外面跑了一阵步，回来又大吃大喝，不！不是！我不喝酒，也罢，就是这样说吧，我是吃得很多很多的，在我右面一个傻瓜笑着问我：

'你这位先生真能吃！肚量很大，一定是很能干的……'

'是的，小姐！'我这样答她，'你很美丽呢！你的发烫的真好看，你看我，我这件破学生服，穿了二年半，从不曾洗过一次，你的衣服该多漂亮呀！但是，你知道我是最讨厌无理的恭维的吗？我顶憎恨用劲弹怪调的酒浆家……'

我这样说了之后，就离开饭店，当天晚上肚子痛得要命！一夜未眠。以后从没有再吃过那样的好饭菜，现在想起来还觉得很饿，我这段的题目，叫'吃饭的故事'吧！"

"哈哈哈哈！"大家一阵笑，我们站了起来，打算到别的地方散步去了，我心里想，郑世华的故事一定很动人的，我应当详详细细地探出来。

五月十四日晚

（《泰东日报》1936 年 6 月 17 日—18 日，署名：赤灯）

韩先生

一

这真是做梦也想不到的巧事情，会在沙漠似的 J 省遇见七年前曾热心教导我的韩先生。是傍晚，太阳已经落下去了，我顺着清静的河边，嫩绿的柏树林下散步。在对面，约有一百步光景的羊肠路上，背着手慢行着一位老人，渐渐走近我前面，我仔细一看，好像是熟人。他憔悴的面容两眼炯炯有光，鼻梁上的近视眼镜，明明是我在什么地方非常熟悉的人。他看我目不转睛的瞻仰着他，便停住脚步，很慈蔼的看着我，好像也在打量我的模样。我痛苦的极力回想，想了好久，突然，我想起来了！这是我七年前的先生，热烈的爱我指教我的先生，不是别人。我急忙脱下帽子来鞠躬，凄然的说：

"啊！韩先生！你老人家怎么会在此地？先生不认识我了吧？"

他听我称韩先生，很惊讶的样子，眼睛放着奇怪的光，猜摸半天，说出一句话：

"你……你可是？……" "

我是先生七年前的学生，杨文光，先生还记得吧？"

"噢！是你！你怎么会在此地？还没有忘我？你长得这样高了！"

"是的，先生，我从没有一天忘过先生！我在这里已经有一年了……"

我心中一阵极烈的悲酸，眼泪不知从什么地方，很迅速的泉涌出来。先生伸出手，我紧紧的握着，先生把左手放在我右肩时，我实在站不住脚，一头倒在先生怀里，啜泣起来。先生抚摸着我的头发，我觉得冰凉的泪水，从上面滴在我的后脖颈上，默默有半小时光景，先生把我扶开，我悲哀的说道：

"先生几时来到此地？住在什么地方？此刻往哪里去？到我那里去好吗？"

"好！我正无事闲散，我上月打G省来，住在女儿家。你在哪里住呢？"

"离这里不远，那面山下的大庙前面的一带楼房附近，不过二里路光景。"我手指着西方，傍晚的西天，布着美丽的云霞，路上没有一个行人，只有我和先生的脚步踏在沙地上，发出沙沙的声响。

已经七年了，真如先生所说的，光阴真快，那年我在C埠一家洋行内学商，白天干活，夜间到夜学校读书。夜学校离我的宿舍有三里路吧！晚饭后，我拿着书包上学，同学共六十几人，年纪最小的是九岁，最大的不过十九岁，但只有两三个人，这些少年，差不多都是白天有工作，进不起学校的无告者，其中只有五六个学生，是为补习功课，入在那里求学。先生共二人，一位姓刘的年轻先生教算术和英语，这位韩先生专讲国文，所以我们皆称他国文先生。他那年就很衰老了，不过他的身体非常壮。白天在女子初级中学校讲国文，夜学校是兼课，他劳劳碌碌一天，没有休息的时间，从中学校下午回家，吃完饭就跋涉六七里路，到我们那里去，热心的站在讲堂上，指手画脚的给我们讲，学生大概全知道努力用功，都知道读书是能成一个完全人的功效，所以静静地听先生讲课，决没有不守规矩啦……等的犯过。记得曾听先生说过：宁愿辞掉白天的职务，不在中学校授课，可不愿离开我们，这理由我们当时并没有质问，只觉得先生对我们的爱护与热心，依依如慈母，使大家感激得流泪。也许因为几次考试，我都列在头一名之故，先生好像特别注意我，鼓励我奋斗，指示我继续上进的道路。可惜几年来，我也本着先生指教的话，努力干去，结果无何等好结果！这不能说是因为我的努力不足，奋斗的力量薄弱的缘故，那年夜学校因为租借的地点届期，又缺少赞助建设的有力者，终于，大家很伤心的看着可爱的学校不能成长，仅仅二年零五月的短命，便不幸地夭亡了！以后我离开C埠去K江，曾时常写信给先生，知道先生后来辞去了教职，当过报馆的编辑，又当过某师范学校的校长，以后的消息竟隔绝了！回想当年先生看我如子弟一般，其实比子弟更加数倍的亲切，先生的家，我拜访过无数次，先生有当银行书记的儿子，有一个女儿那时还在师范读书。记得我去的时候，先生的老妻总快乐的欢迎，先生又特别高兴，先生也曾到过我们的洋行看过我，对我的不良境遇同情与周全的照顾着，可以说无以复加。在我几年来飘泊的生活中，简直就没有比先生更爱过我的人，我人间，好比到处摇尾乞怜的小狗，时时忍受着无理的踢打，不敢反抗！我不敢说除了先生之外，其余是虚伪、奸险，没有良心的坏蛋！公平的说，像先生这样富同情心的好人，实在没有遇见第二个，我时常想念起来，欢喜之余又不禁对所接触的人们怀疑、厌倦、憎恨！如今已经七年不见先生了，今天竟异地相逢，我该如何的欢乐呀！我正追忆着过去的片断，听先生问道：

"以后你都到过什么地方，做些什么事，你的学问很长进了吗？"

我听先生的话，又伤心又羞愧！我都做了些什么呢？我什么有益于己于人的事也没做！至于学问，更提不得了！哪有半点进步呢！或者还不如从前知道的事情多了，真是可悲！但是我又不得不对爱我的先生说实话，我伤心的对先生说：

"自从那年与先生的消息隔绝后，我便由K江转到F城，在F城找到轮船上的杂碎工作，但是航海的生活与我不相宜，过不惯，又回到家乡，帮助父亲干木匠工作。因为木匠的工作，也没有大发展，只有趋一家人走入穷途甚至挨饿，不得已，又到了K江，任旅馆茶房，又当书记，便是那年我的母亲逝去了！"

"怎么？你的母亲去世了！"先生很惊愕的插嘴问。

"是的，先生！我的母亲去世了！"我忍住眼泪，继续着说。"母亲死后，一家人的生活竟会越加贫困，靠父亲的劳苦，养活妹妹弟弟。父亲是爱护我们几个人的，我在K江的时候，父亲曾选次去信叫我回家，但是我在外面跑野了心，并未回家，以后又到过G省，和其他许多地方，可幸各地有熟悉的朋友，求他们费心为我谋点职业，总算没有挨饿。去年春天，我回故乡一次。啊！故乡不如从前那样繁荣了！先生大概还记得？我的故乡是风景清幽，地面热闹的所在，有山、有海、有公园、有林立的各等学校，但是这几年，不知怎么竟完了！不如从前了。由故乡出来经过C埠时，我曾下车去看过我们从前学校的地点，不料我没有寻着，原来那里筑成了一片大楼，街道完全改变了！修得很惊人！几年的工夫，一切都变了！我到这里已一年，仍然当书记，月薪较丰一点，二十五元，三分之二寄给父亲，他们可以糊口，学问一点没有进步！自己很恐慌落伍了！"

先生津津有味的听我说话，脸上显出喜悦的表情，这使我很惊疑。先生怕在笑话我没有出息哩！

二

到了我寄居的地方，天色已经渐渐黑下来了。我们的老仆人站在门前，看我回来，又看见后面跟一位老人，就转身走去开了电灯。我引先生到我的睡觉室，先生四周看了看，看见桌上有一封信，拿起来说道：

"这是你来的信吧！"

我走过去一看，知道是弟弟来的，就恭敬的接过来，请先生坐下。求老仆人给沏一壶茶，问先生用过晚饭没有。

"刚才用过了出来走的。你呢？"

"我已用过了先生！请喝茶吧！"这时我心中非常快乐，先生问墙上挂的相片是谁？我指着床上面的说："是父亲的相片，那旁边两个小孩子是妹妹和弟弟，那是朋友的相片。最大的一张是林肯，在林肯从前大同小异。"最使我惊异的是先生好像比从前健壮了许多！我心中又是一阵高兴，问先生别后的景况。他第一句就说：

"你师母大概在你去K江那年就死了！"沉思了一会儿，"你冬姐出了师范就嫁人，丈夫就在此地做事。生了小孩，我起初主张她不能那样就嫁了人，应该为社会服点务，但是她把我的话当耳旁风，不了解我的趣旨，已经生下小孩子。而且快将生第二个，将来恐怕服务社会也没有独身的便利了！"

先生说到这里，望着墙上道貌岸然的托尔斯泰，继着说：

"这不过是用极狭隘的眼光，用通俗的话，来观察并且讲教育的诸多方面的问题，几年来我所教育的学生，女子占多数，不能服务社会的，成了废物的也占多数！就是男学生，我也没有勇气在他们身上卖力气了！我看拿不起学费的聪明孩子不得进学校是一件使我最痛苦的事！后来我心灰意冷了！我没有大力量，能把我不满意的一切根本改革，我不能苟延残喘干下去，便辞去学校的职务，想干点别的事情。我离开学校在报馆工作了一些时日，这项生活，便是在你去K江时开始的，然而不久我又脱离了，奔走了不少地方，不幸什么也没有做，也不易做。我年纪高了，精力不济事，我也不愿做了！上月我想起久别的女儿来，便毅然到了这里。这里的风景一般，人说很荒凉，其实我看是很好的。我被这里的许多古迹迷恋住了，想多住几天再走，现在时间不早了吧，我回去，好在我认识了你的住处，明天是星期天，你有暇，我来看你，再慢慢谈，我看你是有余暇时间的啦，要有支配时间的科学方法，多多用功，明白吗？"

先生说完，就拿起帽子要走。

外面没有月亮，黑黝黝的，我找出电棒，决定送先生回家，先生再三不肯，我说明要急于见见冬姐的理由，他看我很坚决，就答应我同去，我告诉老仆人归来的时间，就携着先生的手出了门。

三

今天是几年来从没有的快乐。我想着先生刚才说的话，不能不使我对这一位老年的学者尊敬。七年前，我已深深感到这位老先生的卓越的见识与高超的思想，一定高到我不可触摸，不易了解的境地。我们说到夜学校的情形，我打听教算术与英文的刘先生到什么地方去了？

"他吗？"先生说道："仍是吃粉笔灰的生涯，现在还在G埠。""先生！我的学问怎样才能进步的快？我应该用什么功？我很苦闷哩！"我这样问他。"这是很难答的问题呀！你要学问进步，我想第一不要懒惰，应该用你最感到兴趣的功课，譬如你喜欢高尔基，那么就研究他们的学问，不过你不感到兴趣，而是有用的学问，也要研究。兴趣须创造，只要你肯努力，将来能在大众以上的，你不要苦闷，你应当快乐起来，像从前那样振作起精神。"

"书我是读得太少了，这原因是我买不起，又无处借。我读过《彷徨》、《呐喊》，还读过《冰心女士小说集》，翻译方面有高尔基《胆怯的人》，辛克莱的《求真者》，此外什么也没有读，或者还读过一二本，但是都忘记了！写，我正在训练着，但是，我提起笔来什么也写不出来！多读是能帮助写的，这个我也听说过，但是没有从天掉下来的书给我读，叫我读什么呢？我没有可读的书，什么方法？先生！"

"这可把先生难住了！"

"不要紧，你冬姐大概有什么书，你可以借来读，看看吧！"

我们走到相遇的地方了，先生说还有不远，城里的灯光很明亮，我们黑暗中走了半天，可到达光明的途上了，城里的街上，行人很多，为什么他们晚上还这样忙碌呢？我们穿了几道小街，转了几个胡同，走到一个大门口，先生说："到了！"我过去敲门，应声而出的是个青年，在黑暗中，我看不清他的面貌，我猜想他大概是冬的丈夫了？果然不差，当我们进到屋里去的时候，先生给我介绍，冬姐由内屋走出来，看见我呆住了！先生说道：

"不认识了吗？"

"呀！是杨文光吧？怎么来的？从哪里来？几年不见，我不敢认得他了！"

七年前的冬姐，变了若干！面庞瘦了些，只有两只眼睛还如从前一般，水明明的可爱，身体胖了些，头发比从前留得长了许多。她的丈夫，是个身材适中，长脸的白色青年，清淡绿色西服裤，上身是一件白绸衬衫，红色的领带还没有拿下来。他瞪大了眼睛听先生说我们相遇的经过，冬姐让我坐在椅上。我看桌上堆着许多洋装书，我顺手拿过来一本，是《哲学的派别》，喂！这个谁懂得！太难！又拿过来一本，是《经济学原理》，老天爷！这些我一辈子也看不懂，其中只有一本《卢骚忏悔录》。看来好像是能看得懂的样子？这"卢骚"是人名还是什么呢？我纳闷，把书放下欣赏这间屋子的设置，漂亮极了！比我那间认为很不错的屋子胜强万倍。他们把眼光都集中在我身上，好像我身上的长衫短了点不大好看的缘故吧？我不安的坐着，冬姐看着我笑，我请求她说：

"以后我时常来，求你给我讲世界大势好吗？我现在大概懂得一点了？那《哲学的派别》是什么意思？'卢骚'是人名吗？有趣不？我能不能读明白？"

冬姐听了我的话，又笑起来对着先生说道：

"他的问学的态度仍未改变，遇见什么都诚恳的问，可惜不会多读几年书"。说着向她的丈夫转过脸去，"这可是你理想的小朋友哩！就你教导他吧！他是太聪明不过了。"

那青年歪着头思考我，似乎我有一些可爱的样子？先生坐在我的对面的椅上，指着那青年说道："这是大学卒业生啊！比我有思想博学得多，你什么都请教他就行了，他会详细告诉你的。"

我辞别出来，先生留我住宿，我说明天再来拜访。一路上思索着这一家有学问的人物，又回想我七年来坎坷的生活，真好像一场大梦。今天遇见韩先生，无意中，使我学得不少。到家后我决定第二天去访他们，和他们借一点书读，我没有学问，什么也不懂得，实在太渺小了！

走到家，我把弟弟的信打开来读，上面这样的写着：

"文光大哥，给我的信收到了，谢谢你指教我许多有益的话，今后我必遵从你完善的意思努力。父亲看见你的信也很快乐哩！求你时常写信给我吧！你的信，好像小说一般，我读好几遍，时常想起就拿出来读读。

上星期五，我们学校里全体学生远足，到了二十里远的海边，那地方我从来没去过，真是太好了！

父亲问你身体好吗？你寄给我的杂志已收见了，祝哥哥安好，弟文秋，十三号。"

四

第二天，我去访问韩先生，冬姐的丈夫不在家，冬姐在院子里逗弄孩子玩，那孩子穿着簇新的衣服，看见我去了，笑嘻嘻的喊道："爷爷！文光叔叔来了！"韩先生从室内走出来，我上前行礼，冬姐叫孩子问我安好，那孩子问我道："叔叔你好啊！"我真快乐。他怎会知道我的名字呢？这孩子已经四岁了，圆脸大眼睛，很像冬姐，肥胖的手腿，天真活泼的非常可爱。我过去抱着他，他用小手摸摸我的帽子。我们走进屋子，冬姐拿出来很多水果叫我吃，我真好像又回到七年前的时代了。

冬姐问我弟弟长多高，我出手量着高矮，又告诉他弟弟今年是四年级了，她又问父亲康健，妹妹的安好等。又问我学问进步的程度，我很抱歉，觉得两颊发烧。

"我一点没有进步，什么也不懂呀！我仅仅能读明白报纸。"我这样回答，她又问道："你读《胆怯的人》不是很明白吗？那就大有可观了，那部书我也读过，你觉得怎样？"

怎么样？啊！我也不知道。我只觉得好罢了。

"内容我不能完全回忆起来了，那部书什么都描写到了，社会上的各阶级人，我最欢喜的，是那本书所写的，是实生活的战□□□□将来应该走的道路，我觉得胆怯的人并不胆怯，是很勇敢的。"我这样说明我的读后感。她很惊异的望着先生，对于我的话显然不是反对的意思，她抱歉似的对先生说道：

"他比我进步得多呢！他大概读了别的许多书？"

我们又谈了一些别的事，最后韩先生提意和我出去散步，我很赞成，邀她去，她说有朋友要来，不能出去。我和先生沿着大街，出西城门，到池沼的里面，那里是一片田园，有在田园的边头，芊芊的小草一边牧羊的人，农夫三五个在田中锄地。在田园西面，绿阴有行遮盖的村中，走出三只黄牛，一个童子在牛背上骑着，慢慢的向这面走来。我们是向池沼的东北那座庙前进的。先生又说起来夜学校的事情。

"在你后面的位置上不是坐着一个十五岁的孩子吗？"先生说："你大概知道吧？他的名字叫刘萍远，是没有父亲母亲的孤苦孩子，也没有兄弟姐妹，寄养在姑母家，姑母对他很不好，也不供他读书，叫他在杂货商店给人家送货，从早晨起来，他就被指挥到各处跑，他骑着自行车，上面载着笨重的货品，白米啦酱油啦，家事用具和零零碎碎的炊事材料。电话铃一响，主人便命他把货品点出来，载在车上，在车水马龙的大街上转来转去，额角流着汗珠，走在上坡的路上，他是非常吃力的，看他弯下腰，昂起头，逆着风，拼命用两腿上踏车镫的情形，那是很苦的工作。他年龄小，气力不足，哪里吃得下过分的劳苦白昼，很疲乏了！到了夜晚，他满心想求学，我看他过度操劳的神态，在那里强打精神的读，我看着他，心中很难过，常常想着他的景况。书几乎读不下去了！"先生又续着说："还有十八岁的赵志华，他是很苦的！"

"是的！先生，他也是很苦的。"我想起这个瘦长的少年，他那两只深沉的眼，沉默态度。他的衣服是很破旧的，肮脏异常，我曾问过他的家世，他很亲切的和我谈话，他的家乡距C埠很近，父亲种田，其实真有田种也好，是租人家几亩薄田种着的，年成好，免收获够一家几口人维持生计。年成不好，所收的米粮还不够租税。这样，他们终年在贫中过日子。他到C埠是在舅父开设的铜器铺里学徒，舅父爱他，准许他到夜学校求学。可怜他连这一点幸运都担不了，铜器铺倒了，他不得已被舅父介绍在某公馆当差。负担的职务，是很难提起的，也是人们所容易想象的。那样真是牛马才担得起的苦工作，挨打受骂更是家常便饭，幸亏当他到那里去工作之先要求每晚两个小时的读书时间，其实那许多少年，幸福的人怕极少极少，除了那几个补习功课的学生。

"那没有关系！你别看他们的衣服穿得华美，他们的学问不见得有你肚子里的十分之一多呢？他们张口说什么'密斯脱'吗？他们不知道'密斯脱'怎样写！那姓刘的小姐，就是坐在窗下那位怪装女子。她架子很足吧！但是难为她，她连大字不识，目不识丁的呀！"

先生悄声的用着讽刺的表情指教我，我心中理解，不禁对这群人，减去尊敬崇拜的心，反增加轻视的不住的冷笑，先生劝我别丢掉这顿吃喝的机会，我很高兴，静静地期待着。没有很长的工夫，大概是饭馆子里的人，抬着大形的提盒，共抬了七八盒，在屋子里放好的两张圆桌上，摆列着样样的菜与酒，大家客客气气的互相谦让着。圆圆的坐下，我坐在先生的旁边，在我右面的便是那位目不识丁而架子十足的小姐，她身上的香味，几乎熏得我的脑袋昏晕，险些呕吐出来！我把脸转在先生那面，极力躲避她香气味的攻击，席中，我吃了若干好东西，这不能不感激先生的恩典，没有先生，我哪里求得这场丰富的美餐呢？我这餐吃得大饱，那些贵客，把很多啤酒都灌进去了，这又不能使我钦佩，这种大量饮酒的勇敢，必须经过长期的训练，正像研究学问的功夫一样了。

席散，我和冬姐借几册书，有《卢骚忏悔录》《煤油》《屠格涅夫代表作》《夜店》和其他杂志三册，我得到这些梦想不到的好书，欢喜是从来所没有过的，我问先生几时到别的地方去，他回答说不定规，临走之前，必去看我的，我感激莫名。辞别出来，抱着书，一溜烟跑回家，躺在床上就没有起来，当晚到天亮，我未合眼，把《卢骚忏悔录》读完了。第二天坐在办公室里非常的困倦，我的主任先生，时时走进我的屋子，看见我连连地打哈欠，很不满意的用两只无情的白眼瞥我。我在公文簿上写错了几个字，主任先生把我叫在面前，申斥一番，命我振作精神来，好好干！其实我何尝不好好干呢？错误是人人免不了的呀！狮子和猛虎还有打盹的时候呢！

五

一连几天，不见先生来，我们公司里有几位同事请了假，势必把事情分给我们几个人负担，这样就忙了起来。我在百忙中，抽出一点时间，偷偷的拿出书来读，读了有几篇，使我流了许多眼泪，受到深刻的感动，这样的好书。

我又一想，人对牛弹琴，是一个滑稽而且近乎疯狂，我制服了激烈的情绪，把书收拾起来，等经理先生走后，我又把书拿出来，很对不起这册书似的越加恭敬详细的读着。星期日到了，我等着先生，预备先生如果不来，我便访问去，十一点钟刚敲过，老仆人进来说，那夜的老人又来了。我急忙放下书本去迎，先生已到门前，我让进室内坐下，先生摘下帽子说道：

"后天早晨，我决定走了！"

"到哪里去？"我的心凄凉起来。

"仍回 G 省，到成桑那里去。"

"在这里住着不是很好吗？冬姐家很方便的……"

"不！我决定走了，到那面去，我想找点事做，闲散着很无聊，在这里的日期已经很长，不能再住下去。好在我的身体倒结实，随便各地走走，不久或许还要来的，我们仍然能够见面……"

"你在这里，要记住，身体是第一件大事，身体要不强壮，就是有多大的学问本领，什么也不能干，你的年纪还小，只要冷热加谨慎，起居饮食善自检点，身体倒不成问题……"

"我本打算，设法助你升学不至于错误。为经理者，应该善意矫正、指导，但是并不！比方我读书，经理是反对的，这也许因为经理怕我迟误工作，但是我并不迟误，命令我的事，都办得妥妥当当，就是在无事可做的闲暇时间，他也反对读书，这是什么理由呢？经理是好打牌的，莫非读书不如打牌正当？天下竟有这样的怪事！这样的怪动物！许多人昧着良心，真是没有法子！……"许久潜藏在我胸中的闷气今天以先生为对象，发泄出来若干，先生思索着，我继着又说：

"其实，先生！这也不足怪，竟有比这样更坏的人呢？我从来不加批评。过去数年的痛苦，我都忍受了！现在并非不能忍耐。可是，先生！最近我有点变了？时常想着为赚饭吃，离开可爱的家乡千里路，受这份怨气太不值得，我想逃避现实，又办不到。"

先生惊异地望着我，似乎不解？我急忙转换口气又说：

"先生到那边去，能不能费心给我托托人，找点别的职业，什么我都能干得来，只要少受一点气就好……"

"那是办得到的啦！等我问那里成桑给你想想法。"先生这样回答我的话，这使我非常高兴，我实在不愿再住在这样沙漠似的 J 省，无味的过下去了。

六

先生走后两个星期，从 G 省来一封信，说寻职业难，在最短时间，恐不能如愿，叫我忍耐些时日，大概总不至于使我失望吧？我自己安慰着慢慢的期望……

屈指计算，在先生走后的整整两个半月，一天，接到先生的来信，说事情已经谋妥了，叫我束装就道，可是并不曾告诉我是什么职业。我不管这些，很骄傲的迅速辞了职，赶到 G 省，照着先生告诉我的地点找到，这就是先生的儿子成桑的家。当我提着行李，找到他们家门前时，恰巧先生在门外站着闲眺，在先生旁边，立着一个女学生打扮的少女，年龄与我相仿，先生看见我，急忙过来接下我的行李，说道：

"我算计你今天准到。"又指着我，告诉那女学生说："这就是杨文光。"她很有礼貌的给我行礼。啊！从来没有给我行礼的人，这真是我生命史上应该大书而特书的头一章。她是成桑的表妹，因为离家乡远，寄食成桑家，为的有人照料。我只问明白了先生这些，我走了三日三夜，坐在火车上，已经很乏了，我的头一阵阵的眩晕，全身发热，翌晨竟躺在床上，如何勉强，也支持不起来，先生看见这样光景，很挂心的找医生，给我诊视。成桑是最忙的，只有晚上回来，在我床前坐一会儿，抚摸我的脸，至于成桑的妻，则对于我这样连一点礼品都不拿来的客人，在眉目之间，时时送给我一副不快的脸色，这令我极难堪！韩先生百般照应，视我如亲生子，使我感激落泪。三日后，身体复康，大家很高兴，□□□□□□□□□□□□很难形容，有暇便领我到附近空气清新的地方闲走，告诉我种种人生路上奋斗的话，可憾我只记得了先生的话十分之四五的光景。不了解处不请教详解。住了五天，成桑领我到驻 G 省司令部见 M 司令官，命我为参谋处书记，月薪三十二元，即日上班。我对于这种"书记"职务，本是司空干惯，不觉得困难，最使我感到兴趣的，是几位官长，其中有三四个人，大字不识，而官架子十足，整天挺着胸摆威风，不过他们对于我是另眼看待的，据同事说：M 司令与韩先生是多年老友，我是韩先生门徒，自然待遇要优越得多，比方我的薪水就较他人增厚四元。而 M 司令常常拍拍我的脑袋，和我说些什么，这令那些背盒子炮的马弁也要崇敬几分，我的衣服也换了，是一套灰色军装。晚上回来，韩先生见了很高兴，说我将来不定规能当一个大官。我也洋洋自得，不可一世，但是，这是不长久的，不到一个月我就腻厌了。不幸韩先生便在这时，病倒在医院，三个星期，不见病愈，终于在一天黄昏，韩先生与世长辞。我得到噩耗，急忙跑到医院，在人丛中，挤在前面，看见韩先生紧闭合的两眼，我的心如乱箭刺穿，说不出的难过。眼泪不知怎的，竟流不出来！从人丛中挤出来，在大街上疯狂一般的奔跑。当时细雨濛濛，好像追悼爱我的先生，我顺着大街小巷穿了很久，衣服被雨水湿透，后来遇见同事的朋友，才被安慰着拖了回去，痛痛快快的哭了一场！

从此我再没有见过像韩先生这样爱护我的人，我离开 G 省，是在那年的秋天，以后所经历的，除了暴力与凶恶狠狠，在记忆中没有别的。人们大多丧了良心，不知道流落在异乡的孩子的悲苦，不加同情，反施压迫践踏的手段，世界真是离开真理太远了！

综合韩先生教导我的，是不应该彷徨、踌躇、苦恼的，他的话，我大部分忘记了！意思是：光明在等候着我们，我们要与黑暗挣扎，踢翻前途的障碍，完成霹雳的使命，创造永远的美之循环。这虽然好像是一套动听的话，然而在目前我们的社会上，像这样可钦佩的老年人，怕是极少。所以这篇拙劣的文字，我特别多写了，又未能写出韩先生思想代表的大概！将来写作有方，誓必重写，暂愿就此停笔了。

一九三六年六月十二日脱于古城金沙滩

（《泰东日报》1936 年 7 月 14 日—8 月 8 日，署名：赤灯）

赵老五和他儿子 _{（残篇）}

（原文缺失）

话虽如此，事实似乎很难，人往往被一种什么力量在无形中操纵着、支配着，他既是平凡的一个木匠，也没有脱开这种力量的操纵，和一个美貌贤惠的寡妇拜了天地，生下四个孩子。不幸他这个美名四扬在人间难得的又聪明又贤良的妻子在六年前又死去了！这一次给他的伤心和打击可实在很大！然而有什么法子？人生是不幸的！无论什么事情很难圆满，尤其是天然生死的关头，谁能免除不幸的袭来呢？

能够安慰他，使他稍稍感到快乐的是妻子留下的两个女儿之外的两个儿子，第一个就是坐在他面前的六福，——这是一个十六岁小脑袋少年，皮肤的颜色比赵老五还要黑几倍，所差的地方，是他的皮肤带着显然的红色，这是他父亲所不及的。他的两颊很丰满，一张大型的嘴，嘴唇特别厚，鼻子高高的活像西洋人似的有个尖，眼睛恰如父亲的一样，圆圆的好像老鼠一般的锐利，很沉静很灵敏的转动着，两臂粗而有力。看他的身量，好像不止十六岁，他肥大的脚板，穿着父亲的千里牌黑色旧胶皮鞋，还嫌有些小。他起初像大字型的躺着，望着上面席棚的空隙处所投进来的一线的光明，但是那一线光明不久就消灭了！他很惆怅的想起来白天工作时听见旁人议论减工资的话，便一翻身坐起来，也不答父亲的话，两手交叉着，问他父亲这个消息正不正确！

父亲早知道这件司空见惯的事了，听到的当晚也很忧愁，然而也只有忧愁罢了，其实不罢了能怎么样？他闭目静思了一会儿，脸上的皱纹，跟着他思索的程度多起来，做出很泰然的态度对他儿子答道：

"这种事并不奇怪，正像每年的夏天，必有苍蝇。不是偶然的事，都有其前后的因果，现在来找活干的人渐渐多了，不给一个铜板，只供饭吃就干的人很多，减去一角算什么，对付赚三角两角钱的混吧！暂时饿不死就算不错！"

毕竟是饱经风霜的父亲，经验老练，对这种问题，不以为怪。可是还不了解这个世界究竟是怎么一回事的儿子，听了父亲煞风景的话，却大大的不高兴。他想：一天少赚一角钱，十天少赚一元钱，爷俩一个月少赚若干，这样无故的减少了血汗的价格，使他悲观起来，感到在世上生存着实在不是一件容易的事，一切都是苦恼、无味！他很焦躁的放开两手，看着外面渐渐黑下来的天色，对父亲说：

"那我们就不干，回家好了！"

"不干！"赵老五反驳儿子的话："不干怎么办？我们又不是大富大贵，一垄薄田也没有，半间草房也没有，回家坐等着饿死啊！这孩子，怎么越长越糊涂起来了？别处又没有活干，不干怎样？你说吧？"

赵老五幼年曾读过两年线装书，说起话来不快不慢的，很有道理。儿子听了，虽然觉得没有兴趣，也觉得很对，无话可答，便站起来走到床边，把放在床头的半截洋蜡点着，放在锅台上，又把破褥子铺好，跳上去脱了衣服，闭上眼睛要睡觉了。

白昼如牛马似的，拿出所有的力气尽在不得不尽的辛苦的工作上面，已经很疲乏了，躺下去不用多时，就呼呼地像猪一样睡熟了。父亲伸了个懒腰，走到棚外面，空中的星斗还没有尽数的出现，只有几颗明亮的星闪闪的放光。在山下不远的河水，潺潺的流着，不知几时才能奔流到理想的光明大海。青蛙在河边，响亮的歌唱着，打破了这夏日初夜的寂静。

邻棚内，皆点着蜡烛。惨淡的烛光映着工友们各个沉默的黑脸，有的三五个聚在一块，在铺上的中央摆一盅白干，一碟花生米，慢慢的饮着、嚼着，谈论下流的趣事。有的很苦恼的躺在行李上，疲乏的，出一两声大气。有的很勤快的在弄着水洗着肮脏的破旧衣裤。有的则早已入了香甜的梦乡。

赵老五，看这些极平淡的生活景况，已经很习惯很平常了，连连打了几个哈欠，踱回棚内，听见儿子在昏睡中说了句梦话：

"一个月平均赚六块……六块……一个月！……"

C村渐渐热闹起来了，来往装载木料、石灰或种种建筑上所不可缺少的材料的载重汽车，每天至少有三五辆来往不停的运搬着，其他大车不计其数，来往不断的运输着东西。工人也渐渐的增加了，那凹凸不平的荒野，已经修理得极平坦，果真是在建筑工厂了。看他们又把平坦的地皮用尺量着，钉着木板，上面拉着横线，在顺着线的位置，有的用十字镐向下挖掘，把黄土堆积在沟之一旁，有的是两个人共同协力抬一个扁担，把无用的石块泥土送到很远的地方去，放置在一定堆垒的地点，洁白色的石灰堆积如山。又过了些日子，弄来一架大型奇怪的机械，它能把泥土之类的东西，从这面搬到那面，毫不费力，也不用人工，C村人看了，莫不个个惊叹，称奇不已。

赵老五虽然是个木匠，可是他的木匠手艺与别的木匠不同，就拿木匠用的器具说吧，别人所用的锯，是一个木把两手握着，使用起来非常轻便，其他器具莫不便利异常，赵老五用的器具则完全旧式，不但施展起来不便，工作得也特别迟缓。再加之他的年龄高了，因此，被辞掉木匠的职务，担任挖壕沟的工作。这种职务，他从前没有干过，硬着头皮，勉强对付下去，对付了这许久，也习惯了，不过同行的木匠们很耻笑他，说他是下等手艺人，但是他的肚皮不许可不劳动啊！正像他所说，不干怎么办？天上不下钱，老实坐等着饿死恐怕不好受吧！六福是抬石头的职业，他这样小的年龄干这样重的工作，父亲也认为不大适当，可是除此而外，没有其他的工作。好在他体力强壮，气力胜于成年人，只是严酷的骄阳狠毒的蒸晒，晒得他肩背的皮肤，几乎裂开，汗珠如雨的自颊上流下。从裤腰带上抽下黑色的手巾擦一把，但是汗水如泉涌一般，迅速的又流下来，汗水滴进眼角，好像眼药似的刺得眼睛发痛，流进嘴角内，尝出如盐似的咸味。这种滋味，社会上的人尝到的很多，而都是无衣无食的人的家常便饭，阔人物，他管保不知道汗水流进眼角发痛和流进嘴角发咸的常识。

赵老五时常在忙乱的人丛中搜查六福的影子，似乎有什么要吩咐的话而又不能过去说，挂虑着继续劳动，六福也时常经过父亲的面前，看见衰老的父亲那吃力的动作，眼泪便随着汗水滴下来了！

一天有几次规定的休息时间，大家全体便放下铁铣洋镐之类器具，三个一群、五个一伙的聚集在树阴下歇息。六福也照常坐在父亲面前，一声不响的听其他工友们谈话，这时有一个骨瘦如柴的大脑袋，一只眼大一只眼小的工人从什么地方提来一桶开水，还冒热气，左手拿几只大形的饭碗，赵老五上前去抢着夺了一只，盛满一碗，自己先用嘴去尝了一尝。因为是刚开的热水，烫得他张嘴闭眼，好像韩兰根在银幕中滑稽的表情，忙把水放下。六福本来又疲乏，又热，更渴。看见父亲拿来一碗水，也不知道父亲被烫的情形，拿起来就要喝。还没有把碗送到嘴边的时候，从后面过来一个膀大腰粗的家伙，急急匆匆没有留神，碰了六福一下，这一碰不要紧，满满一大碗开水全撒，撒在六福的手上肚上，连脚面都光顾了。饭碗落在石头上打得粉碎，他的手脚立即红肿起来，他痛得眼圈冒花坐在泥土地上哭起来！

众人都着了慌，赵老五急得手脚慌乱，不知如何处置是好。眼前还没有医生，又没有懂得治疗烫伤的救急法子。那个碰他的大汉也在旁边眼睁睁的看着，觉得自己的过错真是不小。有什么方法可施？最后还是赵老五想起来，把儿子背回住宿的地方，用大酱敷在六福烫伤的地方，算是医药。又拿几块破布片当做绷带使用，仔细的裹妥当，天老爷才明白，这样能够治好六福的伤吗？

（原文缺失）

全校四百余名男女可爱的小学生，摆成二路纵队一条弯弯曲曲像大蛇似的长形，由先生领导着向目的地进发。天真活泼的这队少年，个个快快乐乐，很有趣的一面走一面谈笑着。六福也在其中随着慢行，只是他的两腿很笨重的样子，一声不响的望着远山近林，随着眼睛转变的景色，有时走在高岗上，回头望望渐渐离远了的家乡，心中不免怅惘起来了！

又有一次，学校到了换新书的期限，六福买不起新书，只得把同学的书借来抄在本上，这是六福从前读书情形的片断。

六福步步很艰难的在人生的初旅途上的初级阶段跋涉着，好容易熬到了卒业，又补习了半年，以后无论如何，也没有再读书的能力了！姐姐就在他失学的次年出了嫁，母亲在他姐姐出阁的第二年，终于病倒在炕上不起，抛弃了他们几个可怜的人，到另一个世界去了！

父亲被穷困和债务所压迫，不能在乡村住下去，便领着他和弟妹开始在各地流浪。幸而父亲有技艺在身，不至于饿死，六福又在这几年学成了一点木匠手艺。今年到 M 镇——不幸这一年是最倒运的年头了！数月找不到半点工作，得到 C 村有建筑工场的消息，便把幼小的弟妹寄存在姐姐家里，爷俩直奔 C 村来，结果还算好，总算谋到领薪饷的劳苦职业了！又不幸到这步田地，竟被一碗开水烫伤！弄得这个样！

六福仰卧在席棚里的木板床上已经足有两个星期了！炎热的天气，把六福两只尖锐的眼睛热得深深地缩进去，创伤的痛苦把六福两颊瘦消了五分之三。他的内疚更不用说，更加上早晚彷徨在他眼前踟蹰的父亲那副憔悴的脸，使他看见了能激起无限的伤感！父亲常在劳动中休息的一点短时间内，跑回来看看他，弄点东西给他吃，转眼又得万般苦楚离开不幸的儿子，重返回太阳毒晒的大地上去同牛马一般的干！

火热的太阳似乎没表示衰弱的一天，把它所有的势力尽可能的都伸张出来，赵老五借了一辆驴车，把儿子载着，送到六福姐姐的婆家疗伤。六福的姐姐看见他受了伤，整整哭泣了两个多钟头。他可怜的小妹妹和小弟弟当时和别的孩子们出外玩去了，后来回来看见了六福，都叫唤起来，六福经过多日的痛苦伤心，眼泪已经哭干了！这时只有无力望着几个可怜的亲人。后来那个碰他的大汉也访了来，看他的样子，不知有多大对不住的表示，但是他也是和赵老五同样的苦恼吃饭问题不易解决的人啊！

赵老五把儿子送到了有人看管的地方疗养，减去了不忧愁的心。然而这样还不能算尽了当父亲的责任，虽然三个孩子都寄住在亲戚家，暂时不至于挨饿，可是天长日久恐怕也不大方便。赵老五想起这些便苦恼的离开了几个可怜的孩子！

当他□□□到他工作的地方，经过城里的时候，看见平坦的马路上如飞的汽车和两边建筑得令人吐舌的大楼，他心里想，汽车里面坐的是什么样人？那样高大的楼房内住着的老少，福分可真不小，人家是前世修来的好命？不能与之量衡啊！

天气固然热得要命，但是那有什么关系？室内有电风扇的设备，楼外是绿阴成行的树林，饭后走到花园，在四面透风的凉亭下温柔的沙发上坐一坐，转脸看看旁边清净的鱼池，喷水器。想吃冰淇淋，只消喊一声，身边鞠躬尽瘁的仆役便迅速的端上来。行走用不着像赵老五似的拿脚量，烦闷的时候，消遣的快乐□关，跳舞场、影院，最好是碧波的海边上。袒胸露背的散步着，随波逐浪，悠然自得的游泳着，谁说是天气太热？热在哪里？但是赵老五步行了二十多里慢慢的长途，好像辛劳的跋涉在无垠的沙漠上的骆驼，负着满身的重任，累得满头大汗，顺着颊角滚滚滴下，咬紧牙根，硬着头皮，在炎炎似火的太阳下继续他悲哀的旅程。

（原文缺失）

游人三三五五，穿着华美的衣裳，脸上都表现无限幸福的微笑。最使赵老五和他儿子奇怪的，是那些异装怪服打扮和奇怪的人物，也不知是哪国种，也看不出是男是女，连裤子都不穿，两只细的臂和如柴的大腿露在外面，胸也袒在外面。赵老五看着很不顺眼，如果他们的臂与腿胖些也许好看些，但是都未免过相反了！加之脸上抹的厚脂粉，不像夜叉也同鬼一般，真叫他爷俩不敢领教。他们逛完了公园，又到百货店，在玻璃橱中陈列的都是舶来货品，自家的特产没有人去照顾一眼！他们看着没有趣味，便走出来。门前的汽车，数不胜数，赵老五眼望着，觉得现在真了不得，从前的牛车就很不错，要这些东西有什么用？无非帮助人多干坏事！

赵老五一天没吃东西了！这时饥肠雷鸣，饿得不堪，便领儿子到一家饭馆，叫了很丰盛的饭菜，狼吞虎咽，大吃大喝，他爷俩有生以来是初次，他们又甜又香的吃个大饱。

赵老五付了饭钱，将通过街心的时候，忽然儿子不见！他一眼看见不远的地方围了一大群人，他急忙跑过去一看，六福躺在地下，头部冒着鲜血！原来是因为躲避不及，被汽车撞倒，当场毙命！赵老五一惊！吓得满头大汗，心口扑通扑通跳个不住，原来是一个噩梦！看看天色，已经黑下来，他在黑暗中摸索了半天，想摸到火柴，总未寻见，肚子里响了一阵，实在是饿了！但是没有办法，他想到工友们的棚里去借一点干粮吃，就披了破衣衫走出去。

月亮是在东方，满天的星闪闪放着光明，C村里的警锣在西面断断续续的响起来了。

时来运转，到了秋天，六福的伤已经全好了。他的姐夫给他在轮船上找了一种侍候船长的职业，C村的建筑尚未完成，赵老五担当不下来那种劳苦，辞去了来在乡间，在女儿的婆婆家附近给村民做些零碎木器用具，勉强糊口。

大海洋中，风平浪静，一艘游船，在海面上极平稳的进行着。甲板上，站着一个十六岁穿着白色铜钮衣服的少年，扶着栏杆，望着无垠的大海，他的面貌与六福一模一样！

一九三六年十月十号写自于□城

（《泰东日报》，署名：杨赤灯）

眼　镜

一、书店

"从母亲把我生下来，就糊里糊涂的在这个世界上活着，像做大梦一般，不知道社会到底是怎么一回事，国家是怎么回事，世界是怎么回事，人生的意义，我更是一点不清楚了。本来我就不学无术，什么事也不懂得，然而我竟苟延残喘挣扎了十九年。虽然遭了不少罪，也曾街头露宿挨冻，也曾几天不吃东西、挨饿，想不到混至如今，似乎能够很安然的过着日子，也可以说是意料不到的事。"

他说到这里，稍停一会继续着说：

"如果说这便是我的幸福，那我可不承认。因为什么呢？我没有父亲，母亲早死去了，没有姐妹，没有兄弟，没有亲戚，除了你，更没有和我要好的知己，我是这样孤零零的……"

"有我永久做你亲切的伴侣共同患难，不要悲哀。"我看他眼睛水汪汪的，他的心里必定十分难过！忍着不哭出来罢了。为安慰他，使他快乐，便插嘴这样说，他听了，似乎高兴一些，微微的露出凄惨的笑意，点点头，仍然说他未完的话：

"我知道，我活着不为别的，完全为了肚皮，干脆说一句，就为吃，除了把吃解决以外，万事全不希望。我就为寻求这个吃的路，受了若干的侮辱。譬方说我们经理，你看他对我的那是一副多么严酷的面孔！"

清实止住了话头，不说下去了，皱着两道清秀的眉毛，望着西方的落日。夏天傍晚时分的空气，很清爽，有使人恋恋不愿离开的力量。芊芊的草丛、石块、土堆为西下的落日的余晖，染上一层金黄的颜色，实在美丽好看。

可惜我不会做诗，不然非做两首不可。我们相对的坐在草地上，谈了两点多点。他很愿意听我的请求，把过去的事情搬出来讲着，尤其是对我这个同情他而无能为力的朋友，已经说过两三次了。今天又谈起，居在末尾下着像上面似的结论。我少不得得安慰他、鼓励他一番，很悲壮的说些什么，勇敢的努力奋斗，光明之神在前期待着我们等已经被用得污朽了不值钱的名词，他听了这些动听的辞句，很兴奋，似乎很赞成我真诚的鼓励与热烈的指导。

我们谈了这久，也有点疲乏了，而所谈的，没有一件使人快心的事。他讲的，更令我心灰意冷。说起来真凑巧，我的好友，差不着都没有过五关斩六将的本领，所经历的，都是挑大粪拾煤球的职业，干些苍蝇在垃圾箱中的活动，说出有什么滋味。然而庄稼人没有在跳舞场的经验，除了这些无味的对话之外，实在没有鲜艳的花呀、可爱的月呀之类富于诗意的事可拿出来谈谈。真糟糕得很。

天色渐渐黑下来了，蔚蓝色的青空变成了灰暗，远远的城门外的大街，灯光如群星罗列，闪闪耀目。我们恐怕时间太晚，进城不便，遂懒懒的站起来，不约而同的伸了个懒腰，踏着郊野的青草，顺着进城的小路漫行。

P城是G省最繁华的都市，二年前来到此地的清实，最初给大鼻子洋行当仆役，因为他不懂外国语，时常做错了事，不久被辞掉。后来是他大鼻子主人的情面，给他介绍在一个外国领事馆当差，虽然也是外国人，他的工作却不接近外国人，只帮助懂得外国话的同胞干些零碎小事，但是没有好久，不知怎么他又谋到印刷局的排铅字职业。这种职业很苦，他把一双眼睛弄坏，变成了近视眼，看报纸，要紧紧的靠在眼前，否则便丝毫看不见。他又佩不起什么脱立克眼镜，时常看错了人，弄出很大的笑话。有一次，我们的书店来了一位年轻的女顾客，很匆忙的样子，拿起图书目录，走马看花一般的寻找了一遍，要买张资平所著的"梅岭之春"。当时他在眼前，就靠在书架前寻找，找了半天，也未获得。那位女先生又再三催促，急得清实手忙脚乱，各处搜索，结果还是找不着。经理坐在里面看得清楚，瞪着眼睛狠狠的望着他，看他迟慢的动作，很生气的样子。后来我跑过去帮他找着了，免了这一场的困难。而经理却在女博士的高跟鞋消失之后，立刻发起脾气，骂他是无用的蠢物！

他自从印刷的掌柜介绍到我们的书局，经理起初就看不上他，看在介绍人的情谊上，勉强收留下了，当一个监视书架的学徒，成了我的同事。他从与我相识之后，相互气同道合，大有恨相见得太晚的气慨！把他本来沉默的性质，改掉了不少，学得很爱说话。他的声音很清脆响亮，他和我说：

"我能在这常久干下去便很满足，因为这里有堆积如山的书，我想无事的时候，都读他一遍，将来一定有广博的学问。我住的那印刷局也有书，可是太少，没有这里多，你看！这四面的架上一层一层摆着的，玻璃橱中陈列着的，该有多少啊！"

他的确是惊讶万分，他从小曾读过几年书，也懂得一点科学的常识，他问我在这里读了多少书，我回答他说：

"没有时间读呢！就是读起来也不大明白，只好捡容易的读，而读起来也是囫囵吞枣，读完就忘记了！"

他很不相信我的样子，渐渐知道我的话并不错，没有闲暇的时间是第一件不好解决的问题。不过清实对于书发生了不可分离的好感，稍有一点时间，就找一本书，伏在台上孜孜的攻读，很是热心！晚上睡觉之前，也拿本书到宿舍，我时常在半夜醒来，看见他伏在被窝里读书，没有半点疲惫的状态。他在这样有限的时间内读了不少书，我时常劝他："

"你要要加小心眼睛，不要吃力太大，结果什么也看不见，成了盲目，连书也摸不着读了！"

（原文缺失）

清实用手揉一揉眼睛，转过脸来握着我的手，很果敢的说：

"谢谢你对我的赤诚，请你不要一时上了热烈的感情的当，你可以去 C 埠，那里有经理替你设法，至于我……我自己也有办法，你尽管放心去……"

"清实！你说错了！我不是凭着一时的感情的冲动，说出来的无稽的话，我也有一点理智的，我不能舍得你去受罪而自己苟且偷安，一定要和你一道。说句可笑的话，哪怕投海，也要一块跳下去！"

我们就这样的定下了合同。凑巧，我在报上发现 G 军官学校招考学生的广告，我拿着报纸给他看，他欢喜的了不得，又忧愁怕考不上。我主张去试一试。

当晚照着报上一定的规定，写好了两份履历书，在右角上贴着半身相片，清实和我的体格都极强壮，唯清实的眼睛恐怕不及格。这使我们大大的忧愁起来，怎么办呢？好容易发现这条出路，而且是我们最理想的光明之境，结果我把所有的钱与清实的集合一块，到眼镜公司配了一副合他近视度数的近视镜。他高兴得几乎高声呐喊出来，我也欢喜的不知如何是好。在书店没有到向 C 埠发书的前四天，就是考试的日期。我们把这种计划告诉老张，他摇摇头，大不赞同。他的意思是：

"你们俩的年纪还小，怕过不惯那种生活，最好另谋别的出路。"

他这种意见的发表，除了十足的表现出他陋怯的观念之外，没有别的半点意义包含着。我们置之一笑，到了那天，我倒一辆马车到 G 军官学校，由传达处把我们的履历书呈上去。等了片刻，一个武装的传达兵把我们带到校长室。校长是位苍老的而精神百倍的炮兵上校。他上下打量我们两个人一番，把写字台上一份报纸拿给我们，指着一段广告说：

"考试的日期还有五天，你们来得有点早了。"

我一看，才知道自己弄错日子了，清实望望我，很失望！校长很客气的请我们坐下休息，我看着这间办公室的陈设，非常完备，整齐清洁得很！墙上挂着很多地图，那些地图我一点看不明白，靠窗的一面，放一张铁床，床栏上挂着古老的军刀、望远镜，和别种武器。靠床的西边是书橱，里面摆着许多书。校长坐着的是转圈椅子，写字台上堆满了文件。校长端量了一会我的面说：

（原文缺失）

我们的同期同学共三四十名，在我们入校第四天，新考进来十五名，一共是四十九个人。第一期的学生在我们入校后第三个星期卒了业，他们已经受了一年多严格的教育，后来因为教育制度变更，把第二期及第三期编在一起，这样人数就多了起来，越发热闹了。同时因为G军部缺少初级干部，在我们同学中选拔了八九个人。有一位同学练习乘马飞跃一米远五米高的平地障碍，落马摔断了左腿，变成残废，大家为这事伤心了好几天。清实的性质，渐渐活泼起来，但是，有时沉默起来又令我心惊。他时常一个孤独的立在校舍的后面一带树林下，默默地不知想些什么。我问他，他只把手伸出来放在我肩上不答。我们时常这样相对的在月亮下站得很久。听着上自习的号声响起来了，才无精打采的踱到教室。同学们都无忧无虑的坐在那里做宿题，研究一天所学的功课。清实的位置距我稍远，隔着七八个人的座位。在我旁边的是一个擅长打篮球的同学，他从来不把眼镜放在书本上，总是找这个谈东，寻那个谈西，没有闲时候。不过在自习室内他不敢任意讲着，有值星官长时常进来巡视。看大家是不是在真正的用功或者答谁的疑难问题。有一个叫鹿贤的，他要算最滑稽的角色了，他能用嘴学猫狗叫，学得丝毫不差，他的面貌也很可笑，天生的一幅滑稽面孔。与他相反的是叶冬松，他的年龄是二十一岁，大脸盘，矮身量，永久不开口谈话，除非你有什么事问他，否则便听不见他的声音。

我们的宿舍，是一个通的屋子，对面是板床，床上面是格板，预备放零碎东西，衣服的叠法都有一定不可变更的规范。如果饭盒放得歪一点，或者是水壶挂错了的时候，被官长发现就有被罚的危险。晚上九点就寝，到了九点钟，非躺在被窝里不可，你想出去散散步，那是办不到的。一天不停的训练到这时也困乏了，我躺在床上不到五分钟就可以走到黑甜的梦乡。早晨起床，也是遵守号音的驱使，大家一齐起来，五分钟之内须把衣服穿得整整齐齐。校长和许多官长都站在操场上，我们排好队伍，由直接的官长点名，然后施行柔软体操或机械体操。我们是轮流指挥。轮到清实的时候，我就加倍用力做去，他的口音本来就很响亮，再加上许久的训练，更响亮得很！他站在队伍中央的前方，先端正自己的立正姿势，把体操的队形分配好，两列横队的学生变声四行，左右的间隔，前后的距离，排列的十分均匀，然后他下着口令，我们便应声付合着从脚的运动起，按着顺序做到汗流满面为止。官长在旁边站着观看，并矫正学生不适当的姿势。

回宿舍，整理行李，洗脸漱口，吃完早晨的馒头稀粥之后，休息一小时。在这一小时，要把这一天的学业都准备妥当，仍然听着号音，大家排队在讲堂集合。我们的学校里面，讲堂共总有三个，我和清实分开在两个讲堂，下堂休息期间，他必定跑过来和我会面，匆忙的又跑回去。整个上午的光阴都闷坐在屋子里听教官站在讲堂上指手画脚的讲着，有时出种种问题令我们回答。

下午从一点钟开始，是在野外实地演练战场上诸种动作，往往跑十里二十里路的来回。汗水顺着前扎着的子弹盒流着，衣服被汗水湿得像遇了一场大雨一般。这不是奇事，时常在夜间也跑到很远的郊外去干。最自由快乐，要算晚饭后的游戏，随便你加入足球队也好，篮球队也好。而我和清实却往往什么也不去加入，找个清静的地方，望着远远的村落，留恋着傍晚的精致。

八个月的光阴在我们不觉中溜过去了，我和清实把初步战术学研究明白了一点，但是不幸也继着来临了！ G 军因为经济窘苦，不能供给我们这群学生大量的消耗，当校长很悲哀的发表这件消息的时候，清实很惊慌的和我说：

"我们这就要真到前线去当试炮火的生活了！"

"大概是吧！我也听说，G 军的三个旅现在 B 早和 A 军对抗，我们就要被派去了，你害怕不？"我听了他的话这样问他。

"害怕？怕什么？怕死吗？你看我那样卑怯！"

"不是！你把我的话听错了！我的意思是问你，赞成到那里去冒险不？"

他不说话了，把头深深的低下，用脚在地上画着，半天，才抬起头来。太阳照在半空，不是在做梦，他的脸色也变了，变得那样阴森，愁苦的眼光在眼镜下面直直的逼视着我，似乎问我的意思。

"生活！……"

我没有勇气接着这两个字再说下去，当晚校长发表作战的命令，军官学校全体临时编成作战队，校长任队长，其他官长则充诸指挥。恰巧我和清实编在一队，又在一班，这使我们俩好像放下了将别离的挂念。我们把所有的书籍都捆绑起来堆在杂械仓库，只留一本厚厚的账本和几管铅笔随身携带着，每人领二百粒子弹。

三、前夜的噩梦

"喂！老冯！老冯你看见没有？那山脚下面，有什么光亮在迅速的向西面移动，看见没有？"擅长鸡猫狗叫的叶冬松用力的推着另一侧同学周志。他已经睡过去了，被老冬狠力一推，急忙睁开疲劳的眼睛，在黯淡的月光下面可以由侧面看出他惊骇的面孔。顺着老冬指示的地方探去：

"哪里？在哪里？"

"那面！山脚下面！看见没有？"

清实坐在我的身旁，无力的两手抱着枪，他亦疲倦不堪了。我们走了三天，途中在村落露营，每天只吃两顿饭，谁不困乏呢？我勉强支持着酸痛的身体，在老冬旁边，顺着他指示的地方望去，果然在那正前方的山脚下有鬼火一般的光亮，闪闪的放着光，无疑的，那是被月光映现的刺刀的光芒，从这里我不能不可怜对方的无智了！他们最后的命运，眼看便是目前。

（原文缺失）

"那最好，能够在哪里弄一份报纸看吗？"

"大凡是一个学校，总不至于没有一份报纸吧？我们简直得了书报的迷了，一天不看见报纸，就觉得不舒服得很！我现在后悔没有在书店是时候，把那些书全都读遍，将来恐怕没有那样机会了！"

这时有许多的乡下孩子们，回着来看，我问一个秃脑袋没有穿裤子的孩子的家在哪里住，他很怯怕的样子，呆呆的望着我，并不回答我的话。清实看着笑了起来，他瞪着眼假装要起来去捉他们的样子，一群孩子都惊骇得跑去了。

黄昏时分我们到了 M 镇，分住商家、我们住的是一家车铺，满院子拴着牲口，大粪的臭味时时顺着风刮进鼻孔。吃完了车铺给预备的饭后，我就和清实打听小学校的所在，是在一个大庙里面，我们很高兴的找到那里，门已经上了锁，打听行人，才知道这个小学校已经不开两三个月了，原由是没有学生愿意到这里读书。据说是家长们反对呢吗啦呀的书，主张读之乎者也，所以私塾馆在本镇很是兴旺，孩子都被圈在光线不是不透空气的屋子里，在长橙上屈服着，对于教育的学说，我一点不明白，不敢妄加批评，究竟是使儿童坐在屋子里一天不活动好，还是把这种背时代的教育方式一脚踢翻。我们默默地看看这个庙的表面建筑，便怅惘的走回宿营的地方。同学们都因为疲乏不堪倒在土炕上睡着了。我和清实也觉得困倦，于是也横倒在土炕上睡着了。

第二天落着细雨，我们冒着雨接续未完的旅程，大家都沉默着，只有沙沙的步履声响奏着简单的曲调。回头看看清实，他紧紧低下头，把枪倒挂在左肩，看着地上渐渐积多的雨水，雨也越下越大了。我的衣服被雨水湿透，走到 G 堡，看见从前方回来乘马的军士，从衣袋中拿着信来，恭恭敬敬的呈给队长。我们把枪架在商家的房檐下面休息，猜想那封信里写着什么事，没有片刻，队长把大家集合在一个避雨的树下，发表他刚接的信的内容。

（原文缺失）

姐姐急忙抬头一看：

"可我不是么！呀！弟弟！你回来了！"

姐姐的眼泪还湿润着，从炕上下来，接过我的包袱。妹妹也爬下来，我这时应该怎么，哭吗，眼泪已经流不出来了！姐姐说母亲临死时的情景，她怎样盼望我回来，她只希望看我一眼，但是没有等到我回来，就抛弃了我们几个人永远的去了。

上灯时分，父亲回来了，看见我一理也不理，这使我全身战兢起来，几乎要昏过去，心肝像被枪刺的一般疼痛，姐姐在旁边说：

"你不看见弟弟回来了吗？"

“在哪里？”

“那不是么？”

“啊！父亲实在老得不堪了！眼睛花得不成样子！明明在面前的人都看不见了。”

我倒在父亲的胸前，泪水又涌了出来，这次的哭，我尝到真正哭的辛酸，父亲把手抚在我的头上，姐姐和妹妹也哭泣着，弟弟在姐姐怀里把头埋在姐姐的腕下，整个的小屋子，都沉在悲哀痛哭的空气里。桌上的火油灯，跳跃着暗淡的灯火，映在各人脸上，全是一幅伤心的面容。

妹妹先开口问父亲一天到哪里去了，父亲说：

“我上工厂去了。早晨我打算不去的，后来想，在家既没有什么事，白耽误一天，倒不如去做活，也可以忘掉些事！哎！我的身体不听我运用了！做起活计来，很不灵便！”

妹妹把小桌放在炕的中央，把火油灯放在小桌的一角，包米格子稀粥，黄面片片都端上来，一盘豆腐炖白菜，一碟咸萝卜，大家团坐在桌子四周，慢慢吃起来。我偷眼看着父亲，他苍老得许多了！再看看姐姐，她虽然还是那样年轻，脸上却满是衰败的情态。妹妹长得很高，比从前美丽许多。弟弟也长大了，六年的光阴，一切都已改变。可叹，只差两天，我未能得见母亲的慈颜，如今已埋在黄土下面了！

（原文缺失）

昨天我送你在路上的时候，有千言万语，不知什么缘故，一句说不出来，当你的影子消失之后，我好像失掉了什么东西似的？怅惘若失在路徘徊彷徨了半天。下午我在讲堂，眼睛瞅着黑板，看教官在上面画要图，心里却想别的事，他讲的什么攻击防卫，我一点没听进去。盼到了下堂，想立刻写信给你，半天写不出半个字，左想右想，最后只有把笔狠狠的丢在桌上，跑到无人的地方去，暗自怨恨自己，为什么连一封信都写不出来了呢？莫非我的脑袋坏到不堪使用了的程度不成？

肚子里面有很多事，想用笔淋漓痛快的写出来，而怎么样努力，绞尽了心血，结果还是一个字也写不出来的这种滋味，可实在不大好受。

忍耐到今天晚上，我如果不在这自习的时间内，把这封信写出来的话，那我今天晚上恐怕要活不过去了！坚毅的下了决心，非写不可！

我这封信，除了问你亲爱的母亲的病状没有别的要事。

对于伯母一生的辛酸，我听你说过。她三岁丧母，稍长失父，寄养在丈夫家做童养媳，后来在她青年时代，不幸丈夫死去！贫苦的公婆，养活不起另一口人，把她逼着嫁给了你的父亲，谁知她一生似乎命运注定了，始终在寒苦的境况下度日。自从生下你之后，家境更坏！挨饿是常有的事！

你的母亲便是我的母亲，她现在竟病了！病得很重！虽然是穷苦的人家，但是谁高兴死啊！我默默的祈祷，乞求她至少能在这个人世多活几年，等到她心爱的儿子有出息的一天。我也不希望你像拿破仑那样的大英雄扬名天下，只盼望你在这人生的宴会上得到一席，我也得到一席，别人都得到一席。我们的席位用不着在首座，只要大家公平的端一双筷子，没有白脸黑手之分，绸缎绫罗之别，我就心满意足。你也此外无所求了吧？那么我们的母亲当然也有一席，到了那个时候有，别说我们的母亲，就连我们统统一齐死掉，也是应该的。我们死了，还有后续者，仍然能够维持平等的席位，大家快快乐乐过日子。我们走到了寿命的终点，安然的长辞，有什么不知足？但是！就是这样啊！吃饱了的尽管高歌，饥饿的尽管哀号，谁也不理谁，大家毫不相干！你想，不要说我们的母亲死了不能瞑目，就是无理智的狗死了，它万不能不骂一声，你们是什么？死的石头！肮脏垃圾堆！废墟中露出的一堆凌乱的骷髅！

我或者有点说过火了？哎！我一点没有言之过火的地方，背不住你还要笑我浅陋的观点，太也小孩子气，幼稚得很！

"哥哥！什么事？"弟弟摇着我的臂这样问：

"稍等会！我读完了再告诉你吧！"我接续读下去。

"我不是常对你说过吗？我读的书太少了！倘若我是大学卒业，或者是留洋的博士，我决不至这样浅陋了！无奈我是个不是不想学，而是个没有学的势力，永远没有什么伟大希望的渺小的东西！在技能上讲，我努力的成绩，至多不过可以用尽全幅精神捕一头苍蝇而已！"

这越写越不成话了！求你原谅我的才疏学浅，没有高深的知识。

今天 C 君看着我厌厌不快，奇腔怪调的劝我：

"男儿！不要像棵弱不禁风的衰草，稍一见不足轻重的小风，就深深的低下头来！"

"耐寒的松竹梅，你横竖不能说他们不刚强吧？他们遇见风吹也要低头，然而他们是果断勇猛的，在风雪中抵抗永久。"

他被我这样的反驳，有点不服气，接着又说：

"我佩服你的大志，但是要坚持到底，几分钟是可笑的！"

我没有答他的话，你想他的嘴像大河一般，说起来滔滔不绝，我哪里能辩论过他。我觉悟，除了训练我这枝秃笔之外，有训练我张嘴的必要，你指挥我所有的事，我必定立志照办。

写得杂乱无章，自习的时间终了，只好勉强住笔。

希望你接到此信后，告诉我母亲的病怎么样了。

清实
在你走后的第二天晚上

（原文缺失）

清实默默的用手拍着马脖颈，我的马很不老实，跳着、转着、把头高高的仰起。我轻轻踢它一下，它就飞跑起来，顺着向 K 县的官道，恰巧路上没有行人，马跑得急快，听得后面有无数的马蹄声，紧紧的追来。

"我们比赛一下吧！"谁在那喊着。于是像潮水似的，风挚电驰的涌上来，我把马庄住，让他们跑过去。清实在后面催我：

"怎么停住了？"

"先让他们走远一点，然后再追上去，这匹马太快了！你先去吧！"

清实随后追去，我等了一会，看他们走远了，回头望着，我把马一拍，马像飞的一般。他们看我追了上前，把速度加快，我再三催拍着马，一瞬眼，追到他们的后尾，再稍一加快，越到他们的面前。我的马胜利了，大家都很惊奇，为什么这样快马，大家不骑它，而把它剩在那里呢！M 君解释着：

"这正像一个干才，被大家认为废货，其实他的能力是在别人以上的。可惜都虽然睁眼睛，看不出真与善的太多！把假的当作真，把好的认为坏！"

大家向后转走，用三分之一的速度运动着马。时间到了，我把马送回马厩，然后找到了清实，告诉他到家的一路上详细的经过。他说接到了我的信，感动的了不得。

"你那封信，我差一点没有接着，父亲搬在别地方去了！那一天送信的打听到那地方，偏巧遇见父亲的老友，他知道我的名字，就指示邮差送到家，我的信你是几时收到的？"

"呀！我忘记了是哪一天！在前四五天的工夫吧？你知道卒业的日子快到了吗？"清实把眼镜摘下来，用手帕把上面的尘土拭擦着，擦得很洁净，又戴上。C君走来，我问他从哪里来的？他笑着说：

"捉大头把老李捉上了，他不得已买了十个苹果，快点到宿舍去吃吧！"

捉大头的意思，是有兴趣的把戏，就是用几块纸，比方是五个人参加，要先说明要买的食品和数量，在五块纸上写一张"大头"，其余四张上面都写着"白吃"两个字，然后由负责人，把写好的小纸张，搓成小团，放在桌上，让大家自由捡撰，谁是拿到了写着"大头"的一张，便由他当东道，别人都笑着吃东西。不过这捡东道，不像普通的东道，吃完了用不着致谢，完全是孙喝孙不谢孙的主意，被捉到了大头的人，也只有认作倒运而已！

我们跑回宿舍，果然看见桌上滚着几个鲜红的苹果，五个人围在那里，嘻嘻哈哈的吃个痛快！

"K！吃吧！帮我们吃吧！我们吃不了那些个！"老远嚷着我们。清实过去毫不客气的拿过来俩分给我一个，大家都张动着大嘴把苹果一块一块的咬吃。

晚上没有自习了，随便坐在宿舍里谈天，趁着放假的日子，我曾和清实进城访我们从前的书店。不料想，书局这次可确定是倒闭了！在那要开设着的，是什么茶馆，几个姑娘在台上，敲着一面小鼓，哼哼着曲调。这叫做说书，听众坐在板凳上，多半都是鉴赏着在台上所谓说书的脸子罢了。

书局虽然倒闭，毕竟还算不错！继之而起的营业，也布点"书"的意味。不过可没有从前那样满屋子新学问气象，而是黄三太打金标，林黛玉悲秋的词调的播放加上脂粉香和贪婪红唇的启开的，满屋子烟丝的气团气！

所谓卒业终于卒了。我和清实各得一张文凭，同学诸君也各得文凭一张，有的派到 G 军当初级干部，我和清实却被派到沙漠地方。这是我们两个提出的志愿。

（《泰东日报》1936 年 11 月 20 日、21 日、26 日，12 月 1 日、2 日、9 日、18 日、19 日、23 日，署名：赤灯）

火豆君的饥饿

矮胖子二房东，有三十五六岁年纪，青毛呢棉袍，瓜皮帽，鞋是短脸圆口千层底，右手中指的金戒指露在外面，放着阔绰的光，用食指点着火豆君的脸说：

"你搬进来三个多月了，只给了半个月房钱，要不是我手窄，决不能一天跑两三趟来和你为难，天快黑了，请你说定日期吧，到底叫我几时来拿？说实话，我不能为这点事，每天跑腿……"

二房东是个贪婪不厌的家伙，明明拥有很多的财产，却故意哭穷，说什么手头窄，对于他的房户，丝毫不肯放松，好像沉重的大洋装在他的袋里一点不觉得压的难过一般，反使他的精神格外的振作。

火豆君低头坐在床边，气哭着脸：

"那么请你等到下星期二吧，管保不用你再跟腿，我一定给送过去……"

二房东对于心理学，似乎研究的很深？听火豆君这话，说的一点没有把握，简直是撒谎，把袖一摆，说：

"老这么对付是不成的，下星期二，星期三，你说的次数太多了，起初我再三宽让，谁知你这样不讲情面，这楼上楼下住的人很多，没有不按着期限交房租的，从来不会差错，你这回总得清了，不然我们也得商量个相当的办法，两下都方便。"

火豆君从失业后，无家可归，又没有亲戚朋友可投，便搬到这里来，打算谋点职业，赚碗饭吃。可是住下三个多月，什么职业也没有谋得，袋里所有钱也花光了，今天房东要房租，推说明天给，明天二房东来时，又假说后天交，一天推一天，推到如今，房东也明白他的穷苦，不好意思把他立刻逐出去，就容让到了现在，这已达到顶点，不能再宽容下去。今天早晨来过一次，午间又来过一次，这次的来，似乎是最后的一次，以后不想再来捣蛋了！

火豆君也看出了这种情形，急得不知如何是好，给朋友的几封求救的信，没有一丝希望，二房东尽管说些苛刻的话，他可没有抵抗的勇气。

火豆君昨天和前天都是吃了一顿饭，今天连一顿也没有吃，饿得肚子里咕噜咕噜叫个不住。

"砰！"一声关门的声音，隔壁那位邮政局员闯来了，只听得他又"砰！"一声把门关闭，那声音分明是没有好气用脚踢的，哼着明曲：

"左手拿着文明棍，右手握着大呀！……皮包，我的郎，你可抖起来了？唉哟……"

二房东用猴似的怪眼瞥了火豆君一下，说道：

"这样吧，好在别处房子很多，你另找房子搬吧，这是没有法子的事情，房租我也不要了，这很公道吧？你看怎么样？"

火豆君一点主意也没有，别处虽然有房子，都是房租的问题，他是没有资格搬进去的，而且独身男子找房住极不容易。火豆君深知这层困难，不出个万全办法不行了。他像哭泣的样子说：

"房东先生，实在对不住，请您再等两天，求您开恩，我如果找到职业，必加倍报赏您的……说一半天，我的朋友就可真送钱来了，请你将就两天，这次不能失信。决不……"

火豆君真不相信这是从他嘴里说出来的话。二房东听见这样小狗式的摇尾乞怜，再硬的心肠多多少少也赐予他一线挣扎的余地。

"好吧，再宽两天期限，过了两天，要不把房租完全付清，就请搬家。"

二房东下了最后的结论走出去。

火豆君无力的站起来，脑袋觉得格外沉重，肚子里反复作响，两腿无力，像疯狂似的在鸟笼子一般的房间转了一圈，倒在床上，隔壁的房间里又唱起来了。

十五瓦的电灯把整个房间里所有的器具照得很明显。在西面的床头，放着一张破旧的长方形的板桌，上面堆着零乱的书，书皮上罩一层厚的灰尘；床底下，放着旧报纸破鞋和其他杂乱的东西；窗前，有一条三只腿的圆凳；墙角下一个穴，老鼠悄悄爬出来，在地板上搜索一周，看着没有什么食物可寻，便大失所望的在穴前彷徨，床上的主人，起身的声音，把它吓了一跳，急忙缩进穴中。

火豆君勉强支撑身体，移到窗前，望着楼下的石阶踏上几个前日报上的名人照片，被他这一望，都恐慌起来，挂在最高的托尔斯泰，首先发言道：

"小伙子！不要烦恼，车到山前必有路，你快把书统统拿去卖了充饥，以后的事再解决。"

"那不成啊！"朱湘插嘴说道："几本没有价值的书能卖几个大钱，即便解决了当前问题，艰难的事情继续就会迫上来。比方天气渐渐冷了，总得置备棉衣，几本破书的价值够做什么用啊！据我看，眼前没有江，把窗打开，头向下，跳去也就差不多，最痛快没有了！"

"不可！不可！"卢梭很不赞成后生朱湘的指教，说明他的意见。

"挨饿受冻，有很多伟人都经历过，一天得不到食物，算什么稀奇呢？几本破书的卖价无论如何不够维持两顿饱，万勿轻生才是。"

火豆君听了这些教言，觉得都不足取，把窗打开，冷风透人骨髓，他全身打了个寒战，望着黑暗的天空，没有月，也没有星，高尔基在墙上喊道："快把窗关上。"火豆君听见是高尔基的声音，急忙关上窗。

"你不是很喜欢我的话么？那么快把书卖去好了。"

火豆君听这话的口气，分明含着严厉的成分，昏头昏脑的，把一堆书抱在怀里，奔到楼下，顺着街沿，拼命的跑去。

初冬的夜晚，冷是当然的，街上的行人寥寥无几，都低着头走路，路灯映着火豆君，似一个幽灵，他转弯抹角，寻见一个旧书摊：

"喂！要不要？全是难得的好书。"

"我先看看吧，这种书是不是值钱的。"

"哪里？这些实在是好书，我一点不撒谎。"

"高尔基？高尔基是谁？我怎么不知道这个名呢！是外国人吧？值五个铜板；《我的小学》，也是高尔基著；高尔基是谁？我怎么不知道这个名呢？是外国人吧？值四个铜板；《月店》，又是高尔基著；高尔基是谁？我怎么不知道这个名呢？是外国人吧？值三个铜板；因为这本书太薄，三个铜板勉强。"

"拿来，拿来，我不卖给你，拿来，快拿来！"火豆君大不耐烦，从书贩买手里把书全夺回来，撒腿就跑，又寻到一个旧书摊。

"喂！要不要？全是难得的好书。"

"让我看看吧，这种书是不是值钱的。"

"哪里。"火豆君肚子里咕噜咕噜作响。"这些实在是好书，我一点不撒谎。"

"《大地的女儿》《求真者》《煤油》《西线无战事》《重围》《故乡》这里面都是写的什么故事？是恋爱吗？"

"不是，不是，绝对不是！"火豆君不知怎样解释好。

"怎么，这里头不是写的恋爱吗？"

"实实在在的，我读了又读，内容决不是无聊的什么恋爱，请你放心，请……"

"噢，原来不是写的恋爱呀！那我可不要！"

"为什么呢？"

"不为什么，不是恋爱的就不要。"

"啊！这样？"火豆君拿起书来，抱在怀里，觉得重量增加十倍，顺着街边，急急的奔跑，肚子里咕噜响个不住。

终于在他努力挣扎的结果，把所有的书卖给另一个旧书摊上了，得到现洋一元二角，快乐的到烧饼铺就着白开水吃了一个大饱。临走还买了一大包。

既然吃饱，精神也清醒了许多，只是他穿的褂衣，在初冬的寒夜，颇有些不大适当，冻得他缩成一团，像猫似的蜷缩着，急急忙忙奔回住所。

屋子照旧，桌上的书没有了！墙上挂的几张相片，有的愁眉不展，有的正在伤心的哭泣。火豆君看到这番情景，心里是什么滋味呢？他跪在床边，把脸伏在膝头，默默的流泪。

翌晨，他睁开蒙蒙的睡眼，太阳的光线从玻璃窗射进来，照在桌上代替书堆的烧饼，他顺手拿起来一个，送到嘴里咬了一口，一面嚼着，一面想。

在这个小屋子里，只能住到明天后天，就得搬到街头露宿了！他想到这里，难过得很，泪珠顺着鼻梁的两侧，先后流进嘴角，混合烧饼，一块吞到肚子里去，接着第二口，第三口，把一个烧饼吃净了。

隔壁那位先生又唱起来了：

腊月里来冷凄凄，

写封家书寄给妻，

家中没有银钱用，

可以卖点零碎皮！

（《泰东日报》1936 年 12 月 6 日、13 日，署名：赤灯）

诗与天才

一天在报上，杂志，读了不少的诗，其中最欢喜的诗句，读得很熟，能背诵得出，后来买几本诗集们好像获得了宝贝一般，无时无刻不在捧着吟读。吃饭的时候把书放在菜碟旁边。一面吃一面读，睡觉之前，非读几句是不能安然入梦的，有时上厕所，也要拿着诗集，蹲着读。没有多久，把几本诗集像背三字经似的，滚瓜烂熟，因为没有再买的钱了，就当掉衣服，买来读。这样，他成了对于诗大有一天不读几百首就不能过下去的气概，凡是报端，杂志上发表的诗，他都剪下来，贴在洁白的本子上。

有一个时候，他想：难道我不能做他几首吗？便果断的提起笔来，但是把笔拿起来之后，眼睛看着纸张，一个字也写不出来，把笔狠狠的丢在桌上，自己虽然读了若干诗，却没有创作的天才，住了几个钟头，又拿起笔默想，结果还是写不出来半个字，苦闷的了不得，什么也不感到兴趣了！

出于读诗而改变要作诗，行走坐卧，无时无刻不在想着，怎么才能创作出诗来，成一位闻名四海的大诗人，流芳千古。

有一天，他在海边散步，看着澎湃汹涌的浪花，打着石礁，浪花爬在石礁上，变成白沫，海上有一只帆船，在不远的海面上漂浮，这不是诗材吗？一口气跑回家，急忙把纸展开，写到

"我散步在广阔的海边，

轻轻的细沙垫在脚下，

浪花滚在石礁上喷着白沫，

一叶扁舟漂浮在海面。

这是诗吗？他写完了这四句想到，大概诗不能这般容易吧？这有什么意思呢？如果这样容易，那么天下所有的都是诗人了，他想了又想，以为无论如何，这绝不是诗，失望的把诗撕得粉碎，搓成纸团，投进纸篓里，

但是奇怪得很！他突然又起来写了。

海边上除了我踏着沙滩发声。

此外只有浪花澎湃汹涌……

不行，不行，他把笔放下，自己实在没有写诗的天才，偏拿鸭子上架，真是自讨苦吃，于是决心不再这样轻易的做创作诗的梦。

经过了很久，他确实不会想写诗，把作诗的念头打消了！

什么叫做天才？天才不过是长期的耐苦，他在报端上发现这样的几句，他一想，对呀！有天才不受苦也是不行的，换句话说，耐苦就是天才。这句话对吗？不对吧？天才是一件事，耐苦又是一件事，天才是天才，吃苦耐苦，那么到底是怎么回事呢？唉！糟糕，到底是怎么回事？天才不过是长期的耐苦，照字面解释，意义是明白了，如果肯长期的耐苦就是天才。先说耐苦吧！什么叫耐苦呢？那不用说，耐苦就是训练的意思，然而怎样训练呢？模仿训练足球，要常踢，自然会踢好，练习书法也是如此，今天写，明天写，早晚有写好的一天，世上所有事没不如此，慢慢刻苦训练，早晚有写好的一天。写诗不用说，也是同样的解释。今天读，明天写，慢慢的训练，早晚必有能写好诗的一天，必有成功的一天，他想到这里，觉得很有希望，转过来又想，足球的训练是比较容易的，书法的训练也不太难，写诗却不见得容易，却不见得是不太难的事，会踢足球的人很多，书法好的人也不少，能创作诗的不很多吧！这是什么道理呢？

一直左思右想，寻不出来一条线索，不明白究竟是怎么个道理？因为诗比别的都难，所以会做诗的人很少，而这些诗人，都有天赋的才能，再加上长期的受苦，训练，然后成为诗人，提笔都成妙语，反过来说，没有天才，虽然长期的耐苦，训练，终归还是写不出诗来，正像陆上竞技的选手，因为他有天才再加上耐苦训练，终于成名，而没有这种天才，就是同样的耐苦，训练，还是不能在世界运动场上，露露头脚，这不是一个道理吗？

一番煞费苦心好容易弄明白了这个问题，到后来不写诗了！

有鉴赏艺术的天才，未必有创作艺术的天才，一经深深的了解这句话的意义，决定把心血用在别的事业上，连读诗都不读了，从此与诗永久绝缘。

但是老天！这是什么原因呢？一阵又在纸上写着诗句，并且投出去发展，永久不见在报端发表，无疑的，他的诗是怎样的下场了！

从此，一个真正的决心，再不想做什么诗，自己本来没有诗才，硬要勉强作诗，好像连一封信都不会写，而偏偏要写散文，做小说，实在是太可笑了！

他写了一张纸条，贴在墙上，那是标语，为警戒自己的目的，上面写的是：

"我再要想做什么诗，是个大混蛋！"

（《泰东日报》1936 年 12 月 9 日—6 日，署名：赤灯）

猫

我的二姑家里养了一只肥胖、深黄色的大猫，也不知什么缘故，我一看见这只猫，就像对待仇敌一般的瞪着眼球恨恨的瞅它，甚至从后面悄悄的走过去，冷不防就踢它一脚！它"咪噢，咪噢！"痛得大呼，一溜烟逃跑了！于是我如报了不共戴天的怨仇似的从心里觉得痛快。

它似乎明白了我的苛毒，一见我就逃，这样，我越痛恨得凶，恨不能一脚把它踢死。它总是战战兢兢，卑怯的躲避着我，我总是咬牙切齿，皱着眉头，紧握着两拳各处搜索，发现了它便不能轻饶，我一个高跳过去，虽然踢不着它，不能给它点痛楚，也该它够受，它命都不顾的飞奔逃窜，有时碰在什么地方，它忍着痛也是跑，我就觉得解了胸头之恨！

我屡次自醒，我为什么这样凶恶的迫它呢？我左思右想的，打算解释出一个理由，但总想不出道理，我正在想着的时候，它如果出现，那我便毫不踌躇的对它走去，预备踢它几脚，我也有后悔的时候，但后悔也是无用，一看见它就什么都忘记。我由脚踢变用棍子打，棍子打不着，则拾起石块来投，接二连三的投去，投上了，把它打得嗷嗷叫，我就罢休，否则我还尾追得很远，几时连它的踪影都看不见了，这才掷下手里的石头。

一时准备石头来不及，我竟时常在袋里装几块石头准备着，看见它马上掏出，用力的瞄着准打去，打得它连滚带爬，拼命嗷叫，它是哭了！

哭也不行，我非打不可！在看不见它的时候，我也计划着怎样能打个痛快，我想用绳索将它缚死，正经八百打一回。

有一次，我的石块太大，距离稍近，用力过猛，一下把它打倒，石块命中在它的头部，它滚了几滚，发昏了，我以为必是死去，谁知不多久，它支持着跑了！

这一次，我真的后悔了！我眼看它受苦的情形，很过意不去，我决心以后再不这样残酷，对它慈悲一点，然而不成！无论如何很难办到，我一想起它残害那些弱小可怜的老鼠，我就禁不住不起仇恨它的念头了。

不消说我的这股思想很幼稚，但也无法，我上来一阵儿偏见很难立即矫正过来，我知道我所下的判断是根本错误的，老鼠有害于人，捕杀这些有害的老鼠是猫的专门职责，可是我并不这样想，却奇怪的审判着：猫是个奸贼，它为自己吃得饱，住得舒服，为达到这个目的起见，尽着残害的能事来献媚主人，它完全是狡猾、自私、残忍、无耻！

于是猫在我这样的审判之下便大倒其霉，我的偏见的理由不易推翻，我无日不在追踪它，踢它，用石块投它，它被我打急了，有一次它竟大胆的对我瞪眼咧嘴，表示不服，大有和我决斗一场，争个你死我活的气概！

这了不得！我气得不知如何是好，拿起一个花碗打去，它急忙逃了，茶碗打碎了，二姑姑一向知道我仇恨她的猫，她不满的叫道：

"猫又怎么惹你啦？你老是打它！"

"我恨这个王八羔子！"我怒不可遏的说。

"好好的猫既不惹你，你却恨它！真是怪事！"

"我一看见它就生气！"

"你要疯吧！"

在墙角，猫蹲在那里，它凶狠的望着我，我拾起一块石头，但它并不潜逃，两眼炯炯向我直瞪，我对准它猛力打去，哐啷一声巨响，隔壁的玻璃窗碎了。

"你可不是要疯么？你！"

她过去再三道歉，说明我是错失，并且答应赔偿，她又把我大骂一顿，警告我以后决不许再打它的猫，否则，便打我一顿云云。

"非打死这奴隶不可……"我咕噜着，一回头，猫立在我的身后，它煞无事似的迈着方步，我暗暗的找一条大棒，对准它的头颅，但还没有举起，它忽然发觉了，迅速的，拼命的跑去，逃出一条活命！

二姑大发雷霆，跳起来指着我喊："我看你简直疯了！你倒打它为什么呢？怪！"

"奴隶！"我怒吼着，我和二姑争吵起来，她说不过我，气得眼睛都变小了。

（《泰东日报》1936年，署名：慈灯）

赌　徒（残篇）

　　一个好赌钱的人，没有一天不去赌的，每天晚上不能回家，一宿赌到天亮，常常输了带的钱，并且欠下许多债，他的妻是个很贤惠的女子，再三的劝解他，希望他解除这种坏嗜好，但他哪里肯听，不但不肯听，却越发赌得厉害，他的妻无法，只好任他性子做去。

　　他只顾赌钱，无心做事，因之主人辞退了他，他从此失业，变成了流氓，他起初卖了父母留下的几亩田地，也输光了，随卖去房屋，也很快的输净，连衣件什么物全卖光，输完只剩妻子一个人了！

　　他的妻貌美，许多赌徒都看中，劝他把妻子也卖掉，他舍不得这样干，可是贫穷和债务逼得他走投无路，他终于下了卖妻的决心，妻得到这可耻的消息，哭着劝他觉悟，告诉他说已经有了孕，将来小孩子出生，连生身的父亲都见不着，实在是很可怜的，这些小事他早不在乎了，什么妻子孩子的，目前只要能得几个钱做财本比什么都有用。

　　妻子看他的意志坚定，无法使他反省，便在一天晚上逃走了，不知逃到什么地方去了。

　　（原文缺失）

（《泰东日报》1936 年，署名：慈灯）

新编杨慈灯文集

1937

瓦匠的女儿 （残篇）

（原文缺失）

二

谁说不是呢，不用讲别的，区区这一点小问题就把我难住了，诚然我有很多朋友，试问这些朋友有什么用处，这样一个十七八岁的大姑娘，找职业可太难，如果她明白银行簿记，会写英文，或者是打字，也许找职业比较容易，一些目不识丁，能干什么事，做饭，有精通饭菜"大纲"的厨师，洗衣裳抱孩子，至少须在三十岁以上的妇人，一个妙年的少女是干不得的，至于工厂，这或许是一条出路，听说这里就有什么女工厂，可惜我连工厂的经理都不熟悉，叫我如何介绍、写信，那不成，托朋友，朋友和我一样，谁给他们谋职业，这是一条打不开的难关了，立刻拒绝她们这个满腔期望的拜托吧，又没有勇气（我始终犯这毛病，明明知道自己办不到的事，却不干脆退缩，要勉强进行，欺人欺己），我决心至少不能现在就令她们失望，回答她说：

"让我在各方面探听消息，求朋友们给介绍介绍，大约可以办到的吧。"

我偷视英子，她正在观察我的脸色，似乎明白了我是在瞪眼撒谎，没有诚意，我觉得面上、两耳发烧，又一看她转忧为喜的面庞，似乎并未觉出我的弱点，我又谈到别的事，大婶子东扯西扯，弄得我好不耐烦，要不是有英子驾临，我早把脸转一边去了。

时间不早，她们辞别回去，我写好给父亲的信，躺在床上，翻来覆去睡不着，种田、拿租、借驴、洗衣裳、工厂、出嫁、学校，这些事一起涌上我的心头，我怎样能给她寻到职业，不使她们娘俩失望呢？她们实在是很可怜的，记得我五个月前初搬进来的时候，英子和她母亲在院子里看我搬东西，我找到这间房子也费了很大的苦心，那一天在公司里冯先生告诉我，说在这里有一间房子，只怕独身人不租，我当天跑来找房东问，想不到房东是常到我们公司里办事的舒先生，他很惊奇的说：

"你要找房子啊，为什么不在公司宿舍里住呢？"

"住在宿舍里固然很方便，但是同事太多，每天吵吵嚷嚷，闹得天翻地覆，要想看一点书都不得安静，深更半夜还有看戏、看电影的回来，高着嗓子说笑，喊二黄，吵得我头昏，所以我决定搬出来，找一个安静的地方，好好养养我的精神。听说你这里有一间闲房子，可不可以租给我呢，我一个月赚十九元五角三的薪金，够打房租用呢？……"

"房租是不成问题的，你既然要住，我就领你去看吧。"

我快乐得手舞足蹈，世界有许多幸运的事，这一次我可碰上了。我跟着他转了几个弯，走进这院子的大门，一共住了四家，上房的五间，住着在海关上当差的眷属。东厢房的三间占两家，一个是贩卖羊毛的老头，那一家就是大婶子。西厢房是四间，那房子的方向很不正，算不得厢房，自然不是正房。可以算个"倒座"两间是房东的仓库。那两间并为一大间的是房东的少爷，从前当书房用的，后来到外埠去读书，这间房子就闲下来。曾住过一对警察夫妇，又住过小学教员，听说这个小学教员是得了肺病死去的，以后没有人再来住过。里面很洁净，四壁是粉白的石灰墙，靠北的一面，放一张铁床，有一张现成的长方桌，正合我这样人暂居。我立刻决定非搬进来不可，当天下午就来收拾，又在公司里偷了一点"石炭酸"消了毒，我是很讲卫生的。

当我搬进来的第三天也不知是第四天，晚上下班回来，东厢房住的瓦匠妻子（就是英子的母亲）她在院子里笑嘻嘻地问我。

（原文缺失）

或者被辞掉？怎么回事？

大概是和母亲吵了嘴？我在肚子里盘算的半篇文章，完全忘记，只猜度英子哭泣的原因，倘若在白昼，可以过去问个究竟，半夜三更怎好讨扰？不过我满腔疑虑，这几天不见英子，大婶子不过来串门，总必有一点什么小小的变动？一定是发生了什么事吧。

一连又是不少的日子，仍未见英子一面，大婶子也不见过来，问二秃子，他说姐姐照常上工，但是我晚上在她应该回来的时候跑到街门口等到天黑，也未见她归来。我问二秃子，他则说回来了，这真奇怪！莫非说她长了翅膀，从空中飞进去了？

又过了三天，大婶子过来和我说："莫先生，真是对不住！英子病了好几天，总不见好，她夜夜不眠，惹得二秃子都不能睡。我想叫他拿两块板，在先生地下借一宿，等她一半天病好，立刻就回去。"

"可以的，用不着在地下睡，这个床很宽，睡两个人是不碍事的。"

晚上二秃子过来，我问他：

"你姐姐今天上工厂去了吗？"

他答说："去了。"我又问："昨天呢？"

他说："昨天也去了……"

这可奇怪了，她不是病了吗？

"那么她是带病去工厂的吗？"我紧紧的逼问他，就像法官审犯罪的儿童一般。

"……"他小脸红红的，答不上来。我拿出几块糖给他："二秃子，不要撒谎，我不是外人，你详细告诉我，你姐姐到底是不是得了病？"

"……"他半天不开口，很焦急的样子，我说：

"二秃子，不要紧，你只管告诉我吧！"

（原文缺失）

七

我们之间有这许多日子的师生之谊，他没有撒谎的勇气，吞吞吐吐的说："妈不叫我告诉莫先生姐姐的事，妈说莫先生要问，就说姐姐每天上工，她已经有好些天不去了，我也不知是怎么回事……"

我想，这一定是被工厂辞了，但是那有什么关系呢？未免太神经质，早点告诉我，可以帮助说说。人所以与禽兽不同地方，就这一点道理，我怎能不理解，我不禁笑起她们过于短见识。

第二天，二秃子没有过来睡，英子的病大概是好了。在这样的夏天，有病是很危险的，虎列拉，赤痢，什么病都是危险的传染病，我为防止病菌的袭击，又从公司弄了些石炭酸，把屋子严加消毒。

星期六下午，一个比较和我不错的同事，约我出去逛街，好久没有朋友来约我同出游逛了，为"维持面子"便跟他一块走了出去。是闲逛的性质，没有一定去所。看看商店门面的装饰，玻璃窗里，巧妙的陈列着五光十色的"洋货"，处处都显着这个世界是长足的进步了。这位朋友，很喜欢站在商店的窗前，正经的批评着各种货色，我应和着"这样很好，那样也不错，颜色浅一点，质料粗一些……"，的确是"顺情说好话，耿直讨人嫌。"我们情投意恰的在大街上逛了一小时之久，都有些疲乏了，他提议去喝碗冰激凌，我们便踏进了一家卖冰专门商店，各人捧着一个玻璃杯。

一个傻白的店伙计咧着嘴唇和另一个拿白饭单的招待说道："这种事情好像是家常便饭，一点不稀奇了，今天早晨发现一个私生子，可惜已经丢在石头上摔死，也不知是哪位女工生下来的。"

另一个招待接着笑道："上月就有一个女工，正在抛弃私生子，被警察捉到，罚了若干钱。"

我把这段听来的新鲜故事，回去和大婶子说了，她一言不发，说到别的事上面去。英子的病完全好了，继续上工，不过她的模样大改，比从前美丽许多，颜色较往昔白净了，只是两颊稍稍瘦进去一些，这也是病后自然的现象，但愿她以后不要害病就好。穷人害了病，请不起医生，买不起药的，实在太苦恼。这时我加入了一个足球团，除了读书，便锻炼身体。我加入足球团的目的便是为此，并不想练成一个足球健将。

运动场上，常有我在其中显露头角了。我从小的时候就爱好足球，在小学校里，也曾当过全校代表的选手出赛，后来与小说结了莫逆之交，就把这把戏抛弃，现在又恢复了从前的兴趣。我是守大门出身的，所以现在还在大门下守球，这个职责，在比赛的时候清闲，而在训练的时候却非常麻烦，这个一脚，那个一脚，像子弹一般迅速的射进来，我必须眼精手快，好在我有一点点根底，捉球并不感觉困难。最不便利的，要算我的破球鞋。已经用了好些年，前尖和后跟，都是新花了二十三个铜板求补鞋匠给缝的，我告诉他用牛皮，他用了猪皮，使用起来一点不灵敏，明明很准确的对着向里踢球，却打了一个旋转，一动也不动，惹得全场的人都哈哈大笑，我觉得很不好意思。下了几次决心想新制一双，叫他们看看我当年惊人的技术，令他们把舌头伸出来，但是父亲已经不断写出几封信了，苦苦的叫我设法准备一点钱，家里的生活很窘，"生活"与"踢球"比较，哪一样重要？不消说生活是第一，连艺术都是列生活之后，何况游戏呢？我正想着这些事，一个球"嘭"一声飞进来，正打在我的胸前，我来不及去捉，已经把我打得气几乎都喘不上来。

"哈哈哈哈……"

"哈哈……哈哈……"

"哈哈……"

"……哈……哈……"

嘻笑鼓掌之声充满全场，我呆了半天，才恢复常态。肚皮痛得很，想离开运动场走吧，这怎么好呢？"唉？"

一声又一个球像炮弹一般飞过来，我一生气，对准了球，拿出毕生的力量，拼命踢去，结果顶好，"砰"的一声，球飞回去了，飞到很远的地方才落下来，我好像大侠复了仇一样高兴，不禁跳跃起来，当我向上一跳，右足一着地，觉得脚被鞋背挤压得特别痛，低头一下，我的老天！原来是鞋的前半截整个裂开了，这时候，又一个球，正打中我的脑袋，我本来在低着头，弯着腰，整弄着鞋，经这一打，我不由自主地向后一退，坐在地面。

"哈哈……哈哈……哈哈……哈哈……"

"哈哈哈……哈哈……"

这一场大笑，笑得我的眼泪都要流出来，立刻穿上衣服，誓不再踢球了，大家都停止训练，跑上来问我：

"嘿！老莫，怎么的了？"

"我的鞋坏了，你们看不见吗？必须回去修理的，对不住，再会！"

"对不住，对不住！"

"哈哈哈哈哈……"

"……哈哈……哈哈……"

"他妈的，我再也不干了，我以后一辈子不出门，妈的……"

我自言自语的踱出运动场，顺着一条静静的大道往前走，在我前边有两个人，一男一女，互相相偎相依的携手同行，我一注目，那女的背影，似乎很熟悉，他们听到后面急促的脚步声，急忙放开手，这何苦呢？他们的心里怎能不骂我？而他们骂我的辞句，我也可以猜出：男的必在骂这小子可杀，女的一定要说不作美的小鬼，该死。

我真是无地自容，三步当做两步的跑到他们前面，预备快快离开，那女的一回头，嘿！使我大吃一惊！原来是大婶子的小姐，二秃子的姐姐英子女士。我头也不敢回，一气跑到家，大婶子正在院子中晒衣服，看见我进去了，笑着问：

"莫先生，这样热天，上哪里去了？满头大汗的。"

"……游玩去了，英子的病好了吗？"

"好了，叫你挂心，上工厂去了。"

"唔……"

我是活见鬼！忘记几时作的！

(《泰东日报》1937年1月2日，署名：赤灯)

凤阳花鼓 （残篇）

（原文缺失）

杂货店的对面街上，这时候围了一群人，冬日冷淡的太阳斜照在这群脑袋，明显的映出是黑手黑脸阶级。其中有几个是中学生，小孩子占多数，都是肮脏的小脸，两手插在袖筒里，看着站在圆圈中央的两个小音乐家歌唱着张动的嘴唇，同时也注意姐姐模样的女孩，两只冻紫了的小手很巧妙的在玩弄三枝短木棒，那木棒在与她脸高的半空飞舞，当木棒落下的一瞬间，不慌不忙的敲一下，身前用花带盘着的皮鼓，三个木棒秩序响着，丝毫不乱的轮流敲打，奏成欢快的音拍。比女孩矮一个头的圆脸男孩，敲一面小形的铜锣，他敲一下立刻用手掌把锣一压，铜锣的余音因之中断，只发出短促清脆的声音，他皱着乌黑的眉毛唱道：

"右手敲，左手锣，手打着铜锣来唱歌，别的歌儿我也不会唱，单会唱个凤阳歌——"

继着是锣鼓的伴奏，这回是女孩唱，她的声音比男孩尖细，唱得婉转动人。

男孩显然是敲得不耐烦了，小手无精打采的动作着，好像那面铜锣越敲越笨重，在无限的压力，他拿出手生的力气来反抗，不使铜锣掉地下。

一个穿不够长度棉袍的孩子，看到这里打个哈欠，两道鼻涕顺着嘴两边淌下来，他赶紧"嗖"一声抽进去，他的小鼻子好像抽水机器，运用得极其灵敏，但是不久没流出来，这回流到嘴边，他用指头一抹，抹得干干净净，恢复原状。他身旁扯他衣襟的小丫头，和他同样的状态，鼻涕挂在面颊的下部，成个丁字型。

又新来了两个汉子参观，在后面抬起足跟展望，音乐及歌曲奏完了，女孩向观众深深一鞠躬，凄切的乞求说：

"老爷少爷们！请可怜可怜我姐弟俩吧，帮助帮助……"

三个中学生互相看看脸色，大概在会议，表决通过，一致赞同，每个人掏出一个铜板，放在女孩的手里，女孩又深深一鞠躬，道一声"谢谢！"

黑手黑脸同胞，似乎动了对人类的同情心，大家豪爽的掏出铜板向女孩脚前扔，男孩一面声明"多谢！"一面弯下腰去拾，孩子们只是看，看他们的衣服就可以表明拿不出半个银圆，后来的二位，大概抱着"不见兔子不撒鹰"主义，未听一曲，怎能破费赏赐？刹那间，从四面聚来许多新看客。

慷慨的仁人君子已经不多，没有把手伸进口袋里去掏钱的了。一个戴破毡帽的工人分子站在最前面，他蹲下去看女孩的花鼓，研究它的构造等，研究了半天，终于发表了他的心得。

"噢！这原来是蛤蟆皮的？"

男孩听见谁在批评他姐姐的花鼓，回头冷笑一声，轻蔑的看那博士一眼，似乎认为这"外行"批评的理论，完全错误，不足反驳。

一个穿红袄梳着两角发髻的姑娘，从人群中拼命的挤进来，中学生又互相看了看脸色，大概又是在商量，一致赞同，联络一气的同时挤出去走了。乘机钻进来的是先前那两个汉子，一个长脸大下巴，一个大脑袋小眼睛。

这时姐姐已给大家鞠躬起来了，弟弟随后就敲起铜锣，姐姐唱到：

"我命苦，真命苦，一生一世嫁不到好丈夫，人家丈夫做官又做府，我家丈夫单会打花鼓，打得花鼓哎哎呀！得儿铃铛飘一飘，得儿铃铛飘一飘，得飘，得飘，得飘飘，得飘一飘飘……！"

大家听着哈哈笑起来，男孩接着唱："我命薄，真命薄，一生一世找不着老婆，人家老婆戴花又戴朵，我家老婆大花脚，量量一尺多……"

大家又哈笑起来了，这次笑得比先前更甚，铜锣和花鼓奏着：

"咚咚锵，咚咚锵，咚咚锵，咚锵咚锵咚锵咚锵……"

（《泰东日报》1937 年 1 月 19 日，署名：赤灯）

A、R 几行字

A

从来都是如此，当我读完一本书的时候，感觉到自己的学问真是了不得——了不得的幼稚，与三两岁小宝宝的程度差不多！

前年秋天，我还在一家姐夫的娘舅开设的旅馆里当茶房的时候，同事差不多都是目不识丁，我在他们群中，简直就是一位鼎鼎大名的学者，在他们眼里，我似乎也够得上博士资格，不过时运不佳，英雄不得时，不得不暂时忍耐耻辱，混一碗饭吃罢了。

闭眼无事的时候，他们就请我到"茶房室"坐在首座，我一看，拥护我的听众完全到齐，便开始讲道：

"话说貂蝉叫吕布去后花园中凤仪亭等她，吕布便乐得嘴都合不上来，提着戟就跑过去了，他站在亭下曲栏杆之旁良久，看见美艳的貂蝉分花拂柳到来，果然像月宫的仙子，哭着对吕布说，我从看见将军，想念得连饭都吃不下去，觉也睡不着，小奴家真想和……"

讲到这里，门忽然"砰"一声开了，进来的是管事二掌柜，他板着"铁面无私"的面孔，狂吼道：

"你们在这里干什么？不听见前楼上二十三号顾客喊？"

大家互相挤一挤眼睛，像猫似的跑了，然而讲并不因此中止，有工夫仍旧"闲话休提，书归正传"。

近一二年来，我辞掉茶房职业，干了些别的和"茶房"相仿佛的事，可是天助我也，我接触了几位会写文章的人，从他们手里，借得各种"新书"，我才觉悟"飞檐走壁"的学问原来不中用了！我必须赶紧从书上认识"契科夫""鲁迅"这一流许多人物，否则我活在这个世界上将是个可怜的睁眼瞎子……

我认识他们了吗？没有，一点没有！

我读过一本好书，就觉得需急速再多读，而当年信口开河的勇气也死灭了，不敢在人家面前说一句"夫什么什么也者，乃什么什么也"的话了。

B

黄色的公共汽车停在十字路角，从里面下来一个穿西装戴眼镜的"神圣青年"，他只招手举起一摇，洋车立即从四面八方围上来七八辆。

"先生，坐我的……"

"请这边，先生！"

他很不耐烦皱皱眉头，跳上一辆比较干净的洋车，很舒服的把身体向前面软垫上一靠，车夫得意的拉起就跑，其余的便大失所望，四面散开了。

车身跳跃着，动荡着，在光滑的大街上"左侧通行"，街上好像大运动场，汽车、马车、脚踏车，就如下场竞赛的选手，谁也不肯落后，紧紧的跑去。而且，无疑的，总是汽车得了优胜，岗警伸出手表示欢迎，他们照直前进。

"先生，往哪里去？"到了一条横街，车夫这样问道。

"向右去"，他随口回答了。

到达目的地，他一声命令"停！"车放在电影院门前，车夫解下裤腰带下变了黑色的手巾，擦拭额角的汗珠，那位先生掏出一点什么，放在洋车夫手里，冲到"卖票处"。

真奇怪！他一个人却买了两张票，而且不进去，站在台阶上东张西望，仔细的注视一群一群进来的男女，又时时察看手表。

忽然他咧嘴笑起来了。

从马车上下来一个人，也在望着他笑。他三步两步迎上前去，口中念念有词，可不知念些什么。

当他们并肩走进去时，那一双眼回头望望，粉白的面庞，红嘴唇，像前面 A 几行字中的貂蝉。

这时可以听见影院里铃响了，几个洋车夫凑在一块，互相探问各人拉多少钱。

（《泰东日报》1937 年 1 月 20 日，署名：赤灯）

金四老婆

"哥哥，快，快，快去看看，金四又在打他老婆了。"

妹妹咧着嘴从外面跑进来，瞪着惊骇的眼睛告诉我，乌黑的发辫顺着她头部的转动，画了一个半圈，又飞出去了。

我放下剃须刀，扣上帽子，急急的走去。

街上围了一大群人，都伸长脖颈，望着金四屋里，粗暴的怒骂之声和尖锐的声音，从金四家传出，几个金四本家的长者，慌忙的走进去，屋子里狂暴的声音突然停止了。又是一阵哭喊的声音，接着就是怒骂，我想从拥挤的人群中挤进去，无奈人太多，很不容易劈开一条出路，就爬到槐树杈上蹲着，墙头上已经站了不少孩子，妹妹靠在东屋范二姑身边，姐姐牵着弟弟的手，站在他们右面土堆上，老李家两个好打扮的女儿，和别的几个正待闺中的小姐，也挤在那里看。

从屋子里奔出一个披头散发的妇人，大家知道，这是金四媳妇，她连哭带喊的向外面逃跑。金四张牙舞爪的追出，三步两步追上前面的脱逃者，一把抓住她的头发，顺手一掌，正好打中她的脸颊，鲜血从嘴角流出，回手又是一掌，又打中她的脸颊，她拼命挣扎，好像猫口里的老鼠，没有半点抵抗的气力，只有哭、喊，还骂。金四则越打得用力，一脚踢在她的小腹，她一个踉跄，仰面朝天跌倒，金四乘机用左膝盖把她压住，脱下破鞋，没头没脸的打去。

金四的妈虽然在旁边，别的几个本家的也都在场，可是他们并不上前劝说，看情形正都大气未熄，咬紧黄牙，希望这样打个痛快，出出胸头之恨。

金四打他老婆，成了家常便饭，不过从来没有打得这般凶。而金四媳妇的每次挨打，总是默默的忍耐着，也不哭叫，也不喊骂，像今天这样哭喊着，还骂着，大概是破例头一遭了。

"你打！你打死人不偿命吗？你老金家里没有正经鬼？你打！你……"

金四媳妇在泥地里打着滚骂，金四气得满脸紫红，咬着下唇，什么也不说，尽管努力痛打。

"我的妈呀，你个该死的婊子养的，你打得好狠，你，你打死人不偿命吗？我上衙门告你，告你们全家不做人事，你打，我让你打，我……"

金四媳妇口喷白沫，头发滚在泥上，弄得满头黄土，她乘机抬起手来，在金四脸上猛力抓了一把，把金四的脸抓成几道红线，血从红线滴出，滴在金四媳妇的脸上。

金四的妈看得分明，气得跳起来。

"嘿！这泼妇！这养汉精！她好厉害……胆敢动手抓！"

"我非打死你不可！"

金四在急喘中说出这句话，在他身旁有块碗大的石头，他一眼看见，就要去拿，他的二伯忙过去按住他的手。

"金四，你起来，不要打了。"

"打，打好了，你是人养的，你就打死我……"

"快住嘴！"

金二伯的麻脸一板，下着命令，于是她默不出声了，抱着头哭泣，金四放开手站起来，胸部急起急落，愤愤的踱到门口，对着观众道歉。

"真是丢祖先的脸，我金四不孝，娶一个养汉老婆，她悄悄养她的汉子，还时刻装疯弄癫，真是丢脸，真是……"

他演说到此，表面一副无限伤感的脸色，大家很对他表同情，只是都摇一摇头。这时金四的媳妇已经被几个人拖回屋去，金二伯拍着胸对大家发表：

"出这样丑事，是家门不幸，祖先没烧高香。"

他叽里咕噜的嘴里说些什么，由人群中挤出去了，半数以上的观众也都散去，剩下的许多人，聚在一块，议论这事的起因，以至将终弄到什么结果。

我因为帮父亲刻一块"有求必应"的朝堂正门的牌匾，正需急急出手，就跑了回去。父亲已经把"求"字刻出来了，父亲看我进去，问："这回打得怎样？"

"很厉害！嘴都打出血了，金四的脸被他老婆抓破！"

"唉！"父亲用教训的口气说："娶个不正经的老婆倒了八辈子霉，金四是很勤俭治家的，泥里水里干，不辞辛苦，老婆可就不一样了，东跑西跑跟那些无赖汉瞎闹，臭名传在外，丢祖先的脸……"

这时姐姐和妹妹都走进来，我问姐姐说：

"我看老李家两个丫头今天擦粉擦的格外多……" "

该你什么相干？"妹妹笑着驳我的话。

"一定也是养汉精，丝毫不带错的……"父亲说着笑起来了，接着又说："当木匠是不要那些东西的。"

姐姐插嘴说道：

"将来给弟弟娶那样一个？看爷们怎么处置？"

姐姐的话中我的心怀，我很爱惜风流一点的……

（《泰东日报》1937 年 1 月 21 日，署名：慈灯）

迟

火老弟：

　　说起来真的叫人不高兴，我近来和这个朋友借两角钱，和那个朋友借两角钱对付生活，这几年倒霉的景况，从来没有至于此，真是每况愈下，一天不如一天了！

　　有谁把忧愁当作办法的傻子吗？我很快乐，尤其是今天，父亲给我寄来了五块钱，他叫我赶紧回家，他说：在外面瞎漂荡一气，归局怎么办？不如回家种田的好。并且在信末的字旁画着双圈，意思是嘱我千万别使他老人失望为是，我很同意，立刻收拾破行李，打算今晚八点的火车回故乡，从此我们将别离，以后能不能见面，可就不知道了。

　　到我的家乡，车费是三元五角，剩余的钱做什么用呢？没有用处，我跑到小饭馆叫了两壶白干，一碟花生仁，此外还叫一盘炒豆芽，我痛快的灌进肚里去，我的酒量，两壶白干是算不了一回事的，于是又续了两壶，这样，我的头就有点迷糊，大概是有点醉了，其实没有醉，我的意识极清醒。

　　回忆这几年——我像一只狗，摇着尾巴各处寻点东西饱腹，丰美的一餐饱饭是没有尝过的，在垃圾堆中用脚挖那些零乱的废物，捡些骨头啥的，沾满泥灰，没有半点香气，臭醺醺，令我鼻孔窒塞。有时我获到一块骨头，难为我，我用牙齿啃却什么也啃不下来，原来是年久陈腐的骨头，虽然外表强硬，然而可爱的肉丝却一点没有了。它在污秽的环境中埋头睡眠，被我饥饿所逼，给挖了出来。它很惊奇无力的躺在土上，任凭我啃，毫不在意。我失望的弃掉它，再去寻找别的，在黑色池沼旁发现一条毒蛇，它伸出了头盘在那里，我看它光滑的皮肤，肉一定很香，便大踏步走过去，它抬头看见我，这一条腿野兽，急忙把上半个身子笔直立起，似乎就要倒过来，把我的脖颈压住，生生把我绞死，而后吸我的血。我吓得赶快跑开，我想

214

起来了，它是最狡猾凶狠不过的动物，别看它细的身体，走路很慢，它真实本领是藏在暗中的。老虎很厉害吧！但是它可不怕，它随便走到老虎身旁，和它挑战，往往得到了胜利，膀大力粗肥壮的老虎还敌不过它，我怎敢与它较量，我屈服着低下头，无精打采的彳亍到别处去了。

我是有点喝醉了，你看我说了些什么鬼话，——其实我没有醉，极清醒。

我这里有几本书，送给你做纪念吧！——这些咬文嚼字空洞的册子，我本该丢弃到厕所中去，然而也不必，我想你是爱惜这些东西啦，那么就送给你，你拿去研究它们的好处吧，我不要了。——说起它的好处，又叫我愤愤，书是什么东西？你翻弄它，读它，害它，玩味它，你可以把它抛在脑后，把它撕破，你随便怎样都行。可是你如果中了书毒，你的一举一动都仿效书中理想的人物，那么你离丧气就差不远了。你在人世走错了一步所谓应该走的路，或是你的脚跨在出人意料之中的地方去，耳光便许赏给你，打碎你的灵魂，你不相信这话吗？不信请你走着瞧！

我要回家乡去了，我的家乡有山有水，这些山早就变了颜色，混蛋才高兴闭住眼睛去欣赏，我回去的目的，无非是借老父亲血汗的光，吃碗饭而已，不然我是要饿死的呀！

我实在有点异样了，脑袋一阵晕晕，眼珠发花，大概是有点喝醉了，不多写吧。书一共十三本，寄放在老冯家杂货铺，你自由去取，多保重，我有点醉了……

你的老友张大哥

今天十月初几？我忘了！唉……

我读完这封信，是下午七点半钟，我做完工回来邻居交给我的，我扣上帽子关了门就跑，顺着向火车站的大道，道上没有几个行人，从路灯映照之下，可以看清行路人匆忙的脸色，西北风是息了，然而仍旧很寒，我低着头不知走了若干时刻，到火车站了。

车站上旅客如鲫，我没有工夫看这些人的情形，东张西望，在人群中寻不见我要寻找的人。看挂在墙上的八角钟，是八点过五分，西下的列车已经开走，惆怅的心绪包围了我的心头，我迷茫的坐在椅上，觉得两腿酸痛。

一个庄稼老哥扛一捆行李，在我旁边坐下，叹一声大气，自言自语的说："晚了，火车已经开了，还得两钟头才有车，妈的……"

我站起来，打算往回走，两条腿好像有千斤重，又不得不迈开疲乏的脚步，盼望赶紧到家好休息，明天还得提着饭盒去上工。

（《泰东日报》1937 年 1 月 26 日、27 日，署名：赤灯）

洗脸盆架

"卖……"

我红着脸只喊出了一个字，深恐有人看见我叫喊的嘴张动得太不自然，恰巧有一个男子从黑漆的大门楼走出来，惊奇的看着我所挑的这担不大常见的货品，问道：

"是卖的吗？多少钱一个？"

"是卖的，八角钱一个，贱得很……"

他很欢喜的样子，急忙跑进去，叫出来两个梳长辫的大闺女，一个年轻的媳妇，一个年纪半百拿着烟袋的老太太。年轻媳妇尖锐叫了一声：

"喂，什么都有挑出来卖的！"

我把担子从肩上拿下来，在地下放稳让他们自由参观：

"这样吧，再贱一点，算七角钱一个，买一对。"

大闺女甲长着一副多情的面孔和我商量，我心里想：人真是贪婪不厌的东西，这样贱到了极点，还要贱下去，似乎应该分文不取白送才合算，天下哪有那么样便宜事？我对她说：

"这些洗脸盆架，是我们木匠铺倒闭，残余的货底，挑出来廉价出售的，一个铜板不赚。如果到木匠铺定制，起码得三块。"

"那实在！"毕竟是男子见识广，不比三门不出四户的女人们眼光窄，他这样证明了我的话不是撒谎，大闺女乙嗫嗫嘴，瞥那男子一眼，很讨厌他偏向敌对的意思，老太太和平的说：

"七角半怎么样？买三个"。

"买那些个干什么用？"大闺女乙很反对老太太的口气说："两个还不够？"

"亏你想得周全，你们俩用得着，不该给凤子预备一个，她将来出来门子，就不必定做了。"老太太吐出一口白烟，转过脸来看那男子一眼，没有意见。

"好，请挑选吧。"我把绳子解开，一共是八个洗脸盆架，其中有一个缺胰子盒的装置，那是早晨我在家里挑出来的时候，不小心碰在石头墙上碰掉了。

出门见喜，我格外的高兴，我从 C 庄挑到这里，不过三里路，我是初次被父亲叫着出来卖东西的，羞于开口招呼的缘故，经过几个人家，都是默默的站在门口，晃了几晃，又走开了。

他们挑选了三个，可怜他们没有把最坚实的几个选出来，反是三个顶糟糕的，认为不错。年轻媳妇看见人家有点眼红，就拿缺少胰盒的那个。"请少给半角钱吧！"我不假思索的回答，"哪里用那些，少算一角，给你六角五，行不行？"

从此我得到了一种经验，商人们的所以说谎，都有其巧妙的手腕在，不是无因的，我抱着君子不与小人争的态度，允许了她，她们特满意的各人拿着进去了，老太太拿着的，大概就是给凤子出阁预备的，我猜想：年轻媳妇是男子的妻，又是老太太的儿媳，并且是那两大闺女的兄嫂，大闺女都快嫁郎君了，无疑的，现在是正急于置备嫁奁。大闺女甲是圆脸，看去年岁稍长，大闺女乙的皮肤黝黑，粉擦得很厚，最令我注意的是肥大的臀部，当她嘻嘻哈哈走进去时，一步向左一挪，又一步向右一挪。

男子把钱送出来，我心里纳闷，他们家里女的这么多，为什么女的不多跑点腿，把钱送出来呢？不必说：男子给女子当奴隶，几千年的历史如此记载着，虽然有许多人承认，说是女人给男人当奴隶，究竟谁给谁当奴隶都不论，现在这可是活现的证据。

我接钱在手，查点数目，不错，放在袋里，正要挑走的时候。

"等一会，等一会。"门楼西院发出尖细的喊声，同时东院也走出来几位小脚放大的千金，她们看东西不多，纷纷抢了起来，两个要买的没得着。

穿红裤的问：

"小伙，你几时再来？"

她水汪汪的眼珠，恋恋不舍的风情，我简直不知怎么回答她才好。

"你倘若要，我几时都可以送来。"

"你就多拿几个来吧，一定要！"

我满心欢喜，扛起扁担，绳子挂在扁担的一头，跳跃着往回跑。途上我心里打起算盘：

七的七，七八五块二，呀！不对，七八五十六，是五块六，再加七个半角，是三角五，五块六加上三角五是五块九角五，去一角，剩五块九角四……她们以为这是贱货了，其实也不贵。但是父亲说：卖五角就赚钱，卖三角也赔不了本。南京到北京，买的精不如卖的精，哈哈！

（《泰东日报》1937 年 1 月 27 日、29 日，署名：赤灯）

干什么好呢？ （残篇）

"你闲着干点什么不好，写那些东西有什么用呢？我真不懂！"

豆君一天到晚，除了抱着一本书在眼睛底下，就拼命在纸上乱写，一秒钟的光阴也不肯放过，最讨厌的是在深夜，我躺下睡了，他仍坐在灯下写，点着灯我是不容易入睡的，催他快点睡，他总是吞吞吐吐的回答："稍等一会儿……"这一等不要紧，起码得两三个钟头，我在苦恼憎厌中睡过去，但是半夜里，又常常被咳嗽的声音扰醒，我骂他几句，他也不理我，似乎没听见一般。

我们的谈话，也是敷衍了事，他从来不像别人在谈中互相应声和气，总是寻找差错，令你难堪，以后我干脆连话都不愿意和他谈了。

今天天气比几时都冷，我们回来生好炉子，就围坐在炉边取暖。我就这样问他，他看看我的脸，笑一笑，似乎我的话又问错了，真糟糕！意料之外，他客气地回答了。

"因为我闲着没有什么好干，写那些东西，我也知道没有用处，可是什么是有用的呢？我不知道，在我不知道什么有用处和干什么好之前，只得写。除了写，别的我不感到兴趣，并不是没有兴趣的事，是因为我不知道，你说什么有用处，干什么好，请您费心指教我吧……"

他说完这话，微笑着期待我的回答。他的话比往日简明易懂得多，不过他这一问，"有什么用处？""干什么好？"却把我难住了。尤其是他最后的一句话："请您费心指教我吧……"简直使我从头不舒服到脚跟。他把"你"字，说成"您"字，越发使我不安，我左思右想，想不出解答他的圆满方法。老天！他的嘴又张动起来了！

"或者你也不十分彻底明了什么有用和干什么好吧？"

他笑起来，我觉得他的笑也与众不同，好像里面带刺，把我的脸都刺热了。他接着说："我想，干点什么都好，只要不妨害大众。如果于人类有益的事，即不用说更好。可是知道什么可干，而不去干，不知道什么可干，什么也不去干，甚至连干什么好，什么可干都不知道的——比方像我，便是这一类，是很可怜的……但是我不是没有觉悟，我时时寻求着什么有用处和干什么好的门，总是敲不开。读和写，便是我此时彷徨在什么有用处和干什么好的大门外的无聊。假如你问我什么有用处和干什么好的问题，我可以勉强回答，就是干什么都好，如刚才说过的话，只要不妨害大众，于人类有益，都可以干，干了就有用处。顶没有价值的是，明明知道这些，而不去干，至于我每天瞎写，七八写，一定妨害了你的睡眠。我不是故意假装不知道，据你想，这既然妨害人，总是没有用处不该干的了。可是你得知道，两个人以上绝对没有真正的自由。就是一个人也得不到真正自由的，还要受时间与空间的限制。怎么办？你就得多多原谅我，可怜我正是徘徊在大门外的人，敲不开进路……"他略停一停，接着说下去。"说话得前后不免矛盾冲突，这正因为我是在什么有用处和干什么好的大门外的缘故啊！"他说完又笑起来了，我也随着他笑。不过我笑得很不自然。他又问我："你的见解呢？"

我的见解，我有什么见解！"和他在一块没有兴趣。"我忽然想起别人批评他的话了，和他在一块实在没有兴趣，举出他的缺点，似乎又没有言词，总而言之，和他在一块的确没有兴趣，我今天才深深地感到，我点点头回答他。

"我也没有什么见解，大概与你的差不多吧。"

"决不能相同。"他摇一摇头，脸色突然变得很严厉。

（原文缺失）

（《泰东日报》1937年1月30日、31日，2月1日，署名：赤灯）

嚚健的笔记

嚚健，是我十一岁时候的良友，离别的头半年，还常通信，以后就消息断绝了，不知他跑到什么地方去，也不知他干了些什么事。上礼拜五，从湖北来了个家乡人，他是熟悉嚚健的，说嚚健早就在炮火之下送掉性命了。死前，曾有一卷笔记存在他手，他拿出给我看，不像是个人的笔记，又不似忏悔录，当然更不是小说或者是散文，是属于我不知道属于某类文字的东西。不妨挑出几页，献给大家看，知道世界上有这样一个平凡的人生活，悄悄的在郊野中毁灭了，——不过选出来的几篇，没有写到死，只是生活很有兴趣的片断。

其中有许多字体模糊看不清的地方，就删去不要了，这样也无妨大体。其余都原文不动，可是这位家乡老爷，他反对我这样做。我费尽唇舌，好容易从他手里要下几页来，比较是写得最粗鲁缺少细心的几页，这我们也要原谅，他不是闲人，他的生活不允许他舒舒服服坐在那里写，就看他草率的笔迹也可以明白了。

这位家乡人，告诉我种种关于他近几年伤心的事情，孤独不幸的，比他更凄凉的人世界上有的是，我无需格外悲痛、哭泣！反正他是死了，且把他生活前很笑的一段记事搬出来供大家解闷吧。嗨！

还忘了一句重要的话，嚚健是七年前死去的，他所写的，大概是十年前的事，决不是现在。

一

今天早晨，天气很暖和。

我带两个弟兄，在部队前面约有三百米远的山脚下搜索前进，周围的地形很不好，左面是山，右面也是山，满山葱绿的松树，敌兵倘若潜藏在内，那我们一点看不见，时刻有被射杀或捕获的可能。好在距离尚远，这里大概总不致发生危险的，而且从时间上计算，我们越过岭，过去就是村庄，到那里，不但可以休息，弄顿饭吃，再睡他一觉也不晚哩。

"快走吧！"我回头催追身后的两个弟兄。

"报告班长，我的脚磨破了，不能快走了。"

"不要紧！过了岭，就休息了。"

"……"走到岭上的时候他一瘸一拐，像一只受了伤的狗，我不能再残忍着不替他想法子了。

"那么刘成西，你背着他吧，把枪交给我。"

渐近村庄时，太阳升到很高，我本来就疲劳得要命，又多加了两支枪压在肩上，压得肩膀实在酸痛，汗珠从额角滴下来。

这个村庄，不过才五六十家，从远远一望，就知道没有一些活气，吃顿饭恐怕是极艰难的了，只好吃随身携带的干粮。

我们在一家茅舍前的柳树下休息着，尖兵排像一条长队，慢慢走过来，我过去给排长行礼。

"报告排长，牛子亮的脚磨破了，不能走路，从岭上好容易背到这里来的，让他留在这里吧。"

排长狠狠的瞥了牛子亮一眼，他靠在树根躺着，瞪着两只无力的眼睛，脸色青白，一双手放在脑后。

"他娘的……净是毛病，这点路算什么……"排长过去踢他两脚，骂道："像你这种无用的废货，能干什么？驴生的……"

牛子亮扶着枪站起来，刘成西过去给他拍下裤子上沾污的黄泥，他似乎想说什么，但是没有开口。

"孙志财！"排长尖声的喊，用马鞭子指着，孙志财答应一声："有！"从队伍里跑出来，举手致敬。

"你扶他，听陈班长指挥，在路上加小心，去！"

"是！"孙志财跑到我后面，排长迈着方步，向村庄南端走去了，弟兄们都松一口气，各自寻找树下去休息。我在一块方石上放下枪，打算好好休息一下。排长走到不远，又转回来，喊："陈班长！"我急忙跑过，取立正姿势，排长吩咐着说：

"下午一点半钟，从此地出发，你带弟兄走了半个钟头路上发现什么事，快打发弟兄回头报，要是来不及就放枪，机灵点。"

（原文缺失）

固然我们宿身戎旅，不免感觉艰困，往往有待遇上不满的地方，可是我们的使命是什么呢？假如我们要享幸福，过苟安的生活，我们就脱下制服，让别人来担当重任了，我们并不能这样想，时时有义务这两个字在我们脑筋上记忆着，永远不忘。所以，我们抛弃家庭，不顾一切私身的事，情愿扶助国家，在世界上夺得强胜的地位，我们争光荣，有发挥我们自由的余地，如果在中途反转，并且干出反派的勾当来，那不是很可惜而且可恨的事吗？我想，就是不说，各位弟兄也深深的了解，我们务必抱定始终如一不可动摇的志愿与宗旨，一意发扬为后人的精华……"说到这里终止了。

"向右！看！"

"向左！看！"

各部队长把抱着的指挥刀，自右下方一抛，我们的队长把刀抛得有点过于向前一点，就赶快向后移了移，这样位置才适当了。

旅长举手各面答礼，完了之后，就把手顺原方向放下，这时当差的把马牵过来，旅长上了马，后是背盒子炮的队伍，各个精神振作，挺直胸，威风凛凛在马上骑着。

我们快乐极了！战胜的军队，有不可说的威风，当我们跋涉到省城，市民拥挤在大街的两边，手持小旗欢呼万岁，其中也有不喊的，我看得很明白。

四

果然不差，诚如旅长训话的时候说，我们回防之后，连赏猪两口，各人赏大洋两元，不过班长是三元，听说排长更多，那不用说是官越大就越多的。此外慰劳休假三天，营内虽然是禁止赌博的，可是这时也禁止不了，大家偷偷的跑出宿舍后面不容易发现的树丛中去推牌九，没有桌子，开铺一张旧报纸，大家圆圆围着，一次压上三角两角，幸运的弟兄，就这样三角两角，赢大二三十块也是有的，也有完全输光，躺在床上睡觉，什么念头也没有了。我的三块钱全借给了几个和我很气合的弟兄，他们拿去也就输光。这群人，说起来实可笑，他们决不是像旅长所说的那样动听，毕竟他们也有特长，也有佩服的地方，那就是在枪林弹雨之间驰奔，却毫不惧死的勇敢。在放假的这一天之中，我发现一个可叹的事实，我虽然常听兄弟们讲过却未曾一度实地去视察。

起初是王大卓告诉我说，在营后面的街上有一家，而且没有比这更好的，我就和王大卓晚上越过营墙，随着他走过去。

五

"排长要办事情了，排长要办事情了！"

弟兄们吵嚷着议论着。

"怎么回事？陈班长。"牛子亮过来问我。

"我们排长定于本星期日行结婚礼，你不知道吗？是团长的女儿，那一天，还要我去帮忙哩。"

"啊！这么回事。"牛子亮是读书识字的人，我时常愿意和他说些什么，我问他娶过妻没有。

"哪有娶妻的命。"他说："我也想娶个好妻子，做我终身的伴侣，可是陈班长，你也不是不知道，我这身装束，谁愿把高贵的小姐舍得给我，那不简直是把女儿嫁给要饭花子一样吗？等着吧。"

参加婚礼的日子，排长指导我：

"你是比他们都聪明的，所以任招待，注意礼貌，不可疏忽，宾客都是上官和他们家族，团长那方面自然也派出招待，总要不在他们之下才好。"

这样一看，我的责任重大，不可懈怠。

礼堂是在本城的饭店，宾客下得车，我殷勤的让到休息室。这中间有个重大的步骤，就是当客人未入休息室之前，先到账房处交礼钱。我很替排长快乐，宾客这么多，当有可观。

旅长也驾临了，这是大家意料不到的事，我应该怎样招待呢？正在窘苦的当，团长和排长和别的官长们就迎了出来接到楼上，婚礼举行的时候，我正忙些别的琐事，未能参观，这是一大遗憾，回营怎样讲给弟兄们听呢？后来从别人口里把婚礼的仪式探出来片断，但是总没有眼看来得真实完全。

在这里不能忘记的，是丰富的饭茶，比我们营里吃的粗茶淡饭强得多了。

六

晚上回营，弟兄们身前身后像一窝蜂似的拥上来，问这样问那样。

"大家雅静一点，在我周围坐下，我讲给你们听"。

弟兄们都很服从我的命令，立刻静肃下来，我知道今晚官长都喝醉了，不能回营，便开口畅谈。

"请大家好好听着，我现在要讲了。"弟兄们会鼓掌，表示欢迎，立即又静听下去，我知道其中颇不少愿听我的乱谈的。

"我抱着满腔欣快去到那里，原因是去参加亲近的朋友的婚礼，喝这壶喜酒，谁知道令我大失所望！"

"怎么的？""为什么？"大家纷纷问着，很有几分忍耐不了的态度。

"唉！请你们慢慢听呀！"我的面上露出很悲哀的样子，"我去到那里的时候，是跑步到的，累得我满身大汗，刚一进门，有一个人挡住我，问：'干什么的？'我当时气都喘不过来，怎样答他的话，仍旧向里钻，那个人一把扯住我的衣襟：'干什么？干什么？'一个劲问，我好容易说出一个字'来……''来干什么？'他的眼睛瞪得很大，'来庆祝朋友的婚礼。''什么？'他很不相信我的话，要在平时，我早就一巴掌打倒他在那里，无奈这是喜事，我怎好闯出祸来，而且命运正在不佳的时期，便忍着气往里走，他在后面仍然追赶我问：

'喂！你姓什么？'""弟兄们！你们说我姓什么？"我把口气转过来，为了他们的感情，这样问着。

"姓陈！"

"陈班长！"

大家一致的回答，我心里高兴，接着说下去：

"但是老天，我虽然说姓陈，他却只摇头，这时从旁边又走过来两个人，一把将我揪住，'干什么的？快说……'

我越着急越说不出话来，其中的一个竟用脚踢我的腰，另一个照着我的脑袋狠狠一巴掌，我躲避不急，被他打上，打得我迷迷糊糊。"

"他竟敢打！……"

弟兄们不平的样子，都握着拳头要站起来，"非去找他不可！"

"上哪里去找呢？这事已经有五六年了！"

"怎么？五六年？不是今天的事吗？"他们面面相觑，如入云里雾中。

"可不是呢！是五六年前的事了！"

"喂！这可奇怪了！"

"唉！你们真可怜！大家把我的话听错了！我现在所说的，并不是参加排长婚礼的事，是五六年前参加一个亲近的朋友的婚礼，在先不是讲得明白吗？"

"唉！原来是这么回事，以后怎样了呢？"

"以后吗？"我接着讲，我怎样辩论，他们也不听，把我打得死去活来，后来幸亏我的那位朋友到了，看见这种光景，问："怎么回事？我勉强撑起身子把经过对他说，他才明白了，很对不起我的样子，深深赔罪，又解释给那几个人，证明我确是他的朋友，大家是误会了！"

我对他们说："弟兄们！请大家猜一猜，为什么能够发生那么大误会？这是什么缘故，其中必有个有力的原因。你们想想看。""我明白了！他们平素与你有仇恨，借题发挥的。"

"不是，你骂了他们。"

"或者是你先动手打他们了吧？"

"不对不对！都没有猜对！我与他们不相识，哪来的仇恨，我连话都说不出来，怎样骂他们，我已经说过是喜事，我决不能轻意的闯祸，更哪能先动手打他们呢？"

"那么究竟怎么回事，快说出来吧！"

"你们实在猜不着了吗？"

"实在猜不出是怎么回事了！"

"好！我把这其中为什么发生这样大误会理由讲明白给你们听！那时，我因为失学，又失了业，没有什么事做，就住在一个亲戚家里，将就过活，请君想，拐一篮子烟卷卖，一天能够赚回大钱？挨饥是常有的事，而且多了我这张嘴，更觉得苦，我几次想辞别走了，他们无论如何不肯，流着眼泪留我，因为他们过去得了我父亲帮助，他们不肯使我流落下去，卖烟的老人，就是我的舅父，便能舍得自去流浪吗？我为了使他们放心，实肯受罪，就没有离开去。大家想，处到那样不良的境过，我能有好样子不能？不用说我的衣服，破旧不堪，我的头发，也长久不理，破鞋，旧帽，结婚的那位朋友，是我在那里头的同学，他好意招我，我哪好不去呢？谁知那饭店里的人们，以为我是花子，那种滋味，时时涌现在我的脑中，几时想起来，就觉得酸鼻。"

我一气说到这里，弟兄们都把头低下去了，我急忙说道："今天可实在太热闹了，与五六年前参加的婚礼，大不相同，我去的时候，看见许多宾客，排长嘱咐我好好招待，我觉得格外的荣耀呢！"

一连士兵，动作最好的，要算我的一班，连长时常在教训练课目，命我指挥操作，给他们做模范。今天团长到操场在各部队参观之下演习，连长不用说很高兴的把我叫了出去，起初做班的正步行进，行进和变换队形和方向，一班一班的做，旅长也到操场来看，轮到我的一班，我就悄声告诉弟兄，把我教给他们的要领出十分之七八就行，谁知弟兄们为要体面，想借这机会显本领，把我教的秘诀全拿出来，当我下"开步！走！"的口令时，一丝不苟，走起来的步长和速度，左臂的摇摆，枪身的垂直不论从正面看，从侧面看，都在一条线上，转换方向的时候也是如此，变换队形的时候也是如此，全场的官长士兵，没有一个不惊奇吐舌的，旅长看得呆了，又跑到班跟前，看了看我下口令时的态度精神，似乎从来没有看见过的一般，似深恐露出自己从前是受过相当军事教育的破绽来，总算成功，旅长大加称赞，说我们这一班可说是全旅的模范，他问弟兄说：

"谁这样教你们的呢？"

弟兄回答说："报告旅长，班长。"

我吓得一跳，急忙插嘴说：

"报告旅长是排长教的。"旅长点一点头走了。

排长很高兴，连长也很高兴。

<h2 style="text-align:center">七</h2>

虽然是炎热的夏天了，穿了一件衣服远觉得很闷热。

为防备万一起见，把我们的部队向四周移动。

这样的热天，行动是很苦恼的，大家在这里住惯了，营舍设备的很完善，地方的情形也很熟悉，到那面去，听说没有学舍，住在商家和人民的家里很不方便。这种办法，我以为不如在野外打了帐篷露营的好，因为住在商家和人民的家里，我们虽然舒服，给人家增加莫大的麻烦，但是弟兄们反都很欢喜。

西南的风云，好像上升的寒暑表，一天一天上升，没有消落平息下去的意思。

到我们预定驻营的地方，没有火车通行，只得迈开大腿慢慢量。

有时白天休息，晚间前进。

经过不少地方，看人民的脸色，都挂着一层"不太平"的忧虑，很佩服我们的好多事一般，其实我们何尝不愿意坐在树阴下舒服啊！

有一天，我们走到名叫 M 县的地方，是个很大的县城，看见墙壁上贴满标语，全是欢迎我们的字样。

我被狠毒的烈日晒得头晕眼花，弟兄们各个晒得脸色如黑锅铁差不多。

也算天不负苦人心。我们像骆驼似的背着大包在沙漠上跋涉，总算没有在中途倒毙，好容易盼到目的地了！

这地方虽然是个省城，可一点省城的气氛没有，从街上零星的行人车马，也可以明白市面的萧条气氛。

我们一排兵住在一个大户人家的厢房，屋小人多，拥拥挤挤，好像初开封的洋火匣，苦闷得很。到了夜晚，臭虫蚊子一齐攻杀上来，比拿着枪炮的敌人的袭击还难过！

有几个弟兄的大腿被蚊子咬肿，用指甲搔出毒气，滴滴的淌出血水，我的颊上被臭虫大哥不留情的咬，鼓起几个红泡痛痒的时候，还不敢搔，只好咬紧牙忍耐着，"艰难为制造英雄大元素，磨炼乃增加干才好机会"，这样的艰难，这样的磨炼，好！也许我们能成为英雄或有用的干才。

我们拔营回寨和来的时候一样——演前次的戏文，太阳仍然是那么毒，弟兄们的脸色比从前黑得多了，一个黑锅铁，一个弟兄的脸，两相比较，黑锅铁可说"望尘莫及"，因为弟兄的脸色比黑锅铁还要黑了。

到了省城，市民又摇旗呐喊欢迎凯旋的将士。

（《泰东日报》1937年2月3日，署名：慈灯）

母亲的信

豆儿：

　　我已再三再四的嘱咐过你了，虽然是给人家当支使，可不要觉得羞耻。古往今来，有许多许多的大伟人，都是贫寒出身的子弟们做的。

　　上一封信里，我有一句话忘告诉你了，自己做错了事，肯负责任，是很不容易的，你能办得到，我很快乐。你千万记着，孩子，只喜欢讲他的好话，而不高兴别人说他短处的，你还要大胆一点，壮起勇气，不要前怕狼后怕虎的懦怯。

　　昨天晚上我领着你弟弟到医院去瞧你舅父的伤，他的伤快养好了。可怜他光棍子汉，孤独的躺在三等室，情形很凄惨，我回来走在路上，想起你父亲和你哥哥的死，禁不住落下老泪。你舅父和你父亲一样，和你哥哥也差不多，天不怕地不怕，意料不到的乱子全闯出来，我看你也有点像他们的性质，不过你得多学习。

　　我不是领你弟弟正在大街往回走吗？正走到你常去看书的那家书店前面，那时逛大街的闲人很多，挤挤巴巴的，——匆忙的走着一个十五六岁的少年，身量和你差不多高，我仔细一看，原来是西院张家大秃，他今年正月就被他父亲送到福来铁匠铺学徒。他抱着大瓶，急急匆匆奔走，在他前面走着的，是位中年绅士，右手领着一个五六岁的孩子，身后跟着一位年轻的烫发太太和一位摩登小姐。看他们闲散的步法，是游逛的性质，大秃抱着大瓶——我猜他大概是去打酒的——他一意努力要达成负担的责任，没有留神那位绅士身旁的小孩，他一直走去，一下子把那孩子从后面撞倒了，他急忙放下瓶弯腰扶那孩子，孩子娇贵得很！并没有怎样跌厉害，仅仅膝关节跪下去罢了，却号啕大哭，绅士如同惊动了灵魂，太太抱起孩子，小姐骂道："你瞎了眼睛吗？"绅士听她这一骂，像醒悟了一般狠狠瞪他一眼，随手就一大巴掌，正打在他的耳根，他一趔趄，险些摔倒，一脚又把瓶踢出很远，那瓶滚到石台下打碎了，还不出气，又是一拳一脚，不断的踢打，大秃百般求饶、认罪，总得不到同情。这时围上一群人看见光景，我是惊呆了，真是越老越不中用，从人群中向里面挤，把你弟弟也抛弃了，我拼命挤，怎么也挤不进去，急得我心头火冒。你想想，他这样无法无天的蛮横，竟还了得，难道说真理死灭了么？

我好容易挤进去，我气得嗓子嘎嘎的几乎喊不出来。

（《泰东日报》1937年2月24日，署名：慈灯）

故　事

"我讲一段故事给你听吧。"

老人坐在长凳，用大拇指按一按烟袋锅，从嘴角喷出一丝不散洁白的烟雾，又以左手揉一揉眼睛，接着说：

"这段故事很有趣。"

"是什么故事呢？"我两手抱着膝头，坐在他的腿前。在我的臀下，是一条麻袋。太阳的光线从破了纸的窗洞直射进来，照在墙角上糊着的报纸，恰好是一块电影院的大幅广告，用大的铅字，明显的映入我的眼帘，奋斗的快乐，打倒了阻力，羞退了讥笑，征服了疑惑，痛苦的安慰，愉悦的悲伤，从火山的烈焰中，采取生命的真谛——这几句话我似乎很熟，一时间想不起来是在哪里读过的，——还画着一个牛身松乱头发的人眼珠向上翻着，大概是盼望光明吧。

老人见问，微微的笑起来：

"你听我说呀！"他把眉毛动一动，颊上皱成了更多的纹，"在乡下，有个外省来的老木匠，他是发过财的人，后来可不知道为什么穷了，就带着妻子到乡下给农夫做工，因为他的手艺比别的木匠都巧妙，而且忠实，做起活计来又快，所以大家都找他。别的木匠只有嫉妒他，憎恨他，气死。他是个胸襟宽大的人，这些事全不在乎，只凭着本事做工。有一天，他有一件急需完成的工作，就找了几个木匠帮忙，工作完的时候他一一照工资给他们工钱，那些木匠很满意的去了。谁知过了十多天，帮他做工的木匠中品性不良的到他家里说道：'你还欠我四角钱还我吧！'

他一想，这事太稀奇，他明明付清了他的工资，怎么又来要呢。他是很聪明的，问妻子说：'家里有钱吗？'他的妻子说：'不凑巧，几个零钱买米花光了。''那么你借借吧！'他这样说。他的妻子放下正在补的衣服到四邻借了半天，借来四角钱，他就很容易交给那个木匠，道歉的说：'实在对不住你，叫你跑腿，因为我忘了，不然早送去了，请坐坐吧！'那个木匠接钱在手里，脸上红红的回去了。

有一年冬天，天气是十年未有的严寒，狂风暴雪，三日两头大作，人们都蛰居在屋子里生了火盆取暖。

一年四季，冬天要算农人比较空闲的期间，田野中、路上，少有行人。在一条羊肠路上，有一个木匠背着行李和木匠用具在走，当时雪下得正大，北风呼呼的吹得十分凶猛，那木匠身上穿的衣服很单薄，冻得战战兢兢，冰冷的雪花打在他的脸上，他没力气躲避，像针似的烈风刺进他的骨髓，他只有咬着牙忍耐着。距村庄还有三里路，到了一条岔路口，天色立即黑下来了，他拿出平生的力气奔跑，好容易跑到村里，但是他冻得已经动弹不得了，就倒下在墙角，雪堆摊在他的身上，眼看就要摊到头顶，想爬起来，却爬不动了，他就尽量叫喊，风雪狂吼的声音很大，他那微弱的号叫有什么用呢？

他跋涉了很多路，他是从外村做工回来的，他的性命很危险了，后来……"

"后来怎样？冻死了吗？他是谁？可是那位心肠好的老木匠？"

我听到这里，等不得似的急切的问，太阳的光线已经移到"救命散"几个大字上了，这时大概是下午三点钟。

你听，老人把烟灰在凳腿上敲了出来，从腰带上Ａ字形的背布制成的烟，把烟袋伸进去，又把烟袋嘴的一端摇了几摇，然后缓缓的拿了出来，燃着，长长的吸一口："后来也凑巧，老木匠给村里谁家做工，现在回家正经过此地，他的手里只拿一柄斧头，一看雪里埋着一个人，是和他要钱的那位木匠，看这种情况，知道是冻倒的，就大大的生起气来，紧紧的咬着下唇……"

"他要拿斧头砍他吗？"我急忙插嘴问。

"不是！"他说："他是他的同伴，被无情的风雪掩埋，哪里能不生气，就把斧头插在腰带上，过去就把他背起，一臂夹着行李及用具，急急往家里奔跑，一气被他背到家里去了，妻子看他背着一个人，就惊慌的问：'背着的是谁？怎么的了？''冻倒在路上的，快预备一盆冷水来！'他就把冻的两手放在冷水里。"

"那不更糟吗？为什么不生火烤？"这时我又耐不下去的追问。

"你哪明白呀！冻坏的人应该用雪擦他的身体，或者放在冷屋里，慢慢就会好的，如果放在温暖屋子就更加倍糟！生火烤，能把他烤死，应该转活的，不幸也得死了！"老人的眼球直直的逼视我，我把脸转在一边，点着头表示佩服。

"不大一会儿，他好了，看一看周围，知道是得救于慈悲的老木匠手，感激的眼泪不禁流出来了，老木匠把他扶在床上，给他些温米汤喝。他的精神完全恢复原状，一时想不起来用什么话表示胸中感恩的意思。

住了些日子，冬天已过，是温暖的春天，样样美丽可爱的鲜花，生满在原野山上，杨柳是一片嫩绿的颜色，远远看去好像树梢罩一层绿烟，小草、河水、鸟声，宇宙间所有大自然现象都告诉人们说，这是应该活动的好时节了。田野间，老黄牛在耕种，傍午休息的时候，都坐在田边休息，谈论关于农业的事。

此时老木匠搬到别处去，得救的木匠和他在一路，比亲兄弟还要亲近，两个协力在一块做工，似乎离开是办不到的样子，尤其那年轻的木匠，对老木匠如生身的父亲一般，其实，待父亲也没有这么尊敬的，而且亲热。他们现在正建筑一个学校的教员室的门窗，不久就成功了。"

老人说到这里，从外面进来一个青年木匠，宽脸盘，大眼睛，耳朵夹一支铅笔，手里拿着一个"L形铁尺"，笑嘻嘻过来摸一摸我的头，"当初那个无理讨钱的木匠，他是想和那位慈善的老师傅打架。没想到，那老人，是位心肠忠诚的人，不是一般平常的人可以比得的，这四角钱，把那个没有良心，受人家驱使的无理性奴隶的灵魂买出来了。在大雪中冻倒的事，是他的良心不死，在路上他又想起这件一生可耻的行为，不如死掉的好，所以他躺在雪堆里不愿走了，打算活活的冻死，让人间去一块恶魔。谁知道凑巧，偏是那位恩重的老人又把他的命救了。"

他说到这里，声音有点打战，眼泪快要流出来了，继续说：

"那个坏蛋就是我，救我性命的便是你亲爱的父亲，现在正坐在你的

235

身前把这段故事讲完了！"

我感动得不知怎样说好，他摇摇我的头，恳切劝我。

（《泰东日报》1937年2月27日、28日，署名：赤灯）

给智兄

智老兄：

如果你高兴，我就讲讲自己过去的一段很可笑的事。

那时候我对新诗几乎偏爱得发了狂，只要是新诗，不是七言五言的旧句，在报端上被我发现了，不管优劣，全都剪下贴在白纸上，读得滚瓜烂熟，其中比较最合我口味的，则下功夫谙记。天长日久，剪下来的诗，集成一册厚厚的大本子，像珍宝一般保存着，可惜这本诗，现在不知落到哪里去了！

后来一个画家的表兄，赠我一本"诗集"名叫《惠的风》。我得到这本诗，那种快乐的情形就不用说了！吃饭的时候，放在菜碟旁边，一面吃一面读。睡觉之前，非读几首，断不能安然入梦。甚至上厕所也要携行，宁愿不吃饭，诗是不能不读的。这种傻情形，我永久不忘。

就从这时起，我发生了作诗的念头。

起初，我很勇敢的提起笔来，但是，只有默默的看着纸张，一个字也写不出来，结果是很烦恼的把笔丢掉，干别的事去了。

虽然有鉴赏艺术的天才，却未必有创作艺术的天才，可怜我那时仅仅读了一本诗零几页报纸的程度，哪里明白这个道理啊！

接着在报纸上画了半年，时常半夜不睡，煞费苦心，从来没有完成一首诗——其实连一句也没有对付出来。

你大概总可以想象我那时苦闷的情形。

亏了懂得艺术的表兄教我关于"诗"的许多理论，我吓得把舌头一伸，以后再也不敢做什么诗，与做诗的梦绝了缘，你看现在的诗人，有多少呀！就如海边的沙粒一般，真是数不尽，数不尽。

过去这段事，虽然不是了不得，可是我现在想来，不免好笑，万一我那时也写成了几首诗，也投了出去，那该令"识者"多么见笑哟！我的老天爷！

表兄那时指教我的话，如今我仍然记几句在脑中，是恶劣的艺术家总是戴着别人的眼镜。

紧要之点，要有感动，要有爱，要有希望，要有战栗，要有生命，做艺术家之前，要先做人。

此外，他还教训了我别的许多话，虽然记不清了，可是那时候当我听了这些话，暗暗的把舌头伸出很长。

今天我在报上读了一段"诗"的理论，不禁想起这件事来，写出来给你，希望你当饭后的笑料，无须当信看待，再谈吧。

你的老友
A.K.
十月初十

（《泰东日报》1937年3月1日，署名：慈灯）

捕　鱼 （残篇）

大概是一九二六年或是一九二七年的春天，桃花和杏花全开了，我和五个小朋友用四条包袱皮，连结在一块当网，到离我们村庄不远的一个清澈的小河里拉鱼。两个人撑着网的两端，一个人在网后面中央把网提高，不使它堆叠，其余的两个人，则在上流不远的地方，牵着手用脚赶鱼，金色的小鱼，成群结队的游在水里，被他俩驱赶得没法，只好恐惧的顺流而逃。我和金财、范传书、张明修三个人轻轻的迎上去，看着一群小鱼跑到网里来了，就急忙把网一提，精明的小鱼从网底下逃去了。动作愚蠢的便成了我们的俘虏。大家欢喜得手舞足蹈，快乐的唱起歌来，很仔细的把鱼放在岸上的水桶里，再继续拉。不过提网的要换了，因为最吃力的要算拿网端的人，不但得眼明手快，上体向前弯着，弯到一百二十多度光景，脸颊几乎贴到水面，在上端的一只臂，举网多时，很觉得酸痛。中央后的一个比较轻松，但是又须注意水中，眼睛一时一刻不能他顾，好像总机关的运转手，倾左，向右都听指挥。在上流的两个人，看着似乎任务不重，也是时时刻刻不可疏忽的，看见一群鱼跑下去了，就得快几步，追上去，同时用手指指点着，意思是使中央移的指挥，知道鱼来的方向，这样大家同心协力。汗珠滴滴，衣服被水湿透了，仍是不息。可怜的小鱼，多数被我们捕获，很苦恼的在狭窄的水桶里，悲哀的喝着清水。乏了，我们便休息，大家嘻嘻哈哈的围坐在桶的四周，争论着哪一条强壮，哪一条美丽，查点数目，平均每人可得若干条。

我们快乐的拉着，拉了不少工夫，大家都有点乏了，就协议休息，便提着手桶拿着网走到河岸。河岸的两边是杨树，嫩绿的稚叶早已长满树枝，小鸟在枝芽之间跳跃着，看见坐在树下的我们并不惧怕，啾啾欢叫。我们正谈论得高兴，忽然在河东岸，石桥的拐角，现出来一位妇人，四面探望，金财站起来喊道："妈！我在这里……"说着就跑过去了，那妇人皱着眉头对他说："你在那里做什么？快些回去……爸爸叫你……"他回头看看我们就跟他母亲走了。

"金财！"范传书伸着脖颈叫，"什么？"金财回头站在那里，摇着手说道："鱼我不要了，你们分吧，再见！"说着就转过身去不见了。

"怎么回事？"李成方瞪圆眼珠向大家质问。

"谁知道呢？"张明修很纳闷的样子挤着眼睛，听音儿是吞吞吐吐的。

"我想起来了！"范传书说："他爸爸病了，病得很重。"范传书和他是邻居，对他的事情知道得很详细。他说："金财的爸爸在外国念书，念了很多年，后来就当中学校的教师，当教师的头一年，就指挥学生把校长打跑，说校长脑筋太守旧，没有资格当校长。他是很厉害的，谁也不敢惹他，他会几国话，见了什么人，不论身份高低，他都敢当面指着他的鼻子说道：你不是好东西！自私自利的动物，被他骂的人只好认为倒霉，不敢把他怎么样？那校长被他赶跑之后，就换了个新的，因此他就出了名，差不多谁都佩服，说他有本领。他的本领说起来也实在不小，他的学问无论谁也是望尘莫及的，从那件事发生后，他就不当教师了，听说又上外国去了，学了二年新学问，回来就当了什么长。全省的教师他都管得着，他调查各个教师，学问有一点差程的，就自动的不干。以后不知怎么又当报馆的新闻记者了，他到各国去，随便见什么人物，不论当多么大的官，如果办一些缺德的事被他知道了，他就想法把他赶跑，他赶跑了很多有能为的人。后来他越干越奇怪，他说应该怎么建筑，教堂应该取消，不论什么事他都看不上眼，一个工人在街上好好的走路，他要遇见就要问：你们那里的工钱是多少，一天干几小时工，打骂不？遇见一个农夫也要问：今年的年成好不好，收成怎么样，拿多少税，都有什么捐，受不受欺负……什么事他都问，他都管，没有一样事他不想去问去管的，甚至学校里的桌椅、板凳，他都要把它改改花样。大家都说，他的学问因为太多了，就像包公、彭公、施公那些人，虽然麻烦点，倒有许多用处呢。"

"他有杨香武黄三太那样的人保护吗？或者是黄天霸……"李成方插指着嘴问。

"那我可说不上了！"范传书把盘着的腿伸直了说："大概总能有吧？"

"我想……"张明修张大嘴握起拳头叫道："保护他的人一定不是拿短刀，都在怀里藏着手枪，掏出来手指一动：'啪！'一声，敌人仰面而倒……"他真的伸出手对着李成方胸前把食指一勾，李成方急忙向旁边一躲，很害怕的样子，桶里鱼有一条跳起高，又钻进去了。范传书接着说："他不是好管闲事吗？很多反对他的人，这些反对的都是有学问的，好狗架不住一群狼，敌人多了叫他没有法应付，他写字在报上登，都是骂人的字，什么人——只要是他看不上眼的就骂，骂得很厉害。也有许多人写字骂他，说他不好，他就把自己的意思写出来，又把别人的意思写出来，两下比较，看谁打谁不对，结果他的都是对的，别人完全错误。他的学问真了不得，我们的老师就都很不错吧？可是和他一比，就糟了！只能给他当个学生。他说古年的书上有许多假，他把那些假都指出来。有很多有学问的人作的书，经他一看毛病就多了，他挑出很多很多的缺点，说是应该怎么改才对，你们想想看，能够挑出书上不对的地方，那学问该有多么好！"

"他一定是神仙！"李成方忍耐不住的批评。

"哪有那种事！"张明修反驳他说：

"我们的国文刘老师说，人都不是神仙，连圣人都是学会的……""我们不管那些，你讲下去！"我推着范传书的肩膀，他又说下去：

"我哥哥从前跟他念过书，所以他的事差不多都知道，只是不知道后来怎么得罪人太多，大家就偷偷的在他饭碗里撒上毒药，他不知道就吃下去了，慢慢的得了病，怎样治也治不好，我们村长和他是好朋友，就劝他回乡下来静养，说是他得的叫肺病，那就是毒药的力量。这些有学问的人心真狠，不怕伤天害理，做出这样不道德的事，这些日子毒药发作了，他躺在床上连饭都不能吃，村长说这类肺病三气，谁也不知是怎么回事。我想一定是毒药分三气，第一气觉不出来，第二气就把他气坏了。第三气大概就要气死了！如果金财有福，他爸爸不中毒，将来也有到外国去念书的希望，可惜……"

"我们还是拉鱼吧！"李成方听他说得很不耐烦，就提议，张明修伸了个懒腰，摇一摇头，很不赞成，刚要开口说话，打个喷嚏，哝哝的说："不干啰！我要回家吃饭去，不然姐姐要出来找的……"

"你姐姐是小脚，走起路来扭扭捏捏的，哎哟哟！"张明修一面说笑着一面站起来模仿，李成方站起要捉他，他拍着掌逃跑了，我一看水桶大声喊着："我们分吧！

（原文缺失）

其实不用问你们的尊口，我也早就感到了我们之间相隔的一条无底的深坑。先从学校出身来说，你们都是从中学、大学、专门学校领过光荣的文凭的，我，连初等小学校四年生还没有毕业。家境更不消提，你们的父亲有的是钱庄掌柜，也有学校的教师，政府的官员，我的父亲今年六十多岁，还得早起晚睡，给人家出大力卖苦工。你们随便把时间如何支配去消遣都无不可。我行吗？我有一分钟不给人家做事，便有挨饿的忧苦，你们不是不知道吧？我是一个每月恭敬拜收十七元钞票的书记。

当初不认识你们倒好，两下都方便，偏是我这糊涂虫，不知道进退，你们好意思会我看电影就去，做什么什么都前去参加，这也是我不好意思，辜负诸君唤我的缘故，可是天长日久办不到啊！余裕时间我是有的，下午四点以后，我就没有事做了。但是像我这样，什么学问都没有的，不趁着青年的机会，努力用点功，后来干什么也不会，那可怎么好？

世界上哪有收留什么也不会干，白白的养活着，而且给他些微的薪金，好好给父亲帮助养活幼小的弟妹，不至于挨饿的地方吗？

是这个道理，我的拒绝你们屡次约我游逛的目的正在此。你们都会数学理化英文，我半点不懂哩！我不借本旧书来研究研究，不是二虎一辈子吗？连云雨风霜雪雹的知识都没有，下雨说雨神，打雷说雷神，好像几千年以前野蛮时代，蒙昧民族的幼稚的见解一般，生存在这个几乎快与月亮交通的地球上该多么害羞？

不是无因的，我极羡慕你们，成天到晚，消遣自在，吃穿不尽，你们都是前生修来的福分，八字注定的哟！在我从阴曹地府托生出来的时候，阎王老爷已经在我的背上盖了"要饭花子"的圆章。

话越说离题越远，肚子里的话反一句没说出来，这也是我没有学问所致呀！你们既然爱我，那么就不客气教导我，如果是我违背了真理，你们打死我也情愿，好在事情还很小。你们仅仅说我是隔路种而已——就这区区一说，我就扛不住劲，苦恼、烦闷达到极点，倘若是目不识丁的庄稼汉，这样说倒有情可原，却是读书明理的诸君公平的下了结论，叫我好不伤心也！

我肚子里空了，写不上来了，这几行字费了十来多分钟。最后再说一句，盼望诸君赶快指示我一条改过自新的路。

一、隔路种的深意请详细注解。二、举例我的缺点并说明改革的着眼处。只是这两件小事，务乞不见弃多多赐教为慰，祝诸君快乐。你们率直的朋友一火。

一九二九年十一月十三日

（《泰东日报》1937 年 3 月 3 日、4 日，署名：赤灯）

俘　虏

狂风吹着暴雨打在玻璃窗，其势很凶猛，好像要把我们的办公室推翻。这时是半夜十二点钟，我用铁笔在钢板上秘密的写着这样的命令。

一、约有敌步兵千余名，在 B 庄南端构筑阵地，其炮兵阵地似在 B 庄西端。

二、本营拟以主力向敌之左翼攻击。

三、炮兵在 K 镇附近选择阵地，以能射击 B 庄东端及 B 庄西端之敌炮为要。

四、第十连展开关于 Q 村以西，向敌之右攻击……

正写到这里，门外忽然有急速的喊"报告"声，营长很不耐烦的皱一皱眉头，把笔放下，答应一声："进来！"门就开了。

进来的是前哨第二排长，服装被雨水淋得活像个落汤鸡，破旧的古老的刀鞘，满是肮脏的泥水。他右手拿着的灰色军帽，雨水顺着帽边滴落，颊角是滚滚的汗水珠混合着雨水。

"报告营长……"他挤几下三角形的眼睛说道："刚才在第一排哨警戒区域捕获了三个侦探，都是女子，假扮劳工的模样，潜在步哨线内探望，枪和炸弹完全搜出，现在绑到门外，请营长指示发落。"

"喂！"周营附在吸着纸烟，听见这个消息，似乎很兴奋，振起不少精神。营长点点头，司空见惯的样子吩咐着说："带进来！"。排长"是"的答应一声，转身开了门，两个持"三八式"步枪的弟兄，推进三个青年，门外好像还有几个弟兄，不过没有进来，时时咳嗽及跺脚，大概埋怨这雨不该合着风一齐下。那个青年泰然自若的望着学长，其中戴破草帽的一个水红色的长脸，尽力把视线射到我的桌面，她乌黑明亮的眸子很动人，两臂绑在身后，总想挣开的耸着肩膀。穿双底草鞋的一个，比较身量最高，两肩很肥，宽面大耳，很有些像七侠五义中描写的，专好打抱不平的人物。另一个则是颓萎不振的态度，从侧面的望去，可以看见她的脸色，清楚的表现这一副失败和悲伤的创痛！

"你们好好的闺房小姐，为什么干这种勾当？快吐出实情……"营长用严厉的威吓的口气，同时周营附站在旁边助威，排长立正站在墙角，一动不动，弟兄之一歪头研究着高个儿的草鞋。垂头丧气的先开口了：

"请你把我们放走吧！我们是走路的……"

营长冷笑着摇头，水红色长脸大胆的瞪一瞪眼，满不在乎的说：

"随便怎么处置都可以，无追问！"

"证据分明在着，有什么方子辩白？不过营长请再三想，这次我们纯粹为大众的幸福……"

高个儿说话是演说家的口气，态度十分果敢，坚毅。可惜营长不是拥护他的一派，嘲笑着说：

"喝醉了酒偏说清楚，莫非我们深更半夜坐在这里办公，不是为了大众的幸福，为国家，是为什么？"

我把油纸向右面推一推，接续写下去：

第二连接第一连右翼，展开于关帝庙向 B 庄中央之敌攻击。

第三连接第二连右翼，在蒋家店展开，向敌之右翼攻击。

"你们想把我的脑袋割下拿回去领赏吗？啊？"

营长尖锐的一声大叫，我急忙停笔，望着他们，高个儿把脸转向左面，看无精打采的同伴，深深叹口长气，把头低下去了，水红色长脸瞥周营附一下，又抬头望望房顶，我把心稳下，接着写。

五、骑兵（欠四骑）在老文铺警戒我左翼，并乘机威胁敌之右侧。

六、第四连及机关枪连为预备队，位置于蒋家店。工兵援助炮兵就进入阵地后归为预备队。

我虽然手里握着笔不停的在写，心里不知什么缘故，好像平静的水面投一块大石，彻底给扰乱了，很不容易平稳，预备队三个字写得很歪，队字的耳刀几乎歪得看不出来。而且我很困倦，上眼皮时时找下眼皮。营长立起，背着手沉思，颓萎不振的一个，又苦苦的哀求道："请放了我们吧！

"放？"营长很不赞成他的话，问排长："武器呢？"

"在这里……"他急忙从袋里掏出，手枪一支，子弹十几连，炸弹四颗，都很有秩序的放在营长面前的写字台外角，营长瞥那些武器一眼，说："这些东西是什么？我难道那么傻，轻易的放你们吗？"营长看看周营附的脸色，我知道他们这是会议了，营长招呼排长到面前，在他的耳朵上，悄悄的说了些什么，排长点头会意，回身把三人带出去了。我忽然觉得寂寞和惊骇包围着心头，恍惚听见远远的荒野中，有尖细的哭号夹着就是破空的射击。我鼓着所有的气力写：

七、卫生队在成居村开设。

八、大行李以路纵队先停止于 M 河南岸。

九、予在……

我缮写完，就备印刷，排长又奔进来报告营长说："已经数完了！"

狂风吹着暴雨打在玻璃窗，其势越加凶猛，好像要把我们的办公室推翻一般，我把油印机打开，挽起袖子，开始印刷，但困倦已极，连连打着哈欠，催眠的泪从眼角流出。

十七、六、一四终 P 省

（《泰东日报》1937 年 3 月 3 日、4 日，署名：赤灯）

给诸好友的信

亲爱的朋友们：

　　当我写这封信给你们的时候，虽然没有流泪痛哭，心里可实在不好受，请你们读完，也许就明白了。

　　虽然我不能说自己的好处，我的坏处多得很，你们哪一位都比我强，这决不是对你们献媚的话，我是的确时常在睡不着的时候再三反省的，越反省越觉得缺点多，不怪你们说我是"隔路种"，我真是隔路种！不过这隔路种是什么意思，我不明白，想了几天，知道有几分近乎古怪，是这含义吧？如果是，我也点头承认，真诚的领受，以后我决定更改，把这毛病改掉。

　　究竟我什么地方古怪，从哪里下功夫改，我不明白，这是应该研究，希望你们指教的要点。你们既然爱我，认我做朋友，你们则有矫正我的义务，我也有对你们陈述意见的权利。不对吗？比方教育儿童，在他的脑后指点着咒骂：隔路种！古怪！那有什么利益？把他隔路的弱点指出来，矫正他古怪是必要的。我本来就是还没有脱掉孩子皮的笨家伙，你们单说我隔路种，又不举例证明，叫我瞪着两只又惊又骇的眼睛，到底是向哪一方面适当呢？哎！老天！做人真不如当狗简单而且容易许多！

（《泰东日报》1937年3月6日，署名：赤灯）

茶房日记
——十五年前的事

八月初四

我好久不写日记了，——因为没有本子的缘故。

今天我在柜上支了四十个铜板，借着给旅客上街买东西的机会买了一些纸，订成这个本子，我实在没想到会订成这么厚的本子，至少够两个月用了，我真高兴。

吩咐我买东西的旅客，是个失业的小学教员，他在我们旅馆里已经住了两个月之久，他有胃病，很重的胃病，他的几个朋友时常来看他。我最熟悉的是那个头发蓬松的姓陈的，他一来总望着我笑。还有一个是穿得很整齐，头发梳得明明亮亮的姓何的，他虽然不看着我笑，可是他生成的那副和蔼的面庞，我一望就觉得十分可敬。有时他们两个一块来，有时则不，而他们来的日子，总在星期日的上午，或者是星期六的下午。据小学教员说，这几个人都是他的同事，然而既是同事，为什么有的常来，有的则不常来，并且他的同事不只这几个吧，其余的怎么连一趟也不来看望他一眼呢？

他一天仅吃一顿饭，我今天给他买的，就是一天中充饥的食品，四个茶壶盖大小的烧饼，两条油炸鬼，单吃这些干燥的东西是不行的，他的又瘦又苍白的长脸，比初来的几天显得更瘦更苍白了！

他的房钱是那两个常来看他的同事代他付的，只付房金，付够数，不问他吃的什么，就是乞丐也不妨，旅馆一概欢迎。不过我把他和二等房间再和一等房间里住的旅客一比较，他的生活未免太可怜！人家都一日三餐，所吃的一餐酒菜的价格，比他一个月的饭费还要多几十倍！论起穿戴，更有天壤之差，人家出来进去，是汽车、马车，顶不及是人力车，他则是步

248

行，我从来不曾见过他坐过一次车，上哪里去或从什么地方坐车来。他不高兴吩咐茶房，打电话给饭馆子点几样菜，他不喜欢乘车？而愿意步行？他不？……

其实不及他的还大有人在呢！昨天被我们二掌柜驱逐的那个青年，说起他真叫我酸鼻！他在我们旅馆的三等通房里住了十七天，把行李典当买东西吃，一个铜板的房钱也没有付，二掌柜命我和他要，他总推说明天后天，到了明天仍是不给，照我的意思，房间既然空闲得很多，叫他住着有什么要紧，他又不是洪水猛兽，会淹死我们或吃掉我们的……二掌柜坚持着自己牢不可破的成见，狠着心把他赶出去了！谁知他这一走会流落到什么地步，管保他不因此灰心，对于人世发生了厌倦的念头，而去投江呢？二掌柜有点残忍，似乎他的骨架有些近于万年前，完全失去了同情心的化石。

特等房间里住着的那一对"临时的夫妇"，十二点半钟才睁开睡眼，我在外面听他们咳嗽，说笑，像一岁孩子似的逗弄着，过了一点多钟，起床开了门，我进去收拾地下抛弃的破纸果皮，那女的头发，散乱得活似"善书"上画的那阴间的恶鬼，在对着镜子扣衣纽，男的刚穿完白绸衬衣，闪着两只青灰包围着的眼皮，脸色就如埋在黄土下好久，刚刨出来的死尸一般。

我今天在报的文艺栏读了一段杰出的散文，想剪下来留着，好时常拿出来研究，可惜二掌柜不许可，我为剪报纸挨了他好几次骂，他说把报剪得七零八碎，别人怎么看？这话自然有理，但我不是没有正常的理由的，楼上订阅的几份报纸，谁也不阅，偶尔有一半个旅客要报纸，都是看电影院和戏院的广告，我剪下来的文艺一点不妨害别人，我也知道，过后剪未觉不可，但报纸又不订，不加保存，当天晚上就没有了，不是被人拿去引火，就是包了东西，报纸是专门引火和包东西用的吗？

下晚厨师把干饭做生了，他像猪似的贪睡，过了时刻方才下手，又怕挨骂，半生不熟的就盛在钵里。二掌柜生气要把他辞退，他哀求着认错，重做了算完事。这可确实解了我的恨，我为什么恨他呢？因为他不公道，对于伙计是不平等的待遇，同样的菜，年龄大的就可以多吃一碗，我就不成，添一勺都办不到。有一次我偷了一小片鱼，他狠狠的打了我一巴掌，他完全是欺负我的力量小，却不体谅我也是两腿动物之一，我也需要小小的满足。有的时候我和别人一样贪婪，这毛病应该快快改，不然将来是成不了大英雄豪杰的。

八月初五

天是一天比一天凉了！快到要穷人命的时候了！怎样形容这萧索的季节呢？西风吹着黄叶，四散飘零？或是四壁的虫声唧唧，落叶沙沙？不会写这些文字定律，不写吧。

小学教员今天咳嗽得厉害，他往日不大咳嗽，胃病再加上咳嗽，一定是转变别的病症了？他应该赶紧入病院治疗，或者请医士诊断，指示治疗方法才是，但他的力量恐怕不足，这是我明白的，至于回家乡，也办不到，他对我说过：他的家乡早已被胡匪蹂躏得不成一块净土，父亲和妻子，也不知道流落到哪一方去了？他是没有家乡好回去的，亲戚也没有，只有几个知心的好友现在尽力帮助他，不至饿死而已！我会问他："当教员，只要有学问，好好教学生不是就得了吗？怎么会失业的呢？"

他说："当教员的，不一定都有学问，滥竽充数的很多，单是好好教学生，地位也不能保稳？所以什么学问不学问……"

我又问他：

"那么你怎不好好去打个进步呢？"

"我也打算那样的去做，无奈我的性质不合。"

啊！他之所以失业原来是性质不合。怎样的性质算合？听说妓女的性质都温柔、会体贴，能使人们欢心、称意……难为他！他又不是妓女，而是个堂堂的五尺大丈夫，叫他怎么学得来！他那天生成的一副冰冷冷的面孔就不合格，他也会笑，可是非他愿意笑的时候，或者有可笑的事情，非叫他笑不可，总寂寞的一笑，不然他是不笑的。

他是不适合在这个世上生存的了？真是可悲！

但他还希望着，热切的希望谋到职业。然则他是还舍不得离开，这不适合他性质的世界是怎么的？

在特等房间里，住了四天的临时的夫妇今天走了。新拉来了三马车旅客，两辆住在"东楼"，东楼不归我管，"四楼"是我担任招待的区域，一对中年夫妻模样的人带着两个孩子，拣中了楼下三等的一个房间，嫌房钱贵，再三争讲着。我悄悄告诉那中年男子，无须讲，少给几个没有关系，中年妇人端详着我，决意住下了，她给我三角钱打发马车，我问他可是从火车站来，他说是的。

"从火车站到这里两角钱足够。"

"是吗？"妇人惊愕问，我接了两角送给车夫，狡猾的车夫缩手不要，他说讲妥的是三角钱，我瞪着眼珠与他辩论："两角钱是官价，你敢欺骗人吗？"

他自知理亏，向我一瞥眼摇着鞭子去了。

这车夫该多可恶！然而天老爷！不能怨他呀！地球上本是铁拐李把眼挤，你骗我我骗你的情形，我们何需少见多怪呢？

关于这些欺骗、奸诈的事如同地面上的石块泥土，我亲眼看见得很多，可以说是司空见惯。

中年男子在乡村教书，因为乡间闹土匪闹得极凶，人民无法生活，不消说学校也是开不成的，我忽然想起，叶绍钧的《潘先生在难中》一书，这中年男子比方是"潘先生"，妇人便是"潘师母"，恰好也有孩子，可惜我没有在火车站上，看一看他们下火车的时候是不是也牵着手连成一队，他们来到这里是访亲戚，换句话说，也就是逃难，胡匪怎么这么多呀？真叫我害怕！

在他们坐了没有半个钟头，又新来两位外省的商人，在第四号的二等房间住了下来。

我忙了起来，打洗面水，倒茶，刚侍候完这面，那面又喊，侍候完那面，这面又有事叫，我楼上跑到楼下，又从楼下奔到楼上，好像足球比赛时的前锋队员，在竞争的战场上奔来跑去，汗珠滴着，喘息着，简直没有休闲的机会，楼梯板在我脚下，被我踏得扑噔扑噔痛苦的乱响，少写一点吧，省点纸张，而且时间不早，我要去睡。

八月七日

昨天晚上又来了两个客人，蛮横非凡，怎样侍候也不如他们意，他们硬要我领他们上窑子！我苦苦的哀告，说"西楼"只我一个茶房，而且我又不知道窑子在什么地方，他们不信！我叫了一辆马车，告诉车夫他们要去的所在，这才脱了身。深夜他们跟跟跄跄的回来了，喝得大醉，东倒西歪的爬到楼上，要这样，要那样，破喉如喊二黄，人家都睡熟了，被这一对野兽叫醒，孩子哭起来，小学教员不住的咳嗽，我的脑中混乱极了！我真想过去一板凳把他们打昏……幸好闹了半夜今早已走，累得我昨天日记都不能写，夜里又失眠，今天我困得眼睛都睁不开，强打精神，支持了一天，要不是我的身体强壮，早就病倒了！唉！

八月初八

小学教员的朋友今天又来了，——两个人的手里都拿着一包什么东西。

姓陈的对我笑了笑，我招待他俩到小学教员房，他正躺在床上，翻弄一本小说看，看见来了朋友急忙坐起，我在沏茶，各人倒了一杯，就关上门出来，听姓何的在里面说："事情有点眉目了，大约下星期总可决定？"

"实在谢谢！"小学教员的声音。

"这里是蛋糕，你吃一点吧！"姓陈的话。

姓何的忽然把嗓门扬高，慷慨的说：

"现在找事情这么难！你以后总得把脾气改一改了，我们的理想，在他们身上是找不出来的，对他们，正如对一块无理智的石头，你叫他弯腰办不到！我们不得不改变方针，在我们能力还达不到以前，势必要忍耐低头，只好忍，看着这块石头在路上障碍，等我们有了力量以后，再把这石头捶碎，捶成碎面，你既然明知道捶不碎它，何苦白消耗精力呢？不但效果没有，自己却无价值的受了创伤，这是不是多余……"

他的话是什么意义呢？我一点不理解，懵懵懂懂，我想再听下去，但第四号的两个外省商人回来了，我只得跑去开门，沏茶。他俩摘下帽子，一个坐在床边，一个坐在椅上，坐在床边的说：

"昨夜的戏，说实话！实在不错呀！你说怎么样？"

"我也看很好！今晚上去不去？去吧！"

"去！"坐在床边的接过我献的茶，斩钉截铁似的说："一定去！"

中年妇人又在喊我了，我把茶壶放好，跑过去。中年妇人说：

"你费心给我买几块糖给孩子。"她说话总是客气，真不愧是妇人。妇人的心毕竟是细的，正如有人说："最毒莫如妇人心……"这是失恋以后，或者受别的打击以后发的牢骚，简直的是诬蔑，不足取……糖买回来，夫人又喊了：

"打电话把饭馆的人叫一个来！"

"是！"我心里想，不叫一个来，还叫两个么？

电话打去不久，饭馆的送外卖跑来了，他的衣服满是油腻，不及我的衣服清洁，他的脸也很脏，秃头，扣一顶瓜皮帽。

客人残余的饭菜，总比我们厨房里粗糙的饭菜味美，走运气的时候，剩许多这样那样的好菜，是够我吃两天，我把这些残余的食品，装在别碗碟里，吃饭的时候拿出少许，省吃俭用，这些好东西是不常得到的。

今天我又碰上了好机运，收拾了许多女子饭菜，小学教员的朋友走后，我就用盘盛着送了一点给他，作为他教我许多"生字"的报酬。

他告诉了我不少生字，我问他的时候，他总是热心的指教，"尴尬"两个字的读音和意义我不懂，他给我讲解了半天，又说明这两个字的用法。

看我送去了一盘菜，他乐得不知如何是好，他从袋里掏出一把铜板，叫我多买几个烧饼和他一块吃，我一想剩余的馒头还有好几个，我不会吃完，都好好的藏着，何不拿出来吃，并且少跑一趟腿？

我飞也似的跑去，拿来了所有的馒头，又端了那碗宝贝似的菜来，他更乐了，拍着我的肩膀。不过我有些踌躇，茶房和客人在一块吃东西是不行的，掌柜一旦发现非骂我不可，他看我踌躇不敢动筷，就拉着我的手鼓励我。

"这是你的东西，难道你不敢吃吗？"

"不是我的东西，是别人的……"

“不论谁的，到了我们手里就是我们的，这就是人类的本能，吃！”

他的话真是格言，我把门关上，拉过一条板凳，坐下来和他吃。

他吃得有滋有味，狼吞虎咽的大嚼。我吃了一个馒头，就吃不下去了，因为我刚刚吃饱的。

“干吗不吃？”他惊愕的问。

“不客气！我刚才吃过。”

哦哦……

他大口咬着馒头，大口吞着菜，我把预备给特等房间的茶叶泡在他的壶里。

他吃完了，剩下一个馒头。看样子，他是吃得肚里实在容纳不下的程度，慢慢把筷子放了，喝一口茶，又抬头望望我，那无力的眼球闪着满足的光芒，我被这光芒所照射也感到无限的欢喜了！

八月初九

晚上的旅馆里，我统辖的区域是从来没有的寂静。中年夫妇带着孩子出去了，我问妇人到哪里去，她说去访一位当小学校长的亲戚，二商人看戏去了，只有小学教员在房间看书，我把各房间打扫干净以后，就到他的屋子去送茶，他看我进去把书放下，问我：“你读几年书？”

“五年。”

我恐他轻视我读书太少，多说了半年。他想了一想，没有说什么，仍旧低头去看书，这时二掌柜在外面喊我。我答应一声出去，他笑嘻嘻的站在那里，望着我，这笑真使我奇怪，他对我笑的机会在我记忆中没有过，这一定是出了什么事，他对我说：“你的父亲来了，快去看吧！”

我跑到前柜一看，可不是！是我的父亲，他坐在那里呆呆的望着我。

“父亲！你好啊！”我给他行鞠躬礼，他点一点头对二掌柜说：“他长高了许多！”

二掌柜只是满脸假笑，和父亲讲东说西，又夸奖我什么聪明伶俐，怎样能做事，等等。

我想起半年前父亲介绍我到旅馆里当茶房时的事了，不觉眼泪要流出，我忍着，答他的问话，他坐了一个多点走了，中年妇人领着一个小的孩子回来，我问他先生怎么没有回来，他说："先生不回来了，你把房门打开，我取东西，这就走……"

"怎么？这就走？"我开着房门的锁问："到哪里去？"

"到亲戚家里。"她走进屋子，指着孩子的头说："父亲找到了事。"

我帮她收拾东西，捆行李，一边问："在哪里找到了事？"

"第二小学校。"

"省立第二小学校吗？"

"大概是吧？两个月之前，校长写信给他父亲，叫他来，说是有个相当的职位，他父亲不愿来，说是在这里教书没有在乡下容易，直到乡间不太平，这才肯来，来的时候没想到这样快能找到职位。"

"校长是孩子什么人？"

"舅父。"

"毕竟朝里有人好做官，恭喜太太！"

"哪里值得喜？他舅父当了一辈子校长，熟识人多，让他父亲来，临时辞去了一位教员的，总算顺利……"

行李和东西都收拾好，她开付完房金，就坐着来接的马车去了。

我回到我的屋里，打开父亲捎给我新做的裤褂，灯下试很合适，他一个月至少来看我一次，他是到这里办事顺便来看我的。

八月初十

二商人今天早晨走了，除了小学教员一间小屋，"西楼"是"空空如也。"

东楼的旅客很多，差不多占满了各房间。在东楼的第四处，住着两个少妇，她俩的丈夫，据说通匪被官家砍头，这两个年轻的嬬妇，也不忧愁，在我们旅馆住了四个月，不拿房金，二掌柜也不要，他说有这一对花瓶，我们的旅馆便可以兴隆一时，她俩总是在馆子叫饭吃，打扮得花枝招展，她俩的生活费是从哪里来的呢？真叫我三思莫解，又时常去看戏，很浪费！

我从小学教员手里借本小说，叫《梅岭之春》，是写多角恋爱的名作家张资平先生不朽之作。这本书我曾读过，不过内容记不详细了，再读一遍一定能加倍的了解？我计划三天读完，趁着闲暇的时间读，今天就读了一多半，明天总可以读完了？

午后三点二十分，小学教员出来，六点半回来，大概是走路太多，奔波过度，累得他上气不接下气，一个劲咳嗽，闷得满脸青筋，一道一道凸出，呼吸压在胸膛，头发散乱的垂下，他的衣服脏了，青色的短圆口布鞋的前尖破了一个三角窟窿。

八月十一

早晨我很早的爬起，因为二掌柜昨晚告诉我，说前柜上的杂务从今天起归我担任。

扫地，擦桌子无端多了一些事，我忙得汗珠直滴，直忙到东方的太阳出来了才停手。小学教员今天什么东西也没吃，我问他，他只是摇头，躺在床上昏睡，对于他身体，怕不利，我劝了又劝，他总不理我。

八月十四日

小学教员病得很是沉重，从十一号到今天，整整两天的工夫一口水都不下。二掌柜怕他的病危险，就打电话给姓陈的，二掌柜知道姓陈的住处，他一个人跑来了，一看躺在床上的病人那副可怕的面庞，呆住了，什么也不说，急急下楼跑到前柜去打电话，姓何的来了，还领着一个医生。

那医生从衣袋里掏出一条黑色胶皮管，两端有烟袋嘴一般的东西，他按在病人的胸上，把一端插进耳朵里皱着眉头听，他这一皱眉头不要紧，把我皱得很伤心，我想这病状必是很严重，盼望老天爷保佑他，上帝也行，如果真存在，也请慈悲，拯救这个可怜的好人，虽然在上帝的神眼下，人类都是有罪过的，可是我看他没有什么坏处，或者就是姓何的所说，他的脾气应该改一改。

医生听完了站起来摇一摇头，对姓陈的说："立刻送到病院去吧！"

我给他收拾东西，他睁开眼睛，无力的对我说："所……有的……破书全……送给你吧！没……有别的送……给你……"

姓陈的听见他的话问我："你看得懂吗？"

"多少明白一点……"我哝哝的答。

"那么你就全拿去吧！"他说。

病人抬在马车上，借了旅馆的被盖着，逆着凄惨的西风拉着走了，姓陈的，姓何的和医生都一块坐在车上，被疲乏的老马拉着走了。

我站在旅馆的门外，目送着他们的马车消失在十字路口。

天凉了！西风吹着我的身子，打了个寒战，我回去收拾病人的小屋。

下午又来了一个客人，住在第二号的二等房间，他的行李是一个皮箱，两个包袱，还有一包茶叶。

（《泰东日报》1937年3月7日、14日、21日、28日，署名：赤灯）

范四爷

　　几根灰发编成的小头辫，一看就知道是忠于传统，信仰礼教的老百姓，范四爷五十四岁才娶大儿子媳妇，"办事"的头十天，他就东跑西奔的忙碌起来了，他的老婆是出名的绰号叫后老婆的，意思是形容她非常的严厉，特别是对待他老头子，永久板着无情的青紫色面孔，尖声的叫喊着："你怎么不先去河东租赁席器子呢？好日子，办事情的不止一家，叫人家借光了怎么办？"范四爷皱一皱眉毛，把两手背在身后，很温顺的跋涉三四里路到河东去，执行老婆命令的任务。他两条老腿，走路很吃力，到了那里，已经天色不早，再一步一步量回家，早已上灯多时了，饭菜都吃完收拾干净。后老婆不消说一阵狂叫："我当你死在路上叫狼吃了？……"他默默不甘，在黑暗中摸索到"饭柜"搜索点残余的食品饱腹。

　　"睡吧！"后老婆的命令又下达了，他一声不响，自己爬上土炕，拉过一床破被，盖着屁股睡去了。好日子越近，他越忙，东一头，西一头，往往把事情弄错，受一顿气。"走车"那一天，他不小心，把供品碰翻了，打碎了许多碗碟。这一来可好，后老婆一跳三丈高，指着他的鼻子呵斥道："你这老不死的，我看你怎样把这些花碗花碟长上……"他战战兢兢弯得硬板的身子，凸着满脸青筋拾碗碟的碎渣，后老婆的喷着白沫的厚嘴唇不停的启闭："这老鬼！真该死！推翻了供品一定是临死不远了……"新媳妇娶到家，带着满头纸制的鲜花，红棉袄红棉裤，绣花火红鞋，头上蒙着红布，四方的脸盘可以从红布底下屈身看得见，宾客前后拥挤着，争看新媳妇。新女婿是长袍马褂，胸前插一朵饭碗大的红花，跪在天地牌位桌位叩头。进洞房的时候，范四爷正捧着干柴，站在洞房门前，打算往什么地方走，被拥挤的宾客像大浪一般，他无抵抗的力量，身不由自主的被浪潮推进去。后老婆正灶下烧火，等他拿柴，等了好久不见他来，就起身发望，一看他正从洞房间外挤，后老婆不由怒火上升，过去就是一个耳光，把他打得手里捧着的干柴，都吧嗒掉在地下去了。吵闹着看新媳妇的年轻丫头小子们，全把视线集中在他狼狈的身上，他摸摸被打的面颊，两只眼滴落下泪水！急忙擦了一下，拾干柴去了，后老婆用食指在他的后脑袋好像要挖一个窟窿似的咒骂着："这不害羞的老鬼！真该死……"

正月初一早晨，范四爷穿一件新家制布半截大褂，先到几房本家又到邻居的堂屋地，跪在神桌前面叩头，他进去的时候一声不响，像狗似的溜进去，大家都坐在炕上吃饭，看见他出去了，知道是来叩头拜年的，想出来招待他坐下，已经走远了。他的眼睛花了，三十米以外看不清楚，在路上看见本家侄媳妇，错认是隔壁三婶子，便老远拱拱手，两个膝关节好像要跪下去似的，嘴里像含块石头一般祝贺着说："三婶子，你过年好？你……"侄媳妇急忙用围裙角，蒙上粉脸蛋嗤嗤的笑起来，笑得范四爷很不好意思，走近前一看，才知道是错认了人。许多人谈起这事，都格格大笑，比看徐文长的故事还觉得有趣。

范四爷病在炕上起不来的时候，后老婆很忧虑，给他请了一位"大神"。这位大神是个媳妇，在乡里是出名的人物，谁家有病人都请她治，据说十个有九个被她治好，不费吹灰之力。范四爷的病，她没有费许多事，用不着像一般的医生，用橡皮管按在胸前胸后边，连脉都不摸，只携带着花鼓，和有许多飘带的花花围裙，头上扎一个如老僧做佛事扎的屋瓦形的神帽，仔细考究起来，那上面很复杂，明显的像南天门里诸位仙人的像，烧几张黄钱之后，她就敲起花鼓，敲了半天，全身颤抖着，——这大概是神仙附体了？许多来参观的人虽然没有范四爷娶儿媳时的拥挤，门里门外坐着站着的大人孩子们，却也不在少数，都充满敬意的欣赏她的奇怪的动作。

她哼呀哼呀唱着：

"走一山又一山哪，山上山下鬼狼笑的哟！……"

她唱了许多时，停止不唱了，只一味要酒喝。几瓶酒像饮凉水似的不费劲，统统灌进肚里去了。

躺在土炕上的范四爷，眼皮紧紧的合着，面孔一点血色没有，几乎和土里挖出来的骷髅没有大差别，神仙看了看他说道：

"大喜临门他冲了对头，他的灵魂因在西南三千里地鬼仙洞。"

"那可怎么好呢？大神！你得开天恩救他一条命呀！"后老婆哭泣的哀求着。

"只消去皮的一百五十斤老母猪送到大神的庙堂一祭就好了，此外要八两的馒头二十四对，馒头顶上点着梅桂花……"

这就是医药，——比较的说：这样的要求还是顶简单的，后老婆全答应下来了，且实运行，第三天晚上，范四爷死去了。

在他家大门出进的吊丧客，腰上系着宽约二寸的白布带，女人在鞋上缝一块白布，这样算表示哀悼之意，后老婆拍着棺材板唱歌似的哭喊着："我的天哪！你死了我怎么办哪！我好苦命呀！哟……我的天唉……"

（注）

一、"办事"系结婚的意思；二、"走车"是乡间娶的那天谓之"走车"；三、"饭柜"是保存食器的，状似长桌形，前有拉门；四、"大神"又名"叉魔"，人假装神仙医病，为乡间迷信之一种。

（《泰东日报》1937年3月10日，署名：赤灯）

侮　辱

　　每月廿五号，是欧全公司发饷的日期，这一天上午，张振中从会计主任大胖子手里领得了十三元三角六，他耸肩缩头的把钞票十分仔细的放进青色短棉袄里面，靠胸的口袋，拍了几拍，试验可不可靠，钞票很服从的口袋里，似乎告诉他说："请放心吧，飞不出去！"他安心的样子点了头，走到庶务课，坐在他已经坐了三年的板凳上，预备给职员们吩咐。

　　庶务课长的阎王脸，永久是板得那么令人不快意，噘着蛤蟆似的扁嘴，同公园里陈列的熊那副黑眼珠，瞅起人来，表现出一种憎恨的神气。他好把左手握起拳头支撑在面颊上，咬着下唇想些什么事。其他如拿手指当梳子梳头发，担任购买的胡大头，在近视镜底下一分钟挤六十次眼皮的长下巴田光贤，闭着一双眼睛接电话总爱说："唉！你宝号谁家呀！我是欧全公司"的舒多省，他像在朦胧的睡梦中说呓语一般，至少在他那位子上已经坐了十年了，还有喝一口茶五分钟的许矮子，摇晃着上体念账码的绰号王大娘，他的声调格外古怪，战战兢兢的唱着："去了……重打上啊？三十六元嗯……七毛四哪啊！再打上……"坐在他对面歪结着领带的冯学海，就吧嗒吧嗒播弄着古老的算盘，还有……有的是，给张振中印象，最深刻的要算这一课，七位职员不同的特点，此外或者就是保险课里，那位女书记兼英文打字员。她的半高跟鞋破旧不堪，走起路撒拉撒拉的，露出了破袜子的脚后跟，这令张振中看见很生气。总而言之，公司里面所有的一切都令张振中讨厌，他实在看够了。

　　也许世界上的事都是如此，天长日久惯了就生厌，比方新娶的媳妇，起初看着怪待人爱，可是住几个月——几年以后，发现她从头顶到脚跟，都有坏毛病，没有一分一毫值得赞赏的地方，于是便腻了，憎恶了，恨不能用脚尖在她的臀部使劲踢一脚。日本的神话《浦岛太郎》的故事就有一点这种意思，浦岛在龙宫里享受那样美满的生活，归终还生厌，辞别了"乙姬"骑在龟背上回家。何况根本就令张振中不发生兴味的欧全公司呢？

尤其是今天，他坐立不安，望望墙上迟慢的八角钟，比几时都故意的走得缓慢些，他无聊的在抽屉里找一张白纸，提起钢笔，仰着脸想了半天，在纸上画一个表，在格栏里面填写。

五月份薪金支配一览表：总收入十三元三角六分

各项	价格	附记
饭费	七．二四	
夜学校	二．〇〇	
杂志	〇．四〇	
足球队会费	〇．二〇	
买鞋	〇．八〇	在西岗老天华买
买衬衣	〇．六〇	在浪速町摆摊的买
买手巾	〇．一二	同上
买胰子	〇．一〇	同上
买牙粉	〇．一〇	同上
理发	〇．二〇	随便谁家都行
洗澡	〇．〇八	顶好是双全堂
总计	二．八四	
残余	一．五二	

备考：残余的一元五角二买一册情书的写法，其余当零花。

他填好了各项，又记下，把各种费用加在一起，又记得了残余的数字，就在备考栏内写上了预定计划。他歪头想想，此外没有别的了，就在衣服外面摸摸袋里的钱，查看掉没掉。这时课长喊他去，给了他一些传票，吩咐他好好整理之后，再送给王大娘。他捧着一堆乱七八糟七长八短的传票，到自己桌上，很不耐烦的一张一张整理，他的眼睛尽在看着天花板，计算心目中的账码，两只手很熟练的动作着，整理好了便送过去。

王大娘的惯例，课长每逢给他的事务，都立刻运行，从来没有耽搁一分钟的时候，但是课长倘若不在面前，他一定把那些纸张狠狠的往桌上一拍，不满的说："妈的，有的是……"今天他格外服从的，把那些传票看了又看，恰巧课长穿上衣服戴上帽子下楼去了，大家明白课长是出外办事，至少须两点钟才能回来。职员一同放下笔，互相挤挤怪眼，微笑着吸烟的吸烟，谈话的谈话，不过王大娘拿着一张纸，尽在那里聚精会神的查看，似乎对于自己担任多年的业务，竟发生了不明之处，他向对面的冯学海说道："请你给打一打。"

冯学海正含着纸烟在大过其瘾，听了他的话满不理会，王大娘再三的催促："怕子事，不多，快给打打……"

冯学海闭着眼皮拿过算盘，放在面前，王大娘用千奇百怪的声调唱道：

"打上饭费七元二毛四啊，加上夜学校二元嗯，杂志四角钱呀！足球队会费二角哩！买鞋八角咿！衬衣六角，手巾一角二分，胰子一角，牙粉一角，理发二角，再打上洗澡八分哪哟！多少？"

"这是什么？"冯学海奇怪的问，王大娘笑一笑说："你先不要问，一共多少？"

"十一元八角四。"冯学海毫不迟疑的回答。

"那么去了呀！重打上总收入十三元三角六啊！减去十二元八角四是多少吧？"

"一元五角二！这是什么呢？"冯学海一面回答一面急切的问，把上眼皮撩得很高，颊上显出许多横行的皱纹。

王大娘这里笑得眼睛成一条细线，半天喘过气来。

"残余的一元五角二，买一册情书的写法，其余当零花……哈哈……"

大家被他笑得莫明其妙都转头来看他，问着："什么事？"

呆呆坐在那里沉思的张振中早已沉不住气，脸红红的站起来，望着王大娘，希望他不要说下去了。而王大娘却十分开心的把那张纸传递给大家观赏，张振中奋不顾身的从长下巴田光贤的手里抢过那张表，一种莫名的侮辱严苛的如荆棘一般，深深的刺着他热烈的心脏，好久不能征服那对于人生不满足的要求的苦恼。

（《泰东日报》1937 年 3 月 11 日、12 日，署名：赤灯）

理发铺中

人走运气，马走膘，兔子走运枪打不着……

老魏是我从前在电影院里当招待的同事，想不到他后来竟在轮船上，干什么差事阔了起来，真是人不可貌相，海水不可斗量！我在理发铺的大镜子里看见他，几乎不敢彻底的认识了！亏是他贵人眼睛不高，也在镜子里看见后进去的我，当我上下端量他一番，摘下帽子的时候，他就惊喜交集的问：

"喂！不是老朱吗？"

"是呀！你可是老魏？啊？少见少见……"

理发师停了剪刀，让到一旁，他因为白布裹着身体坐在那里不好动，就点点头直望着我，他的脸色比从前白净多了，肥胖若下，我不知说什么好，就提议：

"请剪吧，剪完了再谈。"

我的位置在他左面，恰好屋里只有我们俩，高一点嗓门谈话，是不妨事的，就互相说起话来。他说：

"你怎么会在此地？真想不到！我前天来，住在亲戚家，再坐五天船，这次到日本去然后去上海，你现在干什么呢？"

给我剪发的，是个头梳得像女子似的家伙，他一只手拿着推子，从我脑盖前推起。我想了想，就说：

"这里有位姐夫在做买卖！开中药店，想求他给我点职业，来了半年，什么也找不着，你在轮船上做事想必很好吧？"

"哪里？不过是勉强混碗饭吃，不至于挨饿罢了……"

他真够谦虚，明明墙上挂着西式大氅，水獭皮领，还不是阔起来的证据？我斜眼望望他，红色漆亮的皮鞋，再低下眼珠看看自己的破了前尖的布鞋，两相比较，实在逊色，叫人害羞。剪刀在他头上，清脆的发出格喳的声响，我的头已经推光了一半了，哝哝的对他说：

"你真客气，做了阔事还不知足，可不可以替我介绍点事？我几乎闯荡得快疯了！成天到晚什么事也不干，到时候回去吃饭，吃饱了就各处跑，像只野狗似的，天长日久也不是办法，然而怎么办？"

理发铺外面正临当街，又是交叉路口，车和行人像鲫鱼似的，一群八伙不断的来往。有一个白发苍苍的老头拼命的推一车灰色的砖，汽车飞过来，他向右面一躲避，车轮滑在冰上，半个车身子翻去了，砖堆了满街。老头的须髯冻结着冰碴，嘴里喷白气，很沉静的去拾砖，一块一块在车上摆，许多块摔断，断成数截，他费半天事，好容易摆完，又扭动着两臂十分吃力的推走砖。他的破鞋较我的差甚，脚跟完全露在外面，走起路——又是在推一车笨重的砖，哪里会灵便？而且像那样单轮车推起来吉格吉格很费力气。

老魏的椅子躺下了，他闭着眼睛，像炖熟的白鱼似的不愿意睁开。我走到门前，看看街上真是热闹，忘记是站在理发铺里了。

对面好像是钱庄铺关了门，门口是一个烤地瓜卖的中年人。在他右面放一担游动性质的摊子，竹筐顶上放着四方形木盘，里面很有次序的陈列着花生、烟卷、橘子、糖，主人是个褴褛的青年，手里握一把花生，不住的用大拇指与食指，捏着往嘴里送。过来一个十几岁流着鼻涕的小子，买一块糖含着走了，临走的时候还偷了一粒花生。

忽然街上的人都想向西面望，这一定是出了什么事，我把脸颊靠紧玻璃，努力向西面探去，一辆载白面的大车，骡子滑倒在冰上爬不起来了。赶车的威吓着，张动大嘴巴把鞭子在半空画圆圈，画了半天，那骡子丝毫不动，他就在骡子的屁股上狠狠的鞭打，骡子挨了痛打，就直起前腿，想站起来。两腿直起来，爬、爬、爬，好容易快爬起来，铁蹄滑在冰上又滑倒了！我半天不喘气，觉得很失望，我以为那车夫顶好是把车上的面全搬下来，减少力气，骡子自然就可以毫不费力的爬起来了。

玻璃被我嘴里的热气，哈成乌沉沉，罩上一层薄雾，看不出外面，用袖子擦一擦，想看一个结果，老魏在身后喊着：

"对不住，完了！"我回头看他，理发师在他身后，两手拿着大氅帮他穿上，我想想一个成年的汉子，倒像幼稚的儿子似的，需别人帮忙着装，可说是开倒车，在进化论上叫越长越不中用了。

他付了连我的剪头金，问我要到哪里去？我先致谢，然后说明无处可去，看他不自然的笑脸，多半是不高兴和我去吃一顿馆子，这点我是可以判断明白的。

"求你费心吧，有事赏封信……"

"那么再见！对不住……以后……"

"别客气，请便吧！"

于是出了理发铺，分道扬镳，各奔前程。

我既然省下一角五分的理发账，便向对面卖烤地瓜的走去，那里倒的骡子还拼命挣扎着爬不起来，车夫在那里彷徨失措的没有办法。

一九三〇年冬，于鸭绿江

（《泰东日报》1937 年 3 月 13 日，署名：赤灯）

挑　水

太阳落下不久，冬日的黄昏很快就改变了将黑的天幕，街道上匆忙的走着劳碌的人们，都盼望赶紧奔到炕头上，暖暖冻得冰冷了的手脚——或者点起油灯，聚集着老少三辈，谈谈家务和别的琐事。父亲很疲惫的在工厂做了十小时工，趁着太阳还没有落下的急短的时间，跑了十二里路，仗着几十年训练就的快腿，赶到三间低矮狭窄的家。勉强看得见，凹凸不平石子杂乱的路，已经累极了，摘下帽子的头发，腾着雾气，颊角微微出些汗。把饭盒放在案上，就倒在炕头，等待母亲把饭准备妥当。姐姐掀开站在墙角的水缸瓢水，伸进去一只手半天拿出来，黄色的水瓢只盛进一少半水，失望的对母亲说：

"妈！缸里没有水了……"

"是的，我还忘记了呢！"母亲端上热气腾腾、满满一盆苞米楂子稀粥，小心的安置在桌头，同时转脸向父亲那面：

"天黑了，能挑吗？明儿早晨行不行？"说着就踌躇的在炕前彷徨了一会儿，回头告诉姐姐：

"那几个碗等明天再刷吧。"

父亲懒懒的撑起上体，不耐烦的叹了口长气，下地拿扁担和水桶，母亲十分挂虑着说：

"黑了挑水怎么好，深一脚、浅一脚的啊？"

父亲像没听见似的开开门出去了。

大地已经完全黑暗，融化的冰雪，这时早已重行冻结。父亲转过两条胡同，向一条只容得下单人通行的狭道，两边是砌成的石墙，右面的是足有个半人高。那条路通达到井，井是设在西屋老范家菜园子里的，进去的时候，必须迈过膝高度的石门，再走不远，便到井边了。

父亲把水桶系在铁钩上，把手轻黏着橹身，那橹被水桶的重力向下迫压，就古拉古拉的滚转，很迅速的，听见水桶跌在水面上的声响，这以后的动作，多少费点力气，慢慢摇上来，再汲另一桶。

出园门，是一块厚石板，表面上滴满了水已经冻成冰，当父亲迈过一只腿，后脚刚踏上的时候，砰咚一声，脚底上没有站稳，被狡猾的冰滑倒了，屁股坐在不舒服的石台上，前端的水桶扣在泥地，后端的一桶水，一点没剩，整个的扣在父亲身上了——本来单薄的短棉袄棉裤。西北风吹来，很容易袭进肉皮，这一来，全湿透了。

"他妈的……"父亲大不高兴，苦恼的爬起来，又回去汲好了水。这回是把水桶，先一桶一桶拐在墙外，然后附着石墙出来挑起来走。

暗淡的火油灯在壁上无力的照着缺少光明的屋子，母亲行立不定，时时望望外面，不见父亲回来，就见走出去在黑暗中，挤着眼睛努力眺望。在黑暗中除了猫头鹰，可以看见天下的一角事情之外，人的肉眼是无济于事的，母亲又没有像探照灯似的手电帮助，只是焦急着，恐怕发生了不幸的事。

沙沙脚步和扁担吉格吉格的声音在胡同口传来了，母亲松一口气，急忙开了门，等父亲进去，把板门关好，又用一条粗圆的木杠，斜着顶结实，这样还以为不托靠，又搬一块大石在木杠脚上生生的压住。

父亲把水倒在缸里，冷得全身打战，姐姐看得清楚，惊愕的看着母亲的脸说：

"呀！爹的衣裳湿了！你看！"

"可不是怎么！摔倒了吧？他爹……"母亲去扯扯父亲的衣角，"赶快换吧，多冷……"

"真倒血霉！"父亲的胡子，满是凝结的小冰粒，因为急促的呼吸，从口里吐出很粗很长的白气，跺着两脚，蹲在墙角烤火。

"我看你上炕盖着被，脱去好吧？"母亲恳切的说，父亲赞成了，满脸痛苦的神色，在被里面脱掉棉裤，又脱下棉袄，母亲生好了火盆，和姐姐各人一件，拿着在火盆上烤，湿了的衣服经火烤的力量，发出潮湿的气味，衣服冒着热气，如同刚从开水盆里拿出的一般。

"我先吃了！饿得要命！"父亲披着棉被，端起筷碗样子很滑稽。母亲客气的说：

"你先吃吧，饭快凉了。"

"要米钱的那小子来了没有？还有房租……"父亲喝了一口稀粥这样问，同时夹一条咸萝卜送在嘴里，母亲很平常的回答：

"来过了，我说没有，有我这条活命，要命就拿去。"

"好家伙！真不讲理……"父亲喝完了一碗稀粥，姐姐放下衣服给添，并且笑着对父亲说：

"妈并没有那样说，求他们缓几天。"母亲悲哀的笑了，脸上挂一行泪水。

一九一二年四月于后革镇堡

（《泰东日报》1937年3月17日，署名：赤灯）

两种痛苦

一、失学

"妈！不叫我上学去，叫我在家里干什么呢？"我伤心的对母亲说，母亲为这事在暗地里，落过好几次伤心的泪了！父亲也各方面去想方法，不愿意我失学，仅仅读了四年半书，有什么用？识字既然有限，年龄又小，而且谋职业，又不是容易办到的事情，虽然有几门好不错的亲戚，但是也不只求了两三回了，谁肯慷慨的给费心，穷人无论极渺小的问题也难解决的，天老爷未免太不公道……满脸愁苦的母亲，看着我悲哀的神气，忧郁的两道秀眉，越发相蹙得紧密些，头深深的向下低，手指交叉，抱住膝头，姿势非常可怜，显然对于我的难问题表示窘苦。

我失望的走出去，无聊的倚在街门，看见拿着书包的小朋友们，快乐的步法，消失在转角处幸福的背影。我就仿佛是爬在热锅中的蚂蚁，挣扎是无济于事的，青空的白云哪！你在那蔚蓝色的天上，该多么自由，愿意飘到东，就向东，任意在广泛的宇宙飞展，你的一浮一沉，虽然受着因果规律的支配，而你浮沉舒卷的程度，世上就没有一个生物会能够预测的。我的一举手一抬足，在屋里就有老鼠侦知，在树下有头上树桠间歌唱着的小鸟，可以看到明白。我恨不能转变一只小狗，啊！小狗，你虽然时刻忍受着无理的踢打，然而你的挂念，是最简单不过的。你吃饱了就满足，此外不求什么，横竖你没有我这么凄惨的，不幸像雨点似的多多的袭来吧。白胡须的黑猫，尖嘴的黄鸡，又肥又胖的老母猪，温柔的绵羊，你们的寿龄较我的短促，但是这算什么要紧呢？十年，二十年，二十世纪，毕竟差不了若干，在生前，你们只要没有失学这件痛苦——当然无论谁迟早必失学，更有不懂失学的儿童——问题就在这里了，然而我的笔记解释不上来，这些麻烦事情，我只觉得像被暴力捉住的小鸟，尖刀瞄准在我喉头的黄鸡、母猪、绵羊，我禁不住惊骇得大哭了！小狗啊！我希望你只忍受着踢打就够，不高兴别的事情来促我流泪！啊！我哭了！大声的哭了！把嘴对着街门的墙穴，不被母亲听见哭叫的悲嚎之音。

二、失业

费天大的力气，托人找到在一家公司里当仆役，月薪是七元五角，此外给冬夏细布裤褂各一套，这样的待遇，可说是优越到极点了。

我每天早起晚眠服零碎职务，格外的殷勤，为的是得主人欢心，知道我是忠实的小职员，渐渐把我提升，升到坐在转圈椅子上写字的书记，薪水增至十八元以上，这样我就可以负担供养母亲的全责，父亲也用不着起五更爬半夜跑到工厂去做苦工，像牛马似的。

我的希望，如地球据引力定律在黄道轨迹内绕太阳而转动，一时一刻不停止，但是不幸得很！也不知是太阳的黑点增得太多了的缘故，或许是因为地球转动得实在疲乏了所致，终于我这个坚确十分有希望的世界崩溃了！

公司因为种种原因逼迫，不得不关门大吉，开市亨通的对联是另一个商号，在公司的门旁贴上了。从此我没有赚饭吃的工作了，我在十字路口彷徨，为饥饿而号叫，无人过问。

一九二九年三月十四日于旅顺

（《泰东日报》1937年3月19日，署名：赤灯）

脚踏车和手表

我九岁的时候，日夜渴望着两种东西，就是脚踏车和手表。

在交通不便，地处偏僻的农村，这两种东西是不大常见的。七岁以前，父亲在都市创设的商店还没有倒闭时，我在大街上看见有很多脚踏车，两轮前后排列着，乘骑的人用两脚的力量，旋转车轮，向左、向右转弯的时节，只消把 U 字形的转动机，用两手慢慢一扭，车辆就往新方向跑去，最舒服的一刹那，要算顺坡而下，不须丝毫气力，就风驰电掣的飞，转眼工夫，便飞到很远。使我钦佩的，是外国饭店穿白衣服送外卖，他双手托着方盘，方盘上放着很高的一垛碗碟，在车水马龙的街上骑着脚踏车串来串去，技术可说非常惊人，后来随父亲漂流到乡间，这脚踏车——又名自转车的东西就不常见了。

有一次夏天刚到中午，我在河边的树下，看见一个穿长衫的青年，骑着脚踏车在对面宽敞的车道上跑，我几乎惊叫出来，伸长脖颈目送他的影子逝去。这一夜，我做了骑自行车的梦，恍惚在山谷间飞跑，道路虽然凹凸不平，车可跑的极快。我快乐得像小鸟似的，顺着山间飞了一程，走到登山的一条羊肠路，向山顶飞着，向四面一望，左右是湖沼，前面则是汪洋大海，我的车从山顶上飞下去，直奔海面波涛，在海面上前进。真奇怪，车在水上却不沉，我高兴了勇敢的驰去，鱼龟虾蟹都从水里伸出头，看我欢喜的情形，我向他们点着脑袋，表示亲近，他们也都恭敬地还礼，欣慕的目送着我，直至不远的岛上。

那岛上有很多异装的居民看见我这生疏的来客，起先是万般的惊骇，终于召集岛上所有的人们来研究我。其中一个道貌岸然的白发老人，上下打量我一番，就摇摇头，转过去向大众发表。我不懂他们言语的意义，只扶着自行车，眺望着岛上美丽稀奇的景色。突然，许多人拥上来，要逮捕我的样子，我一看光景不妙，跳上自行车就跑，他们在后面蜂拥一般的追赶，喊嚷着如狂风雨一般急急袭来，我尽力旋转车轮，在海面上疾驰，一会便到了陆地。但是回头一看，他们仍然不放松，紧紧追随，我恐吓的不知如何好，向山上跑去，越过无数的山峰，深谷后面呼叫、呐喊的声浪不绝，拼命的追赶，我累得两脚生痛，又不敢停止，只得努力奔逃。飞过几层高山，在一个绝壁通到另一个绝壁之间，是一条狭窄的独木桥，宽不过三寸，距离不下二百米远，那深谷的深，不能目测，是无底的深渊，过去不过去呢。我站在绝壁惊慌的踟蹰，望一望下面，有几条巨大的毒蛇，在对面绝壁的中腰，伸出舌头向上面望着。回顾后面是眼看就要追上来的一群人，在附近的山坡、森林中，走出两只猛虎，看见了我，就长嚎一声，张牙舞爪，跑过来。我急忙跳上脚踏车，无踌躇的余地，在独木桥上危险的渡。起初是战战兢兢的恐惧，把心一横，反正是危险，除了闯进没有二法，就安然的直飞过去，也是情急，忘记了把独木桥破坏，跑到很远才想起，但是太远，首先跳过去的两只猛虎，接着就是毒蛇，再后面是那群众虎蛇的嚎叫，人们的狂喊，打成一片，一瞬间，追到了，我的气力已用尽，两腿酸痛，一跤摔倒，脚踏车跌坏。老虎张开大嘴，对着我的脑颅就咬，我狂呼一声，醒过来，母亲摇着我的肩，问我做了什么梦。

我躺在黑暗中的炕上，想着梦中可怕的情景，但是没有把梦说给母亲听，就朦胧的又睡过去了，继续做梦。

我在都市的一条非常热闹的街上闲逛，看着商店的玻璃橱中，陈列的五光十色的货品。在一家钟表店门前，我停住了，那小巧玲珑的手表，深深地激动了我贪欲的心，我想有这样一块小手表系在腕上，该多么阔绰而且便利。在我们学校里，有几位先生有手表或怀表，就没有一个学生戴表的，我不爱怀表因为怀表没有手表漂亮。我走进表店，赞赏着。其中有很多顾客，伙计都忙碌着不理我，我不禁发起邪念，暗暗地在玻璃箱里偷着拿出来一个金色壳多角形的，放进袋里，敷衍出去。一双手从后面扯着我的领襟，我知道糟了，撒腿就逃，但是哪里逃得了，我哭起来，把表从袋里掏出。奇怪！他们并不要！把我送到了什么地方去，我知道进那里是不好的事，叫喊着挣扎不进去，哪里行啊！铁门紧紧的关上了，外面上了铜锁。母亲流着泪走来，在圆小的穴中伸进一只手，摸我的头、脸，教训我，严厉的申斥我。啊！我忏悔的倒下去，把脸埋在手掌里，放声哭泣了！母亲在外面凄惨的说：

"我以后没有你这一品性不端的孩子了！唉！"

说着就毅然离开，我赶忙爬起，呼喊着：

"妈呀！妈呀！"

"又怎样了？是不是做了噩梦？"母亲摇着我问，我睁开睡眼，在黑暗中摸到母亲温柔怀里去，母亲搂着我的头说：

"好好的睡吧！好孩子，明天早点起来上学……"

一九二九年四月九日于夏家河子

（《泰东日报》1937 年 3 月 23 日，署名：赤灯）

罚　金

"你说什么也不行，非领你到会上不可。"

赵麻子紧紧的揪着周海的衣领，费力的抱着往前走，周海苦苦的哀求：

"赵二爷！你，看在老侄的面上，你，你看在我……我……实在渴，渴急了！拔个萝卜吃，拔，拔个很小的，你看，你看，这多么大一点……"

周海皱皱脸皮，急得通红，破了边和顶的破草帽，歪到后脑上，露出长久未剪头发的脑盖，汗珠从颊角滴。短衫的腕部，破了窟窿，露出污秽的肘节，衣领被赵二麻子撕住，高高的提着，他黑色的肚皮暴露大半，他的两腿向前弯曲着，像要跪下去，极不愿意的被压迫着前进，赵麻子怒了！使劲在他的颊打了两巴掌，印了五个青紫红色的指纹，他摸摸脸，哝哝的说：

"这……这够了！你是好人，我知道的，快放了我吧！"

"放？那么容易！我成天到晚监视着，丢的不在少数了，谁家不埋怨我，说我脱懒，天知道，我是脱懒吗？今天捉着了你，原来是你在偷！"

赵麻子是本村的"看山"，秋收的时光，田里的东西都长成了，为预防贼人的窃盗，就照多年的老例用赵麻子担责。他是一个肩膀宽阔，臂有大力，脸上长满麻粒的中年汉子，一向在村公会里担任杂务。比方卫生检查的头七八天，他就拿着有拳粗的梨木棒，到各家通知，他通知的方法是在门外喊一声：

"下月初二查脏啦！听见了没有？"

等到屋里的女人们答应着："是了！明白啦！"而且嚷着："赵二爷请屋里歇息吧！"之后，他就谢一声："不啦……"然后到别的一家传着通知。

到了秋高气爽的季节，人们都忙着收获的活计，割下五谷杂粮的金穗，堆积在田中，往往到夜里搬不完就放心的在田野中放着，等到第二天再套上牛车去载。晚上有会上派出的专门勤务，乡间虽不免有很多跳梁小丑，但是谁知道那监视人拿着大枪，那枪是非常厉害的，远远地瞄准一射，就把人打倒，所以谁也不敢做出一点法外的勾当。

昼间是赵麻子的班，他是担当这种任务中最负责的一个人，谁都知道，但是近来就有一件事使他愁苦，许多人报告，说萝卜无端的丢失了若干，这使赵麻子很惊骇！在夜里，大家斩金截铁的，认为没有这种事，因为夜里有枪。枪是不留情的武器，谁肯去牺牲，为一点不值得的食品，白白送掉一条命？只有在白昼，这种事才出现，原因是白昼"看山"的赵麻子，只拿一根棍，而且人们，车辆来来往往奔跑没有人注意，一个鱼目混珠的家伙，背一条麻袋，谁明白内中盛的什么东西，大仁大义的背着走，你敢说他不是自家地里背的吗？

周海是破落户庄家院的儿子，今年二十五岁，一看就知道"傻子"这绰号给他很相符，仿佛他的灵魂就是傻子一般。大家都拿他开玩笑，和他说些诙谐的话来解闷，他嘻嘻哈哈的性子，不论对待谁，男、女、老、少，都格外和气，从来没有高傲骄慢的态度。他在张家"扛活"足有四年，因为忠诚、勤俭，做起活来"快"的缘故，主人很看得上他，给他在许多活计中比较每年多三块的薪金。

今天他在地里忙着"装车"，主人张财把烟袋忘在家里了，就打发他回去拿，他急急的跑着，跑了一程，觉得喉头很渴，就在李家青葱萝卜田里，拣选一个最小的拔出来，蹲着在石块上劈开，好容易劈断了大吃着，刚刚咬了几口，赵麻子轻轻的从后面走来，把他捉住。

"你干什么？"

他拙笨的辩白，无论如何，赵麻子不相信，要扯他到会上审判，他挨了两个嘴巴以为尽够，似乎就可以放他了。但是不成，他了解赵麻子的办事的认真，乞求最多余的，就请求放了他的衣领，宁愿随着到会上去。赵麻子答应了，让他在前头走，赵麻子寸步不离的跟随在后，右手是枣红色梨木棒，左手是成了两截缺少几口的绿色萝卜，萝卜根还附着黄泥，路上的人看见他们一前一后的，知道是发生了大概怎样一类事。

周海觉得很羞愧，低着头，想极力的避免那些轻蔑的目光，加紧步长与速度。

到了会上，赵麻子把事实的真相经过，向会长和其他诸位读书明理的，为农村大众努力办公的先生面前，详细的陈述一遍，大家不约而同的点点头，赞成赵麻子处置的合理，副会长摸一摸八字胡须，判决的对周海声明道：

"罚你二十四元，明天午前送到会上，这笔款子充公，以后有盗窃的事发生，再拿你审问。"

周海到会上来这是第二次，第一次是一年前的春天，帮着东家奶奶，抱着两个孩子来种牛痘。这一次的来，虽然与前次不同，他记得前次不是在这间屋子。他站在那里默默不语，没有听见副会长念些什么词，他恍惚听见——二十四元——他知道这数目没有他一年赚得多，他一年劳苦的代价是三十八元整。

他又听着赵麻子得意的命令着：

"回去吧！"

他就默默的蹀躞着走出，听见后面□□□□□的笑声，笑得很有兴味。

一九二九年九月二十日于威海卫

（《泰东日报》1937年3月24日、25日，署名：赤灯）

冷

乞讨的这件事，我丝毫不在乎，我最愁苦的是那百般的侮辱。

十二岁的时候，我和妹妹随着母亲上街讨饭，拐着竹筐沿门呼叫，慈善的人家固然很多——但是，这仅仅是很少数的很多罢了，仅仅是尽了微薄的慈善的人家罢了。他们决不肯，而且只愿把残余的食品喂狗，万不能多赏一碗冷粥，倒在我提着的肮脏的铁筒里的。妹妹从来没有接受过，一片温暖的馒头皮，母亲的竹筐里更说不得，遮满了筐底的时候，或许有过一半次，我可记不清楚了！唯一记在我脑中，最深刻的是人们的面孔。那不耐烦的把冷饭，倒在我铁筒里的手，憎恶的眼光，愤恨的声气，缺少同情心的咒骂……

当寒冷的早晨，东方的微明还没有现，我就冻得爬起来，这冰窟一般的不及鸟笼宽广的板屋，四壁透风，那风像小刀子似的，吹进我的皮肉，我夜里怎能睡着。在母亲的脚底蹲一会儿，睡不着，坐着，数着造夜的分子和原子，这些分子太多，原子不计其数。我瞪乏了眼皮，打着瞌睡，在母亲背后睡一会，可恨的风又把我吹醒。这风，简直是我从骨髓中恨煞了的魔鬼，我计划用火把他们烧灭。可惜没有柴，只得随他摧残。我疲惫到极点了，七分之一的人于苦恼的昏睡状态，妹妹睡在母亲怀里，母亲解开单薄的衣襟包着她，让她紧贴近母亲的皮肉，这样可以使她温暖一点，睡得着。然而母亲不冷吗？我清清楚楚看得见，那风从板空处袭进来，穿进她解开衣襟的空隙，吹进她的肉身。莫非她不知道宇宙间，有隆冬三九天的寒风存在吗？难道她是钢铁的身子，磨炼成的？

我趁着她们没醒，悄声的溜出，刚一开开小门，母亲睁开眼问：

"到哪里去？"

"弄点干草来生火。"

我走出去，西北风呜呜的刮，刮得电线丝嗷嗷的叫，路上已经有一半人在活动了，大概是上市区办事的老哥。我往哪里去？到哪里去可以弄点干草。冬日的大地像穷人憔悴的骨头，没有血也没有肉，硬的如石块，草是早已凋零枯萎了。高岗上竖起几棵衰败的草茎，我连根拔断夹在腋下，两手交叉在破烂的衣袖里，转圈跑了一阵，在一个凝冻厚冰的地里拾得两块木板，像捡到珍宝一般。急急拿着往回跑，路上跌一下，怨那狡猾的冰，依着它狡猾的手段摔倒我。其实这算什么惊人的本领。我爬起来用力一踏，就把它踏成粉碎了，虽然我知道他仍然可以凝结的。

我把木板用石块破坏，在小屋子地下燃着。妹妹已醒，笑着望我，是感谢的意思，这个我懂。不像唯心论唯物论那么难解。并且那些学问于我有什么用？屁大的益处也没有，我现在所需要的，一是温暖，二是饱腹而已！

火生着了，熊熊的火焰，如同我心中不平的火苗。那烟，是啊！那烟像什么呢？不管它，赶紧烤烤手，我的手冻得麻木，放在火里烧也不觉痛了！我的手背，和鱼鳞没有大区别。母亲的手更糟，她的脸和烧余的煤灰同一的颜色。我们恋恋不舍的期待着火，希望它慢一点消灭，小屋子里弥漫着干柴的烟。

我们向街市走去，开始乞讨。母亲拐着竹篮，我提着铁筒，妹妹赤手空拳。

"老爷太太呀！发发慈悲吧！可怜可怜穷人……"

"大清早晨，哪有剩饭，滚！"

凡是我们不能立刻就去，那是要犯瞧不起主人的嫌疑的，我接着哀求着：

"少爷小姐呀！我们两天没吃饭啦！心好心善的祖宗啊……"

"什么东西！快滚！滚。"

太阳升起来了。啊！可爱的太阳呀！你是大火球，我盼望你出现，你永久不要离开我们吧，我希望地球别转了。啊！好冷，而且肚子很饿，母亲主张到另一家去了，我很赞同，点点头，啊！好冷！好冷！

（《泰东日报》1937 年 3 月 26 日，署名：赤灯）

离　斗

午间十点二十分，我坐在窗前，伏在小桌上读《华盖集》，但是我的眼睛却时时望着院子里的景致。

对面瓦房盖的积雪，还没有融化，干柴和杂草零乱的堆在墙角。粗铁丝被许多刚洗的衣物，压得弯弯的，系在房檐下圆柱的一端。有很长一根铁钉，挂着不中用的锄，锄竿在半空悬成一条直线，下面紧靠着右方，是灰黄色古旧的水缸。

草枝、枯叶、泥块、鸡鸭粪，疏疏点点的布置在平地，因为是日久不扫了，显得很脏。紧靠我的窗前，是一块厚约五寸，三尺平方的青石，四角各垫两块圆石，底下构成城门一般的窟窿。在夏天，鸡常在那阴暗的底下，避太阳的毒晒，可是现在是冬天，里面空洞洞的很寂寞。墙外一株高大的槐树的枯枝在我小桌上映了半面的阴影，玻璃窗能收到这院子里主要的景况，就是这些范围。我翻一页书，打算仔细读，好好过这一天休假，突然在我的窗前，有一声极大的骚动，接着是飞扬起来的尘土，从我的玻璃窗，腾腾上升，遮没我的视线。这尘埃，不久也就消散，骚动的声响，越加重大，这一刻，我想锻炼一下在惊慌中的沉静，就仔细猜测，那动乱的是什么东西，转眼——没等我猜出，就替我证明了，是两只鸡，一只公的，一只母的，互不相让的咬打着，情形很凶猛。

我把书放下，伸展着脖子一参观——这是格外有兴趣的把戏，尤其在我无聊的时间更觉得，而且《华盖集》我已经读过四遍了，可怜我手头只有六本小说。

公鸡狠狠的在母鸡的细脖上咬上一口，那母鸡忍着疼痛，反击它，颈下伸过尖嘴，拼命在它胸前咬住，不放了！公鸡摇着头挣扎，好容易脱开，气得喔喔叫喊，两条腿直跳起来，在母鸡的脸上爬一把，又啃一大口。母鸡不肯示弱，站着威武准备的步法，和它对峙着，两个暂时不动，但是前后的推撞不让分毫，死死的对面挤着，别的四只母鸡在旁边注视着，看它们的眼神，是把胜利的希望放在母鸡身上。两只白羽而嘴是金黄色扁形的鸭，栽栽乎乎摆过来，看了一看，似乎与它俩没有相干，就走开了，向街门那面走去，从外面跑进一只黑狗，把它俩吓了一跳，急忙躲开，让狗过去，这才忧忧走出。黑狗是房东老太太的爱物，她的女儿却不爱它，常用拳大的石块打在它脊梁骨，它叫喊着逃跑，房东老太太便因之大骂道："你这该死的丫头！无缘无故打它做什么？"那狗到处嗅着，地皮上放着的废物，没有什么可寻，就转身跑出去了。

（《泰东日报》1937 年 3 月 27 日，署名：赤灯）

片断的回忆

半大不小的饭馆外屋，靠窗站着一个十六岁的跑堂，肮脏的小脸，破旧的粗布裤褂，胸前系一条蓝色的污秽的围裙，满是油腻，几乎失掉了原来的本色。在他的左面，是账桌。账桌先生坐在那里打盹，因为市面萧索，生意不振，上午一个顾客没有，他把一间一间的饭厅收拾干净，又把桌凳摆整齐。此外没有别的事了，就靠窗望着大街，回忆起往事……

一

我降生在贫寒的家庭，三岁的时候，父亲把足跌伤了，不能做工，母亲暗地里当掉了自己的衣服，买一点小米回来煮饭。债主一天总有几个，逼进门来板着苛刻的面孔说："如果再迟三天，我们便要把零碎东西搬去……"

二

雪花飞舞的深夜，火油灯黯淡的照着冰冷的屋子，母亲把我抱在怀里，眼睛无神的向窗纸望着，从破了纸的小洞吹进冷风，姐姐就用破褥子当遮蔽物。

"妈！"我仰起头来问：

"爹怎么不回来呢？"

回答的是簌簌的泪珠滴在我的脖颈。

三

父亲的黑的辫子，忽然自动剪了去，拿着一卷旧报纸里的头发，笑嘻嘻的摘下帽子，问母亲："你看怎么样？不见得十分丑吧！"母亲惊奇的看着他，剃得秃光光活像个和尚似的头，没有说话，低下脸看着坐在膝盖上的我，微笑了，把嘴唇吻在我的颊上。学会做针线的姐姐在旁边，也笑起来了，我看着他们都笑，也不禁快乐的笑起来了。

四

父亲是手艺精湛的木匠，他会制造桌椅板凳、堂箱大柜，又会制作门窗棺材，雕刻庙殿里的五龙戏珠，更会描画。他画八仙过海，那黑脸的铁拐李，和长袍吕洞宾雕得格外像，还有何仙姑，手里拿着鲜艳的荷花，真好看极了！还有……他会的种类实在不少，在那时许多愚笨的人群中，要算超群出众的聪明，可惜他的脾气太糟，好生气，对待人，是冷面无情和傲慢的态度。

五

父亲在四岁的时候，亲爱的祖母不幸的死去了，继祖母待他很残暴，三日两头趁着祖父不在家的机会打他、骂他，他孤苦伶仃的幼年时代，完全在悲伤的环境下，挣扎过活。侥幸他读了二年"死"书，十八岁时，他把木匠的手艺学会了，从此有独立谋生的本领，就在这一年，因为一件不公平的事，他当着继母的面，对他柔弱的父亲大胆的说："世间没有一个继母，对前生的孩子像个人样，原因是良心丧失……"祖母大怒，把他驱逐出去了，祖父没有意见。

六

在缺少慈悲的心肠的祖母面前，父亲得不到半点快乐，好比终日关在樊笼里有自觉的鸟，哪有高兴可说呢？一旦打开木栅，张着两翼飞去，起先看见广阔的空间，不免有点惆怅，可是既已走投无路，只好毅然的穿破苍穹，向无穷际的宇宙冲去，呼吸了清新的空气，便舒服、自由、爽快了！父亲在风中浮荡了些日子，不久也就寻到职业。

七

大概八字不合，父亲娶的妻病死了，抛下两个女儿，因为梳头缠足的任务负担不起，就续娶了我的母亲，生下姐姐和我。

八

说起来真凑巧，母亲也是幼年丧母，在继母的威严下长大，嫁了个庄稼汉，这位汉子得疯狂症，吊死在林中的歪脖树，母亲变成孀妇。正赶上年头不佳，三年间，田里未成熟的苗，通通被蝗虫吃光，饿死的小户人家，不计其数，母亲的婆家不是富户，幸亏娘家打渔生活，救了她的性命。继母劝她："改嫁吧！这种坏年头，节是守不住了的……"环境逼迫，没有法子，她和父亲结婚，彩礼是一百元，婆婆五十，其余的五十是她的后娘用巧妙的方法吞没了！

九

母亲是美貌贤惠出名，父亲有"好"小伙的绰号，他们俩的性情极相投，对前生的女儿，比掌上明珠还要宠爱呵护几分，这不消说他们都是深深的尝过了继母的厉害所致，两位前窝的姐姐出阁的时候，父亲血汗蓄积的资本所开设的店铺倒闭了！母亲瞒着父亲，卖掉首饰、饰物，陪送二位姐姐置备嫁妆。

十

"所有残存的货底都贱价卖光，伙计们也全打发走了，最艰难的要算欠债，他们一点不让步，在这城里不能再过下去，我决定到别的地方做工……"

父亲在吃饭桌上提出开辟新生路的意见，母亲用筷子点着饭碗表示赞同，不过父亲的面上带几分没有把握的样子，似乎看明白了前途没有乐观。

十一

搬到都市，姐姐时常领我到街头看光景，电车、汽车、马车、洋车、脚踏车，这些都是我未开化的、幼稚的头脑新奇的大发现。父亲早出晚归，行色匆匆，没有片刻休闲，大概是过了半年光景，他领了财东，店铺又开起来了。这次的范围较上次的大得多，伙计就有十好几，但是制成的器具，少有人买。母亲很忧虑，说他飞得过高，跌下来一定更痛，父亲领了方针，把店铺暂命一个伙计管理着，他领了别的伙计们去做工。

十二

炎热的夏天，骄阳晒得人皮破血流，父亲满脸大汗，衣服被汗水湿透，晚上回家，总喊着要凉水，他把头放在冷水盆里半天才拿出来，疲乏的叫着："啊！热煞人！啊……"然后便一头倒在炕上，无力的合上眼皮嘘叹。

十三

这次给父亲的打击可不小，连他带伙计一共十四个人，白出了半年血汗，一点代价没有得着。

他们是在工厂里做工，包工的头目是外国人，工资须由头目手里领取。起初两个月，他都按月底给工钱，后来他们对父亲说："好在你吃饭不成问题，让我把你们的工钱存在银行，可以得到多数利息，工作一完，马上我取出给你们，这有多好！"父亲相信了，半年以后，工作完，这位头目早不知跑到哪里去，父亲知道被骗，哭丧着脸把这事对母亲说了。母亲一介弱女子，有什么方法施度，商量的结果，只得把店铺的大门关起来。

十四

晚上，满天星斗，父亲背着行李，从后门出去，回头对母亲嘱咐着说："暂时别了，破乱东西卖完，你就等我，三十晚上回来领你们，照顾孩子……"
在黑暗中，看不见他俩是不是在哭泣。

十五

伙计把店里的东西卖光，得到的钱大家平分，剩下的零碎归财东保管。这时我的妹生下来了，许多的债主来讨欠的时候，母亲乞求他们。新年快到了，债主像雪花一般，从门空钻进来，拥挤在屋子里，这个要米钱，那个要布钱，母亲被逼得无法，只好抱着我哭。姐姐扯着母亲的衣襟，悲哀的叫着："妈！妈！"可怜的小妹，前天没有吃一口奶，睁着小眼睛尖锐的号叫。

十六

到了三十夜晚，雪片有梅花瓣那么大，满天飞舞。夹着哔哔啵啵的鞭炮，从各处传来，小妹已睡熟了。母亲抚摸着我的头发，像等待光明到来似的，一声不响。
"砰砰砰！"门外有敲门声，母亲急忙放开我，奔跑出来。父亲回来了，他身上满是洁白的雪花，两脚跺着地，母亲用围裙扫了扫他身上的积雪。

"快收拾吧！"父亲对母亲说。母亲一边用棉被包起小妹，一面回答他："都收拾好了！"姐姐穿上母亲肥大的棉袄，我的帽子上面，母亲绕围了一圈褥子，小妹妹抱在母亲怀里，父亲抱着我，急急走到门外。那里停一辆马车，车夫接过零碎东西，安置好，鞭子一扬，车像飞一般的跑走了。

十七

到了乡下以后，父亲就每天……

他想到这里，走进三个青年，把他的回忆打断了，他点头招呼。

"来啦先生！请三位到八号吧。"

他在先头跑着，掀起一个较大房间的白布门帘，让那三个青年走进去，就去打手巾把，账桌先生伸个腰闭着眼睛打喷嚏。

（《泰东日报》1937年4月1日、2日，署名：赤灯）

爱音乐的小孩子

我是欢喜小孩子的人，不管那小孩子的衣服，是干净是肮脏，在我的眼里，都是天真无邪可爱的小天使。虽然有的时候，我看见顽皮，不知羞，好骂人，无意中做些坏事的孩子，其实不能埋怨他们，应该是把他们生下来的或周围做坏模范，给他们学习的大人负完全责任。这问题，讨论起来颇费几张纸！也不是我打算要讨论的！我爱小孩子，是我的性情，尤其是我今天发现一个爱音乐的小孩子，他才不到一岁，刚刚能在炕上爬动，用柔嫩的小手摸你的脸，不问你是极凶恶的面孔，他都不怕，他高兴抱在陌生人的怀里，惊奇的瞪着圆似核桃的晶晶的眼珠，仔细的端详着你，没有片刻他似乎就很了解你是个温和的人，极熟悉的在你怀里，快乐的游戏着，决不至于尖着声音哭叫。

这个孩子，是年轻朋友的头生子，母亲也是刚从学校出来的优等生，会养育孩子，知道什么时候喂他奶，明白他寒热的表示，舒服或难受的举止，总之，是位够资格的母亲。

放假的一个清晨，我觉得在家无聊，就得到同居的 J 君同意把去年冬天曾在一间屋子蛰居的 S 君夫妇，请到家里谈，随便预备一点茶点招待他们。为什么我们要这样，故意像一般人似的喜欢干无聊的客套呢？说起来话并不长，去年的冬天，我们住在他们对面房屋，C 是懂得做饭菜的，常帮助 S 君的妻做饭菜，原因是 S 君是我们的同事，合伙吃饭较经济，就像一家人似的，在一张桌上活动着筷碗。后来 J 君到 C 省去了，抛下我一个孤零的守着凄寂的房间，又不会帮助 S 君的妻，把干柴送进窝里烧，只有看着她忙碌的做这样做那样，又把我弄乱的屋子收拾干净，真是无微不至。不过我觉得很不安，我们仅是同事，进一步到友谊的程度，怎好蒙人家这样周到的侍候，那时她的肚皮就鼓得高高的，我到别的地方三个月之后，就听说她生下个男孩子。

照我国的风俗，朋友生子，应该敬献些礼物，这点事情我是明白的，而偏那时我正闹穷，穷得叮当乱响，没有办法。就把这件心事撇开，以后流浪了几处地方，总没有阔起来，何况一天不如一天，我为了饭碗发生动摇问题，连自己的姓名年龄和籍贯都差一点忘掉。

话好像越说离题越远了，还是赶紧收回吧！

为赚饭吃，在各处给人家擦尿壶，今年冬天，我和J君不想又弄在一起，但是我们的公事房距C君的住宅稍远，在附近的山脚下，找了一间半茅屋，虽然粗陋不堪，经我们一番收拾，倒也雅致。我们自己动手做饭，——因为雇佣人是雇不起的。

这样就常常说起C君夫妇来了，就骑着自行车去看他们。

车轮被我旋转了半点钟，便到达目的地，恰好S君在家，外有一位我相识的大学生，他的八字不吉，从大学卒业后，几年来连国小教员的职位都谋不妥，从头到脚悠闲着。看他焦黄的面上，松散的头发，就可以知道他，仍然接着倒霉的命运。

本来在这种年头，"不景气"的云，层层笼着半空，何况现在正当腊月，太阳的光哪里会温暖呀！

不消说最初是习惯性的寒暄，我就抱起炕头上仰脸躺着的小孩子。

两只圆似核桃的小眼睛，和S君的面貌丝毫不差，我真不能不佩服造物主的神秘。

S君告诉我说：

"这孩子喜欢琴音，当他哭闹的时候，一听到我吹口琴，便马上不哭了！晚上，我在他面前，只消吹一曲歌，他就安然的入睡了。也不论何时，你一吹口琴，他就倾耳听，静静的一点不动。"

这很奇怪！别的孩子是不是如此，我没有经验，这样孩子，倒很值得研究。

我和S君借了口琴——我只会吹一两个歌，非常幼稚——我把口琴送到唇边，想奏一支快乐的歌曲给他听，不知怎么，我竟把一曲悲调起了头，没有中断，一气奏完了。

这孩子静静的听着，当我停止了看他，他就要哭。我把琴往唇间一放，他就把脸转过去预备欣赏，但是听不见我的开始吹的时候，就马上转头不满的看我，二次三番，莫不如此。我禁不住感叹：

"啊！一个不满一周岁的小儿，竟有酷嗜音乐的癖好！"

我抱着他，不停的吹，吹到一首极悲的歌曲时，他非常疲惫的把头仰在我的左腕上，像是熟睡的神气，我停止，他立刻睁开眼，失望的要哭，我又接续奏着。

我的耳朵，也不十分确信，口琴的音会这般悲惨，震颤恍惚谐美而丰富的寂寞音，浮在平静的水面，在哀诉着踏在人间的初步，就是翻开不幸与痛苦的第一章，陶醉在悲叹，以及泪水的几十年的旅途。用这过于伤惨的泪水，洗涤污秽的尘，用惨淡的呜咽寻求安慰，在愠恼和急欲向什么目标去复杂的沸腾的高点……我停住了，孩子满足的睡过去，在我冰冷的怀抱中他的体温，热到非常，我把他慢慢的递给他母亲，说不几句话就辞别回来了。

忘记了负担请他们的重责，不知怎样向 J 君道歉好，我把 S 君的孩子喜欢音乐的事告诉 J，他不相信的摇着头说：

"能有这种事吗？"

一九一二年的腊月于狮子沟，S 省

（《泰东日报》1937 年 4 月 3 日，署名：赤灯）

桥　头

山前横着一道大河。在转弯处，河水流得甚急，撑牙喷沫的翻着白花，昼夜不息的狂吼。也无论春夏秋三季，除了严寒三九天，凝冻成厚的冰，就不流动了？然而这是我的想象，因为我们把两挺重机关枪，架在石桥对敌的一端，坚固的垒后面。和别的准备完全妥当的时候，正是盛夏七月的天气，寂寞的细雨差不多要隔一天下一次的，下起来就不愿意停，从早晨到黄昏，我们被雨水淋湿着，活像汤鸡，只有两挺机关枪是幸福的，它们上面有厚厚的油布遮盖着，雨水不能湿分毫，我很想钻进去睡一天，可惜办不到。

在我们的对面，是白茫茫的雾气，什么也看不着，乌云散开之后，可以眺望那远远的山下一带密丛丛的树林，三五家茅屋在树后面，那里面的主人，早不知逃到哪一方苦恼去了。

右面是高岗，紧接着最右一面"死角"，矗立着一座山神庙，多年无人理会，不过五尺高的两株柏木制成的旗杆，已脱尽红色的颜料成了干枯。灰白的土色，附近三十里地，找不到半个农夫的影子，他们成长的田苗，多被我们人马的脚践踏倒了，混合着泥水仰向着愁惨的阴空。

我是射手，须时时弯腰去移动一下机关枪的尖脚，并察视各部是不是湿了雨水。弹药手和步枪兵，这些无精打采的弟兄们，疲惫的藏在散兵壕底下，期待消息。

侦察机由敌空飞回来了，在纷纷的细雨中去冒险，我们很感激的仰脸望着它，目送着它向后方飞去。

前方的监视兵，用快速度的步伐往回跑着，泥泞黏住了他们的脚，跑起来很是艰难，大家知道，应该是准备的时机了。

我把枪口伸进扇子形的窟穴，在射击区域内瞄准试验着，装好弹药，油布遮在我的头上，这样我很满足，我可以暂时避去可恨的雨了，我一定要努力的扫射两点钟，把我甲等的射击成绩显显看吧！这是很有趣的勾当啦！敌人在田陌中爬着前进，好像灰大的虫豸，几个家伙抬起脑袋，当他们抬得最高的一刹那，左面的弟兄，"啪啪"几下，可惜，白消耗了子弹，没有打着，前面的人不见了，他们一定在卧倒。

敌人是知道在这桥头上，有"自动火器"配备着，我们不退却他们就万难通过，这是"要点"。按战术读，宁可牺牲一部分兵力，把这重要的地点夺下，全局就有大大的乐观，否则他们的行动始终受我们支配，于他们是太可悲不过的障碍。

好的希望，哪里是容易到的事，我们守得这样坚固，除非他们有坦克车冲来，但是我们有破坏桥梁的抵抗手段。河是这样的深，这样的宽，左面靠岸的峻崖，架桥办不到，右侧满是我们抵抗的厚兵力，架桥材料缺少不消说是第一件困难，道路泥泞难行，运输不易，而他们的"主力"正与我们顽固的战斗，陷于不利的状态。从昨晚，在Ｐ线，——距我们十二里的后方——就听不见炮火轰炸的巨响了。他们的命运，无须推算，这些苟延残喘的"后续部队"也快与死神握手了。

今天大概是他们最后来冒险决雌雄的决心。足有三个连的兵力，一齐在树林的前面展开，迅速的前进着，二十分钟以后，山神庙后面高岗上的山炮"放列"了，轰！轰！

我把托底板紧紧压在右肩，左手握着抢把，十分确实的瞄着准，我首先欢迎那几个卧倒的家伙。

他们开始"区分"跃进了，五个人先跑，弓着上体，我急忙勾"引铁"，嘎嘎嘎嘎……这叫"点射"，我点射了五发，倒了三个，其余的两个走好运，仍在奔跑着。这无须我辛苦了，留给"邻接班"打着玩吧！我把"瞄准星"对准了那接近的部队扫射，子弹连续飞出枪口，冒着火星和灰白色的药烟，烟味是很香的。

在我右面的一挺，射得很兴奋，很多的黑点在它狂吼声中滚倒着，我不能在它以下，所以鼓起十二分的熟心，和他比赛。

区区一门山炮，两挺重机枪，一连步枪，在我们听来非常渺小，好像夜里的老鼠在墙角骚动，不妨碍睡眠，我们不费力的抛几块石子，他们就滚着，爬着，不知如何措手，在桥头上本来用不着这许多人，只消四个人，运用两挺重机枪，两个射手，其余两个拿子弹，我以为就能够满够，何须费大家在雨中徒劳，说起这是有充分理由的，原来人少了恐怕寂寞，多一点热闹啊。

前面这些傻瓜，他们真闯上来，许多大概是生来的愚兽，竟跳进河里，预备渡过，终于消灭了幻想，没顶的没顶，顺流而下的顺流而下，弟兄们为点缀河水的色彩，就对着河里奔流的人射击，水变成鲜红的飞沫，混合着雨水一道向大海归去。

这时满可以放下枪，得意的立在桥头，看这一幕有趣的影片。

雨默默的降在田里，打着毁坏的田苗，那上面多了些灰色的长块，有的还蠢动着，打算挣扎起来，啪一声飞去一粒子弹，他就不动弹了，永远的不动了，从此永久的，一点不能失信，再不来和我们捣蛋了。

我爬起，喘口粗气，想好好的把枪涂上油，别上了锈。

（《泰东日报集》1937年4月6日，署名：赤灯）

闲　话

林克迅很不自然的笑着对我说：

"我那时真倒霉到了极点，从家乡出去半年多，找不到一点职业，连蚂蚁那广大的职业都没有。我住在一个不十分亲近的亲戚家，怎能不恐慌，衣服是破了，鞋也破了！完全整齐的衣服，从头到脚跟，一件没有，而且到了秋天，西风一天比一天加紧，虫也一天比一天叫得凄凉了，每天早晨看见平地多添了许多黄叶，便禁不住愁眉不展，郁郁不乐，但是愁有什么用呢？我知道伤心不是救助我的哲学，但是我的志气很弱，几乎像林黛玉，常在凄凉的月下对着半空流泪，繁星不忍看我的悲哀，闪闪的挤着眼睛，想极力躲避。凉风吹着树梢晃动，落叶沙沙，更是激动我苦恼的因子，夜实在深了，我才走回去睡。"

"我是春桃花开的时节离开家乡的，母亲刚去世不久，父亲终日悲叹着，从前母亲未死的时候，父亲从来不为一些无谓的事情叹一口气的。母亲死后，就大大的变了，满懊丧的脸色，脚步都显出无精打采，人真是太容易变了！连他的天性，某种情况之下，似乎都容易改变的，比方我就是一个好证明。从前，母亲在世时，我唯一的希望就是用功读书得到优等成绩，不明白什么叫忧愁，也没有伤心的经验。我可以说是非常的幸福，本来吃穿无须我惦挂，此外什么问题不好解决。然而现在，不但父亲，我也变了啊！人真是未免太可笑，经不起一点小打击、小创伤，多少有一些失望，走上了不幸的路途，便灰心意冷了，抬不起振作的头，这该有多么可怜！真是连虫豸都不及的动物。"

"母亲在我们家里，是多年的砥柱，没有她是不行的。妹妹和弟弟年幼，他们除了饱暖之外，只贪着玩耍。姐姐是出嫁多年的人，成了别姓的专有物，最初半个月，她留在家帮助整理家务，她一走，父亲就无所指了，不知米怎样下锅，瓢几瓢米，柴的烧法也不懂，没一件生活上的条件不感窘困。"

"父亲从小到大在乡村营商，开这杂货铺，营业到很兴隆，前柜上的应酬，完全是他一个人，母亲一死，他颓废了！我的意见，可以马上雇佣个伙计，当助手，或者雇一个厨师，担任炊爨事情很容易就可以解决。但是他不！坚持他愚笨的私见，说雇人不可靠，有种种不利，特别在他的营业上使他不能放心，他的心眼该多狭小，这种人，无论他到死不会发展的……"

"我服从他的宗旨。在这时退学了！帮助他做些琐碎小事。"

"退学之后，我又懊悔，在乡村的初中读了三年，到社会能干什么，在区区一个小杂货店，学习点各种物品的名称，谙记价格，熟练打算盘，难道这就是我一生的事业吗？决不能的。人的能力虽小，总该理想点难摸到手的企图去勇敢的试验，于是我便提出要求，我离开家乡到外面学点别的知识，父亲听到这妄想，很不满，但是他不拒绝，马上给我路费，许可我离家。他的意见是：年轻人大概都有这样野心，必须真实的去碰碰壁，扑扑灰，知道幻想的水泡，得到这种教训之后，不久就消灭，之后，就会大加痛改，平静的做不高兴的事，再也不做梦了。"

"社会上是这样的艰难，我起初绝不相信，便毅然的踏上了竞争的火线。"

"第一步就是高大的石墙，阻挡在面前，我明白父亲的经验的确比我高的多了，然而我可不甘心屈服，抱着热烈的希望四下探听着，有没有什么预备给我干。等了一个月，两个月，三个月，只有等着，任何事也没有，我想回来了，仍然帮父亲营商吧，可是我觉得这是最大不过的耻辱，暂时环境的不良是自然的事情，是每个人在人生的旅途上，非遇上不可的。无论怎样幸福的人，一生绝不能没有缺陷，我想到这里，就忍耐着期待，刻苦的寻找。期待尽管期待，寻找尽管寻找，柏油马路很难拾得洋钱，运气好的人，或者会在十字路口，无意中发现五厘的铜板或者一小截烟卷根。"

"又是三个月飞一般的过去了，穷愁颠倒，我的精神很难振作，到了这步田地，还不肯转转弯，我可说是过于愚傻，自讨苦吃，饿死是应该的。"

"冬天眼看将临的时候，父亲把他带回来了。"

"现在坐在这里，想起这事，觉得很害羞。"

"做什么事业哟？像我这样人，能做什么，狗到天边得吃屎，我这样人到了哪里也是好不了的，幸亏是悬崖勒马，还来得及,不然就流落下去了"。

"我想用不着做什么大事，理想不必太高，成功大可不必，在一生，只要不做毁坏他人的事，自问良心不亏，安分守己，就很不错，你说对不对呢？"

我承认林克迅是很有"口才"的人，婉转说了这一大堆，最后下着"安分守己"论，叫我无法反对，自然我不完全老诚，可不是吗？离开家乡，他就是向毁灭的路上走，帮助他父亲看守这杂货铺，便能够生活，这是最简单没有的事，至于"对不对呢？"我不敢批评姑且记在心里，将来有学问的时候再研究。

进来一个乡下佬，拿着小酒壶，放在多半个身子高的柜台上，哝哝的说：

"四两白干！"

林克迅在货架下，一个灰黄色回口大肚的罐子里，弯着腰打了酒，递给乡下佬手里，那乡下佬闭着一只眼向壶嘴里望了望，就无言的出去了。林克迅对我笑了笑，在对面坐下，重开始闲谈，在他的背后，是发福财神的供桌，两面陪着红色的对联，金色彩画着圆圈里写着黑字，是：

买卖兴隆通四海
财源茂盛达三江

我想这个杂货铺，格局虽然不大，将来一定要大大的"亨通"起来的，而且有林克迅这样聪明的人当老板，那么我是多一位大商人的好同学了。

谈了一阵我起身告辞了，我的家离这杂货铺很近，只消十分钟就可以走到，他很客气的送我到门外，临别的时候说：

"以后回故乡来的时候，务求到舍下谈。在Ｄ埠好好保重。"

"再见！"

"再见！"

又是春桃花开的时节了，燕子喃喃的在嫩绿的柳梢掠过，可惜我不能在乡村多住，欣赏这醉人的大自然美景，必须赶紧踏上为活命竞争的火线，去碰壁，去扑灰……

一九三〇年三月六日

（《泰东日报》1937年4月8日，署名：赤灯）

狼

有一年冬天，下了三四天大雪，我住在万里长城附近两间茅屋里，苦闷的了不得，一天晚上雪停了，翌晨我就踏着厚厚硬硬的白雪上山。

乱山中的雪后，简直就是银色的世界，像一条白大蛇似的长城，弯弯曲曲的在天空下躺着，这些景致，我已经看惯，不觉得怎样稀奇，就无目的地顺着高岗奔跑着、跳着、唱歌。忽然在前面的山峰上，站一只灰色肥健的大狗，我一想，这里怎么会有狗呢？愣住了，它发现我这家伙，就轻捷的直对我跑来，我呆呆的望着它尖尖的大嘴，凶猛的目光，粗大的尾巴拖在后面，完全不是普通的狗，我招手唤着它，吹口笛，它走近我的身前，默默的不动，我想过去抚摸它的头，它急忙退后几步，微微的张开盆样的嘴，四只腿站成准备扑上来的姿态，把我大吓一跳，从头冷到脚跟，好像灵魂从我的肉体飞走，同时告诉我说："这是一只凶恶的狼。"我迅速掏出手枪，对准它的头脑，"砰——"一缕烟，不巧，因为我惊慌过甚，没有命中，它向后转跑了，飞也似的，跑得非常快，跃进山谷，踪影不见。这时我的脸色，多少总变了许多，我尾随着进了一程，不见它的影子，才放下宽心，但是心里忐忑得很，其实我的胆量不只这样怯得可怜，我没有预备，假使它站在山峰，我就看出是条狼，或许不至于这样骇怪了，如果我真的抚摸它，它乘机赏我一口，那是不是就大大的糟糕！倘若我的枪射迟，也不怕少有乐观，这不能不感激老天的保佑，我没有遭了危险，一个万物之灵的肉体，被一个没有进化的野畜咬倒，啃断喉管，刳开胸膛，赤红的、青蓝的，各色的五脏六腑流出来，肥肉全被它吃尽，只剩下空无一物的骨架存着，和鲜血染污了白色的天地，这……这该多么凄惨、羞耻，而且可悲，我往回走着，心不自然的纵跳，极力设法平稳，总不收效，就想着种种事。

在我一生的旅途上，凶恶、奸险、刁诈，吃人的狼！至少是狼样的野兽，正不知在崎岖的前路，有多少在隐秘的埋伏着，等我慢慢的走去。或者它不客气的走来，它所有的意识，全集中在我的肌肉，虽然不见得是丰美肥鲜的肌肉，在饥饿的时间，倒也将就餐一个多半饱，而我毫无代价的白白的牺牲掉了。当它心满意足的吃净我时，能对着一堆骷髅说一声谢吗？决不能的，它吃完了就大摇大摆的散步去了。后来的狼嗅我这凝冻的瘦骨，一定咒骂着"不值得一嗅的臭血！"而后恶狠狠的走回了。

啊！多么悲惨的命运呀！我在冰天雪地痛楚的毁灭了！没有一个人来救，把狼赶走，只有躺着，咬着牙齿脸向着天，眼珠带血的突出，当它张开血口呱家呱家的啃着嚼着……

我想到这，不禁打个寒战，从头冷到脚跟，惊怕的回头望望，它追来了没有，空中阴惨惨的，被乌黑的厚云，遮住光明的蔚蓝色的苍天，太阳懦怯的藏着不敢露面。

（《泰东日报》1937 年 4 月 10 日，署名：赤灯）

吃饭与穿衣

看姐姐的面貌，至少总在三十六七上下，其实她今年不过二十六岁。

"忧愁为美貌之敌"这句大鼻子话真是一点不假，姐姐的八字很坏，死了两个丈夫。现在蒙舅父收养着，供她吃穿，有时劝她再嫁，她答以不耐烦的摇头，意思是反对。她确实如此，她说既然吃穿不愁，嫁丈夫有什么用呢？一点不错。她的出嫁我可不知道，第二次的出嫁完全为吃饭穿衣，别的要求是附带的应酬，这次她无论如何，情愿独身到老。已经说过，因为吃穿问题有慈悲的舅父负责，用不着她费一点心，何必嫁丈夫去受罪，她好像是傻瓜，她时常对我说：

"嫁汉嫁汉，穿衣吃饭，有的就来，没有就散。"

我轻蔑的反驳她：

"像你这样女子实在少有……"

"什么？"她瞪圆眼睛，半笑半怒的骂我："小鬼你明白什么？你以为女子是为爱你而嫁你的呀？"固然也有，可是太少，谁肯跟要饭花子去拜天地，有几个不是为了吃饭穿衣嫁男人的？从小养活大了，当爹妈的恨不能一下推出手，越快越好，找个吃饭的人家，一生不愁。女的呢，就抱这目的，只要有饭可吃，有衣可穿，就心满意足，此外什么也不求。养孩子，那是没有法子的事，正像奴隶，吃人家的饭，就得多少给人家做点事，生了孩子，丈夫高兴，老辈人也都欢喜，本来他们娶妻，宗旨就在这，有了后人可以传宗接代，不断烟火，女人这样满了人家的足，吃饭就容易些，不然就要受气。不然你看，多少人为得孩子而得不到，到了中年弄小，孩子也有区别，顶好的是男孩，到了头养多少也不中用。也禁不住丈夫讨小，这是应该的，谁也不反对。女的忍声吞气，为什么？就是吃饭，你给人家做杂役，支使得像头驴似的，东一头，西一头，为什么？是不是为吃饭？

也为穿衣？这和女人嫁汉子是一样的情形，都是奴隶的性质。俗语说得好："酒肉朋友，柴米夫妻"就是这个意思，酒肉是吃喝，柴米也是吃喝。干脆说：就是吃饭。我所知道的女人，十个有九个是这样，有些米就很高兴，欢欢喜喜的侍候丈夫，他说牛就附和着说牛，他说马，也不故意打他的兴趣偏说羊。但是柴也没有了，米也没有了，他就牛说马或者说什么，那就不中了，这时的女人又是一番声色。朱买臣休妻，你知道吧？崔氏女为什么要和朱买臣离婚？是什么意不合吗？一点也不对！完全为吃饭。倘若朱买臣是个大财主、大富翁，试问她能不能和他离婚，她敢逼他写休书吗？小样！敢！因为朱买臣穷，穷得叮当直响，她的胆也大了，竟敢提出离婚的意见，综合一句话，就是为了吃饭穿衣问题，什么也不为……"

她指手画脚的，口喷出白沫，说了这许多，把我弄得无法可答，舅母在旁边，嘻哈的听着笑，姐姐说完了她就接着张嘴，伸着食指在半空点画：

"外甥！你姐姐说的话是对的。女人嫁汉子，不为别事，主要的目的，为吃饭，为穿衣，除这两样之外，大概没有别的条件？虽然说，现如今，女子都读书，可是读书，也为嫁汉子吃饭，怎么说呢？男子的眼光都高了，没有知识的女子不要，女子无法应付，只得也出头露面，假装有学问，找个合适的汉子，至于有一部分女子，不嫁汉子而去就职，那是寻不到合适的郎君的缘故，有了丈夫还不弃职业，是学时髦，出风头的野心。外国我不知道，我国的情形实在这样，西屋家二婶子的女儿，因为没有合适的丈夫，不得已去给人家做事，赚点钱还不够自己浪费的。提倡什么女子就业，无非是提倡奢华、懒惰，学了些皮毛知识，有什么用？反尽是些不识丁的村姑，甚点也不明白的女子，才真正肯劳动，而且节俭。她们不穿高跟鞋，也不烫发，一心一意辛苦，这些自命有知识的女子，就大相反了，她们嫁了丈夫，帮助丈夫挥霍，丈夫一穷，马上到法庭告状，反诬蔑丈夫怎么样虐待她，其实她又有了别的中意，设法离开他罢了。翻来覆去，是小异大同，乡村的女子为吃饭嫁人，都市的女子也是嫁人为吃饭，不过前者的欲望甚低，而后者的欲望较高的不同罢了，就是吃饭穿衣。外甥！"

"那也不见得！"我很不服她们的浅见，先对着姐姐，然后对舅母辩白，实在的，她们太幼稚了！我提高声音说："崔氏女提出离婚的意见，固然是为吃饭穿衣，可是几个像崔女士那样水性杨花呢？王宝钏在寒窑里苦守了十八年，难道也是为吃饭穿衣吗？"

姐姐摇摇头，好像我的话太不足道，她说：

"你小鬼，还觉得明白什么，闹了半天，你和猪差不多糊涂。试想，天下有那样事吗？就算有，有几位，我不是说过么？那是太少太少的，如凤毛麟角一般。我说的朱买臣，不过比方比方，你说王宝钏，当然也是举例，平心说一句，世上像王宝钏一流人物多还是崔氏女一流人物多？闭上眼皮好好想一分钟，你用加减乘除的算盘打一打，合计合计，你小鬼，你不明白我的话……"

她说着把脸转在一边，不理我，我就对着舅母讨论：

"女子受了教育嫁丈夫总比没有知识的嫁丈夫高尚得多，因为前者得以教育儿童，后者是不明白的，这一点，就可以区分两面的价值。"

"你的话离题太远！"舅母大不耐烦，姐姐插嘴说：

"就算你说的对，会教育儿童，她肯下功夫教育吗？修饰打扮的工夫还嫌不够，教育个臭屁！她用钱雇老妈子，把可爱的孩子活活弄毁，赶得上无智的女子亲自照顾的圆满周到吗？你等着吧，将来有那样天仙，不是为吃饭穿衣而嫁你的，什么什么都依你的梦里想实现，你等着吧……"

这两个雌老虎，我不和她们说了，她们犯了很大的谬误，完全是片面的观察，偏见，不足取！

但是姐姐跳起来坚决的下结论一般，说：

"吃饭穿衣，穿衣吃饭，我有饭有衣，嫁个狗蛋！舅母！别理他，他是小孩子，再过十年二十年以后或者会明白一点。"

（《泰东日报》1937年4月13日，署名：赤灯）

回　家

　　虺虺的雷声把张蚊负从广告公司推开的两扇玻璃门霹出来，他急忙展开金黄色油纸伞，打着向西面跟跟跄跄奔去。

　　六月的雨下得很大，雨水击在伞盖答答的响，又迅速的向下奔流，迎面吹来一阵风，就湿了他蓝士林布长衫的下半截。要在平日，他或者会腾出闲暇的左手去提起，今天他似乎毫不顾虑这些算不了的大事，只是蹙着眉头，急急忙忙的在平滑的大石砌成的街边挑选着奔流的雨水较少的地方迈着大步。有时候微微昂起脸，注意前途的障碍，街心来往飞驰汽车，轰压在柏油马路发出的沙沙声音，他的耳朵简直好像一点也没有听见一般。在东北方，闪电一瞥，接着就是雷霆万钧的轰隆！卡叉！这一声雷震，终于使他虽然没有做亏心事，多少不能不说一点不惊惧。昨日上午，他接到母亲从 D 埠来的一封信，当好他伏在桌上写字，看见这封信，立刻丢下笔，好像诸葛亮的有先见之明，没有拆开那封信就显出一副实在愁苦的气色，那封信上面写着：

　　"蚊儿知悉：自从你父亲下世以后，家里就日比一日穷，这不消说，是因为没有你父亲活着的时候教书赚钱，养活几口坐食山空的人。母亲已经年老，成了废物，亏是几年来雨沐风餐的蓄储了几文，可是哪里能支持永久呢？去年冬天，我冒着雨雪到你姥姥家，垂声下气的在你富有的二舅手里借几十，半年的工夫就吃光了，你每月寄来的几个，母亲省吃俭用的过，好歹算不至饿死。本月十九，你弟弟患感冒，起初的几天，我以为没有什么要紧，谁知想三天后，越发糟糕！全身像火的热，小脸烧得通红，我急得手足无措，叫医生，固然是上策，但是医生不是我们家里人，不是白请得来的，车费、药资，从哪里筹？穷人害病，只得等死，我用冷手巾在他头上冰了几天。可怜这孩子，生在贫苦的家庭，为请不起医生，难道凭天由命坐以待毙吗？我忍着泪水，拿了几件棉衣送到当铺里当了，得了十分之一的价值，买药给他吃。前天他似乎稍好了一些了，晚上和我说：'妈，哥哥呢？'我告诉他哥在远地给人家当支使，不能回家，他听了我的话，竟伤心的哭泣起来了！哭得我觉得鼻腔酸楚，不住暗地里落泪。

我想：蚊儿！你如果能请准几天假，就回家一趟看看你的弟弟吧，说不定他因为看见你而快乐或许很快的好起来的？

从你离家后一年半，他时常自言自语的盼望你回家，别的情形，我一时写不下去了，你设法回来吧！回来看看想念你的弟弟和母亲……"

他读到这里，觉得郁闷，这种郁闷是异乎寻常的，比伤心哭泣还要难受万万倍，他昏头昏脑的蹀躞到经理面前，把这事凄切的说明。一个进到这个公司一年半长的光阴，而从来没有请过一天假的他，倒格外蒙经理体恤，准假四天，并且预支半月薪水，——是六元五角四。

他在较亲近的几个同事桌前站了一会，说几句辞别的话，便打算趁今天早晨南行的火车回家。

不凑巧，他准备要往火车站步行的前半点钟，这雨就突然像倾盆一般从黑漆漆的天空而降，间着闪电雷鸣。他颇踌躇一番，等了一阵，雨稍稍渐小，但直落不止，时间不许可他彷徨，便借把雨伞毅然的走出去。

他急急的前进，车站的距离很快的缩短，两只布鞋，已经湿透，吱咯、吱咯叫着，仿佛脚下有音响的装置。

遥远的路程，在他还没有工夫想着的时候，便接近——到了。火车开时，他坐在角落把脸向着窗，玻璃镜纵流着的雨水，像一个有无尽伤心事的人类的泪，没有流尽、干枯的机会。在他没有流尽和干枯以前，任情奔放着，这种泪，价值是很少的，可是如果不是草木，流着不算坏，假如玻璃窗，当雨水落在上面，它不流，故意或天然的止住不流了，那草是什么玻璃呢？虽玻璃的使命并不在流水，然而他回家是为母亲、弟弟，却低下头滴下泪珠了，一串一串的，像那滚滚的雨水在玻璃上奔流。

（《泰东日报》1937年4月14日，署名：赤灯）

两个少年的悲惨

我奉上面的命令到 A 军的卫队服务的头一天，队长就派了一个士兵，在我的屋子里当差。我像别的军官一样，是有使用当差的权利的。这个士兵的年龄虽小，可是他比我却大一岁，是十八岁。在他的眼里，我简直是孩子，不懂事，随随便便就可以敷衍过去，用不着彻底和细心。给我擦马靴，仅用了十分之四五的气力，还没有擦亮就算成功，其他琐碎的事莫不如此，这不过是一例。

我不言不语生了几天气，队里的情形完全熟悉之后，就把我的脾气拿出来了：

有一天，我从上面回来觉得很渴，就喊着：

"刘白青！"他迟迟的进来，连答应一声都没有，问着：

"什么事？"

"你和官长说话是这种态度吗？你懂不懂服从？"

"明白！"

他的答话分明含着几分动怒，表示不服气。我没有说第二句话，过去就是一个大耳光，他一踉跄，跌倒在地。这时别的官长有听见的，就进了看我处置，我弯腰把他拖起，顺手一拳，他又倒了，急忙爬起，哝哝的哀告：

"报……报告教官，我错……错了！"

"知道错误就行，快去弄碗茶来，以后小心！"

"是！是！"

从这天以后，我的马靴总比别的官长们亮些，他不像从前那样的粗心，凡是我指示的某一类小事，都做得出乎我的意料之外的好，我无须张嘴，他老早就拿着茶碗，恭敬的放在我的面前，敬立在一旁候我吩咐。

这种东西，十个耳光或一拳决打不死他，反能使他聪明、伶俐。听说些，"打"便是对这种人类最善的教育，用一副你母亲看待儿女似的好心肠是不中用的。驴马的聪慧、中用，都是无情的皮鞭的效力。如果你用感动、启发的方法，这结果，非使你失望不可。有的时候，如你乘马跳越障碍物，马安全的跳过去时，你应该拍它的脖颈表示爱抚，一定藏着狡猾——至少是自私的隐秘。人当然不能与畜生相混，然而有的人是与畜生差不多的，你好心肠对他，他反要咬你，甚至暗地踢你两脚。总而言之，当军官的，在那时候，缺少滑头的本领实在不成。关于这问题，不想在这里讨论，我是这样的简单的把他调教好了！

在这时候，各官长室里，常发生丢失物品的恶兆。史队副是一个瘦瘦身材爱古玩的老前辈，他在古玩铺里把他丢失的自来水笔发现了，廉价买回，他悄悄的告诉我：

"你那当差的是个小偷，古玩商对我说，一个士兵，年纪不大，大概十七八岁，长脸，双眼皮，两颊紫红色，身量将够五尺，他把这自来水笔卖给我的，你想不是他是谁。"

"应该怎么办？打他几十军棍，还是？……"

"顶好报告队长，这事由我负责，你放心！"

当天他的军服被队长亲自督饬着剥下去，一年之后，听说他流落在街头乞讨。寒冬的雪夜冻死了。

继他而来的是个黑脸少年，体格很健壮，年龄与他相同——也是十八岁。从他的口里，我得知他的身世，他的母亲早死，继母对他很残酷，他在偏僻的一个乡间私塾里读书，继母常不给他饭吃，他只得空着肚皮，天长日久，又有许多苦工作给他干，他于是潜逃了，逃出来当兵，永远不想回故乡，情愿死在战壕。

读书的士兵在军队里很少见，闲暇的时候，我讲解各种新知识给他听。如果对他，用耳光或拳头，是大大的误谬的，他的聪明，远过于我，我的一双手套放在什么地方，忘记了寻不见，他立刻就寻到。这样很使我满意的侍候了我九个月，我又被派到别的地方去，卫队改编成普通的军队，他随队到前线打仗，不幸被企图叛乱的士兵拐走，途中中了弹丸，当场死去，是这样的。

他们的军队，在前线活动了半个月，进行得很顺利。一天他们调回较后方的村落宿营，都很疲倦了，深夜睡得像些死猪，企图叛乱的分子都计划周全，在他们三十个人的一排睡熟时，就大嚷着："兄弟们！快……快起来吧！敌人眼看就上来了，我们的部队都已退却，只剩下我们了，快起来走……"

许多人睡得糊里糊涂，听见这话，就翻身跑起，上马就随着叫嚷的人逃，在黑暗的夜里，不明方向，大家都莫明其妙的跑着，翌晨，他们逃到很远的山谷，图事者，对大家声明说：

"兄弟们，我们已经走了这远，回去是不行的了，谁愿意回去，请回去吧！"

这时，大家才知道受了几个少数恶劣分子的骗，但是回去可不成，后面马上就会有追击队来赶的，不问青红皂白，一定要开枪。排长气得发晕，不敢吐个不字，只得凭天由运的走去。天知道，这是很奇怪的事，几个少数的竟能支配多数的人，呆若木鸡一般蠢动，难道说多数人的能力反比少数的渺小吗？战败的军队，不怕是两千众，只要三五个人就可以在后面驱逐着，像逐一群绵羊似的不费力，咕噜咕噜没命的奔跑，这种事，老于战场生活的人屡见不鲜，成不了奇事。

然而他要抵抗了，这个孤立的黑脸少年，他声明决计回去，他把马向后转，刚走几步，"砰！"一声，他从马上摔下，鲜血流在山谷的枯草茎上、石上，他在人世间，从这一刻，是不存在的了。

一九三一年从军记事之一

（《泰东日报》1937 年 4 月 15 日，署名：赤灯）

禀　性

C君的职位与我相等，我在书店里侍候顾客，他在书店里也是侍候顾客，清闲的机会，我们就凑在一起聊天。他最讨厌的是吁声叹气，说灰心丧气的悲哀话，最欢喜的是仰面朝天，说心旷神怡的快乐话。实际上，他是一个"不知愁"的家伙，这"不知愁"是指着他无智的意思说的，他吃饱了饭，觉得就无所求，他轻视一般"不知足"的人，他说他们的欲望太高，这样看来，他是主张"知足常乐"的学说。我不反对他是有原因的：

1. 我反对别人的说话——只是说话不是办事——碰了很多钉子。

2. 由于时常扑灰的经验，明白了"顺情说好话，耿直讨人嫌"的处世秘诀。

所以我对于他，一向抱着"顺情"的宗旨。虽然他的职位与我相等，我是用不着拍他马屁的，但是职位相等，人格未必相等，我如果得罪了他，谁知他在我的背后，对上司会说一些什么坏话。这是生存在现时代——尤其是踏足在社会人群中，挣扎着混一碗饭吃的每个人，都应该确实明白的着眼点，得罪了同人，有时比得罪了上司还要没有乐观。

话虽然说起来容易，实行是很难的，他的话常说得很幼稚、无理，令我难耐，非反驳他不可。这或许正是"禀性难移"的缺点，我为想矫正自己的毛病，就打算在他的身上，当标靶努力训练。一天有清闲的工夫，他照旧走到我面前，提议谈话，于是我把《文学常识》放在橱里，点头表示同意。他说：

"你看那些书有什么用呢？那些书都是预备给小姐少爷们消遣的，我们不能看，不必看，没有用！"

"是的，你的话很不错，我以后决定不再看了，听你的教育……"

"那就对了，我的话一定不会错。你说，春天做什么游戏有趣？"

"嘎！春天？春天是四季中最美丽醉人的时光，旅行？或者干什么好吧？"

"旅行也许很好，但是也不行，旅行是什么？就是东跑西奔，与其坐火车受罪，倒不如吃'春饼'痛快，三五个人一组，饭馆子不要太大，只要饭菜做得上等就合乎条件，我顶喜欢吃春饼的，薄薄的两页饼，中间拌上几样菜，一口一口拿着咬吃那滋味太香了！"

他说着，用手比量着，如真饭桌上实在吃的一般，馋涎从他的口角流出，我接继说：

"女招待怎样？应该有一两个漂亮些的在旁边陪好吧？"

"是呀！那是无论如何不可缺少的……"

"那么你主要的目的是吃春饼还是吃女招待——吃人呢？"

"这话说的……这不像话……怎么会吃人？人怎么会吃！没有的事，没有的事……"

"人吃人的事情是有的哩！鲁迅的《狂人日记》，就是写吃人的事呀……书上写的，一定不会假……"

"我劝你不要说什么，书上不书上写的，全是些鬼话，鬼才相信！"

"你真太可怜，太幼稚了！书上写的怎么会假？假使书都是不真实的，谁还来买这些书呢？"

他有点生气了，伸出右手在我的鼻尖上像动打似的点了一点说：

"既然戏是假的，为什么大家都去看呢？一种东西，有真假的区别，戏是假的，人们因为不懂才去看，正如你不明白书是假的，都是鬼话，所以谜一般的看……"

"女招待是真的，你所以喜欢？你简直是一流货？唉！真可恨又可笑，连石头也不及……"

"什么？"他瞪圆眼睛，提高声音："你这小鬼竟敢骂人！"

到了这步田地，我知道我们之间，不相投的矛盾的友谊是维持不下去了，一种不让人的勇敢的天质围上我的灵魂，我向前进了几寸，模仿他的姿态，把食指在他鼻尖上点了数下，叫道：

"你明明白白是无理的压迫人，我骂你怎么不对？"

"干什么？"经理从房间出现了，我急忙缩回手指，假装老诚，低下屈服、领罪的头，经理对着他骂道："你是三岁两岁的孩子？和他瞎闹，什么东西！"又对着我："再不准顽皮！"说着就进去了，别的伙计们，都看着我和他，嗤嗤的笑，可怜的 C 君哭丧着脸，吃春饼的得意情形全然消失了，快乐的人，竟也有悲哀的时候。不过我可实在后悔，不揣冒昧的得罪了他，不但"顺情"没有训练好，反大大的弄糟！啊！我怎样能把"顺情说好话，耿直讨人嫌"的格言好好的记在心里，一时一刻的不忘记，而不闹翻了脸无缘无故——仅仅的为了几句话轻易的惹乱子呢？

　　我的禀性如此，恐怕很难改过，也不是容易训练能够改好的，那么我是不适宜在现代社会上生存了？天哪！我怎么办？

（《泰东日报》1937 年 4 月 17 日，署名：赤灯）

回　信

给溶南，若华，坚众，沫凤诸友——

亲爱的朋友们：你们四个人协同的写一封长信，我收到了，我接得这封信时的快乐，真不容易形容，蒙你们热烈的鼓励，实在感激！从今以后，我非本着诸君所指示的，一条光明大路努力前进不可，除非我的精神消灭，不然是决不能停止的。问我入伍的原因，我想在这封信里说，可惜我近来闲工夫很少，只能说个大概。

这是六年前的事情，我因为生活的关系，"没有法子"就入伍当兵去了。入伍当兵的念头，是个旅馆当茶房的蒋生财劝诱我的。他在旅馆干了四五年，打水扫地等职务，有丰富的经验阅历，可以说得上"老成练达。"他亲眼看见许多由当兵阔起来的人物，他时常把冯玉祥举例证明，于是我的心，就被他吹胡瞪眼的说动了。当时正因为从小学校卒业，谋不到相当的饭碗，寄居在姐夫家，这位胖姐夫，就是旅馆的掌柜，他亦渐渐的厌恶了我这张口兽，终日无所事事，白吃掉他无数的精米干饭，永久这样下去，是一笔很大的损失！所以当我说明当兵的计划之后，他连思索都不费很豪爽的答应我，并且应许供给川资，不过姐姐很不愿意我年轻轻的去冒险，她的意思是"好人不当兵，好铁不打钉"，无论如何，宁肯叫我游手赋闲，不放我走，但是姐夫反对她的意见，反驳她说：

"怕什么！年轻人才应该冒冒险，不然是一辈子做不出大事业来的……"

他说这句话的时候，上下用眼打量我一番，似乎看我的样子，很有几分将来能当大官的神气。

那时我还不知道军队的情形，只觉得当兵的，立下几次大功劳便升官，升了官不用说，就阔起来了，穿马靴，佩宝剑，身骑大洋马，走在路上，前护后拥，马弁背着盒子炮，紧紧的尾随，好不威风。而蒋生财告诉我，军队里面正合适我这样，不时就指古说今的发挥本领。他再三嘱咐我，有机会千万多露头角，不妨在大官面前常显显学问，那么天长日久，大官一眼看中，说不定立刻就官升三级，他那时便辞掉茶房职业不干，情愿前去给我当差。我很同意了，像他这样好心肠的人，给我当差最相宜不过，我顶恨那些没有良心的滑头。

主意一定，我提着蓝色小包袱出发了。

姐夫因为事务职身，送到门外，姐姐送我到火车站，火车未开的时候，她悲哀的劝我：

"你这不是出去玩逛的，军队里头人多，你可不能随便在人家面前耍脾气，你要把好生气的毛病改改，动不动板起冷面孔，高傲的态度对人家，非吃亏不可。父亲就是这样，房顶上开门，不愿理凡人，结果那样的大失败！死的时候，棺材都是亲戚帮忙给买的。如今剩下你这条根，又像疯子，东跑西奔，不知干什么好，既然中了这份魔，就好好去吧，我也不说什么了，但愿天老爷保佑，当上一官半职，为祖先增点光荣……"

她用衣襟拭去了眼角的泪水，接着又说道：

"你姐夫硬要讨个小，我活着也没有什么大意思了。"

姐姐是三十多岁的人，不时的屈服姐夫的威严之下，她不会给姐夫生一个小孩子，因之使姐夫大大的不满。姐夫是有几间房子和几亩地的，"子嗣观念"很深，他希望得一个儿子，以避免不孝的罪名。等了几年，宿愿未遂，就想借此弄个"小"来玩玩，姐姐既达不到他的盼望，偏阻止他说"小"的心愿。近来她不拒绝了，仿佛已经觉悟自己的命运好像来到海边的绝壁，望前途只是一片茫茫，一点归宿没有，和我差不多。

我把头放在车窗外面，看见她站在那车站的收票门外边，仰着脸望渐渐走远的火车，从此刻起，我成了真正的孤独者，车厢里面完全是些陌生的面孔。心里禁不住悲凉起来了！

我在半开化的城内，打听到了正在"招兵买马"的军营，是在城外的一条河西面。那里连半开化的城内还不如，一片原野，突出很多坟丘。河东是一带密密的农林，尽头还有几座矮小的茅屋，那里好像有很多人在做什么。原野中长满青草，乱草丛中，有几棵初生的松树，兵营就在树林的左前方，是一带灰色的平房，砖石筑成的围墙有几处倒塌了。在兵营门前站着两个兵士，刺刀被太阳光照射，放出闪闪的亮光，看去很耀目，我顺着四人宽的车路，慢慢朝向那里走去。

这一团兵，驻扎在这，据说没有多久。团长是个身材短小的中年人，面上的青筋一根一根的凸出来，眼很小，像老鼠，脑袋却极大，比普通人的大半倍。他的军服是不大穿的，常穿一条马裤，上身罩一件短袄，金表链垂在衣袋下，嘴角叼着烟卷，那烟卷只吸了一半就抛扔了。跟在他后面的，永久是个又黑又粗的家伙，背着手枪，活像土地庙里左手握着木牌，木牌上写着："你来了就是你"的小鬼一模一样分毫不差，所差就是他会恶意的微笑，他这一笑令人从头冷到脚跟。我看见他的鞋就忆起戏台上唱"落马湖""三盗九龙杯"剧中的"杨香五""黄天霸"等英雄好汉所穿的轻快短靴。听说他的妓女出身的老婆，因为和团长另一个当差的，偷偷的睡了一宿，被他发觉，他回去一枪把她打死，那个走桃花运的当差的，得到这个噩耗，吓得逃跑了。他是团长唯一爱护的马弁，不论走到什么地方总带着他，上厕所一趟，他也在厕所外面守候。他有一身绝技，在夜间，插三支燃着的香，任你指哪一支，他能在三百步开外，用枪把香火射掉，小鸟飞翔在半空，他的枪一响，小鸟就翻身落地。此外他还有不胜枚举的惊人本领，这都是我入伍后听一个老兵详细告诉我的。

朋友们！你们看这是一封信吗？真糟糕！有点近于小说的形式了。

反正已经写了这许多，我不是同意的，木已成舟，毁弃了可惜，求诸君勉强当信读吧，以后趁暇，我再另写一回，太对不住，见笑见笑！祝希望我进步的诸君安好！

四月四号于混乱室南墙下。

（《泰东日报》1937 年 4 月 20 日，署名：赤灯）

护小头

孩子们打架，本来算不了什么一回事，细研究起来，是当爹妈的缺少修养，没有像样的爹妈，怎能会生出像样的孩子，这正如种瓜出瓜，种豆出豆一个道理。

西屋二秃子是个九岁的小子，品性很劣，不是和这个孩子打起来，就是和那个孩子骂起来，差不多他是没有一天不打不骂老实的时候，而结果非让他占胜利，别的孩子吃了亏，才肯罢休。他的爹妈只有这独个男孩子，其余都是女孩子，因为如此，对他娇生惯养，爱得像个花瓶，连轻点一指也不敢。教育儿童，固然不可用体罚，然而孩子犯了过，却不能置之不理，甚至反去鼓励，养成不良的人格，不是一件好事，总得用教育的方法处置一下，矫正他，不使他初生的根苗奠定下恶基础，于他的前途有莫大的关系。不知我的见解正不正当，我正在这样想着，昨天孩子们打架的事，门外就吵嚷起来了，我可以听清楚，其中又有蛮横的西屋二秃子挑战的叫骂声在其中，我好奇的跑出去，打算参观他们的争斗，再研究研究争斗的前因后果，和孩子们像野蛮民族的卑陋素质。

首先入我眼帘的，是二秃子威武的姿势，苹果形的脑袋，三角眼，眉毛短而粗浓，鼻子像一个坟丘，凸出在富弹性筋肉的两腭之间较上部，蛤蟆似的扁嘴，耳朵肥厚稍嫌过小，不大陪衬他那头，又着腰，两腿向左面离开，好像准备开始体操一般，直直的把鹰眼珠冷冷的钉在对面和他取同一势的孩子。那孩子后面还站着三个孩子，年龄相仿，衣服都不十分洁净，被污秽的泥土沾满全身，鼻涕嘴歪的，那种肮脏的样子，难以救药的丑态，如果这是几个乞丐的儿童，倒也有情可原，偏偏是些有衣可穿有饭可吃的男女们亲手铸成的宝贝，铸成一些坏蛋候补生真是多此一举。

西屋二秃子瞪半天眼球，鼓起两腮咒骂道：

"你敢把我怎样？你妈的……"

"噢！你敢骂人？我×你祖宗！"那孩子不肯示弱的反骂着，二秃子举起头过去就劈，那孩子很伶俐，急忙闪在一旁来一脚，正踢在二秃子腰上，二秃子猛力一搂，两个人揪做一团，互相没头没脸的打着，挣扎着，都希望多打几拳，同时避免敌人的攻打，并且咕噜着相骂：

"你骂？我打你！你个婊子养的……"

"王八糕子！你敢抓？妈的，我……"

其余三个孩子跳着，在周围转圈，鼓励着，指示着打什么要点，拍手，呼嚎。长脸的一个孩子，很巧妙的踩在二秃子背后，用力在他挺出的臀部踢一脚，二秃子觉悟了，立即大骂：

"我×你血爷爷，你家老少三辈不得好死的，你敢踢我……"

两个人接续奋斗，努力争打，二秃子精明的在那孩子腿上一绊，扑通跌倒了，那孩子被压在下面，可是他一翻，翻在上面。两个武士像皮球似的在泥地上滚，滚来滚去，不分上下，高低，雌雄，胜负，那三个孩子使个眼色，一齐搂上前去，拳打脚踢，二秃子毕竟勇敢，暂时仍不告饶，只是拼命抵抗，挣扎，痛骂，似乎腹部挨了一拳，屁股挨了一脚，他痛极了，感到失败立刻就在面前，没有援队增加是不行的了，便泼口呼喊，求救：

"妈呀！他们都在打我，妈呀！妈呀！"

但是这可怜的求救的呐喊没有效力，他失败的凄惨之音，被一阵初秋的西风，刮到东方的空中飘散了。孩子们不容情的极力打着，好像这是一个为同伴大家复仇的好机会，决不能放过这难得的有利的战势，非打一个落花流水，使二秃子一败涂地不可！

二秃子痛极了，哭起来了，这一哭，竟有意外的功效，就如最大的炸弹爆破一般，几个孩子惊骇得很，一同抛弃手下的俘虏，慌慌的得意的逃散了！

二秃子从地上爬起，追一程，看起来他要强的心还不死，可惜争斗告终，英雄没有地方用武了！他悲的号啕哭叫，走回家去。我很失望的回家……因为我明白了他们争闹的后果，还不知道争闹的前因。仅仅看懂了这些未来世界主人翁的素质的基础……这是聊以自慰的地方。

我走进屋子，满以为事情完了，谁知还没有，二秃子亲爱的妈妈飞来一般的跑出来，大概寻找敌人，为自己亲生的骨肉报仇。我又转出去，我的自扫门前雪没管他人瓦上霜，和凑热闹的心理是很盛的，实在！

二秃子在他妈的身旁，牵着妈的手，指示着："就在那里，他们把我按在地上打……"

"是谁？"

"福椿、运财、小狗、庆子，他们四个人打我一个，把我脸踢肿了，妈！你看！"他妈并没有看，默默的移动三寸金莲，急急向福椿家的大门走去，到门口，哭诉着："我说刘二嫂，你管管那福椿，他把二秃子的脸踢肿了，孩子们打架，大人本不该管，可是这样打法也不像话，打死了是一条人命，谁敢白打死人吗……"

刘二嫂不是好惹的老实主，她踉踉跄跄奔出来，张嘴就分辩：

"本不该管为什么管上门？你家孩子，打了人家，反诬别人，天下哪有这样事？你好好问问二秃子……"

刘二嫂的十九岁的宝贝女儿，手拿着未完的绣花枕头飞出，帮助她妈，叫道：

"让大家评评看，二秃子和谁不打过？好孩子能时常和人家打架的吗？这是哪一国好孩子！"

"呸！"二秃子妈对她吐了一口，说："你个闺女，管什么闲事，我不过是来和你妈说说，算什么了不得的事？你到婆家去说话也是这种狗声气？你们娘俩没有一个好东西？"

"放你狗屁！"邻居闻声出来参观的已经有三五个。刘二嫂愤愤不平的说："谁不是好东西？你说话留点身份，我们娘俩怎么的？不及你吗？你好？你好可为了臭孩子的事出风头，算什么体面。"

"倒是自己说得出……"她女儿接着说："你是好东西可护弄自己的孩子？你的孩子如果像个样，人家会打他的吗？他一定是个好种！不然一定不会打架，打起架来的，没有一个是人，有一个人在里面也打不起来！我们福椿不敢说是好孩子，却没有像你那臭儿子一天两头和人家打。"

"我说刘二嫂！"二秃子妈进前了两步，声调和缓了些，但是气概分明是不耐烦，大概是一种论战的方术。她说："我不是像孩子般的来寻你们打架，你们怎这样不识好歹！娘俩出来吵闹，不怕丢脸？你们睁两眼看看，二秃子脸上分明是伤，这样的毒打莫非说是应该的？我叫你们把伤治好！"

她说到末两句，声调转到极高，像是坚决的下着偏见，学着不谦谑的结论，她们的距离是有相当远的，看热闹的在她们周围，聚得很多，除了下地忙碌的汉子们之外，大概知道这吵架消息的附近的邻居，全都集齐。老年的女人上前好言相劝，费了半天口舌，总算成功，她们停止吵闹了。二秃妈领着二秃气得满脸青筋，显露在土黄脸上，咕噜着咒骂着回去了。我也走回家，仍然很失望。又添一种对人类厌恶的念头，禁不住恨起这些"不知不觉"的东西。由这恨，发生自扫门前雪主义不对，应该设法管他人的瓦上霜，虽然不能全管，至少要有管几家的权力，这权力不是施逼迫的政策的意见，是对于除了自身以外，有点在无形中矫正他们的力量。

晚上我在饭桌，对母亲说起她们争吵的事，母亲批评着说："这叫护小头！"

"护小头？是什么意思？"

"就是拥护自己的孩子，责备人家的孩子。"

"老婆是人家的好，孩子是自己的好。"姐笑着这样说，妹妹用筷子敲着饭碗，大不以为然的样子，摇摇头发表她的意见：

"也不见得，弟弟有一回和二秃子吵了架，母亲就把他拖回家来打一顿，不准他再与二秃子在一块玩，弟弟以后从来没有和二秃子玩过。"

我们这样说着，吃着饭，父亲忽然歪脖颈，听了一会惊愕的说：

"你们听，有吵闹的声音？一定是又打起来了！"

几个男子粗大的叫骂声，从南面刘二嫂家附近传来，接着就是沉默，断断续续的骂着，好像有许多人在那里，父亲赶忙吃了一点饭走出去，我判断着：一定是两家的男人，知道了这件事，互相打起的。父亲回来说了一遍，果然不差！二秃子爹先去打刘二嫂的丈夫，吵闹了一阵便动起武，好容易经大家劝开，但是这件事不能如此罢论，星星之火可以燎原，弄到什么地步，不可预测！

第二天听说两家到衙门去打官司。

（《泰东日报》1937 年 4 月 22 日，署名：赤灯）

坟　旁

　　冬虫君近来在这个朋友借两角钱，在那个朋友借两角钱的对付生活着。

　　他是富渡轮船公司的小职员，今年十七岁，但是看去好像至少有十八九岁的年纪，曾在初等小学校四年级毕业，毕业式举行的那一天早晨头一点钟，校长在操场上抚摸着秃头，对另外一位穿西服的老师说：这个学生的前途，实在不可限量。将来必能做一番惊天动地，轰轰烈烈的大事业！

　　他的家境非常的贫寒，升不起学，就雇给一个大户人家，在田野间放了二年牛，后来是他的姐夫，在他写的信中发现他有天才，以为把他在牛屁股后面，埋没了一生未免太可惜，就帮助他在都市里一家运输船公司，谋了个赚饭吃的差事，担任的是倒痰桶扫地，及其他杂务，有机会可以练习练习写小楷，几年以后能升一个书记，做到好处，升到经理，甚至比经理还要高几倍的职位，也不是办不到的事情。

　　但是他天生成的一颗奇怪的心肠。在青山绿水的乡野间放了二年牛，不但不觉得辛苦，反对于周围的美丽和平的景致，发生了不可分离的情谊。到了吵吵嚷嚷的都市，不到三天就十二万分的厌倦了！憎恨了！时刻怀思生身地的家乡，夜里常做骑在牛背上，走在干草地唱歌的梦。

　　生活逼着他没有法，锁着眉头，在都市里呼吸着煤烟的气味，艰忍了二年零三个月，因为疏怠责任的罪过被辞掉了！

　　这时提拔他的姐夫，已经到别处去营商，没有半门亲戚，朋友都是些和他差不多的身份，无能为力，帮助自然不能。在这个大世界上，唯一爱护他的母亲，在他背着约有三十斤的行李，离开故乡的第一年终就逝去了！

　　他不知道母亲的坟埋在哪一方，父亲苦着脸，抱起他未满月的小弟弟，不知流浪到天下的哪一角去了。他的七岁的妹妹，送到婆家当儿养媳。

　　现在他是无家可归，无亲可投的孤独不幸者，寄居在公司的宿舍，蒙几位好心肠的同事协力，暂时供给他饱腹的用资，天长日久，他自己觉得不好意思，便毅然的走开住在小客栈。

起初的几天，袋里的零角，足够客栈的房金，和买油条大饼用，这为数寥寥的款子一用尽，马上就发生问题，不十分容易解决。于是当行李，典质衣服，没有几天，也就很快的花光！虽然是俭省到了不能再俭省的地步，一天仅仅买半块饼咀嚼，多喝几大碗白开水。

饥饿的痛苦，只有饥饿的痛苦的经验的人才会知道，他咬紧牙齿挨了几天，大概滋味确实不好受，于是不得不厚着脸皮，伸出手向朋友们借，已经说过，他的朋友都不是大财主、大富翁，一次两次勉强能够办到，三次四次就爱莫能助的和他说对不住，对不住了！几个月没有过一回，到理发铺去舒舒服服的理过的脸发，蓬松的披在脑颅上，显得清瘦的小脸格外憔悴些，看去似乎像一个未成名的艺术家！

小客栈的招牌上，不是写着孤儿院或慈善机关，拿不起房金的干脆得搬走，没有商量的余地，他无言的搬走了！其实他没有什么可搬的东西，他无精打采，搬动着两条千斤的腿而已。

半个月以后，在一个风景清幽的乡村，出现了一个褴褛的少年，他是乞儿，问明白了三年前死去的一个妇人，是在一家有童养媳的门前，向一个伙计问明白的。他在那家门前徘徊了若干时，看见一个小姑娘提着一个水桶，到井边去打水，他急忙向前跑了几步，不知怎么又停止了，远远的藏在大树后，看着那小姑娘吃力的动作，他的眼泪就禁不住像黄梅时节的大雨一般，迅速的流下来，沾湿了胸前的衣襟。等那小姑娘进去之后，他又在那里留恋踟蹰了半天，就顺着崎岖的道路默默的走去。

他在乱岗中一处土丘前立定，弯腰看看坟头的木桩上写着的黑字，就在那坟旁仰面倒下了！

深秋的凉风，萧萧的吹着坟上长满的枯草，那草经不起风吹，都弯下头，草尖几乎低到土上。一层厚厚的白云，从东方的天空飞进来，把下午的太阳遮掩了！

一九一三年于 K 乡

（《泰东日报》1937 年 4 月 24 日，署名：赤灯）

舅爷爷的奇迹

舅爷爷，这个称呼，我不大十分明白，大概是我父亲或者母亲的舅父我称之谓舅爷爷？这没有什么关系，用不着仔细的考究，让我赶快说说他的奇迹吧。

我十岁时，他就是七十六岁的老人了，白发苍苍，道貌岸然。一看他那密长的银白色发髻，就令人敬畏，两只炯炯锐利的眼睛，衬着枣红色皱皱的面皮。可是他不拿拐杖，也不骑驴，三五十里地的路程，也不必坐车，如果你是在他头两点钟起身时，那么到了目的地，他早已在那里睡一觉醒来了！像这样惊人的事情，举不胜举，我决没有半点夸张或瞪眼说瞎话的意思，不信请到我的家乡打听，不论老少，没有一个不知道他的，下面列举，不过是在他一生许多奇迹之中最平常几段：

他是一个没有父母妻子儿女的独身年纪极轻的时代，跑到什么山上出家，当了多年不问世事的僧侣，简单说，他矛盾的与人群分离，过着隐遁逃避现实的畸形生活。后来他是憎厌了苦闷，或者对于他死心塌地，所信仰的成仙得道的宗教起了疑心，就悄悄的换了凡人的衣裤，也不辞别他的师傅一声，就跑回家乡去了。他的家乡，距我们的村庄四十五里，他时常跑来看看父亲和我们，早晨来，第二天就回去，有时多住几天。父亲很佩服他，说他有神仙的本领，走路比普通人快一倍，是真是假，当然没有证据，四十五里的官道，没有汽车火车交通，他在路上怎样施展步法，只有鬼知道罢了。至于他的生活则是相面占卜观测地理，——所谓观测地理，是民间的迷信学说，辟如建房屋，筑坟地，都需要预先观测一番风水如何，及影响后世子孙的发展，等等。

有一年春天，桃花杏花盛开在乡间的此处、彼处，景色极动人，他又来看父亲，顺便游山玩水。这样的老人，还有少年的心情，可说不多见！

黄昏将到，他和父亲谈着话出去散步，走到一家大户庄园门前，他指着人家的墙头，对着那家站在门前的主人，很有确信的说：

"先生！我劝你把墙减去一尺高，或者再高出一尺，不然今年是有不幸发生的。"主人对他笑了一笑，父亲也在旁边怪他不当，无故咒诅人，但是他长吁短叹的说：

"我的话一点不会错的，不信再过半年看！"

父亲很慌忙的劝止他，求他不要再说下去了，并且对那主人赔罪，说他年纪高了，有点啰唆病，务请别见怪才好。走到一家门前有一棵桃花的庄户，他对着屋里大声喊道：

"你们家里可有病人吗？"

屋子里跑出几个人，惊愕的奇声问他：

"是呀！家里有病人，你老人怎会知道呢？"

他们是认得父亲的，就请他俩进去坐，父亲执意不进去，舅爷爷决定非进去不可，于是他们进去坐了，问他如何会知道家里有病人，他答道：

"我一见你门前的那棵半开的桃树，就知道这屋子有病人，是女的吧？"

他们听到这句话，都愣住了！急忙请他指示治疗的方法，他想了一想，说：

"你们要说实话，不然是治不好的……"

"一定不会撒谎，请你老先生说罢。"

"这病人可是未出嫁的闺女？"

"是！"

"有了婆家吗？"

"还没有。但有人在给说媒。"

"说妥了没有？"

"总算有七分定规啦！"

"那好！那好！幸而没有成功，不然这个闺女就活不成了！"

"什么缘故呢？老先生！病是不食，很危险，请医生出了药方都没有效……"

"不必请医生，也无须吃药，只要把这门亲事打退，病立刻就好，可是要急速另定人家，迟了怕显羞。至于定怎么的门户，问问闺女就会明白。"

父亲催他快走，因为天快黑了，他们半信半疑的，又问他许多事，他一概不理，只坚定的说：

"已经够了，何必多费唇舌，遵照我的话做去决不会错的。"

出来的时候，父亲取笑的问他：

"你怎么会知道这些事呢？真稀奇！"

"嗯！这很容易，现在不对你说，等证据实现的时候看。"半年以后，其实不到半年，从舅爷爷去后五个月，那家大户庄园，他指着墙高墙低的那家，不幸发生了一件惨剧。

太阳落山的时候，伙计赶着大车从田中归来，车上坐着两个成年的儿子。车到了街头，一个转弯的斜坡，车翻了，笨重的车身，压在两个人身上。大儿子的脑颅碰在石尖，立即死去。二儿子打断了腿，车夫负了重伤。这件事和舅爷爷的预言，马上传遍乡间，那家主人恳求父亲请舅爷爷来，给他看看房身，以后会不会接续有惨事发生。有病人的一家，相信了舅爷爷的话，把那门亲事辞掉，依着闺女的志愿给他嫁了人，嫁人后八个月生下一个又白又胖的男孩。翌年的正月里，舅爷爷又来看父亲，乡民得到他来的消息，纷纷的来看他，求他说些未来的事。那个做媳妇生了小孩的闺女，亲自抱着爱情的结晶品，同她年轻貌美的丈夫来道谢，舅爷爷看了那肥面大耳的孩子，哈哈大笑，这一笑，使这一对夫妇都红起脸面，不好意思抬头，好像在他们两个人身上，过去曾有一段不能发表的秘密。

有一年秋天，舅爷爷忽然在门前出现，他凄切的对父亲哽着老声说："我在人世上不久了，我快要回去了！"

住了几天，他辞别了去，以后不知他到了什么地方，是死是活。父亲常谈起他生平许多的怪事，他最喜欢喝酒，喝起来没有够。

（《泰东日报》1937 年 4 月 27 日，署名：赤灯）

苹　果

　　我两手捧着田汉的剧本《南归》诵读着："这里我曾倚过我的手杖，这里我曾放下我的行囊，我在寂寞的旅途中，曾遇着一个可怜的姑娘。"

　　门外有开门声，我移了视线从玻璃窗望去，原来是谢复，他手里拿着一个纸包，里面好像包着的是馒头，急急的走来，这可好了！我正寂寞无聊的很，不知做何消遣，他来了一定使我快乐些，就放下书本，站起来迎接，这时他已经开门进来，我点点头，抱歉的说："不知老兄到此，有失远迎，当面恕罪！"

　　"岂敢！岂敢！"他把纸包放在桌面，从里面滚出鲜红的苹果，笑着说："请吃苹果吧！"我把纸包打开，从其中捡一个最大的咬着啃吃，他选一个小些的，猛力的啃一口，同时在椅上落座。

　　"你在这屋里干什么？"他吃着问。

　　"读田汉的《南归》，我读一首诗给你听吧？"

　　"好！"

　　我读着，但并不中止吃，这样并不觉得发音困难，因为是习惯了的缘故。

　　"我和她并坐在树阴，我曾对她谈流浪的经过，她睁着那又大又黑的眼睛，痴痴呆呆地望着我。"

　　"'他'字可是女字旁？"他又问，一个苹果已经吃完了。站起来又拿一个，坐下用衣襟擦了一下表皮，送到嘴边。

　　"是，是女字旁，你慢一点吃，我不过才吃半个！"我这样说了就接续念，用稍高的中音："姑娘啊，我是不知道爱恋的人，但是你真痴得可怜，我虽然流浪到多远，我的心儿将永在你的身旁。"

　　他把第二个苹果又很快的吃完了，我一看光景不好，急忙把苹果三口两口吃尽，最后的一大块囫囵吞下去，把桌上两个苹果统统拿过来，一个装在袋里，手里拿着一个：

"怎么？你都拿了去？"他不满的质问。

"这是很公平的，你吃三个，我吃三个。"

"那不成！你先头吃的一个很大，应该再给我一个才对……"

"不见得怎样大哩！就假设是大，也该酬劳我念剧本的辛苦吧？"

"那行，你念下去。"

我吃了两口，念着，这回声音低了，

"你听见晚风儿吹动树叶儿鸣，那便是我思念你的声音。你看见那落花随着晚风儿飘零，那便是我思念你的眼泪纵横。"

这是那"痴得可怜"的女子"坐在树下的井栏上，感伤地念树皮上的诗"，这诗是她日夜渴想着的情人"流浪者"刻的，我念完了，开始正经的吃苹果，吃完了觉得解了馋，可惜没有了，如果再有几个也能够吃的，他慵懒的伸个懒腰，长叹一声：

"唉！"

"怎的了？心中有什么凄凉？不妨慢慢道来。"

他说：

"怎么就不会有一个又大又黑的眼睛痴痴呆呆地望着我！我虽然不是诗人，然而我是知道爱恋的人啊！难道永远就不能有那么一个听我述说倒霉的经过吗？坐在垃圾堆上也不要紧，又小又白的眼睛也不要紧，麻脸一只半个鼻子也不要紧。我如果要是有了，便一寸远的地方也不去流浪，情愿牺牲肉体、精神和所有的一切。"我插嘴冷冷的反斥他：

"你个瘦子，人并不是为这一点小事生活的。情愿牺牲肉体、精神和所有的一切真是太不值得。你年轻力壮的小伙子应该干点别的事情，莫非你就是没有灵魂，疯疯狂狂的死？"

他默默不语，中午的太阳光照在墙角，那光线很弱，我问道：

"你袋里还有钱吗？"

"有。"

"有多少？"

"一角零几个铜板。"

"全都借给我！"

"做什么用途？"

"我想再去买几个苹果来吃……"

"拿去吧！"

我接钱在手里，预备去买，刚戴上帽子，他从后面扯住我的袖子，"这一角钱不能买苹果吃了！"

"什么原故？"

"你看我的头发这样长，该当理理去。"

"成大事者不修边幅，理他作甚？"

我把他推开，走了出去，买回五个，在路上吃掉俩，剩下三个回来和他平分。

苹果的味道实在不错，可惜不能常常有！

（《泰东日报》1937年4月29日、5月1日，署名：赤灯）

壶的呻吟

　　雪花飞舞的深夜，我坐在炉边读完了一本小说，老实说，这本小说我已经孜孜不倦的攻完了两遍，还是不明白的。当第一遍读完，简直不是读，干脆是数，从头一个字从上往下数，像嚼蜡似的嚼了一天，总算把它生生的嚼完了！把书本合上，眼睛一闭，细想书中的内容，是什么意义？我可一点解释不上来，不要说解释，就问书里面写的是什么事情？我也是丝毫不知道，那么是我读书的时候不用心，把精神散到别处的缘故？决不如此……，我读的时候是用全副的精力，我的灵魂，始终随着眼睛在书页上纵动，没有一分懈怠，然而这全无效，我读完了一点不懂，一个字也不明！

　　如果我能够稍稍的有一点读书的根底，也不至于这样的浅薄可笑。倘若当初我像别人一般的有福能进学校，也不至于这样的幼稚可耻！而且几年来，我为了生活的关系，像饥饿的狗似的在主人身前身后摇尾乞怜，没有读半篇书的闲工夫。如今我是略有闲暇的时间，有读书的可能了却读了不明白，不理解，如未读是一个样子。

　　我寂寞苦恼，打算从书中寻求同情，安慰，结果却加倍的悲愤，感伤。

　　没有法，我把读的次数增加，多读，读一遍不了解，再读，第三遍，然而仍是那句乏味的话，还是不明白，一点不明白呀。

　　这本小说，我从书名上猜想、判断、推测，就知道内容一定是很好的，于是到现在，到此刻，第三遍读完了，像嚼蜡一般……

　　我的手指，冻得像针刺的痛，炉子里的火，苟延残喘的几块丁等的煤，烧得一点不熟，我丢下书本在鸟笼子大小的屋子转了一周，活动活动僵硬的身体，打算恢复气力，再读它一遍。

　　雪还下着没有呢？炉子上坐的一把灰色的铁茶壶，里面的半壶冷水开始作响了，响得十分奇怪！声音低低的，好像在五层高楼，听见的街上通过的一辆单轮车，推车的人满身褴褛用尽平生的气力往前推，汗珠在他的颊角上奔流，目不斜视的一心一意的注意通路。车轮弯弯曲曲的滚转，发出吱吱咯咯、吱吱扭扭尖细嘎哑的声调，是病苦的哀号？是悲愤怒吼，还是凄惨的呻吟呢？啊！这或许是吧！但哀号为什么目的，怒吼是什么办法，呻吟有什么用呢？看！声调变了，完全是大洋中的波涛澎湃，腾浪汹涌，孤独的小舟在那张牙喷沫的海面，恐怕没有平安了，但骤然又改，像狂风雨的袭来，打着树枝、花朵、房盖、房屋的门窗，小草极力低头屈服，花枝折断，残瓣顺水漂流，打翻房盖，袭进居室，屋架轰然一声倒毁，又去劈那田园的篱栅，篱栅倒了，又吹坍石墙、庙宇，街口成了溪流，道路汇成汪洋，平地是一面滚腾的大海，大地只露出个山尖，啊！完了！我急忙把壶拿下，这狂嚎的怪声才停止了。

炉中的炭火全然灭尽，或许只有一两块火星了，过了一刻，我把壶仍放在上面，壶底经炉盖的蒸烫，又吱吱扭扭呻吟起来了，这一回恐怕没有怒吼了，除非我再填两铲煤，但是这有什么用呢？炭火既尽，填煤是不能燃烧的，也罢！夜很深了，第三遍待明天读吧！壶的呻吟至少还得接续一些时，任它呻吟去吧！我要上床去睡。

（《泰东日报》1937 年 5 月 4 日，署名：慈灯）

盐　鱼

　　郭四对付债主，有一种手段，新年将近，他到同行的一位较亲近的朋友家里躲避，剩下他的老婆和孩子们留守，债主们来了，他的老婆就诉一番苦，说丈夫出外十天不回，孩子都饿着肚子，债主看看老婆孩子憔悴的脸，想想这凄惨的日子，不能不同情，于是没有好声气的走了。深夜，郭四踏着残雪沙沙的回家睡觉，翌晨仍然避开，在朋友家里藏一天，像虫豸的蛰居，不敢露出尾，又如犯罪的穷贼，惧怕法网一般。

　　这样过了许多日子，新年眼看到了，家家户户都忙碌着准备这一年一度的新年，郭四的家里什么也没有，当了几件破衣，进城去买几条咸鱼，挂在门后的闩上，当做新年的上等菜，孩子们都盼望新年快到，好尝尝那几尾青灰色咸鱼的美味。

　　一个债主在早晨来了，门里门外瞧瞧，怒气冲冲的问道：

　　"郭四还没有回来吗？"

　　"没有呢！"他的老婆说着，"求你就让在明年春还吧？今年冬他找不到工作，家里一文钱也没有，如果有一文钱，定必请你拿去，唉！实在没有办法，这个人也不知上哪里设法去了。到如今还不回来！"

　　像这样重复再三的话，债主人大概早已听厌，把脸转在门那面，故意不听。忽然他挤挤猴眼，把鼻子抽动了一下，转圈嗅了一回，好像馋嘴的猫狗，嗅到了什么味道似的，他挨到门后，顺手把一串咸鱼拿出，狂吼着：

　　"这是什么？分明年货都已办齐，却偏偏不清我的来账，什么意思呢？如果不还账，什么东西我都要拿起了，不论什么东西，全可以换钱……"

　　小儿子看得清楚，又听那债主说要把咸鱼拿走，急了，匆匆的跑出去，不知到哪里干什么去了。老婆一看，暴露了无可讳言的弱点，就遮掩着和他辩白：

"那是别人送来的礼物，我们穷人，哪里买得起咸鱼呀！"

债主哪里肯相信，提着那串咸鱼出来了，走到院子中央，郭四从外面大踏着步进来，看看他手里的鱼，不由分说，过去就抢夺咸鱼，骂道：

"我欠你的几个臭钱不错，为什么动抢？你是胡匪，竟掠夺我东西。"

债主反骂道：

"郭四！你是什么东西？我是胡匪吗？"

"你不是胡匪为什么抢夺我家的东西，赃具分明在你手里，你还说什么？我非和你拼命不可，我这条穷命不要了！"

郭四握起两拳，咬牙切齿，把他那工人的蛮横，全部表现在铜紫色的面上，眼睛瞪得很圆。

债主是个衰弱的瘦子，他一向用的武力，是他手中的账簿上记载着的数目，突然被这魔王的郭四一吓，禁不住倒退了几步，哑哑说不出话来，郭四上前把他胸头的衣服揪住，摇撼着追问：

"你可不是强盗是什么？把我的咸鱼抢走，你要不要抢我的老婆？"

被他这一摇，灵魂也摇了出来，债主堆下笑脸，抱歉的说：

"你快放开，我和你说，如果真清不完这笔债，明年开春也算不了什么，咱们弟兄不是交往一天了……"

郭四放开手，满脸堆笑，冷冷的说：

"我郭四穷到这步田地，老婆孩子都快要饿死了。我还怕什么，我这条狗命，值几文钱？……"郭四说到这，连连打揖，"多谢你开恩，我明年一定早把这笔债还清，谢谢，谢谢！"

"这不算什么，孩子！快把咸鱼拿回家去吧！"

"这真是多谢，我们一家人感恩不忘了……真是……"

惊呆在那里的郭四老婆，这时上前道谢，又说了许多好话，把那位债主送走了，年前算是清完了一笔债。过不到许多工夫，又有别的债主来了，郭四打开后门，大概往朋友的家里去藏躲。

谁家的孩子在街上放了个爆竹。

（《泰东日报》1937 年 5 月 5 日，署名：慈灯）

午后的街头

冬初的一天温暖的午后，从前方调回来的部队驻扎在镇上，预备第二天接续行军。弟兄们都解下武装休息，他们跋涉了一天的长途，都疲乏了，有的像猪一般躺下就睡去，官长们则拿了手巾去洗澡。

我和米契两个人没有洗澡的意思，并且我们是有马骑的，一点不觉得乏，就商量到附近的村庄散步，活动一下硬僵僵的几乎麻木了的两腿。

冬日的田野间很是寂寞，田边和道路的两旁是衰败的枯草，因为风很微，草尖略略摇动，树枝干巴巴的，毫无一些生的力气，在灰蓝的天空下蠢蠢的呆立，没有快乐或悲哀的表示。不过稍显无聊与难忍耐的颜色村庄就在我们的前面，用目力测量，约有五百米左右。其实那是很小的村庄，只有十来处方向不正的茅屋，微弱的阳光射在土山的右翼，那山位置于村庄的背面凹处有几株苍松，一面是葱绿，一面对着阳光变成黄绿色，十分鲜艳。在这里，可以描成一幅美丽的图画。

我们默默的走着，村庄有群狗的狂吠，把静寂的空气扰乱了！其中还有吵杂呼叫的人声。

我平静的心池，忽然落下一块石头，整个的激腾起来了。

三四只各色的肥狗，对着一家房角烟囱冒烟的庄园拼命的吼着，似乎在协力驱逐他们憎恨的仇人。从院子里跑出一个穿我们军队服装的士兵，他手里提着一个包袱，一边跑一边顾虑后面。我和米契，远远的探望。在那士兵跑出来不久，后面又跑出一个，手里也提着一个包袱，右手举起刺刀，用刀背打着一个农夫的脑袋，那农夫死死的揪着他不放，后面还有女人，老太婆，两个半大的儿童，踉踉跄跄跟了出来，哀求着，过去夺那包袱。

这是怎么一回事呢？米契举起手枪，开着一只眼睛瞄准，我想阻止他，已经来不及，"砰！"一声，那前面走到墙根正要向大道跑去的士兵，一跟跄跌倒，手里的包袱丢得很远，向西面滚了几尺，不动了。米契又举起手枪，我一把将他手腕抓住，阻止他："不行，不行！"那几个人听到突然不知来自何处的枪声，又看见那士兵跌倒不动，都惊愕了！那农夫放开手，士兵慌慌的东张西望，跑向前去一看，把兵士摇了几摇，抱起来看看，失望的放下，拾起那个包袱就要逃跑，刚一拔腿，"砰！"米契的枪又响了，那兵仰面倒地，又从地面苦闷的爬起，农夫过去就夺他的包袱，士兵把刺刀用力向农夫的腿上直刺过去，那农夫躲避不及，腿上挨了一刀，女人看得分明，跑过去就把士兵的脖颈抓住，士兵拼命挣扎，从她手里脱出，努力跑去，但是他快要完了！那伤一定是非常重的，转了几圈，坐下去，手挖着冰硬的泥土，两脚刨着，这样不过几分钟，就倒下去了，臂压在身底，一只手举在头顶。树后面是一道出头的深沟，里面有残雪和枯枝堆积，米契扯了我一把，我们便一转身跳进去，随着深沟向回奔跑，跑得很远，大概没有一个人发现我们的行动。我们躲在高坡的斜角，探头望着，那街头出现了多人，围在尸身的周围指手画脚。

我们回到住宿的商家，同事们都洗澡回来了，集在烧热的土炕上谈笑，商家预备的酒菜，正往炕上的方桌摆布。我拣了一个地方，坐着等吃饭，我的肚子有点饥饿，里面咕噜作声。

第二天午前七点半钟，部队集合在镇前面的广场上准备出发，第三连潜逃的两名士兵，大家都知道了。米契在马上对我笑了一笑，旁边一位同事和我说：

"那一定是昨夜走的。"

"一定是的！"

我点点头，坚决的回答，部队出发了，半空起了西风，卷着尘土吹来。

（《泰东日报》1937年5月6日，署名：慈灯）

幸　福

茅苍拿着一封信，在二十烛火的电灯光下皱着眉默默的读，可是他那皱眉，并不是忧虑，完全是惊奇欢欣的神色。他急急的读完了，在自己的大腿上扭了一把，看看痛不痛，这一扭痛得他张牙咧嘴，就自言自语的说：

"啊！这不是做梦！一定是实在的，真……真想不到，竟有这种事降在我的头上……"

他快乐的不知如何是好，在屋子里转圈跑着、跳着，又反复看看那封信，看看那封信后面的名字，几乎使他破声高喊，乐得手舞足蹈，把信叠起来，装进灰色的信筒。那信筒也有很大的魔力，看了又看，在上面，吻着，吻了半天，门开了，同屋的灵编进来，他才把信小心翼翼的装进棉袍的袋里，若无其事的假装着说：

"母亲来了一封信，说家里新买了五只鸡。"

"这点小事她得来信告诉？"灵编摘下帽子在书桌前坐下，把手伸在炉子旁边暖手，挤挤近视眼和他说："这个星期你无论如何得请我看一次电影。"

"为什么呢？"

"不为什么，因为你有钱我没有，所以……"

"这个星期？"他翻着眼皮想了一想，说："这个星期不行，我有要紧的事情，下个星期吧！"

"有什么事情呢？"

"嗯……"他嗯了半天，没有确定的答复，哝哝的说："我有位家乡的要来，我必得在家等着他的……"

"家乡？是你什么人？母亲么？"灵编斜着眼珠瞥他。

他的脸颊因为对朋友的不忠实起了红云，但立刻就征服了这颗良心上的弱点，确切的摇着头：

"不是！刚才不是说么？母亲来信说新买了五只鸡，伯父到这里办事，顺便来看看我……"

"你不说谎话么？你要知道，对朋友如果不忠实，那就是畜生了。但我知道你是不会撒谎的，你是好人，下星期也不要紧，伯父来会你，要恭敬的相待，不可疏忽……"

灵编说到这，不禁嗤嗤笑起来，这笑使他很不舒服。九点钟以后，躺在床上，翻来覆去睡不着，他索性开了电灯，想拿来小说读，灵编起来把灯灭了，在黑暗中不耐烦的对他说：

"什么时候，还开电灯，不遵守规约行事么？"

原来他们同居生活，是有一定规律的，起床、用饭、就寝等事，有一定纪律的时间限制。起床时间一到，谁不起来也不行，除非患病，不在此例。睡觉前，必须提出相当理由，延长开灯几小时，这理由睡前提出，当然对方没有反对的权利，可以看书、写字，做什么安妥，不过须静静的。吸烟、吐痰，放声读书等妨害室内的卫生及扰乱他人的行动一概禁止，这些条件，是他们议决通过的原案写了一张起居时间表贴在墙上，现在他竟敢在睡后，又起来开灯，哪里能成呢？

没有法子，他把书放下，躺着想近来的事。

经理的小姐是一个十七八岁的中学生，在他的眼里，简直就是天仙，他时常从公司回来在门口碰见，或者看她在院子里弄孩子玩耍。他们的住室，是经理的厢房，这厢房不紧靠经理的正屋，中间隔着一道门，从两扇红漆大门进去，是两层院子，前院是他们行动的范围，他从搬进来四个半月，从来没有进过后院看一看，只能偷偷的向里面望罢了。这举止，灵编曾劝过他不少次，玻璃窗上，灵编给糊了白纸，外面来往的经理的家眷，他们是看不见的，这样表示他们的年轻老诚，不是一般浮荡儿可比。而且他们的程度，都在高小以上了，不然是没有书记的资格的。茅苍毕竟年纪小，恋的意义，他已经从书上明白了，谈话中，常流露出自己新近感到的寂寞与苦闷。由于这苦闷的原因，无处奔放，就在经理小姐的面上，碰见的时候就鼓着勇气多看几眼，对方不是守旧的村姑，对于"看两眼"丝毫不以为稀奇古怪。而他，可怜的十八岁的茅苍，却大大的动了傻子的心情，以为人家在对他表示爱呢？

两个星期以来，他常立在门口，呆呆的守望那街边的人在身前插过，好看几眼，饱尝饥饿的眼福。这时候，灵编就在后面打他一掌，训问他：

"干什么？好好坐在屋里用功！"

他很憎恶灵编的不了解他的心，其实灵编何尝不明白他呢？他俩相差的地方，灵编学问深，有种种的经验，富感情而且重理智。他的学问低一层，没有经验，富情感，重情感，是没有真正理智的，灵编教训他的各样好话，他觉得大部分都是无用的多事。

今天，他忽然接到一封信，在公司里看了一遍，惊奇与快乐的两种力量几乎使他倒下去，不知看了多少遍。信上面大概的意思就这样：

茅苍先生，我是你们经理的女儿，你见过很多次吧？我时常听见经理说起你，他说你办事有头绪，在许多职员中，是最年轻最聪明的一位，有学问，有毅力，前途不可限量，我实在佩服的很！屡次想和你谈话，总是不敢，怕别人看见不便。我是学生，父亲对我的学问进步上很注意，你不看我出门的时候很少么？就因为这样缘故。而且你同居那位先生，真讨厌得很！如果没有他在屋子里，我早就大着胆进去和你谈话了。我想了不少日子，就决定写这封信给你，你若有意思的话，请你于本星期日下午两点钟，在 K 电影院门前等我，可是你千万要预先买好了票不要进去，因为我父亲不准我看电影，我没有钱买票。我只是说到朋友家里去玩，骗骗母亲，她一定许可我的。就是不许可，我也要去，决不失信。可是你要注意，你接到这封信后，看见我千万不要说话，也别来信，有什么话，到电影院说，好几个钟头，什么话说不完呢？

是不是？顶好你在这期间看见我的时候，低下头不看我一眼，千万千万，不然我的命就没有了！你的职位也很危险，因为我的父亲是非常反对自由恋爱的。

本星期在电影院再谈吧！不要忘记，我再说一遍，本星期日下午两点钟在 K 电影院门前等我，买两张票，不要进去……你渴望的美兰，星期四上。

他想到这些，这封信，信中的内容，无论如何也睡不下去，他想，想不到她已早有心意，但是她是怎么知道我在想她呢？啊！这也难怪，我的两只饥饿的眼睛，屡次放着希求的眼光，她还不明白么？她真是聪明。但是，一个堂堂经理的女儿，怎么连买票的区区几钱都没有呢？这也难怪，越是有钱的人就越节省，她在家庭中受着这样好的教育，品格一定是优人一等，啊！我该有多么快乐啊！我该多么幸福啊！我如果有这样的一位美丽的女朋友，此外还有什么不知足的事情呢？我什么也不要了，世界上所有的事情我都不高兴，全不贪求，只要有这样一位好伴侣啊！我情愿牺牲一切，把我的性命拿去也不算什么要紧的事，情愿死在她的面前……他又想到灵编啊！这东西真可恨！连她都说他讨厌，倘若没有他在这间屋子，我们早已相识，成了亲切的良友，由友谊至恋人，将来结婚，有她父亲那样阔人物当岳父，谁敢欺负我？在公司里，谁敢轻蔑我，得罪我？这个大公司简直和我的差不多，如果母亲知道了这件事，不知怎样快乐，怎样欢喜呢？！……

他想着想着就朦胧的睡过去了，做了比幸福还要幸福的梦……

这两天的光阴，他焦急的过着，简直就是二十年，二百年，或者是两千年。他时刻望着墙上的八角钟，伏在办公室里的桌上，无心办事，也没有心情书写字了，报纸都不愿意看，灵编轻蔑的问他：

"你尽在那里呆呆的想些什么魔鬼事？"

"没有什么事！"

"盼望你的伯父吧？或是想你母亲，你的祖母？"

他的心中有事，灵编的话没有听见，在焦急、烦闷、快乐、苦恼几种矛盾的心情混战之下，总算极艰难的望眼欲穿，盼到了星期日的下午一点钟。

正午十二点，他就跑了去，午前的一场已经演完了，那天演的是什么片子，他都不知道，他不会看一眼电影院门前半大字的广告，他不是为鉴赏艺术而来的呀。

徘徊在电影院门前，到一点钟，才有零零星星几个人进去。他到售票处，买了两张楼上特等票，又走出来。马车一车一车的拉来许多客，他一想，她是不会坐车来的，因为她没有钱，在步行的来来往往的行人中探望，总不见她的芳影，快到两点钟了，仍不见她来，他不免有点失望了！耳听得影院里放映前的铃声响起来，他焦急的两脚直跷：

"莫不是她得了病和灾？"

他想起这两天不见她的事，一定发生了什么问题，忽然有人在后面拍了一下肩膀，他吓了一跳，回头看，原来是灵编，笑嘻嘻对他说：

"对不住，对不住，烦你久候。"

他半天说不出话来，灵编又说：

"你是在等你的伯父么？"他仍然不语。

"美兰今天不能来了！"

这句话把他提醒，急忙问：

"你怎样知道？"

"她告诉我的，叫我来替她代理，快进去吧，就要开了！……"

他被灵编拖了进去，在楼上寻了位置坐下，电灯立刻消灭，影剧开幕，他哪里有心思看电影，摇着灵编的手追问：

"灵编！她怎样对你说的，你在什么地方遇见她？快对我说……"

"你个傻子，她是谁？谁对我说什么你叫怎么说？"

"这可奇怪了！"

"这有什么奇怪呢？我草稿，C君给缮写，弄了一封假信给你，不过为了敲你个竹杠，白看一次电影而已！"

"怎样？原来是你骗我？你……"

"对不起！普通的座位就很好，楼上要多花一倍的钱吧！但很舒服哩！"

"啊！你真是恶作剧，你……害得我……"

"茅苍！我是可怜你的，要没有我的帮衬，你一生恐怕难尝恋爱的滋味，现在你算尝到了，怎么样？经过几次心跳，跳心，不过如此，实在没有别的。经理的小姐早已订婚，是MK银行经理的少爷，难道你还不知道么？经理肯把小姐嫁给一介穷书记么？你很聪明的少年，怎么这样傻气呢？谁叫美兰，鬼才知道，然而你未免傻得可怜！"

在黑暗中看不见茅苍的泪水，灵编接续着说：

"我们是同病相怜，在世界上没有我们的幸福，幸福是给另一类生物预备的。但我们要知足，竟也有看电影的权利，竟也坐上特等的席位。哈哈，你看那落花随着流水去，有多么好哪！"

茅苍从泪眼望到银幕，是一个春深的花园，风吹来，落花片片，弯曲的小河把残瓣漂流了去。幕上显示出几个写得很好看的字，是：

时代早就流过去，你留恋这些残花干什么？你把你的眼泪快在这河中洗去，看一看天空飞腾的黑云，不是暴风雨将至？跑去吧！孩子！急急地跑去。

（《泰东日报》1937年5月7日、8日，署名：慈灯）

祖母的生平

父亲来信说，活到七十五岁的祖母死了。

得到这噩耗，应该大哭一场，才是正礼，但我却笑了起来，而且咒骂着，这老不死的，终于死了，人间去了一块祸害。

我为什么这般不讲人道呢？有一点偏见的理由：

好心肠的祖母死后，她以孀妇的资格重嫁给祖父，生了三个儿子两个女儿，她自己的儿女整整齐齐，吃的是好饭菜，父亲满身褴褛，天天吃残余的冷饭，时常连冷饭也没有，只能饿肚。八岁时的一天寒冬，大雪纷纷，北风不住的呼呼狂叫，父亲因为饥饿难忍，偷了一片馒头，她发觉了，大发雷霆，把父亲的衣服剥光，打进雪坑里去冻，打算把他冻死，凄惨的哭泣声被人听见，救了他的小命。

父亲在她三寸金莲下受的种种非人类所能忍受的苦楚，实在是说不尽……祖父在远地营商，常不在家，父亲把她养汉的事实禀告祖父，坏了！她气得一棒把父亲捶昏，幸亏有人把父亲拖出，她未能打第二棒。

父亲一生流浪的生活从这时开始，那年十五岁，跑到很远的地方去，首先做小工人，又做木匠学徒，粮店跑腿，直到现今，还是工人。父亲年纪衰了，回忆往事，并不灰心，对祖母，从不发半句怨言。祖母所生的三子，大子于三十岁病死，二子不务正业，染吗啡癖冻死在街头，三子是理发匠，嗜赌成性，不养活她，她就拄着拐杖讨饭。一天讨到父亲门前，父亲收养在家，母亲恭恭敬敬的侍候她，看她如天上的王母娘娘。

天生的劣根性、贱胎，她吃饱饭东邻西舍去窜，当着张家说李家坏，当着李家说张家恶，于是张李二家打起来了，她在旁边看着有趣。她年老色衰，仍过不了寂寞的生活，常和几个老头子交际，因之她的名誉闻风臭三十里，父亲受莫大的影响，工友们对父亲取笑：

"你的老娘真够风流，大庙后躺着和老头谈心。"

花花样样的侮辱，举不胜举，父亲不能忍受了，好言劝她，求她改改丢脸的毛病，她不知悔，反老羞成怒，拿起拐杖提起竹篮，又讨饭去了。她的三子顾全体面，把她寄养在友人家，这一回，你知怎么样，更糟！她演起王大娘一流角色，拉拢坏许多青年男女，她从中取利，大吸她的鸦片烟，一个中年妇人，女儿因为堕落在她手里，赏了她两个耳光。一个流氓，给她若干钱，好事不成，踢了她两脚，骂她骗人。

更有甚于这些以上的丑事，因为预定写她的纸张不多，我只得结束了。

好在她如今已死，我希望她到了五帝阎罗殿，强硬的辩白，说在阳世人间做许多善事，可以免去种种苦刑，不知阎王老爷对不对她笑。

祖母啊！你的孙子为哀悼你在灯下给你写祭文哩！

（《泰东日报》1937年5月13日，署名：慈灯）

许多原故

许多人都这样想吧？当兵的去打仗，一定不高兴的事，十分痛苦的……但实在的情形并不如此，你如果不信，请读完这篇大文，管保使你点头相信啦！

我们的一连老总，独立在 M 镇驻防已经快到一年了，每天在营前的广场上，立正、稍息、托枪、开步走……忙个不休。有时到野外，派三两个弟兄拿着红白色旗幕，帽上系着白布伏在远远的山岗上当假设敌，那红旗代表重机关枪，白旗代表轻机关枪，左右摆去，就算连续扫射的意思，一停止就是射击间断，我们便利用这机会，前进、停止、射击，迅速的向敌阵地敏捷的运动。

六七月三伏天，那太阳炎热的挂在低空，晒得我们皮开肉裂，汗水如水一般，从皮肤往外滚，等到我们连滚带爬的奔到敌阵地，上刺刀、冲锋，再追击一段，这样就算演习终了的时候，衣服早被汗水湿透了，你如果看见这种样子，立刻会想到落汤鸡，辛苦与疲乏的多种烦恼，就从肩上歪托着的枪也可以分明的看出。

老实说，这平日的生活，我们都厌恶到了极点，此外诸种吃力的勤务，都是我们大大不。

高兴干的事，我们急切盼望的，是开到前面去开火。

你如果是有这种经验的话，你必定是兴高采烈，那是无疑的。

看吧！给养是双份，有牛肉罐头、青鱼盒子、香烟、冰糖，饭也煮得格外可口。当然在战势不利或者因为别种恶劣的情况下是没有这些好东西。挨冻是有的，挨饿是常事，但谁有工夫去忧虑那些倒霉的命运呢？譬如在车水马龙的路上，行走的人，他如果是去电影院，只猜测着片子的情节。他如果是去买彩票的，只幻想着开彩的那天，头彩的番号和他彩票的号码完全相同，他快乐极了，忘其所以的到银行去取款，取了这笔惊人的大款，买几间房子、置几片地，或者买部什么流线型的汽车，做高贵的服装，也须娶几房姨太太……这些是他善幻想的脑袋里幸福的做梦式花园，他能这样想吗？喂呀！万一我走在十字路，从后面转弯的街道飞过辆汽车，躲避不及，把我撞死怎么办哪？谁也不能这样想吧？或许艺术家那么锐敏的头脑，会想到这上面去的，然而想尽管想，谁能不走路么？如果在街头配汽车撞倒的人。他预先想到非有这件惨事发生不可，他倘若不是自杀，那一天他决不肯离家门口一步，原因是不能想的。有没有想的必要，可是个重大的问题。又假设有想的必要，而且想了，然后在街上走，留十分小心，可是你留十分小心，对方一分却都不留，是不是也是糟糕。你走路有走路的希望与目的，运转手也有运转的希望与目的。你的希望不是被他撞，你的目的不是被他撞而走路，他的希望不是撞你，他的目的不是为撞你而运转，那么他们的希望与目的是什么呢？先生，我想你是很聪颖的，用不着再解释，满可以彻底理解的了。

我们只想着吃喝与前线上略自由的活动，虽然炮火是厉害的，枪弹刺刀是不留情的，然而我们在你认为危险的情况下过惯了，不觉得危险，像在俱乐部打乒乓球一样的安然自若的有兴致，其间虽不免包含小小的忧愁的成分，忧愁对手的球挡得高妙，抽得神奇，但这有什么关系呢？你看着飞机在半空翻筋斗是危险的把戏吧？然而在半空以翻筋斗为能事的技师一点不觉得什么。你试闭目想想极普通常见的事看，在牛前立一会，恐怕它撞你一头，急忙避开，牧童便不禁笑你胆怯。乘马飞越高栏，你看着害怕，马上骑的人却抱歉飞得太低，莫不如此。原因是他们有专门的训练与经验，你是没有的。

没有过乘马、开汽车基本训练的人，偏去乘马飞越高栏、去开汽车飞奔，不消说是很危险。没有过当兵的基本训练，到战场去不消说很危险。虽然战场和开汽车乘马的厉害、危险的程度不同，但有训练与经验的人看来，两方面没有大大的差别。

因为这个缘故，所以我们不觉得怕。虽然我们之中也有怯怕的，而且怕得魂不附体，这又怎么说呢？很简单，他的训练不足，缺乏经验，正如虽然也会骑脚踏车，但不敢放开两手的道理一般，和虽然会骑马会开飞机的不敢飞越高栏、不敢在半空连翻几个筋斗是一样的。我们觉得平时没有战时有趣味，在 M 镇将驻到一年半了的防期，闷得实在不得了，终于前方吃紧了，我们就武装出发，到前线去增援。

当我们一连老总集合在 M 镇街上准备动员的早晨，许多市民在我们的周围放着可怜我们的眼光，意思是悯惜我们。可是你们错了，我们的心中正酝酿着不可一世的快乐，祝福你们大家健康吧。

你们相信我的话不？如果不信，则是你们没有这经验，全凭书本上的死文字推测人间的真学问的原故。

（这篇东西，想不出合适的题，就用文章的头间及末尾各两个字当题，一点含意没有，灯）

（原文缺失）

（《泰东日报》1937 年 5 月 14 日，署名：慈灯）

生　活

一天早晨，火龙刚爬起出东山，草上的露珠还闪闪发光的时候，我挑着一组干柴在进城的马路上急急的奔走。第一次的鸡鸣，三星疲乏的挤着眼睛，大地的黑暗在隐去之前，我就爬起来了，母亲把干粮捆在包袱里给我，默默的关上草门，我听见她不住的咳嗽，那病显然是极重的，她的脸色像月色夜里的芙蓉，青白得可怕，一路上只有那久病的脸，在我的脑里晃来晃去。扁担压在我的肩头，几乎不觉得重，后面赶上来的铁轮车，载着重载在我的身旁滚过去，也有驴驮着粮袋都匆匆忙忙穿过。我看着他们——人和畜类终日不息的背影，消失在前途的转弯处。残夜被白昼驱走了，人的咳嗽，谈话，铁蹄踏着地面的战抖，鞭子在半空画圈的脆响，都渐渐混杂，不清楚。东方山顶的青空，是一片鱼白色，又横着几朵黑云。这黑云换上鲜红的布幔，天就亮了。

远近几个萧索的村庄，寞寞的从烟囱冒着炊烟，城市稠密的房屋，罩在污浊的煤烟下，空气是一片肮脏。垃圾堆上站着乞儿在那里给拾废物，狗摇着尾巴各处跑，嗅嗅地面空虚的气味。我把干柴，捡一处著眼的墙下放好了。

这里是"草市"，菜市在东面不远的街头，往菜市去必由草市经过，各色的人物拥拥挤挤在我面前像潮水一般涌来涌去。虽然有人来争讲草价，而多半是问价性质，把草堆踢几脚就溜走了。我知道这时是犯不上提起精神办事的，便蹲在墙边休息。

（《泰东日报》1937 年 5 月 15 日，署名：慈灯）

可纪念的信

我与克生不断的通信，已经有了将近五年的历史，到去年春天止，不知什么原故，忽然接不到他的来信了！我恐怕多年的友谊，从此断绝了消息，曾写了四五封信问过，只字的回信也没见，我禁不住惊异得蹙起眉头了，莫非他因患了重病不能提笔？或者流浪别地去了？但他无论漂泊到何处，总是预先或事后，来信通知我的，为什么这次变了呢？不能，不能。后来我就写信问他的舅父，打听他在不在，回信说，他到前线参加打仗去了，进展到哪里说不定，因为无人知道的。我越发愕然了！他一定把我忘记，忘到九霄云外，我的名字在他脑里，早就不留一横一竖，我的影子在他的记忆中也早就不存在了！他是完完全全的忘记了我，忘得无影无踪……

朋友啊！我们相识了一场，而且是长长的五个年头，在一起虽然不满一年，朝夕相见，聚谈的时间那么多，别后的四载，虽然身体各在异处，友情的安慰，却没有一天分离，一个星期，至少有一次互相的通信，多则三两天一回，有时写得满满的，长长的，写了一大包，三分邮花几乎不足，你的信是那样的诚恳、热烈，那样的直率、豪爽，充满着悲愤、激昂、勇敢的气魄，你那忍艰、耐苦、前进的精神，即使是失望后一封极悲哀、垂头丧气的信，在字里行间，也可以明显的看出，我知道在你哭泣的时候，胸中正泉涌着急湍一般的怒吼，在你微笑着表示快乐的时候，正含着无限的憎恨与厌倦！你温柔的性质，威严的神态，从你那淡淡总喜欢向无边的远处眺望的目光，我也可以理解，你的穷苦的家庭，努力的父母，不幸的弟妹们，以及你自身恶劣的命运，颠沛流离，坎坷的乞讨式生活，你的一切……我无一不详细，如今你到底往哪里去了呢？你的身体流浪在何方？你的灵魂倾向了天的哪一角里去……请你来一封信告诉我吧！半封信也好，一个字也可以的……

346

落花随着流水，春光已去，半空的火球减下了热力，夏日亦去，西风吹落叶，草木枯衰，凄凉的秋天也飞得无踪，现在是雪片伴着北风狂舞的萧煞气候，克生还没有半个字的信来！

完了！我想他以后恐怕永久没有信写给我了！是死了吧？哦！我竟想到这上面去！

死时常徘徊在我们的周围，谁能免除与死神握手？无论如何，他死了也罢，不死更好，既然断绝了消息，一定不是好兆，我就纪念纪念他，如果他是死了，纪念不成了什么问题，不死，则也不成了什么问题，本来我们互相了解的程度，即使他知道我在给他做哀悼辞，也不会生气的，就拿出几封他给我比较最简短的信，做纪念吧！朋友！祝你在无论何时何地平安。

甲、分之老友，从你辞职，到A地去后，我真寂寞得很！同事虽多，年龄最小的只你与我，而与我友谊深挚的除了你更有谁？那些人，都是口头甜蜜，心怀恶意的兽类，他们不须要博爱，不需要同情，不需要真与美的安慰。他们唯一盼望的就是贪婪，为掩蔽这丑态，在外面套一件假惺惺的脏衣，这脏衣的污秽的气味，我嗅得几乎喘不上气来，你是闻过的吧？这气味好么？

（《泰东日报》1937年5月18—21日，署名：慈灯）

劳动与艺术

成人们需要劳动，好比儿童们需要游戏一样。

正当的游戏，足以锻炼儿童的体魄，振发儿童的精神，培养儿童的德性，这是谁也不能否认的，而适当的劳动，的确有益于劳动者的身心，同时可以换得相当的生活费，解决他的生活问题。

一个人闲闲散散，把岁月打发过去，不给他劳动的机会，或有工作可供他操劳，或有事情可让他活动，这对于他是够难堪的，正如一个活泼的小孩被约束着，而不能游戏一样，不过一个人老是过着刻板的生活，做着刻板的工作，换句话说，就是劳动机械化，那也是十分乏味。这很容易使人到了打哈欠的程度，而对于工作的效率，自然没有好的影响。

我们要避免劳动的机械化，看海鸥在空中飞翔，鱼儿在水中游泳，它们　是不停地劳动，然而它们的劳动，是多么的自得其乐！又是多么的艺术！人们对于工作为什么容易感到疲倦，容易感到苦恼呢？不就是因为人的劳动缺乏艺术化的原故么？我想如果把机械化的劳动，变为艺术化的劳动，益于增加工作的兴趣与效能，那不但可以把生产力提高，而且足以使劳动者的品格向上。

"劳动与艺术化"实在有提倡的必要。

（《哈尔滨公报》1937 年 5 月 19 日，署名：慈灯）

烧狐狸的故事

这也是我幼年的时候，听母亲讲的另一段很有意思的故事。

在一个交通不便，地处陌塞的乡村附近的山上，住一个孀妇，有四个聪明伶俐的女儿，年龄都到了会帮助母亲做事的时候。

有一天，母亲对四个女儿说：

"你们姊妹四个好好看家，我要到你们姥姥家去几天，回来必带许多吃的东西。不过这山的附近，听说有一个老狐狸精，时常变了人形害人，我走了如果被他知道，说不定要来吃你们的。到了黄昏，立刻把门闩结实，无论谁有什么事来叫门也不要开。"

母亲起身的当天晚，她们照着母亲的把门关上了，一齐上炕去睡。

她们刚熄了油灯，就听见远远的有脚步声，踏着寂静的沙地走来。

"砰、砰、砰……"分明在敲着她们的门，而且不耐烦的说："孩子们！开门吧，母亲回来了。"

她们不禁十分奇怪，这声音，实在是她们的母亲，但为什么数日的路程去去就回来了呢？这恐怕是那老狐狸精的奸计吧？她们交头接耳的商量对策，半天想不出完善的方法。

原来她们的母亲，在路上遇见了一位老太婆，那老太婆是和母亲一路的旅伴，母亲行路的目的，以及家里几个女儿的姓名年岁等事，都对老太婆说了。老太婆在地上打个滚，变成原形，是一只老狐狸。它等到太阳西下，天色黑下来时，就变做了母亲的样子，学母亲的声音来叫门，它在门外站了半天，不见一个开门的出来，就喊着大女儿的名字说道："花呀！你快起来给妈开门。"大女儿答道："我的头痛，不能起来！""那么朵呀！你快起来给妈开门。"老狐狸和蔼的这么说，二女儿毫不思索的答道："我的腿痛，不能起来！""那么枝呀？你快起来给妈开门。""我的腰痛，痛得厉害！不能起……"三女儿很悲哀的这么说。"那么叶呀！你快起来给妈开门吧，妈冷得要命！快……"她装得十分逼真，小女儿心不忍了，打算起去开，三个姐姐急忙阻住她，悄悄的对她说："你不可信，这一定是那老狐狸变的，千万别去……"她没有法，只得装腔做调的说："妈！我的肚子不好，正痛得死去活来，实在不能起来开门！"老狐狸在门外焦急起来了，就哭讼着："我的天哪！这可怎么好？我知道非出乱子不可，所以不放心的跑回来，谁料想回来迟了，啊、啊、啊！"他哭得极其哀凄，四个女儿忐忑不安了，以为是真的母亲，因为不放心又从半路转回来的。小女儿最孝敬，这时耐不住了，流着泪爬起，奔到门房，伤心的问："妈！真是你吗？你怎么又回来了呢？"

"哎！孩子，怎么不是？妈走在半路，越想越不放心，谁担保那老狐狸不能在深夜来吃你们，我难道是狐狸吗？孩子，你放心，狐狸就是来，也不能知道你们的名字，快开门呦！妈说什么好，以后再不去你们姥姥家了，就是去也领着你们同去……"小女儿听了这番话，就要开门，三个姐姐已经穿上衣服下地，把她的手握住说："你先别性急……"她们从门空中间向外面望去，黯淡的月下映着她们母亲的只影，的的确确不是什么狐狸，但朵忽然发现了一件事，抖抖擞擞的说："妈！你为什么有了尾巴了呢？""哪里？"老狐狸把尾巴夹在屁股中间坦然的回答道："是妈在路上看见天黑下来有点怯怕，折的一枝树杈。"小女儿奋不顾身的把门栓向旁边一拉，门开了！母亲进来自言自语的说："你们怎么这么傻呢？连妈都不认识了？狐狸即使是会变人，也断不能变成和妈一个形样的。"女儿们都抱歉，承认幼稚无智，希望母亲宽恕。

四个女儿和母亲重睡下去了，小女儿和母亲在一个被窝里没有说许多话，都安然入梦。

（《泰东日报》1937年5月25日，署名：慈灯）

疯狗的眼珠

按我的年龄，虽还是一个没有脱掉乳臭的黄口小子，然而各种表情不同的眼珠，我满可以看得懂，尤其是狗。

当我走到红油或黑漆刷的大门前，那老远就闪着厌恶眼珠的狗，我马上可以知道他要开始对我狂吠。这不是判断，也不是推理，乃是多年身临其境的经验。吠，我是不怯怕的，即使真将锐利的牙齿咬着我的腿肚，而且大大的啃一口，嚼吃也算不了什么，我都可以垂下脑颅忍受的。唯有那冰冷的无情的眼珠，闪闪放射着仇恨之光，却叫我非常的难堪，在朦胧的睡梦中，都觉得从头至脚难受。

莫非说我没有拾一块拳大石头的腕力吗？就说我的两条细腿，如果迅速的移动起来，也满可以追到你的后尾，把你肚皮踢破的。但我的血与肉，还没有达到那般残酷程度的点数。就是这个道理，原因并不在懦怯，怕你几分，论起身长，你差我远甚，我虽然没有你卷曲的尾巴，和竖立的两眼，并且你是用四只足走路的，这就是你比我更低贱的证明。

话不过这样说，我从来不曾在你面前，挂起万物之灵的招牌，我是相信达尔文的，认为你不过是进化的程度上的差异。说起历史的事实，我们差不多是一个祖先的种属，我的名字编在你的一纲或者一目，也决不算错，为便利起见，我称你哥哥更有什么妨碍呢？你不知道我们原先好像是树根一般，渐渐才分权分枝有点区别吗？这离不开宇宙的分离有什么关系，我的上面是蔚蓝色的天空，你的上面难道是广漠的大地不成？那么你是把秩序颠倒了啊！先生！不信请你研究研究东西南北及上下左右。

倘若转得到，你顶好是换一对稍见慈悲的眼珠，这无须讲什么自然淘汰，人为淘汰的学问，只消你自己改变一下高低的心肠，对于你的主人，既能摇摆乞讨欢心的尾巴，对于我翻一翻真正欢迎的眼珠又有何难？在陆地生活的生物，可以到水里去行动，在水中行动的生物也可以到陆地生活，这都有其开辟新生的目的，怎么你连明明能都运用的眼珠，却非要作无用的变异不可，偏向恶端施展呢？你要知道啊，家鸡所以到现在不能展翅高飞，是因为他懒惰不飞，渐渐愚笨起来，以至想飞已飞不起来的缘故。假说你的眼珠，长期闪着无情的冷光，把乞讨的视线忘记，或者运用起来不便，那么在你全人足前，也挤着憎恨的眼珠，可就免不了挨一场毒打哩。你要确实的那么办，变异到我所说的，那样一对仇视主人的眼珠，可说你的进化是较数万年以前的突飞猛进。你再把这种性质遗传给你的第二代，第三代，倒是你的伟绩，将来在什么历史上，也要登你一张图像，当大众崇敬的目标，就连你的骨骼，也要陈列在玻璃橱中，该多么荣耀呀。

总而言之，我的精神病闹得很旺，疯话你可以不听，你的眼珠可不能不改。如甚翻弄无用的眼珠，——正如我帽上附的挽成花结的布，用途是一点没有的，一般人的大氅上的袖扣都是无用，然而当古迹保存着，有当历史考究的价值，我的眉毛剃去有何妨？因为他是无用的东西，而你的闪冷眼珠，比这些都重要吧？不是同日而语的问题。所以我特意的提出来，算一个意见更好，希望你采纳。

听说你们种族近年有学校创立，不知所学的都是什么科目？

（原文缺失）

我怎么能与敌人协和？凡是大小人，我判断，都是些怯懦之辈，没有勇敢的魄力的，那么怕他们便成笑话了。我软弱，是在君子的足后；我强硬，是在小人的鼻子前。无论如何，我是不能怕老鼠的。老鼠怕猫，猫怕狗，我既然连狗都不怕，此外无须顾虑许多。父亲，放心我吧！我像猴似的，一下就攀到树枝上去了。

（《泰东日报》1937年5月27日，署名：慈灯）

给弟弟

我接到你的来信，快乐得多吃一碗粥。你的信写得十分进步了！你千万别间断写日记呀！

你如果闭眼一想，日记中该写的事情太多，怎能说无事可记呢？单写穿衣、洗面、吃饭、上学校等，固然是干燥乏味、没有意思，那是自然的，但这些账目不一定非写不可，你心里想的事情、看的事情，听见的事情，一天不知多少，不用说别的，就说你亲眼看见的吧！当你早晨睁开睡眼，父亲第一个先穿衣，匆匆忙忙拐着饭盒上工去了。你看父亲困倦的神色，沉重的脚步，寂寞的咳嗽，以及他烦恼的开门关门的声响，写也写不尽。每天转变，无一刻相同，你试弯腰看看河中的水，水中的鱼，鱼的怕人知躲避，草丛中的青蛙。你再抬头看看树梢，那些吃饱了饭，快乐的小鸟歌唱，当它们飞起来的翅膀，预防外患的情形，再往高看那空中的白云舒展、变化的程度，你如果高兴，再弯一次腰，看看蚂蚁的团结行动，花蕊上蜜蜂的警戒颜色，小草柔弱的自然主义……说就说不完，何况写。你们学校里，就有你看不明白写不透的地方，只要你肯注意，你的日记本还不够一天用。别人对你的说话，不妨也写，同学们的家世，以及他们父母亲生活的景况，也有大写特写的价值。我的日记并不是只记我自己本身一天的行为，我这一天的举动，多少总受外界的影响，那么就写写"影响"的必要，说起来多得很！今天晚上我一定把写日记的范围，尽我所知道的，全写给你，先把这封信寄给你读。

三六年四月五日

（《泰东日报》1937 年 5 月 28 日，署名：慈灯）

给姐夫

要不是你写信来，我简直把你忘了！真是罪该万死！自从姐姐死后，我就在外面混，总算不错，没有饿死、没有冻死、没有气死……怎么说没有气死呢？挨饿挨冻实在不好受，因为不好受，我就生气，所以差一点气死。

说起我的生气，姐夫是明白的，我不生天气，生地气，或者生人气，我生我自己的气。别人也是人，我也是人，怎么人家都未曾挨过饿，独我挨过饿？莫非说命运注定，活该如此，我应该挨饿的吗？

我是不大相信宿命论的。缺点，我也没有。你看：一个鼻子、俩眼睛、两条胳臂、两只腿，少什么？

研究起来，两万字也写不完，拉到吧！而且姐夫讨厌这些，但是我说什么好呢？P县诚然不错，姐夫在那里做过多年买卖，获了许多利，我也很高兴。不过于我没有多大关系呀！我在那里倒了好几年霉，如今想起来，仍觉烦闷。当时倘无姐夫救助，恐怕活不到如今。姐夫是我救命的恩主，永远忘记不了的慈星，实在的，我真不知怎样感激好。将来我有抖起来那天，必重重酬谢。无奈我现在赤贫得很！手中无有分文，除了写字致谢之外，没有其他方法，求姐夫多多原谅。

做梦也想不到，蒙姐夫来信问起我的景况，我快乐得泪几乎都淌了下来。不过我这二年不像从前那么动不动就哭了！

从前的我等于零，如今的我仍然等于零。

问一声不识面的姐姐安好！

没有工夫多写，恕罪！

三六年六月二十

（《泰东日报》1937 年 5 月 29 日，署名：慈灯）

给表兄

我听许多人说起你的事，真好笑！

你是受了很高尚的艺术教育的人，怎么傻到那步田地？背了一捆画到那种地方去开什么展览会？有一位擅长"国画"的老前辈，说你那几幅裸体画，属于"春画"一系，应该由官厅惩禁。幸而官厅里不赞成这位老前辈的意见，不然你要尝尝铁窗风味哩！可真不得了！莫非说你艺术家的眼光，在事先不会看一看那地方的风气，你不看见那些前辈先生骄傲的步伐？不看见那成见深深的城楼？不看见那迷迷糊糊的山神庙的红旗杆？你就看一看那地方的青草吧，满街没有秩序的生长，连野花都开得寂寞惨□，毫无半点活气。那地方什么都像死的，你们跑到那里，简直是碰钉子，扑灰。你绑起画，背着走的时候，你可曾听见那些嘻笑的议论？你的艺术家先生的梦哟！像夏日的朝露似的，一转眼就消灭的！谁注意你笔头的什么主义和什么信义。他们只惊疑你头发的蓬松罢了。有人说，你是什么山上的出家人，不然哪能不刮胡须？

你的画如果要焚烧的时候，千万寄两张给我，我打算挂在灶王爷的两旁，一定很好看。

三六年七月十三日

（《泰东日报》1937 年 5 月 29 日，署名：慈灯）

355

给外甥

　　本月六日，我到你学徒的理发馆，不凑巧，你到市上买菜去了，对你们掌柜，把我的来意说明，他客客气气的给我倒了一杯温茶，告诉我你在那里很好等事，坐了十五分钟，不见你回来，我因为着急回公司只得走了，临走的时候，我对所有正在忙碌着的伙计们一一行了礼，意思在告他们对你多赐恩惠。

　　理发一行是现代很好的职业，三年后学成，赚饭吃便不难，你年纪小，初学起来一定不易，可是凡事初步难，得了门径就容易了。你祖父的主张，我很赞同，如果你父亲不死，决不能让一个十二岁的孩子，背井离乡的出外学职业，这不算什么不幸，我以为正是奠定你将来成功的基础。境遇越是艰苦，越该加倍奋斗，一切都能从奋斗中得来，世界上许多的大伟人，他们幼年的景况都极寒苦，但是他们不负苦，克服了苦，终于踏上成功之路。谁料想当年拾煤球者，农人的儿子，图案师的学徒，后来竟使全世界的大人小孩，全脱帽向他们致敬呢！

　　十日晚我到了谋生的地方，我在此地盘踞，已有二年的历史，明年春我将到别地流浪去了。

　　不要忘记了发奋、忍艰难、耐劳苦、磨炼……

三六年八月二日

（《泰东日报》1937 年 6 月 1 日，署名：慈灯）

给经理

先生：

　　我的座位，距先生的办公室不到三十米远，但我不能过去说话，因为我的嘴笨，往往说不出心中的意思，所以写。我的笔好像比我的嘴聪明一点？

　　说什么呢？还是与上次一样，希望先生可怜，我预计一个半月薪水，我的父亲来了三封信，说家里几个人快要饿死，我真是束手无策，除了乞求先生的同情，来救助我外，别无二法。或者就只有听其自然了。

　　预支薪水，公司里本无这项规定，我也不知是否合理，盼望先生原谅。这是第二次，以后绝不会有第三次，我想先生非答应我不可的。先生的富同情心，我深深了解，对于职员，先生一向是倾注全力帮助，无以复加，我铭感肺腑，终生不忘。祝先生身体强壮，我坐在这里，恭敬的期待着先生的佳音了。

三六年九月二十七日

（《泰东日报》1937 年 6 月 1 日，署名：慈灯）

给关君

最先请求你，看完这封信之后别生气，多多的谅解我，体恤我的浅薄。

参加文艺团体，我实在不可能，我不明白文艺，说不出文艺是怎么回事，诸位的学问广博，对于文艺，有很深的造诣，在一块讨论，有许多题目可搬出来谈判。我识字有限，往往连用一个文字，还写不上来，所写的东西，都是被生活压迫，觉得痛苦的了不得，提起笔来解闷，当做替代眼泪的工具的。也可以说，我所写的，全是没有价值的牢骚，个人主义的创作。说实在话，我连做梦也没有梦到我所涂抹的那些东西会称得上文艺作品，我愿对天发誓，怎么做怎么品我是一点不懂的，如果我参加你们的团体，简直是故意冒犯滥竽充数的大罪，至少是不应该，我的良心不许可……

上一封信中，我已说明，我读书太少，你总不信，以为我撒谎，其实我是不大愿意撒谎的呀！既不是死临在我的头顶，我说诳何用？无论对谁，我有一句说一句，尤其对你，诚实尚觉不足，哪里会撒谎？不客气说，说我撒谎，叫我好大不高兴呢！像冤枉我做贼一般，万分不好受！

不用说别的，新诗我就不懂，我把所谓新诗的，一行一行的念下去，念完了就念完了，像数酸梨似的，不知他的意义何存。小说我也大多不懂，很长很长的一串字眼，把我弄得头迷眼花，弄清楚一句，须半小时，研究文艺的资格不够，看这一点就证明了。总而言之，或者是统而言之，叫我参加你们的团体，就如把我拉到舞台装花旦，怎能装得上来呢？先生饶了我罢！我们是朋友，完全和普通一样要好的朋友，不必冠上"文艺朋友"这高贵的句词罢？致使我写信都拘泥、胆怯，不敢随便写了，你的气度怎样？不知可能宽恕我，可怜我……我不知怎样说好，读了你的信有点生气，但并不恨你，仍然是敬爱你，希望你常来信教训我。

三六年十月三日

（《泰东日报》1937年6月2日，署名：慈灯）

给弟弟（二）

父亲来信说你病了，病了三天才爬起来，还没好就急于上学，病在炕上的时候，常坐起来，望着外面走过的学生，急得哭了！饭也不吃，父亲给买的药也不用，姐姐愁得门里走到门外，默默的祈求老天，保佑你的病快好。

为什么你来信不说病倒的事呢，反说近来格外强壮，故意瞒我吗？我生气啦！身体比学问还重要，有学问，身体衰弱，也是无用，没有健全的体格的人都不算一个完全的人。有学问，再有顽强的体格，才是真正有训练的人，心与身是不能分离的。你有病，应该静静的疗养，等病完全痊愈以后，再起来活动不迟，耽误一两天上学算什么呢？只要你的精神一意向学，不上学校一样可以获得知识，而且学问不一定非在学校里才能得到不可的，反过来说：有许多人生真实的学问，在学校里一点学不着。

学校和社会不可偏重，两方面有同等的斤量，你单在学校里学不够，必须要社会搜求这样才能进步得快。我很想使你有了初步的常识，就到社会去探求学问，不过你的年龄还小，一定得过二年，等到你的身体，有抵抗狂风暴雨的力量了，再请你踏上竞争的火线。现在你的当务之急，第一是武装你的知识，第二是健强你的身体，这两者巩固，你就勇敢的跑去吧！

记住哥哥的话，有病时加意修养，病好了注意锻炼。

一九三六年六月七日

（《泰东日报》1937 年 6 月 2 日，署名：慈灯）

给大姐

你的守节的毅志，我觉得没有奠定的价值，请你容我陈述几句意见。

第一你要想，假如你死后，你的丈夫还活着，他能为你守节不？

丈夫死，妻子守节，妻子死，丈夫续娶，这就像一加二等于三，二加一等于八一样！不合乎现代潮流的那些传统观念，你千万摆脱、丢弃掉吧！你连一个孩子都没有年纪老时，无人过问，就是你现在患病，也无人理会你的。寂寞的时候，烦恼伴着你，伤心的时候，眼泪追随你，你能有快乐可说么？

依旧式的定律所结合成的夫妻，当然少有幸福，但在新式恋爱没有资格尝受的你，我以为本着旧式再去结合一次不算坏事，受些痛苦，那都无关，因为人无论他是学者、贩夫走卒，有时都有一种像须要吃饭似的冲动。这种冲动你很难制服，而且你年轻、你貌美，你拿着美貌的武器去和你的新丈夫作战，我敢预先下判决，你的丈夫就算英雄豪杰，不愁他不一败涂地……

不论从那方面研究，你都得改嫁，你赶紧向你的公婆、那些圈弄你的坏蛋唾弃吧！快听姨母的哲言，顺从她丰富的经验的企图，改嫁去罢！越快越好，你的弟弟凭着理智，期待你赏一杯喜酒，立即决定你的趣旨，快！

三六年六月十二

（《泰东日报》1937 年 6 月 3 日）

给妹妹（一）

我住着的院子里，一共六家人，院子的方圆不过十五米，喘气的声音都可以听清楚。苦闷的咳嗽、爽快的吐痰、尖锐的怪笑、嘎嗓的恶骂、纵横着的奇腔怪谈、女人的哼着鼻音唱、男子破口喊二黄、孩子们在半夜醒来的叫嚎、白昼的打闹……这些混杂的情形，真是不一而足，无以复加。猪圈和牛栏里的景况如何，我虽然还没有到那步倒运的田地，去住过，经验经验，我想一定比较这里幽雅，猪和牛有静默休息的时候，这里却往往没有睡眠，似乎他们气力，无需恢复，根本没有疲劳，永久有新的劳动的精神，时刻可以振作——能接续至长久一般！不能不说是个奇迹。从亮天至黄昏，从入夜至黎明，就没有一分钟、一秒钟的静寂，倒也热闹！但我觉得太苦呢！获不到一点安静读书的机会，想写几行字更难到绝顶了！

这样我便禁不住常怀念我们的家了！

我们的家虽穷寒，可没有嚣扰，小鸟打食回来，到房檐下唱快乐之歌，蜘蛛吃饱归巢去了，剩下的密网张在空中，风吹着微动，谁也想不到那是陷害生物的机关。鸡和鸭到河边去散步，猫和狗也出外找它们的同伴游玩去了，我们没有表嘀嗒不停的响，屋子里比深山中的古庙都静默。树叶吟诗、鲜花低语，墙角的小草呵痒为戏，什么都听得见。你拿把米粒，在院子里呼唤！呵呵呵呵，鸡和鸭马上从门前的小河附近，飞跑着回来，嘻嘻哈哈的进餐。午间，我们的工作休止，坐在树下乘凉，蝉在树梢悠悠的鸣，安慰我们的疲劳。晚上父亲也回来了，大家坐在油灯下聊天，等着母亲和姐姐预备饭。那时的生活，当时觉得有点劳苦，如今回忆，该多幸福啊！过去了！无论到天边外国，绝寻不出当年的安乐！我留恋着，留恋着往事的幻影，我憎恨现在周围的枯燥、肮脏，但说这些有什么用？还是努力追寻，向理想之乡去另创造罢！

三六年六月九日

（《泰东日报》1937年6月3日，署名：慈灯）

给夏修人（一）

本月十四日午后二时，我们的部队走到一个叫 P 镇的地方，在那里宿营。傍晚五时，几个军官相约到附近去散步，我也跟了去，途中大家研究着应该有一个消遣的方法，只是在这陌生的地方不知作何消遣有趣，于是议论起来了。

"找个学校借个足球踢踢吧。"

"上饭馆大喝一场，喝个大醉！"

"听说这里有戏院，去看戏好不好？"

"天将快黑了，怎么踢球？刚吃过饭怎么喝酒？戏院子早不唱了，顶好散散步回去睡，明天还得走路呢！"

大家都失望了，低下头，默默的顺着街边走去。

傍晚的镇上，商店关了门，街上也没有许多行人了，空中罩着寂寞的空气，风是凄凉的，老鸦栖在电线杆顶，叫着恐怖的曲调。当我们转过街角，正要往胡同里走去的中间，我觉得有一双手从后面扯我的衣襟，又急忙放开了，我受了惊恐，回头看去，一个人影向一家门里消去。我悄声停步，想看一个究竟，那两扇神秘的黑门拖住我的视线，把我平静的心池波动了，我觉悟出这是一幕人生的命运悲伤的戏剧，我一定得含着些冒险的性质研究一番，决心之后，我便偷偷的溜走，慌忙的跟进那个人家。

这镇上的居民对我们的好感，鼓励着我尽管放心，振起勇气，毫不踌躇的走进那间矮屋，被让进屋里坐了。

屋子的窗台放一盏火油灯，光线不足，显得屋子里的生活分明缺少光明，炕上堆满零零碎碎的布片，还有用过未洗的碗碟，我看了一下主人，我的呼吸几乎窒塞了！

"你多大？"

"十九！"

啊！他只小我两岁呢！他直直的盯着我，看我的面貌，人看来很消瘦、憔悴，历经风霜的杏眼，闪着生之苦味的光芒，泪水含在眼圈，惊奇的又很泰然，默默的看着我，我听见屋后有病痛的呻吟声，声音那么渺小、可怜，好像棺材里的老鼠挣扎、爬行的动静，我明白了，我理解了，同情不必要，暂时的救助是适合的。我掏出一张纸币，抛在他的怀里，我不敢看他接受时的两只枯黄的手指，急急忙忙跑回去了。我顺着来时的道路跑回住宿的地方，同行的几个人仍未归来，他们大概也遇见同样的事了。

这种事我们常遇上，算不得奇遇，只要在傍晚胡同走几步，就会发现几件，我也习惯了。在人生的路上我走了许多年，我看见幕后的各个角色，各个角色的生之悲苦与哀伤。我也是在悲苦的旋涡中打滚的不幸者之一，我的手也时时在扯别人的衣襟，求他们帮助我，我愿以我的灵魂报答、酬谢。在我须求着人生的重要条件的时候，我是顾不得羞辱的，假如我装清高便只好坐等消灭。无形的力量纵动着我，在不得已时的勇气与牺牲，我就忘了父母的教训，老师的诱导，圣人的格言等这些全不是随时随地解救我的难关的符咒，一件棉衣，一碗稀粥才是我的珍珠，我的前进的步骤是依着后者向左向右，向前向后。这是无情的风雨，从对面吹来，我必须低头，从侧面袭击，我必须转脸，从后面迫来我就非躲避不可了。

我遇见的人，他是和我一样不能闪躲各方面的逼压的呀！他如果有一线希望，决不肯把羞之网摘下抛扔。那呻吟病苦的是他的什么亲属？是他的父也不妨，是她的公婆或丈夫都没有关系啊！他是"不幸者"却是实在无疑的了。

同行者陆续归来，开心着说笑，忘记了失掉的我，我也忘记了遇见的人，和人的有关系的呻吟悲苦我们都忘记了。你忘记我，我忘记他，他又忘记别人在人类存在的宇宙之间，永久是这般的类推着。不幸的扯我的衣襟的人啊！是一位未经批准的"瘦马"！

修人！你倘若遇着这种事情怎么处置呢？

三六年七月十五日

（《泰东日报》1937 年 6 月 5 日，署名：慈灯）

给范传书（一）

你问我过去的恋爱故事，这怎么叫我能回答你呢？我没有这种幸福的履历或者你高兴的话，我就临时编一块，捏造一块给你，不使你失望。

那一年春天，我在江边散步，我看见岸边停泊着一艘帆船上坐着一个姑娘。

从后面看不见她的面貌，只见得她婀娜的背影，和她的被江风吹散的短发。她的眼睛注视着江中，她看见江中有几只鲤鱼游着。

我的心儿不宁，跳动着，我的腿颤抖，悄悄的走过去，我的足步虽然轻盈，然而沙滩却沙沙的很响。

她转过脸一瞥，微笑了，招我上她的船，她摇着橹，向江中航去了。说不出的快乐包围着我的心，我们谈各种事，她把身世全告诉我，我也一字不留的对她诚实吐出。她表示十二分高兴，愿意和我做一双白头到老的侣伴。

忽然！狂风大作，暴风雨来临，江面滚滚腾腾，十分汹涌，十分可怕，我们惊慌的不知怎样才好，喊着救命，没有应声，只有暴风雨的怒吼，终于把我们的小船打翻了，双双落水。

醒来的时候，我一看是躺在江边另一只船上，一个老人坐在我的身旁，他说："没有我，你早已死去，我救了你的性命，可惜那姑娘不见了，她随着江流向下面冲去，无法救助了！"

可叹！可叹！一幕不幸的恋爱的结局！

三六年七月十日

（《泰东日报》1937 年 6 月 5 日，署名：慈灯）

给弟弟（三）

我们什么事也不做的时候，一定觉得寂寞、不安，不论做点什么，或者读书、写字、游戏，帮助姐姐们做活，苦闷会立刻跑开。我现在写信给你，就觉得有趣。从早至晚，我总是忙忙碌碌，我并不愿意忙，可是闲着会使我痛苦，所以我只得忙，我刚放下书，报纸来了，朋友们的信来了，我又要看报，又要读信，还得时刻留意主人的呼唤，好好尽我的职责。有了闲工夫，我就给朋友写回信，如果工夫长，我就多多写，写三篇、五篇、十篇八篇也说不定，我一提笔，就像在饭馆子里端起碗筷，一定得好好吃一场，生怕不够本。

我最愁苦的是我的书太少了，共计不过二十来本，每一册至少翻过三遍以上了。可是我越多翻越觉得这本书有意思。多读一遍，可以从书中发现新的兴趣。我从前读一本书，只读一遍就放下了，现在我才觉悟，读一遍是不行的，一定得读两遍、三遍以上，不然这本书的意义，便不容易完全了解，尤其是像我这样又笨、又没有学问的人，更得多多的读了。

我把书编成号码，一排的摆在窗台上，从第一号开始读，读完一本，写一篇读后感。我从来不曾写过一个字什么批评，因为我还有许多读不懂的地方，怎么能批评呢？要批评，一定得我完全了解，并且能够著书，我才能批评。现在我是谦谦虚虚的读，接着读第二册，第三册，全读完以后，而且都写了读后感，再反过来从第一号开始。我已经读完一遍，又读第二遍的第二册了，今年我的读书的计划如此决定，明年，我想再添五本，编入最后的几号，不消说仍是从第一号按次序读。几时我自信某一册书我是真正理解了，我就在书面上贴一张小纸，上写"谢谢！我读明白了！"就把它放在箱子里，但放在箱子里并非永久不过问了，将来还是要拿出来读的。

你想，我怎么能够寂寞？我觉得时间太快！不够我用呢！寄给你的画报收到了没有？以后写信，千万要把主要的消息说明，比方画报给你来，信就得先写"画报收到了"，然后再写别的事情，就是不先写，也得在信里说清楚，这样我就放心。

三六年七月廿六日

（《泰东日报》1937年6月8日，署名：慈灯）

给妹妹（二）

我在路旁看见一个少年乞丐，因为饥饿，坐在谁家的房檐下哭泣。

他的泪水湿透了袖头，他的眼皮有些红肿，他的破篮里什么东西也没有，一根木杖放在他的身旁。

天色快要黑了，丝丝的细雨还在不停的下，他肚子饿了，但是没有东西吃，怎能不哭？不过他哭得很寂寞，不发一点声音，只见他的泪水顺着脸腮奔流。

路上没有行人，没有谁同情他，去安慰他，就是有，也不得去理会他吧？人们看他，人们一看他那身肮脏的衣服，就讨厌他，甚至诅咒他。你看他的哭，是多么痛伤！他的眼睛放着求怜的光芒。

他是谁的孩子？他的母亲呢？

我在他的面前经过，我停住看一看他，他一点不看我，连眼角都不向我瞥一下，好像我的存在，恰如影子一般。我默默地走过去了，我回头望望他，他仍坐在那里不动，转过街道，我想回头看他一眼也看不见了！

我到了住宿的地点，放下雨伞，看着窗外的雨越下越大了。

起初是一阵粗暴的雨点，停了片刻，接着几声震耳的霹雷，雨随着怒吼起来了，像一道堤破裂，大水直冲下来，滚滚腾腾，无法制止。园子的墙倒，坍塌的号叫，母鸡从街上跑进来，跑到院子中央，被大水冲倒了！它在水中挣扎，无奈翻不起身，它一点力量都没有，倾盆的大雨，渐渐把它埋葬，它在水里只露出半个身子，它的脚撑不起来，它向东一转，更陷得深些，又向后一趔趄，上体也凹进去了，它狂叫，叫不出声，它的头露在水面，恐惧、惊慌，它不知怎样好，它向右一偏，整个的不见了！院子里是一片汪洋，浩浩荡荡，刺啦啦，闪电，轰隆隆隆，霹雷，雨点像豆粒那么大，密密的直下。院子里靠南面的墙角，一张卷成圆筒的破席子倒了，铁筒、钵罐叮叮当当响，水爆发着湍鸣，水道沟变成急流，翻翻滚滚流着，跳跃着，我惊叹一声，冒着大雨夺出大门，没命的跑着，一看，那个哭泣的孩子不见了。我又跑回来，我的衣服全湿透了，雨水从我头顶滴下，鞋里浸进水，很不好受！我的肚子也饿了！

三六年七月二十九日

（《泰东日报》1937年6月9日，署名：慈灯）

给妹妹（三）

我盼望你把这几样最容易办到的事情立刻实施。

把头发再往短处剪，剪得越短越好，你如果愿意，像男子似的剪成秃头。

你不擦粉，这是我很赞成的，一生一世也不要擦粉，凡是化妆品，一概不用。你的面貌，生来很美，倘若去化妆，就会把美化灭了，这是损失。在男子面前说话，不要装腔作调，更别怕羞，拿出男气来，想起什么说什么，态度要威严，豪爽，避免小奴家气。

对于含着压迫味的男子们的说话当面反对他，猛烈的攻击他，指出他的劣点，唾弃他也不妨。对于女子，你们的同性，改掉她们的虚荣心和当花瓶的习惯，做一个好模范给她们看看。

头发梳得亮亮的，男不男、女不女的公子少爷，你看他们的时候，顶好用对敌人仇视的眼珠，别听他们花言巧语，动不动搬出学者的姓名籍贯。凡是我国的有学问的人，大抵与外国人相反，他们说话不吹牛，不轻易显本领，尤其在没有学问人面前，喜欢夸张自己的东西，一定是些流氓之辈，冒牌肥皂。你将来嫁人，我劝你嫁给穷小子，有意志的男儿，光明磊落、有勇敢的魄力的丈夫。有学问不学问不必过问，因为学问与人格是两件事，有学问不见得有人格，有人格却没有学问，这二者你选择哪项，前？后？你如果选前者，我说你是傻子，你要毫不踌躇的跳到后者的怀里为要，千万千万！

而且学问是什么东西？一千个人，一万个人，其中不见得有一个人是有学问的。仅仅知道些浅薄的皮毛事情，那也算不了是学问。

你要不断的往一般人所谓不良的一面想一想，你可以在那里寻出真正的善良。

你的眼泪随便运用，是没有价值，区区小事，不必哭，把胸襟放广大些。
你的哥哥。

三六年八月五日

（《泰东日报》1937年6月12日，署名：慈灯）

给姐姐和妹妹

我忽然受了感冒,又头痛,又咳嗽,全身发热,请假养了两天,已见强了,只是腿酸,不愿吃东西,真想不到像我这么强壮的家伙竟会病?奇怪极了!

我躺在屋子里闷得很,就想起写信给你们,不过你们一定得先做完别的事,实在没有什么做了,再请看这封信。因为这信里只说我自己的事,没有价值,但既知没有价值,为什么还写呢?我也不会解释这理由,求你们原谅我的浅薄吧!

那时候,正是夏天,我一点职业没有,(你们知道)我在朋友地方寄居着。这位朋友是外国饭店厨房里的打杂,他每天弄些东西给我吃,我吃饱了就到各处闲走,很想在商店门前发现一张纸条,上写:"没有职业的人进来吧!"什么地方都走遍了,我始终没发现,我所接受的,是轻蔑,憎厌,我最胆寒的是学生,学生之中尤其是女学生。

你们也知道我失学最早,我一看见学生,就欣慕得拿不动脚步,我时常站着看他们,望那些幸福的姿态。男学生还没有什么,女学生经我一看,甚至有骂起来的,我清清楚楚的记得:有一天我立在公园门口,看见一群女学生走过来了,她们又说又笑,实在高兴,我心里想,我是个男子,已经十七八岁了,怎么连女子都不如呢?我几乎快要要饭了!我瞅她们,其中有个长脸的,诅咒道:"不要脸!"她的言论一发表,其余的三位都转脸看我,有的板着冰冷的面孔,有的竟失笑!这是什么意思?我当时一点也不懂,痛苦包围了我的灵魂。我虽然失了业,可是我连欣慕的权利都没有吗?你们知道,我是不安好心的流氓?我连吃饭的地方都没有啊!

现在我明白,她们完全误会了我,不是她们的错误,乃是我不解人情世故,罪该万死!

"不要脸"这句金言，至今不忘，以后我永不敢正眼视妇女。

我的渺小的本领不能支配种种不幸的境遇，倒霉接续了很久，我在各处流浪着，去年夏天，我寄宿在一位当大官的公馆，房东的小姐都很年轻，我看她们，她们并不咒骂呀！我奇怪了！这又是什么意思？

这时我有职业了，我有洁净的长衫、鞋袜，我有当大官的好友保护我，谁敢骂我？

是这样，我明白了我现在要借着道德家的宗旨奉劝你们几句话。

你们的爱，一定要水平，不可弯弯曲曲，对高的是一番声色，对低的又是一番声色，这都不见得对的。明白点说，你如果爱穿洋服的，你顶好对短棉袄也爱，无须把爱的重量偏用，对破鞋指摘，对皮鞋也当不客气。你们都明白"博爱"的意义吧？那么无须我说了，我是在这里，不过又加一番祈求罢了。

衣服破旧些，就对之大加轻视，认为不良；鞋袜整齐些，便另眼看待，视为神明。无论怎么巧辩，这都不见得是对的，不论你请哪一国的哲学家来巧辩。

女学生是未来社会上的慈母，从小的基础很要紧，奠定歪了，将来就不容易矫正。我们的母亲是十分公平的，她不但爱我们，对所有的儿童，不问其衣服华丽或肮脏，都"一视同仁"，没有区别，所以她是好的。并不是因为她是我们生身的母亲便夸扬、歌颂，事实她确是如此。她有劣点，我一样不客气的指摘，除了她的意志薄弱，没有经济独立的本领外，她没有别的坏处。或者就是她一生没进过电影院，不会跳舞，不会刺花枕，不会唱《毛毛雨》，这是没有法子的一大憾事！她的忍艰耐苦，克服贫寒和运动的精神是可取的，我很希望一般女士们研究研究所谓"旧家庭"妇女的苦干的习惯。

我时常听有人说，某某女士真浪漫，他大概说"浪漫"是穿戴漂亮，举止活泼的意思？其实"浪漫"二字并不作此解，请看《西洋文学史》那上面说，浪漫是一种主义的运动，从基督教解放出来的民众，又被"拉丁"文束缚住，于是复陷于旧的法则，接着而起的大波，便是浪漫主义的汹涌，《忏悔录》我读了，浪漫绝不是穿衣戴帽，乃是一种学问的发起，你们别弄错了呀!

我的头又痛了起来，不能写了! 祝你们千万别得病!

(《泰东日报》1937 年，署名：慈灯)

给成桑

这两首小诗，是一个在D埠一家外国饭馆里，当仆役的儿童所做，他才十五岁，能做出这样的好诗，真叫我有点不大相信，但确是他做的。我时常到他们饭馆送"咖啡"，就与他相识，而且很要好，有一天，我又去了，看见他伏在厨房里的长案。我过去问他："你写些什么？"他说："写着玩的……"我拿起一看，原来是做的诗，我很惊奇！惊为天才！

他的诗有些近于英国的名诗人，兼小说家"司蒂芬孙"的形式，发挥了儿童纯真的心理，非常深刻，文字的技术也很适于儿童读，所以我认为这是两首好诗，我当时和他要了这两首，他十分慷慨地赏给我了，说是当做我们相识的纪念。

现在我把这诗赠送你，请你看一看如何，或者你修改一遍投出发表，但你得声明，不要当作你的作品，否则你留着它。谁要问，你就说我做的，好在作者不知死到哪里去了？没有人知道我是鱼目混珠，冒充诗人的招牌的……

一、再见

父亲拿不起学费，
我终于失学了！
行了鞠躬礼，辞别了先生，
辞别了亲爱的同学！

再见，教室、黑板、桌子、凳！
再见，好听的风琴！

再见，操场、有趣的秋千、足球！
都再见吧！

再见，石阶！
百花鲜艳的农作园里青青的蔬菜！
菜花上留恋着的黄蝶！
永远再见了！

苍老的松树，
树下的狐仙庙，
庙前的大石，
石前的溪流，再见了！
祝大家安好！

校舍不见了，先生、同学、黄蝶都不见了！
走到山岗回头望望，
啊，又看见了！
好快乐呀！
今生能有再见的幸福么？
泪流了！

（四，五）

二、上坟

母亲睡在坟墓里，
密丛丛的青草把坟遮蔽了，
我几乎不认识母亲的家呢！

妈，你不寂寞么？

烧了黄纸，插上香，跪下磕头，
弟弟不会磕，我临时教，
两只小手一起一落，
多么可爱的姿势呀！

我们腿走乏了！
躺在母亲身旁睡一觉，
看哪！晴空的白云一朵一朵，
两只小燕在头上飞过去了。

母亲起来了！她抱着弟弟吻着我，
一人分一个大烧饼，
我们吃着唱快乐的歌，
弟弟醒来问，
妈呢？妈上哪里去了？
是的，妈呢？妈怎么不见了？
妈呀！妈，你到底在哪里？

亲爱的妈妈！你和我们回家吧！
小鸡小鸭都长大，
他们很想念你，
房后的杏有土豆大了！

四，十日

（《泰东日报》1937 年 6 月 16 日，署名：慼灯）

给夏修人（二）

我这些日子，读了两本书，得到几句很有意思的话，是哪几句呢？请往下看：

一、人应该寻求着，寻求着，于是真理之路总有启示给他的一天。

二、他依然照着他自己的宗教，寻求着真理，他固执的寻求着，用他的全力，如果一切的人，都这样尽力的干下去，这世界便立刻会变成完全不同的地方了。

三、世间有许多乐天主义者，竭力的避开了苦痛的经验，去住在梦一般的空想的世界里，更有多少厌世主义者，一点理由都没有的否定了人生，回避了人生，以免除痛苦，这种人不过都是被幽囚于"生活的恐怖"里的，不敢正面去对着人生的卑怯者，自私罢了。

四、用出无畏惧、无回避的力量来，面对着人生，去经验人生，无论怎样的惨淡与苦痛，去了解那人生，并且去爱那人生，正直的忍受那运命的鞭笞，虽则是十分苦痛的，但绝不被运命所克服。

五、你既然生下来了，你就该高兴的活着，倘若你半途打算逃跑，便是傻子、胆怯者。你不算是个人，你看一看老鼠吧，猫怎样残害它，它仍是小心的出穴，到四面探求好东西到手。

六、无论你是诗人、音乐家、画家、小说家、雕刻家，也不论你的艺术如何成功，你仍是个人，你不能不吃饭、不穿衣、不住房子，那么我劝你无须格外摆起专门家的架子。

七、可尊敬的创作家呀！你提笔千万不要写得太难，你应该把那一堆堆艰深的字眼省去，你难道不能简单明了点写么？你想，你有学问，而读者却不见得会个个都有学问，总得体谅体谅大多数人，你最满意的是十个有九个明白你的作品，还是十个有一个——甚至连一个也没有明白你的结构呢!

八、人生是一个战场，与残酷的恶命运战争，打倒了命运，依自己的手去创造自己，便是人间向前进的一条道路。

九、那些在智力的或生理的领域内高唱凯歌的人物我不称谓英雄，我所称谓英雄的，是心情伟大的人们，如他们中最伟大的一人，非有伟大的品性，不能算伟大的人，不能算伟大的艺术家与勇士，只是些群盲的虚伪木偶。

十、凡是生命的思想，增大人类活动力的，无论如何，总得很欣喜的要收容的……我们所愿进行的道路是在艺术里，求出人间的理想，生活里探出友爱的理想来……

我的好友，这几句话该多么痛快而有意义啊？实在不错，请你把一句句都思索一分钟吧！再见。

（《泰东日报》1937 年 6 月 18 日，署名：慈灯）

给范传书（二）

我最近发现了这件事，使我寒冷、颤抖、不安。

我在街上走路，看见远远的对面，跑来一辆洋车，上面坐着我的好友，我心里高兴，好像旅行在沙漠的半途遇见知心的伙伴一样，我缓开步子，慢慢走着，等车走近前来，我就上前打招呼，他一定命车停住，下来陪我游玩。但车一到来，我忽然把头低下了，我想他一定会看见我，预先招呼我的，谁知从我身边擦过去时，没有喊我的声音，只见一个洋车的背影迅速的驰去，一个头，转在另一面，像是故意躲避我的样子？我以为他是实在没看见我，我立定想呼喊他，可是不成，车早已飞远，消失在许多人群中去了！

我觉得失望，他或者是同样的在试验着我吧？为神经过敏的寻思，找不出结论。又一次，我在街上行走，猛抬头，看见这位朋友坐着洋车，风驰电掣一般，从我身边擦过去了，他的头仍是转在另一面，莫非他的头永远是向别一面转向么？绝不是，我立定望他，他的头转回正面，悠然自得的摇摇摆摆，在茫茫的人海之中不见，我几乎惊吓，哭了出来，我默默的转回身子，无精打采的接着行路，我的腿减少很多勇气，简直不愿活了，是怎么缘故呢？这是新的刺激，从来没有的苦味，实在的，我从前没有这种经验，这可以说是新锐的教训。

背面带来的不幸，暗地降来的痛苦，至于天生的环境不良等事，都不算什么，至少我是如此，只有正面俱来的，默默的冷淡，不轻不硬的打你一巴掌，假笑着诅咒你，不真诚的夸奖，你知道别人踢你，偷偷的在你身后对着别人用食指控告你，连憎恨的眼球，或者是诸如此类缺少魄力的敌视，卑怯的包围……都使你难尝难熬，告诉你人活在世上实在不容易啊！

虚伪的应酬我们固然不欢迎，亲切的安慰我们还是求之不得的需要的哟！我的好友，倘若你坐洋车在狭窄的街道碰见我，务请你说一声"走路辛苦"，我虽然理解饱腹后的高歌之类学说，我可感激你，快乐的，去告诉你，我们千万别学他们，因为他们的血都冷了！

（《泰东日报》1937 年 6 月 23 日，署名：慈灯）

给冯桑

栋棠君昨天寄一篇文章来，求我给他修改，我想你是他的胞兄，应该你费心给改改吧，而且我近几日忙得很，缺少工夫，他的文章连题都没有，你就酌量给想一个，他写得很有趣，很像是新理想主义的写实作品。

他的文章如下：

张鸣生总纠缠着我，不是搂我的脖颈，就抱我的头，再不然就摸我的脸，他说我像个姑娘，什么我的眼睛好看，眉毛好看。我不拒绝他的亲近，我愿讲解从书上看到的许多故事给他听，比方一篇小说、一块散文、一段笑话，我又参加自己的意见，批评书中的主人公的行为，应该哭泣么，应该抛弃家庭出走么，应该不上课听讲么。他听着，默默的瞪视我，把手背放在我的肩头，看着我说话。

"你说的什么哪？"

"不是！你悄悄听我说吧，他在大学读书，住在一个有女儿的寡妇的厢房，他是租房住的，那寡妇给他包饭，像是一家人，在一张桌上吃着。他会作小说，时常在报端杂志上发表，他还出了一本专集，房东小姐早就'久仰'他的'大名'，后来知道是他，就敬爱他，可是他写小说忙，没有工夫注意别的事，而且他的家贫，时常不能接济他的学费，他就靠稿费过活。他有一位好友，是他的同学，是个富家子，到他那里去过几次之后，就认识了房东小姐，很快的结婚了。小说家因为这郁郁成疾，回故乡休养，他的父亲死了，后来他的病好了，在乡村的小学校里教书，房东小姐被富家子抛弃了，他得到这消息，马上典质衣服去看她，但是去得稍迟，小姐投了江，待他走到他从前住着的那家大门时，看见一口棺材由六个人抬出来了，他伤心到了极点，于是疯狂，在路上险些被汽车撞倒。过几年，他的疯狂症也好了，仍旧当乡村的小学教员，兼做小说，这段故事，是他在乡村，坐在家里，望着门前青青的山，碧澄的河水写成的。一册定价大洋八角六分，版权所有，不准翻印……"

"这不是真的，是他瞎编的。"

"不是，不是，他自己说的，是实实在在的事情，当他看见棺材抬出来的时候，他几乎昏倒，他把眼睛都哭红了。"

"假的，假的。"

"你不知道，在书前，还有一个大学教授作的序，说得十分动人。"

"你是个小说迷。"

"你是个傻子。"

"你才是个傻子哩，书都是假的，和唱戏一样，你看三国掉眼泪，有什么意思呢？"

"现代的小说和三国不一样，完全是当今社会上真实发生的故事，你不明白，我劝你借到那本杂志一看就明白了。"

"我不看那些臭书，什么叫杂志，'杂'就是乱七八糟的意思，我喜欢看电影。"

"你明白'艺术'是什么意思么？"

"我不明白那些臭事，什么医术，医生才明白的，我又不是医生。"

"哈哈，你真二虎，'艺术'并不是'医术'，你什么也不懂，快滚开吧，不要把手放在我的肩头，我不是椅子。"

"你忘记我请你吃牛奶糖了么？"

"那是你愿意请我的，并不是我叫你请的。"

"但你总不至辜负我的心意吧。"

"我已经早谢过了。"

他闪着奇怪的眼光注视我，扯住我的手，硬把我拉到他的怀里抱着，他很不知害羞，说些不好听的话。但我讨厌他，又有点喜欢接近他，我讨厌的是他的愚蠢，和我的兴趣相反，我喜欢他，是他对我的温柔，因为像他这样亲近我的伴侣，我没遇见过，他常保护我，帮助我复仇。老冯虽然也喜欢接近我，可是他总压迫我，把我压在他的胸前连气都喘不上来，我不服从他，他则越加用力把我弄倒，我一点不能挣扎，他有牛大的力气。

据栋棠君说，这是"上"，还有"下"没做完，等他做完寄来时，我必立时转给你。费心，费心，不多谈。

二十四号

（《泰东日报》1937 年 6 月 25 日，署名：慈灯）

给作之

　　我一抬头望晴空的白云，便会立刻想起你，似乎你与云彩有密切的关系。

　　你那幅画着云彩的图画仍贴在我的房里墙上，我是不懂画的，据你说，这幅云彩，和我们素常所看见的云彩不同。的确，我不否认，我也认为这不是普通的云彩，是出奇的，两样的，完全是另一世界上天空的云彩。

　　你的高速的理想，我明白，我知道你的理想又非好高骛远，你的志趣由你的笔尖都清楚的表现出来了。或赞成你的意志，我接受你对我严厉的鼓励，我一定不辜负你对我的希望。你的画便是格言，我了解那一簇簇的暴怒的云彩，像狮子狂吼的张牙舞爪，又如无情的风雨将至的象征。我可以懂得你的意向，我还喜欢江川，你不能画一张河的图画给我么？顶好是流得甚急的大河、大川、大江，或者高山顶上直冲下来的瀑布，一跃数千丈，青岩的中腰再加一棵古老的松树，背景是冬天好吧，你的意思如何？

一九三六年八月三日

（《泰东日报》，署名：慈灯）

给父亲

我给公司往银行送一封公函，经过外甥学徒的理发馆，就顺便进去看他，不凑巧，他到市上买菜去了，他们的掌柜，客客气气的赏我一杯温茶，告诉我他在那里的幸福的生活。在这位肥胖的掌柜的眼中，外甥在他门下，诚然算是幸福，因为姐姐的丈夫死了，她是一个寄生者，全依丈夫做皮鞋的手艺赚钱过活，台柱一倒，她的生命就算完了，如果她有本事，她决不能让自己的一个不满十岁的儿子送给别人去领受残酷的打骂的。在母亲前挨饿，在掌柜的脚下勉强可以吃饱，当然后者是幸福了。然而孩子的幸福不是单单在吃饱以后，他需要亲切爱护、安慰，合法的教育，含着痛苦的眼泪吃饱了，他能因之快乐么？没有快乐，怎能算得幸福呢？这是很容易理解的一而二二而一的问题呀！

我规规矩矩的坐着听他夸张，他很得意的张开着硬厚的嘴唇，他满副假笑，似乎笑是他一生训练的成绩，成了他的专门学术，他随时随地表演着可贵的本领，他全凭着笑在人间生存着。

我在那里坐了二十分钟，不见外甥回来，只得辞别了掌柜回公司。临走的时候，我对着几位正在忙碌着给好漂亮的人物剪头的伙计们一一行八十度鞠躬礼，意思在祷告他们对外甥多赐恩惠。

理发一行，是现代很好的职业，三年后期满学成，独立赚饭吃便不难，凡事初步难，得了门径就容易了，如果我姐夫不死，决舍不得一个十来岁的孩子出外学徒，但这不算大不幸，他还有徒可学，没有徒可学，流浪在街头的少年呢，他们的八字真不叫强。

境遇越艰苦，越该加倍努力，一切都会从努力得来，世界上的许多大伟人，他们的幼年有许多极寒苦的，但是他们不服苦，克服了苦，据说有的当初拾煤球，农人的儿子，面包店学徒，工人，后来竟使全世界的大人小孩向他们致敬。我们虽不必抱成功的野心，努力却不能不，垂头丧气是没有用的，悲叹也无用。人应该有牛马的皮肤，不惧怕鞭打；人应该有猿猴的敏捷，躲避危险；人应该有狮子的勇猛，不怕山野间的虫豸；人应该有石礁的气魄，不畏缩狂风大浪；人应该有信条，趋向光明大路的方针。还应该具备知识的武装，鲜花一般清新，山河一般永久的学问存在着，虽然不会样样周全，即使愚蠢，也得有一副清洁高尚的灵魂……不知外甥听说过这样的话没有。我想他的掌柜一定不会对他说这些，他所说的，我可以猜出个大概，把手巾这样……洗，把茶水那么倒，壶嘴高抬，对准茶碗，两手拿，恭恭敬敬的放在客人面前……扫地轻些……再轻些，白布叠整齐，再叠一遍，再来一遍，你妈的，真是个笨蛋，难道不能这样叠么，拿来看看，这样再这样！你怎么把刀子放的，靠右边一些，刀柄向外，梳子放在刀子左前方，看看你的手，莫非不能洗得洁净些么，你怎么傻了呀！过来！

七月十四

（《泰东日报》1937年6月30日，署名：慈灯）

海边上的趣剧

过了桃村，再走半里路，就到了海边上了。

水天一色，这道碧绿的海洋，是桃村的人民生活的泉源，没有这海，他们将怎样过活呢？他们的孩子们都是不受教育的，像野草一般，随他的便长大，年龄小的，不能帮助父兄上海里去，除了吃饭睡觉之外就是游玩，他们游玩的所在，时常是海边上，尤其是热天，他们成天的蹲在海里打闹，他们的游泳术是很惊人的，能够潜在水里很久的工夫不露头脸，其中有个十岁的孩子，叫正福，他敢从很高的岩上倒着跳进水里去。

这一年的夏天，忽然从哪里来了两个美国人，一个男的，有三十五六岁，一个是女的，大约二十三四岁，他们好像夫妇似的，是到这里来，避暑的性质。午后一两点钟来，傍晚就回去，不消说他们来的时候是坐着汽车，他们一定住在城里的大旅馆。这个男子，有高高的红鼻子，和笑起来十分滑稽的小眼睛，他的雪白色的长裤总是白雪一般的耀眼，好像一分钟换一条似的。那位女人的大草帽，紧紧的压着眼皮，她手里拿着一把洋伞和大钱包。孩子们都愿意看这一对人，批评着他们的面貌和服装，有的说男人嘴里含着的不是烟卷，是一根粗粗的土色木头，说是女人没有穿裤子，而这一对怪物又很欢喜这些顽皮的孩子们，在岸上笑着看他们钻进水里去或在水里翻筋斗。

一连几天，这两个外国人都接续来着，后来他们携着食品，架起帐篷，但是晚上全都收拾拉回去。

男的似乎觉得有点单调了，他对着孩子们做手势，孩子们都很勇敢，接近他，去和他们说些两方面都不懂的话。他从袋里掏出一角钱，给一个孩子，同时把孩子高高的举起，嘻哈哈的丢进水里，然后又掏出一角钱，意思在问谁愿意这样做，便把这一角钱给谁，孩子们争着让他举起，丢进水里，然后从水里跳上来，很容易而且很有趣的赚到了钱。

洋人感到十分有意思，从袋里拿出许多钱，给孩子们看，表示他是有钱的外国大富翁，愿意往水里丢的尽管来吧，年纪小的把他们的哥哥也叫了来，孩子们集了一大群，洋人越发丢得高兴，渐渐的，他丢得乏了，觉得腻了，站着想别的消遣方法，女的指着附近那座高高的峻岩，和他说些什么，他想了一想，点点头，对着孩子们比量，从袋里拿出三角钱，意思是谁敢从那上面被丢下水里，一次给三角钱，大家都明白，但是只有正福一个人出来应征，正福在那岩上随便往水里跳，已经成了家常便饭，除了他以外，没有谁敢这样大胆。

于是，这一群以玩弄人为有趣的大人和被玩弄为光荣的孩子们都爬上那峻岩，到那上面，往下一看，觉得比从下面向上望还高，临着水里的一面，是直直的峭壁，下面的水是深绿色，浪花澎湃的汹涌着。

正福满不在乎的让他举起向下一扔，只见他自自然然的落在水里，砰！一声，水面翻起凶大的波纹，过了很久，他才从水里漂出来，游到岸上，这在别人看，简直是个不顾性命的冒险，然而正福一点不觉得什么，笑嘻嘻的走过来领薪金。

（《泰东日报》1937 年 8 月 6 日、7 日，署名：慈灯）

驴的伤心

我最觉得苦恼的就是"推磨"这种职务，东家奶奶从棚里把我牵出，套在磨杆上，绳索铁链捆扎得结结实实，逃是逃不脱的。还有那破麻制成的"罩眼"哪！紧紧的遮蔽我的视线，我不能往前看，勉强把眼皮睁看，所看见的只是一片漆黑。我低着头向下瞅，所能瞅得分明的仅仅是同一块范围狭小的地皮，地面经我转圈踏得僵硬的泥土。笨重的石磨发出轰隆讨厌的巨响，永远是那么一种无聊的声调，震得我的耳聋。我不敢稍停的转圈，走了一圈又一圈，走了一圈又一圈，走，走，走，转，转，转，不知走了多么远，转了多少圈，总是原位不移，转着不变的圆圈。我想笔直的向前迈进，可是不行，绳索和磨盘羁住我的身体，束缚了我的自由，我没有力气挣扎，我走乏了也不得休息，我稍一停顿，东家奶奶就过来一棒，狠狠的打我屁股，骂道："呔！"我忍着痛，怒不能言的接续前进，这迫不得已的接续该有多么难过啊！我的眼泪早暗地里流干了！我不能哭，我不能流泪，我只有在肚里忍着悲酸，我闭着眼皮在黑暗之中煎熬。我咬紧牙齿，硬起头皮，鼓起所有的力量进行，我的腿迅速的移动着，快快的转圈，不敢立定歇半分钟，东家奶奶一秒钟都不许可我休息，不给我一点恢复气力的机会，好像我是一架机械，而不是一个普通的生物，不知劳苦，不会疲惫一般！其实我怎么能会是一架机械呀？我怎么能不知道疲乏呢？我的肚子也饿，我也需要吃东西，我也希望而且需要相当的休息。正如人们是一样情形，一个道理，工作久了必得休息一番，恢复恢复气力……

艰苦的转了一整个上午的圈圈，总算暂时告一段落，我的眼睛可以睁开了！啊啊，当我的"罩眼"被脱去时，该如何爽快啊！周围立刻变做了开朗，天空也看得见了，树木也看得见了，房屋也看得见了，猪、母鸡、狗、石墙，什么什么都看见了，就如我的双目失明已久，忽地睁开了一般的使我高兴，绳索和铁链也解下去了，东家奶奶牵着我，让我在平地上打个滚，然后把我拴在草棚里。草棚便是我的寝室，我的饭厅也在寝室一块，一个厚厚的长方形木槽，四边镶着铁片，我的食品别提怎么粗糙了。因为我的肚子饥饿，不能选择食品更没有什么"维他命"不"维他命"的，我是唯自己命的，自己还不能顾虑周全，怎能顾虑别人呢！我是稀里糊涂喂满了肚皮就算，东家奶奶也不常领我出去散步，也不换换新空气，寝室堆满了臭粪，关于卫生上一切的设施一点不能讲究。

有什么法子想呢？我的本领小得很！我的言语东家奶奶不懂，我喊着："我病啊！啊，啊，啊！"但东家奶奶毫不理会。却咒骂起来："该死的驴！叫些什么？"

我有病不能治疗，反加倍劳动，怎能强壮呢？我的体格一天比一天瘦弱，"骨瘦如柴"那句文法正适于形容我的外表。我患病只有听其自然的痊愈，我也练得很顽固了，一星半点小病是不要紧的。不过我很不服，据说如今有狗病院，还有狗饭店，为什么狗有这样特权呢？它什么也不干，它哪有我工作多？它除了迈方步什么也不做，我辛苦得要死，然而我得不到半点报酬。反之，我还要挨打受骂，这成什么世界？我难道应该受苦不得好，我是应该倒霉的不成？

说起我的身世，也颇使我难过，我只记得有母亲，不知父亲是哪一位。而我的母亲生我以后，不到半年光景，我的东家就把它卖掉，说它年纪衰老，不能负担重重，不如卖了合账！它劳苦了一生，到了暮年，因为"不合账"，就被卖掉了啊！

我的母亲被牵走那天，我是怎样的哭泣呀！我死死的随在它的身后，不忍离开它，东家奶奶生生的把我逐驱回棚里，我的母亲就在这一刻永久和我离别了！它到哪里去，去做什么，我一概不知，我自己从此做起苦工，从天明干到夜里，不知干到几时才算结束，恐怕永久没有结束的一天。或者就是东家为了"不合账"把我卖掉那一天才是我的环境转变的日子了！还要更糟糕的，这点事我可以判断明白，我决没有幸福！转变不转变又有什么意思？从不幸的境地里转到倒霉的天国去，是一而二、二而一的事吧！

近来我愁苦极了，每在深深的夜晚，所有那些热血的冷血的动物昏睡去了之后，我就对着黯淡的月光思索、叹气，思索和叹气结果越使我伤心，我还得劳苦到永久，到死了，或者卖掉了那一天就算完了。不想个妙策改变前途，我决不会有幸福可说！那是一个很早的清晨，东家监视着我驮一口袋很重的粮食到市上去卖，走到河中央，我故意倒下去，假装不小心的把粮米掀到水里去了，这法很不错，我不用跋涉远远的路程。第二次、第三次我都按法施行，东家大怒，打得我死去活来，有学问人知道这件新闻，不但不同情我，加以帮助，反取材编了一段笑话的单行本，叫做什么童话？出版给许多人买去看着开心，他们有什么权利拿我取笑呢？我为这事气得发昏，一脚踢破东家奶奶的手臂，东家气得满脸青筋，把我拴在树上，吊起脖颈，抡起长长的皮鞭，没命的打我，把我的皮肤都抽破了，滴出鲜血。痛得我向天哭嚎，呼吁，但他仍不歇手，打、打、打，为他的贵夫人复仇，我闭上眼睛，希望被他打死，这样死了倒也痛快，我实在不愿活了！

距挨打以后半个月，东家的大小子骑我上山，真是有其父必有其子，他更坏得很！他骑我和火车比赛，我能跑过火车么？他踢我，追我，狠狠的鞭打我的全身。他和孩子们贪玩，把我捆在他的腰上，我一看，这是教训他的好机会，我长啸一声，拔起腿就跑，像飞一般的狂奔，他像石块似的被我拖倒，随在我的身后连滚带爬的哭叫连天，真痛快，真有趣！我一气跑回家，许多人想拦住我都不敢上前，我摇头踢腿的把他们都吓退了！这小子已经拖个半死！

我跑回家就和主人理论！

啊、啊、啊！东家！他骑我和火车比赛，他打我，不怜恤我，我替你教训了他一场！啊、啊、啊！

我忘记了东家是不讲理的，我真蠢！他把我吊在树杈上拿起大棒，砰！砰！砰！捶着我的全身，没头没脸的，我哭喊着，和他辩理，他全不理会，一个劲打，脱去他的上衣，砰！砰！砰！

唉呀！啊啊！我痛得直叫，没命的呐喊！大棒不停的打下，砰！砰！砰！

妈呀！痛呀！我……我抗不了呀！要打死我了啊！

但是不断的砰！砰！砰！人们聚集在四周，他们鼓励着他打，指示打什么地方，他们还诅咒着，骂我野性难驯……

这一场毒打，我算屈服在地，我带着创伤还得工作，我的腿被打坏了一只，我跛着走路，我的身上遍是创伤，我哭了！哭了！眼泪也淌出来了！唉唉！这样可怜的身世，倒霉的境遇，不幸的生活，这种艰难的日子，我怎么过呢？所有的驴都像我差不多的悲苦么？所有的东家和东家奶奶，都是冷酷无情，严若冰霜的么？

唉唉？我不得骂他们不够当人的资格，我盼望他们改变一下当人的态度，我爱东家和东家奶奶，也爱他们的后代，虽然我受了责打、毒骂，我仍不愿离开他们，啊！啊！好痛！我的全身痛得很！我的腿也痛得很！我的身体也许能养好？我的腿大概内部中了伤，恐怕要残废了！唉！老天！有你照鉴之下，只要人们改变头脑，改变行为，我就是吃尽辛苦，以至于苦死，我也情愿和他们合作，我愿尽我所有的气力，为他们尽义务，我敢对天发誓，我肯牺牲我自己，我自己是算不了一回事的，啊啊！我的腿痛得要命！痛！

但痛是不要紧的，我应该去寻求一直往前迈进的工作，而不像推磨似的老转着乏味的圆圈。

(《泰东日报》1937年8月19—21日，署名：慈灯)

零碎集登完了

亲爱的小读者：

　　零碎集算登完了，实在对不住，我这些没有价值的东西占了你们宝贵的地盘，我将以尽量的努力，来向你们道歉，希望大家原谅我，因为没有学问的缘故，祝大家身体健康，我在这里向大家鞠躬，再会！

（《泰东日报》1937 年 8 月 21 日，署名：慈灯）

黑　夜

　　可怜的孩子，他战战兢兢的开了门，外面天黑，黑得怕人，什么也看不见，他瞪大着眼睛，望着无边的黑暗，越来越使他心惊，只有窗前射着一道长方形，面范围极狭的□□他可以看见继母的身影在晃来晃去，这是位天天打□不拿他当人待的小妇人，带着人的面貌，却没有□□□□□□□□□□了，可恨极了！她看见这只影子，□□□□□□□□□□□北风把树梢当箫笛吹，吹出呜呜□□□□□□□□□□□□快包围了他，但他只得出去。道路是平坦的，这个他十□□□□□□□□□□□的黑暗，可怕得像在噩梦□□□□□□□□□□□不至指使他，在这□□□□□□□□□□□不能对他稍加爱护。继母和生身的母亲该相差多远啊！一看那满脸横肉，三角眼，说话时粗暴的嗓门，可憎的音腔，就叫他苦恼。他不过是十岁的孩子，有着成人模样的规矩态度，他茫茫然跑了几步，在黑暗中搜索鸡窝，那是蹲在草垛旁边，用石头和泥堆成的齐膝高的小屋，他一直对着那个方向冲去，平伸出两只手，摸索着，深恐墙壁碰了或摔倒。他弯着腰，和捉迷藏的姿势相仿佛，他发觉鸡窝的所在了。小鸡听见他错乱的脚步，格格发出惊骇的叫声。又可以听出其中互相拥挤。他在窝上面拿下窝门，一块厚厚的木板挡上，又搬起放在窝前面的一块方方正正的大石闸结实，这就算达成了他的任务。可是风已经吹硬了他的两手，吹透他单薄的衣裳，他蜷伏着靠在墙角有点不能动了，他看见天黑的半空有许多魔宫里的仙女，披散着丝丝的长发，飘拽着纱布，绕成圆圈，在跳舞在歌唱，中间竖立着大香烛，香的烟弥漫着，遮着仙女们的脸。他恍惚看见这些脸都是长长的，眼睛下垂，舌头长长的伸在嘴外面，呀！这就是所谓鬼吧！他怕极了，身体抖擞起来，鼓起所有的力气和勇敢，拔起腿往回跑。

　　没有爱的母亲，时常像是故意似的，忘记了在黄昏以后去关上鸡门，叫他冒着寒冷去关，他一头闯进屋子里，好像从魔鬼手里被释放。

天到了半黑，什么也不见得，他仍没有睡去，躺在炕上，呆呆的瞪着什么也看不见的屋子，那一群魔宫仙女排成了一队，在他头上转圈走了，闭上眼睛，停止了呼吸，可是在他的脑似乎叫他反而更加高兴，其中有一个用纱衣外面的飘带拂他，他极力的挣扎，他出了许多冷汗。

当妈的睡着了，喊出了一声："妈……"

"什么？"母亲睡得不深，经他这么一喊，便立刻醒过来。

"我……我害怕……怕……"

"小鬼……快睡吧……又没有狼来吃你，怕什么？"

他听说狼，于是那群魔女便变做了狼，张牙舞爪，拖着长尾巴，踏着黑暗沙沙走来，蹲在他的四周瞪他。他急忙盖上被头，咬着牙熬着，狼过去了，他松口气。轻轻的扯开一点被角，往外面看看，在屋角处，露出一张苍白可爱的脸，这是他的母亲，抛弃了他到另一个世界去安息了的母亲，这位母亲该多温柔多慈蔼呀！但他不敢呼叫，他直直的看着母亲的脸隐去，在黑暗的屋角之处。

黑夜，每天带着恐怖降临，很久很久的全如此，他病了，病得更糟，魔女加倍的来，舞得更兴奋，狼也排着大群潜伏在他的四周。当母亲的面孔更残酷，声音也更蛮横。

黑夜，较前更黑得甚，深得甚，可怕得甚。他的病刚好。当母亲的就命令道："快去！关上鸡门，我又忘记了。"

可怜的孩子！他冒着寒冷，从魔女的群里，碰着她们的衣襟，又经过狼群，擦着狼毛，从狼群里摸索着奔跑，冬的黑夜，黑得多怕人哪！西北风的箫笛在奏着哀曲，告诉人们，说是失了母亲的儿童的生活，比母亲失了儿子还不容易，他们的天真也没有了！活泼也没有了！从朝至晚表现一副哭丧的小脸。笑的时候也是默默的冷冷的。

（《泰东日报》1937 年 8 月 31 日，署名：慈灯）

郑先生和他妻

　　我在乡下初等小学校四年生念书的上半季，从别的学校转来了一位戴粗腿眼镜的郑先生，他担任我们的"体育"和"图画"并且是我们一级的"主任"先生。

　　胖胖的四方脸，有点像西洋人的鼻子，一看见我们就笑，他最喜欢把手放在学生的秃头上抚摸。上图画功课的时候，他怀里总是抱一包东西，瓶子罐子、白菜大葱、萝卜以至于花盆和其他各种器具，摆在讲台上叫我们照样画，有时他领着我们到野外，坐在山顶上，河岸上，农家的田园边，对着各种景色写生。他画得才好呢！他拿着粉笔问大家"你们愿意我画什么？"有的说画狗，有的说画猫，有的说画各位先生的相貌。他在黑板上三笔两笔就是一个猫呀狗呀，画得活像活像，没有一点地方错的。最奇怪的是他能把各位先生的面貌画了出来，活灵活现，逼真得很！并不是慢慢详细的画，也用画猫画狗那种迅速的笔法画了出来的。

　　不但我们惊怪他的技能，别的先生们也无不称赏他的天才，据说他的特长还是写文章，他也会作诗，做得非常好，不过我那时一点不懂罢了！

　　他的妻子说起来真可怜而且可笑哩！

　　他的妻子原来也当过教员，不知为什么缘故得了"疯症"，时常跑到大街，坐在泥地上放声大哭，一边哭一边诉说些什么，手刨着泥土，衣服弄脏了，头发弄得乱七八糟的。她的婆婆（郑先生的妈妈、郑先生一家子只这三口人）拖呀拉呀，无论怎么劝说，她不哭到自己无力再哭的时候不肯罢休。郑先生家距我家不多远，她的哭声震动了四邻，于是大闺女、小媳妇、老婆、老头、小孩子，凡是闲暇的人都出来看，起初大家都非常稀奇，后来知道了原因，才不惊怪，学生们看了这种光景，总是集合在一块，交头接耳，大发议论。郑先生如果在家，便出来把她拖进去，他不在家，她母亲无能为力，眼瞅着她哭嚎，她的毛病不定时刻爆发，一个月之中，总有这么两三回。

有一次，我们正上着课，忽然"砰"一声巨响，一块玻璃窗打碎了，一块石头落在一个学生的桌子上。

大家猛抬头去看，郑先生的妻瞪着大眼站在教室外，她手里还拿着粗如拳头的大棒，举起大棒，接二连三打碎了许多玻璃。郑先生正在别的班级里教书，一听这种情形，马上跑来夺下她的武器，扯着她就走，但她不走蹲蹐坐下来，死也不移位置，大家都知道，又发了疯，这次发大了，竟跑出二里多地来闹乱子。

当时，八九位先生召集起来，劝她回去，校长先生看着破碎的玻璃皱着眉头。他这一皱眉头不要紧，疯人大发雷霆，跳起来就动打，校长冷不防挨了一大巴掌，正掌在脸腮。

"我打死你们这些东西！"她骂着，同时又举起手对别的先生去打，先生们都跑散了。我们在教室里全离开座位，探头探脑看光景，校长摸摸脸。郑先生挂不住了，他的脸变得红红的，抱起妻，拖着走，她像小孩子似的打着滚叫、哭，我们不觉得好笑，只替郑先生担忧，为他可怜，郑先生把妻拖回家去。这一场结果如何，我们不得而知，第二天郑先生来时，面上有些难堪得不能忍受的形色。

距这件事发生以后不久，郑先生一连三四天不到学校来上课，大家猜测着一定是又出了什么事了。

果然不错，是出了事情，"疯人"跑到庙里，把"张飞"的须子扯下来，把"山神老爷"的头打歪了，供桌上的"蜡台""香烛"及别的许多东西全东扔西扔，"匾额"也打翻。绘着彩色画的粉墙刨裂，就如经过一次激烈的战争，被炮弹轰炸了一般。

这乱子惹得真不得了，全村里的人民都十分惊骇，"会上"把郑先生请了去，警告他于最短期间把庙修好。

郑先生不是有钱大财主，这种意外的损失怎能担负得了，后来总是他的岳父替他设法，了结这件事。而郑先生因此成了全村最惹人注目的人物。大家一谈起话来就把他的事情搬出来当笑料，他妈把他媳妇送回故乡。从此郑先生过着独身生活。他仍旧和从前一样见了我们就笑。在黑板上用画猫画狗一般的笔法画那些办事员，大家看着哈哈大笑，觉得这种画法是别出心裁，有趣极了。

（《泰东日报》1937 年 9 月 2 日，署名：慈灯）

照相册

皮箱子里都翻遍了，破乱东西翻得乱七八糟，他没有勇气好好整理，只是愁苦坐在那里呆想，一本照相册竖立在皮包的一角，他拿到手里又放下，他不愿意看见那里面的内容。特意把眼睛转到别处，看那几双破袜子和手套，深深的喘了口粗气，从袋里摸出一封带红线的信封，前后仔细的看看，很不高兴的把信纸掏出来了。

"哥哥：父亲的病情又加重了，家里一个铜板也没有……"

他只看了这么一句，就把信丢在了桌上，在屋里来回走，他的步轻捷握着拳头，他的面容，是带着无限的悲哀和愤怒，紧紧的咬住牙齿，胸挺得直直的像洋服店里的衣架，死板板的庄严，他鼓击几下桌面，砰、砰、砰，又把足很响的跺着砖块，他忽然跳过去一巴掌，把皮箱盖打倒了，但皮箱盖立即向下一扣，中途碰了壁，因为照相册竖在那里，不能关牢。他顺手扯出，打开，他的两眼注视着不动了。

"那是张四寸的半身像，朋友送给他的，旁边是一张二寸整身，是他自己，穿一件长衫，戴着礼帽，这是十七岁时在 M 江当书记时的纪念留影，还穿着皮鞋哩。"

翻过一页，啊！一位弯弯的细眉，大眼睛少女，微笑着看他，似乎说："我美丽吧？"他仔仔细细的端详，两只眼直直的看着这张相片，回忆她从前第一次赏他的复信，以及见面时的害羞情态。这个芳影，是在第三封信里发现的，他当时怎么样高兴哟！吃饭都忘记了呢？

思慕、赞美、苦恼、流泪、哀求……。他一天写三封信去，像小说家写长篇小说似的，写得很长，星呀月呀的，还描写自然状态，但后来大失所望。她告诉他，说年龄还小，只能做朋友，不可谈到爱上。可不是怎的，他们都不过才十七岁，他的性子太急了，未免过于早热……

她是他们经理的小姐，后来嫁给了一位富翁的少爷——一个连信都写不明白的大学生。这是二年后的事实，他当时得到这个消息后，张着大嘴哭了半宿，想自杀殉死，因为没有死的勇敢又拉倒了。

他又翻过一页，唉！糟糕，他把书记的职位失掉了，原因是他的脾气坏，太骄傲，不低声下气，不愿弯腰屈背，不能人云亦云，这哪里行啊？现在社会是不收留这种人的。

这幅肖像，是失业后栖息在亲戚家，花了两角钱在街头拍的，街头照像师的照相机和技术差得远，把他拍成个花子形样，而且面貌和他本人大相悬殊，谁也不相信这个还是他。

另一面是他当书记以前当洋行仆役时的身份（他的像片贴得毫无顺序），这张像超小，身后面是一幢高大的洋楼。这就是供给他月薪的神圣的园地一他的上司，拿着自己的照相机给他拍的，洋楼门侧恍惚放几架脚踏车。

再翻过一页这一张四寸整身要算最漂亮了，那时代，是他在当师长的公馆当差，六姨太太给他照的，他那年是十九岁，六姨太太很中意他，不把他看作仆人，却赐他以神秘的安慰。她是师范学校毕业生，她的父亲是师长部下的副官，升做了团长。这一切完全是她的功绩，她为慈父的一生大事业而牺牲，真不能不令人佩服。

其次的一张是比这时更早的年头，他在书店学徒，他就在那一间堆满新书的房间读了几本好书。他读……变得沉静，不想争斗，要和平，要博爱，他明白要这样的自己也能获得安慰，他读郁达夫，欣慕咖啡馆的音乐，西湖的风景，诗人墨客的飘逸生活，他读张资平，很希望到礼拜堂去祷告上帝，回来在途中和某女士相遇，成为好友。以后又有第三者第四者参入捣蛋，来个不幸的结局，以后他爱惜外国的文豪，不喜欢本国的作家——这照片，有二寸还多一点。衣领高高的，留分头，借照相馆的眼镜腿戴着，看不出是假眼镜。

他翻弄得出了神，忘记了妹妹的来信，忘记了搜寻衣服想典当的事。

一张轮船上拍的照片，是他十六岁那年夏天开始航海生活的证据，他从书上知道一个人的生活不可像一块静铁，静铁会变做废铁的。他就毅然的踏上漂泊的旅程，可是他的能力太小，不能指挥自己命运。他的衣襟总是受风向的影响，而毫不能自主，他在轮船上谋到打杂的职务，还多亏亲戚的帮助，他尝遍生存与竞争的苦味，他盼望选一种有趣的职业以终其生，可是不成。他的天性是不肯弯腰的，就是勉强弯下来，也是表示着不满，所以兴趣的职业也被他干成苦恼了。这时有一位青年当教员的，讲过达尔文的进化论给他听，但他还不懂什么人生观宇宙观。他得到二本好书《西洋文学史》，从此他觉得文学实在不错，是高出一切科学之上的。

航行在大海洋中，他的时间多葬在浪花汹涌的波涛里，周围除了水，水连着天，天上飘着云，太阳、星、月之外，他所看见的便只有那些在甲板上，踱来踱去的男女旅客，机轮声，汽笛声，伙友们无聊的歌唱，没有许多好书，只有除了消遣，没有别的用途的杂志画报，即便给他翻弄着玩，他的职务是二等舱里的打杂兼食堂招待。

他的照相册里没有幼年的相片，他生在都市，从小随父亲流浪至乡间，他在小学校里读书，先生们都说他聪明，男同学都爱他体格健壮，跑得快，女同学则夸奖他兴致温柔和顺，大家主要欣慕他的地方是他年年考第一，又因为当正校长。

他在学校里的绰号是"小坤角"。

他的八字不叫好，从小失学，死去母亲，爹爹是个劳工，一生过着穷苦日子，他十二岁出头就单人独马远出谋生去了。

人们的虚假、奸险、缺少博爱心，种种的折磨，把他本来温柔和顺的性子改变了，他变成不耐烦、暴躁、强硬，不惧怕，爽直的人了。

这件事的说明，只看他骑在马上的相片就明白了。

那是书店倒闭以后的事，他毅然的去投考讲武学校，他不会解代数，他不懂方程式，因数分解，或其点什么。凭着他的一篇生花的大论文考取了。

他所骑着的马，是一匹他的同学都不敢骑的野马，终于被他用巧妙的手腕驯服了，那马老老实实让他舒舒服服的骑着。他是学校里的马术名手，他写过一篇自传式的短篇小说，投到杂志去登，可惜，这篇大文也不知是邮差的过失还是怎么的，老未见公表，他因此写信去问，编辑回信给他，说："我不明白你写些什么东西，要登，那不难，你再像模像样的写一篇吧！"

他果真重写了一篇，但仍未给他登，他觉悟自己所写的实在没有发表的资格，决心埋头训练，几时有了相当的成绩再出风头不迟。

虽然他这样想，可是他接二连三的又编几首诗邮去登，结果很不错，他的不通的诗稿大概都投进纸篓中去了，还有一张相片，是个二寸半身，在夜里灯光下拍的，他拍这张像有很大的目的。

他看中了一个长得俊的姑娘，那女儿似乎也看中他，他托人去提亲，女儿第一个反对。虽然看他的照片，五官端正，没有缺点，可是不成。他家太穷，不是门当户对，女父第二个反对，更有兄弟姐妹们的第三个第四个，所以失败了！有志者事也不成！这是个了不得的打击。

他把相册合上了，扔进箱子里，又在屋子里走来走去。

父亲患病，他早已知道"家里一个铜板没有……"确是个严重的问题，生活的重要条件就是吃饭，没有铜板，什么也办不到，他箱内的衣服都为买书当光了。买那些该死的书有什么用！不能当饭吃，不能当衣服穿，父亲病了又不能当钱往回寄。他对桌上的一堆书瞥了一眼，忽然他想起了！何不把书通通卖掉？但他不能够，他舍不得这些能够启发他的宝藏，书就是他的情人，无论怎么，总不该把情人卖掉。他的情人犹如普通所谓的情人不同，是他精神上的粮食，启发他愚蠢的钥匙，鼓励他前进的旗鼓。他一看见这些伟大的旗鼓，他的心血就为之沸腾，他一听见这些鼓的妙音，积极的勇往的鼓声，他就摩拳擦掌，振作起所有的力量跑去。

他在屋里转了不少圈子，他这几年来的生活，恰如推磨，不过他有时有自主的权利，毕竟他比较幸福，世上真不知有多少人，连他这点幸运都没有啊！

"说生是一段艰难的梦吧？"他已经很快的过了二十多年，一个人能够挣扎着活二十年，那以后就没有闲苦。因为腿也硬了，胳臂也硬了，只要肯前进，那一切的所谓障碍，都可以说不成问题。综合二十年的经验——虽然这点经验很少，总可以有点不恐慌的把握。小燕一出窝，翅膀一硬，就敢任意的在半空飞翔。人是不应该前怕风后怕雨的，不要把自己看得重要的了不得，人不过是生物之一，和狗和猫是差不多的。不消说人因为思想聪明一点，应该把生弄得有意义一些，正因为这样，就需要怎样就怎么去做，怕消减可不行，欢乐的往前干，大笑着在狂风暴雨之中沉重着唱歌，忽然间发生难题算什么呢？他转了几圈终于想出解决的办法来了，既然当衣服不成，卖书不成就出去借借看，借不着再另想法，他把照相册平稳的放好了，盖紧箱盖，扣上帽子出去，自言自语的说："朋友们也不知怎样，总可以借到一点吧？"

（《泰东日报》1937 年 9 月 4 日，署名：慈灯）

鹦　鹉

鹦鹉蹲在狭小的铁笼子里，苦恼极了！

那笼子太狭小！只容得转一转身，要想展开两翼活动活动都不能。

他一展动，就与铁栏杆冲突，可恨的铁棍，又粗又硬，打得他的翅膀酸痛！

他讨厌那些来看他，逗引他，和他说话的人们，这都是些可诅咒的东西。他们吃饱了饭什么也不做，只知道给自己找消遣、寻开心，不想想他也高兴，也快乐吗？啊？

或者把他的笼子移到别处，只要离开公园，不让那许多各种不同的畜生调笑，不看见人们狰狞和假笑的怪脸就好了。

那些个无聊的面孔该多么讨厌哪！

他听惯了人们对他的应酬的语句，他听惯了人们粗的细的，可怜的嗓门，那粗嗓是蛮横、强暴、无情的声音，那细的是做作、虚假、献媚的表示……

高的、低的，不论中音或什么音，都使他听得腻上加腻，烦上加烦，厌恶得痛骂起来！

哪有兴致反应那些缺德的话啊！"早安！""您好！""再见……"

这干燥乏味的臭歌曲，有什么意思？有什么用？然而人们便逼迫着他复诵一遍，学习他们的婉转，撒谎。

唉唉！他实在无法，他不得已，只得依照那些腔调，反用着他的真意叫道："你这没有廉耻的，苟且偷安的废物……"

"哈哈哈哈……"

人们满意的笑了，那笑脸比哭还叫难看，但他们似乎这样成为习惯，他们夸奖他聪明，争颂他是伶俐之鸟，最后还拍着手掌，互相安慰着心满意足的走了。

鹦鹉蹲在狭小的铁笼子里，唉！苦恼极了！

这笼子造得好结实，钢铁铸成，混合着巩固的"洋灰"完全是永久固定的性质，怎么能移一移呢？除了撞碎铁笼，毅然的冲出去高飞，恐怕绝没有第二条路。这坚牢的铁笼是他的能力所能达到而能破坏成功的吗？这笼子本来有个圆门，很可以从容不迫的蹿出去，无奈关闸甚至比别部分加倍的巩固，上着庞大的铁锁，铁铸成的铁笼还加上铁锁来保护，尽是铁，头上脚上没别的，再就是眼所看得见的人们的丑陋的躯体和听得见的板板三十六——"指东扯西开闲磨牙！"

鹦鹉蹲在小的铁笼里，唉！太苦恼了！

他的左近，接着树木和花圃，可是一点不能使他发生兴趣，他怨愤那树枝苟延残喘的摇动，缺少勇猛果断的呼吸。他可怜那一簇簇连呐喊都不会的鲜花。

树和花在他眼里一文不值，他奇怪人们的乐趣与他相差过远，人们都极卑陋，无价值！

他从前住着的森林之中，那里的树多高大呀！都是笔直的向上长，没有弯弯曲曲的，弓着腰的，显着惧怕，屈服的状态，又勇敢，又粗壮，坦率的，积极的往上拔跃，跃到无限的高，简直就与天空接触，那里的青草，也十分顽强，叶密绿，花也肥健，美丽，而且颜色朴素，什么都较这个环境盛强多多，可爱多多……

他和同学们就在这美妙的乐园里过活，多么愉快，舒畅，他愿飞到南，就飞到南，愿飞到西，就飞到西。

他不会想象到会有笼的障碍能束缚了他的行动，剥夺了他的自由。

他喜欢狮子，也欢迎老虎，他爱他们的严肃的豪爽，他愿听他们宏壮的长啸。

他们的声音决不像人们似的渺小，哝哝的，如耗子呻吟。

他在林中住了不少年月，又在林外过些时光，说起林外，便是他失足的危险，境外，便是他失足的危险意境。

那不幸的遭遇，多么突然，他不意的飞进了狡猾的网中。如今他想起这些，禁不住发抖，他气得拼命的啄栅栏，他对早晚来送粮食的园丁演讲——他不能，他永远不会理解他的胸襟，但这个动物不发怒，也不高兴，默默的，一言不发，忠实尽他的职责——原来是没有感觉的石头！

鹦鹉蹲在狭小的铁笼里，唉！苦恼啊！苦恼啊！苦恼极了！

他忍耐了又忍耐了，无论如何也耐不起去了！

他屡次寻求机会，盼望园丁来开锁，他趁其不防咬瞎他一双眼，这样就容易远走高飞，然而没有这恰当的时势，他只得接续期待。

他忧愁白昼，因为他的眼睛一睁，第一先告诉他的就是铁栅栏牢不可破，不消说就是那些活蠢虫豸的！他愿意把眼皮紧紧的合上了，他希望黑夜的来到，他对着星月哭诉他的意志因为不容易实施的悲酸！

鹦鹉在狭小的笼中，他现在，已经不苦恼。

但他仍不能转一转身，不能伸一伸两翼——不消说便万难飞一个痛快。

可诅咒的铁栅栏又粗又硬，倘若他的铁笼移到别处，不看见这一切怪现象，能够冲碎笼门，那该多好啊！他将一气飞到林中告知所有的同伴，他将聘请狮子与老虎，领他们一道来复仇，啄出了人们的眼珠和舌头！

（《泰东日报》1937 年 9 月 9 日，署名：慈灯）

火　线

敌军的机关枪射击太猛烈了，他们简直不能前进，只得利用地形与物卧倒，官长也卧倒下来，不敢大意的跪起展望。骑兵虽然从右翼向敌阵地的侧面迂回去了，可是时间一分一分的过去，总听不见有什么有效力的动静，而且敌阵地后方的炮已经放列一次了，大概是试验瞄准。炮弹都在他们后面远远的河那岸爆炸，不会损害他们什么，他们倘若在未渡河以前，那炮却是危险，他们也算侥幸，得以安然的渡过河来。能够有配备兵力的机会。

他在散兵线最右翼的一排中央班里，紧紧的握着枪，掩蔽在土堆后面，等着前进的命令，因为距离尚远，不可以射击，他们只是静静的期待好机会。但那有许多好机会呢？敌军的机关枪在高岗扫射着，时时刻刻不肯间断。他们利用很短的中止机会跃进，他随着弟兄们迅速的往前爬，他是屡次上阵的兵士，不大恐惧了，很有经验的，十分熟练的动作着，不过他有些饥饿，他一天没有东西下肚，壶里的水也早已用光，鞋也走坏了，衣服在泥土里爬得极肮脏。他的手和脸因为长久不洗，像是多年流浪在十字街头的花子。那形样实在可怜，这些事，自然，他已养成的习惯了，不觉得要紧，忧愁的只有肚皮，人要吃不饱而去做什么真不容易。他卧在地上低着头，忧愁这道难关，现在如果有什么东西可以吃个饱，就是让他不歇止的跑五十里地，他也满不在乎，肯咬牙干一下的。

他们很艰难的节节前进，匍匐往前爬，跪着走，像猫似的蜷伏着，一点一点和敌军接触了，开始有效距离的互相射杀。他敏捷的摆动着机柄，很精确的瞄准，每当他一弹射出，就想着对面，在敌阵地里，躺下去的敌兵的姿态，越是想，但他越瞄的仔细些。他恨不能自己的步枪变成机关枪，甚至一分钟可发射两万粒，射个痛快，屠杀之火在他眼中燃烧，砰然一声，他看着身旁的兵滚了几滚就不动了，他急忙转回正面，像复仇似的急急的打了数发，但又有几个同伴先后战死。

机关枪的怒吼夹着炮轰炸的巨响，泥土和石块飞起的尘烟药味，他全不理会。他如在梦中似的只顾前移，赶快的装填弹药，端起枪来开火，他知道他要出点力量，把敌人击退，要不他就会死。

攻击前进又停顿了，敌炮火加倍的猛烈，爆破后的石块和草木在半空飞舞，下着灰黄色的，黑红色的大片雪花，冒着火星，倒下去的弟兄流出鲜血，呻吟可是一点听不见。

他爬进一个炮弹坑里，伏着不动了，这是个安乐窝，至少是没有危险的。

敌火稍一减低，他们又能继续前进了。

这次前进的距离足有一百米，然而倒下去的也因之加多。

他们可以看见敌阵地前方的铁条网。

突地，敌营发生骚乱，机关枪变换了射击方向。他们可以大胆的前进了，可恨那铁条网阻住去路，他没头没脸的往里跃，手和脸腮流出鲜血，他仍是跃。一个炸弹落在前面，他急忙抱着头往后倒，被他闪躲过去。破皮未能打着他，他立刻举起枪来去搜寻，一个家伙正掏手榴弹，他对准了"砰！"掏手榴弹的就跌倒了下去。他回头一看，老天！所有的为国家效命的战士全在拼命的逃跑，原来只有他一个傻子在那里，可是——这只是一瞬间，他立刻辨明了事实。原来他迷糊了，弄错了方向，退却逃跑的是敌军，而不是他们，他们的部队都到了敌阵地的后方，正勇猛的追击着，他是落伍的士兵，他觉得羞耻，他后悔藏在弹坑里太久，官长一定认为他是战死。他跳起来，从铁条往上面迈过去，跌倒了几次，手腿觉得痛，他不顾虑了！他一股气追去，看见前面有倒去的敌兵，就从尸体上面踏过，以解他的怨愤，他们算是占领了这块地方。

那一天，前线司令部里的总指挥，坐在凳上，身旁有位参谋官手指着地图，对总指挥说道："九月十三日午后二时三十分，我军第二十三团已完全占领 P 地，敌军战死约五百名，负伤三十余，我军官长阵亡十名，士兵战死四百二十名，余兵独立支持战斗冲锋后并追击约一千米，捕获军官长四名，士兵十余名，得轻机关枪二挺，炮二门，步枪三百枝，尔后我军第三十团增援追击，日下到达 CK 之线，战斗不利，受敌军主力包围，已派第三十六团前往援助中……"

所谓包围，是这样的，三十团错走了道路，前进到高地下面，总不见敌军的踪迹，正在踟蹰中，敌军从他们后面，轻而易举的把一团兵堵住了。

他是在追击途中摔倒在山谷里负伤送进了病院去的，这是当日下午日落后还没有被包围以前的事，臂和脚跌坏，抬到病院里，他已昏迷，喊着："追！杀！杀！"

（《泰东日报》1937 年 9 月 10 日，署名：慈灯）

末　路

　　自从失业以后，他终日愁眉不展，像丧失了灵魂似的，连抬头的勇气都没有了，这本是他的人生观太狭小，看不开宇宙间一切的事情的缘故。虽然他对于生或死不拿当一回事着想，然而这种连吃饭的地方都没有的生存，半死不活的真够他受！他怎么达观，怎么乐观也不能不焦急，焦急而办不到，可就免不了接近愁苦，说到归局，因为肚皮不好解决，乐观容易变成了悲观！好像一种自然的趋势，这真糟糕。

　　他在街上无聊的散步，他很希望有哪个人过来指教他，没有职业而容易生活的方法，世上自然有许多没有职业——根本也不需要职业的阶级。他却没有这条特权，他必须去劳力、劳精神、牺牲人格，尤其重要的是最后一项，没有这项手段，就是肯劳力，劳精神也是不行的。他恰好缺乏这一条要件，细说起来，凭着他的经验，他也懂得滑头的要领，或者施行起来比别人高妙一些也说不定？但他的生性办不到，他就是那么做，只能做坏，而做不好，他的腰太硬，不肯往前弯一弯，他的脖颈太直，不肯往前曲一曲，低一低，应该曲的时候，他反极力向后仰，表示不服，并且他的眼睛和嘴，天生不温柔，不像娼妓那样会矫揉造作，努力献媚，相反的倒是冷冷冰冰的，一见便叫人打几个寒战。

　　唉唉！我没有资格活在现世上，怎么应付？我只能应付两分钟，多了就不行，我的嘴不会说各种好听的词句，也是一大缺点，我的肩膀或者有点宽吧！

　　他思索着东猜想着西，顺着马路慢慢的进行。

　　想活着必须具备活的勇气，否则不如干脆死了痛快！忽然他念到死！

　　一片浩浩荡荡的大海躺在眼前，他登到绝峰，把眼睛紧紧一闭，向下一跳，噗咚一声，落在水中，海面翻几个白花，他痛苦的挣扎一气，在汹涌的浪潮中不见了！这不是很简单的么？谁能逃出这样千古不破的老例？

街的两边尽管是分寸不离开的商店并排着。里面的用人满满的，他没有插足的机会，不要说走进一条街，就是走进一百条街也只有走着罢了！

他到了公园，这里面充满了悠闲的空气，这样的空气经他一吸便马上变更，没有悠闲的味道了，他看着树木和花草，只能平添他若干惆怅的哀色，至于那些供人赏玩的动物有什么意义呢？他简直听不出鸟鸣的动人腔调，诗人所写的鸟是哪一种鸟？

他坐在河池岸上的椅端，交叉着两臂，看看破了前尖的鞋。

我怎么办呢？鞋也破了！拿什么买？我能赤着脚不穿鞋走路么？那简直变成了花子！我进着公园也不能蒙守门将军许可，啊！要变成乞丐，是多可怕的命运哪！意志好干什么？

他呆呆的坐到黄昏，秋后的凉风起了，吹动着树梢，发出凄凉的声音，他拾起一块石片，恨恨的抛进池子里，立起来走回大街。

大街仍然是先前的灰色，他拖着沉重的双脚，毫不踌躇的走进小饭店。

"一碗打卤面！"

他把仅有的两角钱花光，这以后的景况真不堪设想了。

他跑到码头，那里没有工给他做，说他年龄小，没有力气，没有出苦力的程度，他找工头去请求，说自己什么活计都干得来，但工头因事务缠身，没理他，他又去找第二个，第三个，遭到同等的待遇。他跑到商店里去问雇不雇人，除了惹人家一场大笑之外没有别的，有一家掌柜对他说："找事情做必须有知近人给介绍，打保证，这还找不着，何况你像小贩似的沿门叫卖呢？"

这是实在的情形，找职业不能像挑担卖花生，他跑了几家，问了几家，没有要他的，只对他怀疑的笑笑，轻视的告诉他，这里不雇人。天黑了，他跑到上灯时分，累得腿酸，回到他住了很久的小客栈去，他又和小客栈主人商量赏他职务，只消给他饭吃就行，他情愿不领工资，然而也不行！

据说小客栈生意不佳，没有再供给一个人吃饭的余力，并且给他算店账，警告他快付房钱，他吓得呆了！不知怎么回答好：莫非我真的就要变成花子不成？唉！那不是人类的生活，我要成了花子，可只有投水了！

变成花子比染了肺病而死去的期限快得多多，他被逐出客栈，三天不饮不食，几乎昏倒。他走到海边的时候，简直一点力量没有了，他勉强走上石礁。

傍晚的海啸，如发怒的万马奔腾，澎澎湃湃的翻着很高的浪花，潮水渐渐爬上石礁。他坐着一动不动，浪花一看他这么大胆越发激愤，轰轰的滚上去打得他满身是水，风也来帮忙，援助海水来冲击，一层一层不歇的滚来。石礁上的人不见了，石礁也隐灭了，浪还是积极的往岸上推。

他又回到街上，开始正式的乞讨生活，他把手向别人伸出！

（《泰东日报》1937 年 9 月 14 日，署名：慈灯）

草的烟

夏天的晚上，天一黑，我们的两间小草房里就被蚊子侵占，成群结队的满屋子飞舞，唱着凯歌，表示威风。屋外的屋檐下，也有许多他们的同族，在一个地方转圈飞舞，里呼外应，连合一气，打算进我们的屋子，来吸我们的血。他们每天夜晚在我们睡了或未睡的许多时候来吸血，吸母亲，吸我，也吸弟弟。

我们憎恨蚊子，每天晚上必须设法去征服他们。

征服他们的唯一的利器就是用青草燃着的烟火。

采办青草的任务总是我担负，最有效的要算艾子草。

我到野外拔了来，交给母亲，她先燃着干柴，然后把艾子草在柴上面压上，这样就发生起浓厚的烟幕，渐渐腾起开，弥漫全屋。我和弟弟脱下短衫，像短刀花枪一般抢起，向四处，尤其着眼在门后、屋角，凡是可以隐藏蚊子的黑暗角落，便跳过去，赶打，把蚊子从开着的门窗驱逐出去。

这项工作需要协力合作，出以疾风迅雷的行动。

蚊子经烟攻人打，只得纷纷向外潜逃。

我们判断蚊子逃净了，烟也快散尽了。便急忙关上门窗，再等一半个钟头，屋子里的烟完全消尽，才能进去安睡。

虽然辛苦一点，但我们爱惜这种游戏，烟一升起，我和弟弟就非常兴奋，我们不但高兴，并且喜欢烟升起那道火，火的红光，弟弟总是满屋跳着高攻打唱着预期胜利的歌。我很熟练的把衣服抢成各种花样，呼喊着指示弟弟应该先攻打什么地域，他极服从我的意见，跳高，打，我们的欢呼成了一片。

这种时候，母亲是沉静的，默默的不语，这样我们就更干得热烈，知道她不厌烦。

我们的两眼被烟熏得生痛，流出泪来，然而满不理会，忍耐着。

蚊子打跑了，可是第二天还是回来，藏在阴暗处，预备夜晚出来吸我们的血，不消说我们照样熏它。草的烟是我们不能缺少的武器，就如毒瓦斯在战场上一般的有效，不过蚊子狡猾得很，他们会躲避，他们有防御的手段。

他们把将窟窿桌子底下各处烟所不能袭击的地点当堡垒，在那些地方秘匿着不动，因之草的烟熏不着，我们也不得驱逐，睡熟就被他们咬得遍体鳞伤。他们这样算是复了仇，他们复仇的手段十分残酷。

他不但咬肿你的皮肤，吸了你的鲜血，还注入在你皮肤里一种毒汁，叫你三五天不歇的痛痒，给你很大的创伤，告诉你蚊子不是容易惹的。

我们是穷人，做不起纱窗，买不起"熏蚊子香"之类药品，我们没有讲求卫生的能力，我们的邻人也都是穷人，而且都是受不起教育，不懂得文法的无知识分子；我们不发起公共卫生运动，蚊子简直无法驱除。

蚊子是我们的仇敌，我们只有发草的烟火猛攻，每天晚上这样做，直到秋天来到，蚊子自然而然的死净了算完。整个夏天的晚上，我们无日间断了与蚊子争斗，也无日不忍受蚊子的毒害。

但我们不屈服，我们虽没有积极的对付方法，却有消极的征服政策。

这一晚，蚊子太多了，呜呜的满屋子飞舞，我跑到草原上，拔来许多艾子，燃着了，于是我们等着浓烟弥漫。

草下面的干柴的火燃得极旺，火光从草枝之间冒出，直冲向半空，随着烟上升，灰色的烟雾极凶猛，一会就把屋子罩满。我和弟弟握着衣服的一段，伏在地上期待，忍耐着烟燎。

时机到了，我们突的跃起，向各处飞奔、攻打，抢起天真的武器，呐喊，或者默默不语，只听见衣服在半空震动的吼声，蚊子拼死逃命的求救，失迷了方向的哭嗥，滚着爬着，在烟雾之中挣扎。我们的情绪达到最高潮，歇了手，争斗的愉快使我们忘记了疲倦，我们长久这样的训练养成了习惯，养成了艰苦耐劳和不服利害的毅力，我们将以此不变的勇敢去对付他事。

烟从门空里冒出来，把屋檐下盘踞的蚊子连带着打跑，暂时不敢回来。

（《泰东日报》1937 年 9 月 17 日，署名：慈灯）

米

冬天的一清早，北风刮得多么凶啊！

我的脚冻得几乎不能走路了！像缠足的小姑娘似的，一蹶一颠，很艰难的踏着雪沙沙的奔跑，跑了七八里路，好容易到了父亲工作的地方，对父亲悄悄说："妈病了！病得很厉害，姐姐叫我来告诉……说米没有了……"

父亲让我到"东家"屋里暖手，满屋里人，姑娘、媳妇、老婆子、年轻汉子都坐在炕上咕噜咕噜喝稀粥。看人家吃饭，我肚子也响起来了，饥饿的滋味不好受，我眼望着他们一口一口很香甜的吃着，实在饿得很，他们都不留意我，像没有看见我，我如不存在一样！

冬天的一清早，北风刮得多么凶啊！

我冷得全身抖擞着，手脸比刀子割的还痛，我又饿得很难受。父亲从外面进来，对炕头上蹲着的一个老婆子说道："东家奶奶，借点米给我吧，家里没有吃的了！"

"怎么工还没做完就要账？嘿！"

"不是要账啊！老婆有病，孩子这样远跑来……"

"孩子？在哪里？"

"这不是么？"父亲指着我的头，我仰脸给他们看。

"哎哟！什么时候来的？这么早，多可怜哪！"一个年轻媳妇这样说，并且对我问："你冷不？"

"不……"我回答她，觉得她很可爱，不过那老婆子确实可憎，她的面貌没有年轻媳妇慈蔼，可亲得多，她的说话该多残酷。"东家奶奶"这个称呼多讨厌，她很得意呢，因为她是大地主的老婆，她的丈夫死去，全权由她掌握，她瞥我一眼，看我和要饭花子差不多吧！

"既然孩子来了就给点吧！"老婆子看着父亲，又瞧瞧我。

冬天的一清早，北风刮得多么凶啊！父亲背着米，领着我回家，在路上问我："家里还没有做饭吧？昨晚上做了没有？"

"我来的时候还没有做，昨晚上吃的是剩饭，妈哭了！姐姐也哭了！"

"……"

"先生又和我要书钱，说是再不交上就要要回我的书，不让我念了！"

"我说父亲做工还没有完，他一做完就会有钱给我。"

"先生问道：你的父亲几时才能做完了工？我说：我也说不上，大概没有多久，先生只是摇头，别的学生买的书全交了钱，他们都笑我……"

冬天的一清早，北风刮得多么凶啊！

我跟在父亲的身后，走了一程又一程，越盼望快点到家越不到，父亲默默的，一言不发，他走得很快，有时立定回头等我，眼睛望着别的地方，把米口袋换肩。

我们越过山岗，可以望见村落了，我家在村落的东端，紧挨着铁道线，火车经过，轰隆轰隆响，深夜里我们时常被这巨声惊醒，把房屋都震动了。

火车过后，有许多煤块落下，我和姐姐走去拾取，我们时常在铁道旁边，对着车厢许多穿阔衣裳的贵客欢呼着目迎目送，摇着手，举起盛煤屑的竹筐。到家了，我预先跑进去了，给父亲开门，并且报告里面说父亲已经回来，我为自己的任务达成了而兴高采烈。忽然笑从我的脸上被夺去，我的心跳了起来，屋子里挤着几个大汉，他们告诉父亲，说是我的姐姐到他们家串门，临走时偷了他们的米，把袋里装得满满的，他们又说，还不只偷了这一次，一定偷很多次。姐姐很豪爽的承认，但是她说，这是初次，在这之前，决没有拿过，他们是污蔑，父亲想了一想，指着姐姐对她说"请你们打她打死出气吧！"我一听说，打死姐姐，急忙奔过去，把她抱着不准他们打她，他们都出去了，父亲也跟着出去了，说是到什么地方说理。

冬天的一清早，北风刮得多么凶啊！

我放下姐姐，擦去她满脸的泪水，追着父亲去了。

……

（《泰东日报》1937 年 9 月 18 日，署名：慈灯）

狮与虎的怨仇

　　从前有一处没有人居住的地方，那里都是大山，山上长着密密的大树，青草比人还高。

　　那里还有长得非常奇怪唱得特别好听的许多各种鸟。她们都在树枝上筑起屋来住，她们的生活是很不容易的，因为草丛中有大蛇，大蛇时常爬到树顶上和她们开玩笑，甚至威吓她们，还有手段强硬的老鹰，她也时常来追逐，活捕她们，把她们当餐饭。她们一发现老鹰就惊吓万分，拼命的潜逃，动作机敏些的逃出爪子，迟钝些的就不免难逃法网，做了老鹰的俘虏。于是在丛林中便发出不幸的凄惨的哭声，最后绝呼一声，就闭上眼皮，战战兢兢的忍着痛楚，让老鹰得意洋洋的大吃，除此而外，她们也无好法可想，肥肉被啃光，羽毛和骨架抛弃了，算完！但是倒霉的尽管死减，活着的还是快乐的活着，她们的繁殖优于死亡率，而且日日增加，她们对于老鹰的残害和大蛇的调戏一向抱着不理主义。她们的体格太小了，虽然大个的确有许多种，可是不与她们联络一气，好像大家煞无介事的，平安的过日子。在树上动作最敏捷的还有灵巧的毛猴，他们带着孩子们和伙伴，到处寻求果实，吃饱了就在树上玩耍，他们比鸟强得多了，因为他们的体力强壮，又属于狮子王麾下，狐狸、豹、狼、熊、蛇等都是他们的同党，至于猛虎却和狮子王是两不相让的异派，所以明争暗斗的事故不时的发生。

　　这地方有清泉，有溪流，有丰富的果实，很适于他们居住。

　　这一天，是天朗气清的日子，狐狸去拜访狮子王，他客客气气的对狮子王说："大王，何不出去走走，散散心呢？"

　　狮子王懒懒的躺在穴前，伸一个懒腰，抖擞一下全身的长毛，唉唉的说道："虎这群不知道进退的畜生，他们竟敢和我做对？昨天竟有两只该死的王八跑到山顶叫骂，我想过去教训他们一番，但他们一看见我都跑了！"

"大王，请您别生气，这事由我办，我可以把他们劝服。"

"也罢，你说到哪里走走呢？"

"随大王的心意。"他们一道走去，经过溪边。那里在溪边的草丛中，盘着一条大蛇，他正睡得很甜，听见足音，急忙睁开眼睛来察看，知道大王到了，伏着脑袋鞠躬，表示十二分敬意。

"你好舒服，"狮子王说，对他笑笑，"大王！"他说："我刚才在岭前和猛虎争斗一场，胜败未分，累得够受。"

"怎么？你是正面和他们冲突了么？"

"是的，他们一伙三个其余的两个在旁边观战，我已经答应他们，明日正午和他们决斗。"狮子王想了一想，对狐狸说道："我如果出场，事情就重大了，你明天务必前去看个究竟，回来报我……"

"遵命！"

那么，狮子王对大蛇说："你小心去努力一战吧，我有别的计策。"

"遵命！"

他们走到狼首领的居穴，不巧狼首领出门去了，可是他们刚一转身，打算到别处去时，看见狼首领牵着一只山羊回来了。

山羊有满身的白毛，像是刚烫过发一般，她流着泪哭着，跟狼首领走，狮子王老远一看，就觉得可爱万分，他微笑着对狼说：

"喂，那是谁！"

狼首领急忙行礼，答道："她的名叫雌山羊，寻来当午餐的，大王您好！"

"很可惜啦！这样一只美丽温柔的小东西！"狮王赞叹着，狐狸明白了他的意思，急忙向狼首领偷着去个眼色，狼首领悟其意，便恭恭敬敬的对狮子王说道："大王，我知道您是喜欢她的，请您留在身旁当仆役差如何？"山羊过去双膝着地，哀求着说："大王！不要杀我……"

"放心，在我身边万无一失！"

狮王快乐得很，狼也觉得满意，狐狸说："大王，我得回去，失陪失陪。"

"再见！"

狮王领着山羊走了，狼首领默默的踱回窟穴，自言自语的咒诅着，活见鬼，好不容易搜得一美味，反被他不劳而获了，狡猾的狐狸精，他除了拍马屁不会干别的……

深谷之中有一只山羊拼命的跑着，他迈过溪流，跳下山坡，跃下高岗，窜进草丛，又跑到平坦处，向山上直进，跑、跑、跑，他的汗水直滴，但他不在乎，拿出所有的力量奔跑。

在树上唱得得意的鸟们看了山羊莫名的奔跑，都很奇怪！议论着："怎么回事？"谁也不解其意，他尽管跑，跑到乱草叶中的岩石前面，那里有个高大的洞穴，他跪下了，祈祷着说："勇猛的虎先生！你是仁慈的，你不忍看着我的妹妹被狼抢跑了，求您救救吧！"猛虎一跃而出，他看一看山羊，问道："什么事这么伤心？""我妹妹被狼抢去了，他是没有良心的，我的妹妹一定没有好结果的，虎先生，你有仗义仁侠的气魄，你不能坐视不救……"

山羊说完这话大哭，泪水混合着汗珠，分不出哪是泪水，哪是汗珠。猛虎一听，狮子王的走卒，不由得怒从中来，大吼一声，"你在先头引路，我去看看！"

"谢谢您呀！虎先生！我一生不忘你的恩德！"

他们很快的跑到狼门前，猛虎又是大吼一声，喊道："该死的畜生，你赶紧给我滚出来！"战战兢兢的走出来的是狼首领，他立刻明白了这是不测的风云，他急中生智，想了一想说："我没有法子，先生你是知道的，狮王逼着我去抢掠山羊，我怎能不服呢？我抢来又被他夺去，他的企图，实际上，全是狡猾的狐狸的主张……"

"你是卑陋的动物，下贱的畜生！可杀不可留！"

"饶恕我吧，先生！我愿意向你投诚！"

"我不要！"猛虎一掌把他抓在足下，轻轻地咬了一口，把他咬死了。这事件弄得很大，林中所有的动物得到这个消息，空气十分紧张，狮王把所有属于他麾下的勇士全召集，计划对虎的战略，他们都确有把握，自信会战胜的。虎那方面，也召集大会，他们所聚合的是些无边无岸的小动物，成群结队的蚂蚁，成群结队的马蜂，只有这两大群，夜里林中的野兽全部静默了。月亮惨淡的挂在半空，鸟类栖息在枝头期待着，惊魂动魄的等着看热闹。

狮王所率领的大队出发了，他们走不远，就听见了对面一声长啸，他们立刻停止，听着："你们这许多东西都是没用的，倘若你们敢来，你们就算完了！"

"畜生！"

狮子王气得要命，大踏步走去，赶了许多路，不见什么动静，狐狸对狮子王提意见道："总得留意，不要被他们暗算了才好！"

"不怕！我们直到他们的洞穴……"豹在旁边这样叫。"把他们的洞穴全部毁了！"熊的声音。"生生的把他们咬倒，服贴在地！"大蛇的声音。"咬破他们的鼻子，抓破他们的耳朵……"毛猴的声音。狮子王说："你们都有本领，你们都是能干的！大家努力吧！"他们快到虎的所在了，狐狸惊疑的说："怎么刚才喊号的家伙不见呢？"

"早逃走了，大概是展望哨……"一匹狼这样说。话还没有说完，他叫道："哎呀！不好！我的耳朵飞进什么去了？咬得好痛！"

熊也叫道："不好！不好！我的鼻子孔就飞进什么东西了，真难受……"他躺下打滚，但不成，耳朵也跑进了什么东西，直直的往里钻动，通到脑髓，把他痛得死去活来，呼号着。豹和猴子也遭了同样的命运，还有那成千成万的不知其名的野兽，尖嘴的、大耳的、长尾巴的、短腿的、狞恶的、奸险的……都叫苦连天、倒下打滚。狮子王急得乱跳，总不明白什么原因。

没有半点钟，他们的大队半数负伤，躺下呻吟着，动弹不得了，狐狸都已经半死，大蛇全身肿起，痛得翻滚，立在山头的一群猛虎，哈哈大笑，讥讽地说："狮子王，你这些跟随的东西有什么用呢？你趁早丢弃他们吧，一个勇武万能的大王都带了一群卑微的丑陋的畜生，真是可耻！你最相信的狐狸！他只有滑头与你呀！毛猴只是利用你显显威风罢了！"

狮子王一败涂地，没有勇气争斗了，而且中途逃走了若干打手也使他很伤心，他整理队伍领了回去，决定第二次再来和猛虎争斗高下。

"你不知道，"一只大眼睛蓝鸟对她的同伴说："原先是狮子王的过错，他有一天到山顶展望，看见几位猛虎躺在那里谈天，没有理他，他觉得失了为王尊严，过去骂了几句，虎们不服，咕噜了几句，他生起气来，一掌抓住了一只老虎，正要动手打，其余的几只老虎一声喊号，蜂拥而上，救走了他们的弟兄，并且把狮子王推了一跟跄，同时宣言脱离了他统辖，就是这样，两下结成怨仇，在这山里，虎的数目较狮子多得很！所以虎们是不怕的，从这件事开头，以后发生几次误会，这回突然爆发，以后不知怎么了结，你看虎们，多么聪明呀，谁想到小小的蚂蚁和蜜蜂竟然这么厉害！"

树林里议论纷纭，狐狸很忧愁，他以为虎的话对他很不利，虽然狮子王从来就相信他，看他如亲兄弟一般。

他很踌躇的去狮王那里去！——这是发生冲突的第二天，他去见狮子王，打算陈述战术上的意见。

狮子王仍然很欢迎他，他坐下，"大王，这次的失败是不足虑，我们应该用计策征服他们。"

"怎么样的计策呢？"

"如果大王相信我，可以派我负责，我可以假意投靠他们，从中扰乱他们。"

"你只会这样做？你要知道，他们都憎恨你，他们恐不能信任你，反弄巧成拙。"

"我有成功的自信心！"

"既是如此，那么由你去做。"

狐狸立刻跑到虎那里，说明来意，虎说：

"我们是很欢迎你，愿你忠实的和我们团结一致。"

狐狸被收留，于是在虎群出来进去，暗中捣他的鬼，他捣了许久，不但没有一只虎真的相信他，连蚂蚁都没有听从他的，虎主席叫他去，劝告他：

"你可以回去了，你的计策在我们这里决不能发生效力，白费心血，可是你总算明白了我们在怎样埋头苦干，如今我们已训练成功，无论何时都能把你们一派消灭了，你立刻回去把我这里的意思转达。"狐狸抱头就跑了，在狮王面前请罪，并且说明虎先生的话。

狮王马上跳起来，一声长啸，把他们的部下全召齐，于是这山里面从早到晚不停的厮杀呐喊，鸟族参加在狮王一面，尽他们的力量战斗，而虎的一面只有蜂子和蚂蚁两协约群助战，老鹰用不着奔走，他只消取负伤的鸟们就吃着不愁，不费吹灰之力，狼先生的穴里堆满了雌山羊做妻妾，他的欢乐无余，就是这样，这个深山里面，虽然是变成了凄惨的战场，然而像老鹰啦，狼啦，还有好多的野兽们，他们能寻找出比平时更幸福的方法来，哭的哭，笑的笑。谁哭呢？不消说是负了伤的和听到他们负伤的父母亲及兄弟姐妹们，谁笑呢？不消说是连争斗的光景想都不想的像老鹰啦，他坐享余利，吃穿不愁，别的许多动物死了、伤了、瘦了，他却胖了，格格笑了起来。

虎方面有相当的损失，狮子王方面也有多数的死伤，不再多讲了。

（《泰东日报》1937 年 9 月 25 日，署名：慈灯）

星期日

"你说你很穷，据我看不然，穷人穿不起皮鞋，穿不起西服裤，看不起电影……"

"但我实在不是富翁，除了皮鞋、西服裤以外，我什么东西都没有了，看一半次电影并不算奢侈。"

"你只要有皮鞋，就不算穷，你挨过饿么？"

"要饭的对付过活着还没有挨饿，可是你却不能说要饭的不穷！"

"你是要饭的不是？"

"我虽然没实地去沿着门乞讨，却跟要饭的一样！"

"你没有曾沿着门乞讨过，就不是要饭的，你既不是要饭的，怎么和要饭的一样呢？比方说牛和马是一样，那怎么能对呢？牛毕竟是牛，马毕竟是马，牛不是马，马不是牛，决不会一样，先生！"

"牛马虽然不一样！他们的劳力可差不多！"

"差不多是差不多，不是一样，你是你，你不是要饭的……"

他们俩，你一言我一语的，抬着杠，抬得很有劲，我一看时间不早了，就站起来提醒他们：

"时间快到了，先生们，走吧！"

"你说他也穷么？"老郑对我说，意思在讨我的意见：

"我也弄不清楚，你们都是哲学家，我不明白！"是我的回答。

老关在后面锁了门，同时说：

"你就无论怎么说去吧！"我们和要饭的一样！

这一天是星期天，街上的行人比往日多了，我们喊一辆马车坐上，老郑指示车夫大声说：

"电影院！"

我们不用活动，舒舒服服的坐着到了电影院，老郑付了车资，老关冲进卖票处，在拥挤的男女中去勇往直前，票买到手，我们觉得很高尚的迈着方步进去找座位坐下去了。

一个女子，离开家庭摆脱父母，和情人结婚，她的情人是个穷苦的画家，他们同居了两个月，生活不能维持了，画家的意志非常刚强，他无论如何也不肯去创作自己讨厌的作品。有一次开展览会，他拿去几种得意的结晶，但没有一个理会他的作品的人，他屡次失败，几乎挨饿，但仍然不服，埋头苦干，他的伴侣不能忍受了，时常说些不中听的话来挖苦他，他都谅解着，忍受着，把所有的衣服当掉打房金，把所有的书籍搬出去卖了买东西吃，因为他的画虽然有价值，可是无人理会，他穷到一个铜板都没有的地步，这时候，女人的表兄在外留学学成归国，有一天晚上去看他们，画家一天没有东西下肚，和妻子吵了嘴，冻得战战兢兢的蹲在壁角，情形十分凄惨，外国留学生看到这种景况，从心里的感动，掏来二十元洋钞，交给表妹，说是过两日再来看他们。

表兄的慷慨气度把表妹感动了，她一定许可表兄的希望，愿意离开画家。

饥寒交迫，过着颠沛流离坎坷的生活的画家，简直走投无路，他饿倒在公园里的铁椅上。幸亏天不负苦心人，他的同学发现了他，帮助他，把他扶到自己居住的地方，以后他们一块到别的地方去了。她和表兄正式结婚，可是她的学问不及表兄，没有多久，她受不了表兄的轻蔑、讥讽，表兄也憎厌了她，就双方同意离开，还经律师签字证明，律师是位极漂亮的人物，头梳得放光。

她伤心极了！痛苦得不愿活了！可是她也觉悟，她擦干泪水跑到医院去投考看护妇的职业。

炮火熏天的战场上，青年们伏在散兵壕内，冒着大雨死死的防卫着，这些青年，热心志愿，抛弃了自身家庭和一生的幸福，到这里来尽义务的干。炮弹的碎片在他们头上飞舞，火星映着每个人辛苦的脸，他们负伤和战死的人员相当多，负伤的人都由卫生队抬到后方病院里救护，其中有个从前是画家的青年也负了重伤，性命危险，当他的病床抬到病院里去时，一个看护妇直直的看着他灰白色的面庞晕倒了！

肾和胸前中了炸弹的破皮，把肚炸开了！没有活的可能，看护妇废寝忘食的侍候他，希望他的伤好，有一个别的医院里来了位医生，他是新近结婚的外国留学生，他的夫人也是位医生，他们为研究伤兵到这个病院来。可是他到一个病室，一开门，看见看护妇伏在病人床侧睡着了，他看一看看护妇和病人的脸，很惊骇的样子急忙到别的屋子去了，他的夫人问他：

"为什么不好好看看？"他说："先到别的屋子去吧！"

画家到最后的一刻了，看护妇并不去报告，反锁上门，抱着将死的人，哭着说："我对不住你！……我…我…对不住你！……"病人咽下最后的一口气，她也哭没有气了！

电影演完，我们悲哀的挤到大街，老关提议着说：

"吃饭去好不好？"

"好！"

"我肚子饿了！"

大家赞同，我们一股气跑到一家饭馆，叫了两壶白酒两个菜，吃的饺子，共计花去一元零三角，老关很高兴的付了饭钱，之外又赏一角小费，跑堂的们齐声喊："谢！"

（《泰东日报》1937年10月9日，署名：慈灯）

海边上

傅家庄的海岸上，靠渔人的小屋前，横放着一只帆板，底向上，扣在沙滩的平坦处，像一位因工作疲乏了的老翁伏在那里休息，有几个儿童常来坐在那上面玩石子，但上午的海边也很寂静，只有浪花，来的来，去的去，如岁月不停的来的来去的去一样。西南连接着海水的石礁，迎接不暇的接受着浪花的亲吻，浪花太多，把它吻疲倦了。它就一动不动的蹲在天底下默默的应酬着许多热爱，可是浪花得不到反应，安慰，都生气了！用力的和它亲，它仍是不动，它实在乏得够受，而且腻了。尽管怎样深的多情来光顾，它一理也不理。于是，浪花由生气变成了怨愤！向它唾弃，把白色的唾沫喷向它的全身，然而它满不在乎，也不复仇，它对于浪花的误解是肯原谅的，所以它极力的忍耐，不知忍耐了多么长的年华，也不知还得容忍几多光阴。

风很柔轻，三月将尽的气候，我只穿了两件衣裳并不感觉凉，我从沙漠地方到这来已经半个多月了，我的家距这里有三里地，我每天吃饱饭无事，就顺着光滑的大马路走来散步，最初经过一处果木园，在山坡底下的小径走，到了马路，必须吃点苦头，弓着上体前进，到了高坡，达到绝顶，在面前展开的，是豁朗的山与海与人家的景色，以后的道路是下山坡，很舒服的一段旅程，公共汽车隔十分钟必须有一辆飞来，从我旁边擦过，里面的人有的转脸向我看，似乎瞧不起没有坐车权利的可怜虫，其实我的衣服很新，他们背不住又拿我当有闲阶级看了。

我在沙滩上来回走方步，背着手，坐在石礁上看海水沉思，真的，我所思的只是海水，我把过去的历史都忘记了！我好像不是为看老父亲和弟妹来的，而是"少爷诗人"一般的做旅行。

我发现那只渔人的小屋和舢板，就走过去，背靠着船躺下了，抱着右膝闭上眼皮。忽然我听得后面有沙沙的脚步声,由远而近,还不只一个人,他们走到我的身后,船的那一面,停住了:"在这边坐一会吧?"是一个少女的声音。另一个不语,我听见他们背靠着船坐下时的动作,衣服摩擦着船板响,他们一点看不见我,不知他们身后,只相隔不过十米远向海的一面还躺着一个懒蛋子。

谈话开始了:

"我妈晚上回来。"另一个少女的声音。

原来两个都是少女,凭着"听觉"我可以判断她们大约都有十六七岁,说话含着悲观的嗓门。

甲:"你姥姥家有多少里地?"

乙:"三十里。"

甲:"晚上能到么?"

乙:"能!"

"能"字说得极轻,像是要哭的。

甲:"你爹真狠心。"

乙:"他正月输了钱,把地卖二亩,还不够,硬要卖房子,我妈不让他卖,他就把我妈骂一顿,说是他当家,他愿意怎样就怎样,别人管不着,二叔劝他,他也不听,二叔生气啦!不理他……"

甲:"以后他就要把你送婆家怎的?"

乙:"嗯!他说,我念书花钱,一点没有用,他把我的书包扔进炉里烧……烧了!"显然是哭了,约有五分钟,都不开口,住一会儿,谈话又开始。

甲:"他到底上哪去啦呢?这些日子还不回来?"

乙:"谁知道?也许是死了?"

甲:"不能……"

乙:"……"

甲:"过年,我妈也不叫我念书了,她说丫头大了得在家学做针线。"

乙:"……"

甲:"怪不怪?你爹把你书包扔进炉里烧了,我妈也快不准我念书了。"

乙:"我不上学去,刘先生怎么说?"

甲："我告诉他，说你爹不让你念书，我可不知道他烧你书包。"

乙："他没说别的么？"

甲："他要上你家看你哩！"

乙："……"

甲："那么你能上婆家去不？"

乙："妈去找舅舅去了，求他想法。"

甲："你舅舅干什么？"

乙："打鱼。"

甲："你看见过你女婿没有？"（带几分诙谐口味）

乙："不知道！"（有点害羞的意思）

甲："大下礼拜，学生要旅行，可不知上什么地方去？"

乙："不讲了，走家吧！"

甲："我们下晌推磨，你来不来玩？"站起来了、抖搂衣服，拍着，慢慢的走去，我探出脑袋望，一个穿蓝大褂的，一个穿青色短裤褂，都梳着头辫，哪个是甲，哪个是乙，我也认识不出，但她们决没有十六七岁，从背影看，瞧那身长，不能过去十五岁，她们迈过高岗，向东面一座洋式楼那面走去了。我爬起，坐在舢板上，猜测着她们谈话的意义，这很简单，两个少女的不幸，尤其是乙，她的八字真不叫强，她的恶劣的环境已经开展了，可是公正的一比较，她仍就优于我，因为她还有"婆家"可去。人生第一项大题我以为就是吃东西，有东西吃就算解决了头一步难关，无论意志如何坚强，总不能饿着肚子去做事，去绘画，去创作小说，或者去干什么干什么。大军开到前线，战略如何不问，士兵最盼望的是好给养，吃饱了他们才能放枪，放炮，投掷炸弹，去冲锋。探险家出发以前，干粮是首先要准备妥当的，教员为什么情愿吃粉笔灰？黑手黑脸兄弟们为什么五更爬起，半夜无眠？我为什么跑到数千里外去给人家倒尿壶？牛马如果不吃草，它们早脱离东家往远地方跑了，但是狗没有吃的怎么还守着主人尽忠呢？这我可解释不上来了！并且宁愿饿死也要去做艺术家你又怎么说。

我胡思乱想，无头无绪的离开舢板，走到水边上，海水简直冲到我的脚面了，我急忙往后一跳，小心湿了皮鞋呀！我怎不往前去呢？我怎么不笔直的往前走？要是那么干可实在成傻瓜了。我望洋兴叹了一气，打算往回走了便移动脚步。

这样的闲散，享这种清福，说实在话，是我一生少有的机运，乡间的媳妇不如少奶奶，她们不懂什么叫忍艰耐劳，只是埋头苦干，空喊口号的一般畜生。我将来倘有掌握大权的那天，一定把你们捶个死去活来，教训教训你，叫你知道瞎唱高调是不行的……

我得赶紧往回走，不能胡想了。看太阳，已至中天，我的破表亦懒起来，我摇了又摇，它连动都不动一动，真可恨！这只手表是二年前牺牲八元多钱一月的薪水买朋友的，这位朋友穷得没有办法才卖表，别的朋友怂恿我，说二十多元的表卖八元不算贵，它为我服务了二年义务，如今病了，我不能置之不理，得赶紧修理修理，又不知钟表铺掌柜的要多少代价。

我到了家，妹妹站在门外望，看见我，笑道：

"饭早就做好了，爹各地方去找你，总找不着。"

"我到海边玩去了，弟弟回来啦么？"

"他晌午不回来。"

"他拿着干粮上学堂去？"

"拿两块饼子。"

"怎不拿馒头？"

"你来家才吃馒头，而且是只给你一个吃的！"

"是么？"

"可不是怎的……"

"……"

"报纸邮来了，还有一封信。"

"我做的文登出没有？"

"没见有你的名。"

"不要紧，过几天一定给登，我投的稿没有不给发表的。"

"你是圣人！"

晚上我决心写一篇文，题是《海边上》，可是写了半天总不成功，弟弟说："写海边上得先写沙滩，描写沙子的形状。"妹妹说："写海边上总得先写海水和水中的船，于是辩论开始了。

弟弟："海边上除了沙子，是什么？写海水和水中的船那是'海里边'不叫'海边上'了！"

妹妹："海'里边'是鱼龟虾蟹。"

父亲在旁边也插上嘴说：

"鱼龟虾蟹进龙宫，鲤鱼跳龙门。"

父亲是木匠，所以三句话不离本行。

大家哈哈笑起，房东少爷跑进来，抱着戏匣子，喘呼呼地说：

"哈哈，借来戏匣子了，唱吧！"

弟弟说："先唱桃花江！"

妹妹瞅他一眼，叫道："唱渔光曲！"

我丢下笔和纸，姐姐很赞成，对我说："明天再写吧！"

一九三六年春于大连

（《泰东日报》1937 年 10 月 26 日，署名：慈灯）

433

要　账

一群鸡在院子里仰着脖颈等待母亲把手里的米粒撒给它们吃。

她被门外的问话声惊呆了！站着一动也不动，忘记了自己的事情，手伸着，握一把米粒，鸡吃光了仰着脖颈等她，这一瞬间，她好像是大理石的塑像。

"木匠师傅在家么？"门外问。

她想了一想，看见身前集合的鸡跳动着，才记起从屋子出来的目的，就把米粒很有经验的向四下一撒，拍一拍手掌，往外走去。鸡们敏捷的伸动着尖嘴，很迅速的啄食米粒，并不拥挤，可是都拿出竞争的动作。

"谁呀？"她吞吞吐吐的问，掀起衣角擦擦脸上的灰尘。

门外说："我是河东小铺的，木匠师傅回来，务必告诉他去一趟。"

"请进来歇歇吧！"她赶快去开了门。

"不啦！"街上的人说。他是个中年汉子，左脸上有一块青疤，手拿着木杖，左腋下挟一个小包袱。

"我说……"母亲急切的走上前去，"他就是去也没有用……你请进来歇歇！"

那人想了一想，低着头又抬起来：

"无论怎样，他非去一趟不可，我没有法交代，他自己去说一说，到底怎么回事"。

"他大叔……"母亲急得不知怎样举动好，说话几乎都说不出来了："求你再好好给说说吧！"

"倘若家里有一分钱，也早就送过去。"

"不能这么办事，人总得有点信用，今天推明天，明天推后天，推了二年多了。老账仍是不清，我跑点腿不算什么，回去没有法交代人。掌柜的说我不来要，我把腿都跑断了，我不能再跑了，这么远，跑来也得空着跑回去，他亲身去一说，什么事都好办。他上哪去啦？"

"他是出去要工钱，做些零工，收不上工钱，人家不给，他总不好意思张嘴，我逼着他出去要，这才去了，一家人眼看快挨饿了，孩子们是不能等的……"

这是实实在在的情形，家里窘苦的缘故，就因为父亲太义气！他一滴血、一滴汗，给人家做活，人家不给他工钱，他不肯张嘴去要，他相信所有的人，他以为人都是像他那么忠厚，那么诚实的，可是相反，他的思想大错，人们不但不忠厚，不诚实，而都是些没有良心的坏蛋，他们抢着找父亲去做工，他们明白别人几天才能完成的工作，父亲一天就能爽快的干完，但他们可不干脆给工资，迟迟的延长着，延长到自以为用不着给了的时候止。

别人欠父亲的，父亲不要，父亲欠别人的，别人则寸步不让，毫不宽容。

讨账的走了，他去时，斩金截铁说："他回来，非去一趟不可！"

母亲愁苦的关上街门，走回屋里，补着破衣服寻思人活着的不容易。

院子里，鸡把米粒吃光了，得意的向四下去散步，它们看来是无忧无虑的，它们不知道这一个人家的景况，知道寻求东西呢。

父亲回来的时候，已经上灯了，他疲乏的倒在炕上，沮丧的一言不发，母亲不问他这一天出去做什么事，怕激起他的烦恼。还是他自己先开口了："我一家一家都跑到了，我一家一家都坐了一回，他们也不提起工钱的事，我怎么好意思张嘴要呢？我一要，人家就须说我太小气了！我只说家里没有吃的，想不出办法。他们只是帮我叹气，并不说：'我们还没有付你的工资呢！就给你吧！'老范家二秃子要娶亲了，大概过年三月，我们总得花一份'人情'，河东小铺来了没有？"

"来了怎么办？你不好去一趟说说么？"

"我不去！他们有许多活叫我做，好清欠账，那些狗蛋，比狐狸都精！"

"他爹！"母亲对他说："你总是等着人家自动的给你工资是不行的，他们不能给你，他们不肯给你，非和他们要不可，你单说家里没吃的也不成，你非说：欠我的工钱快还我吧！这样说他们还未必就痛快给呢？何况你只去坐了一会儿，他们或者忘了，他们只记得人家欠他们的，记得清清楚楚，欠人家的可不记得，故意装不知道，你不逼着要怎么行啊！"

"叫我还怎么要？"父亲瞪着眼睛，不满的说。"他们一定不会忘记，他们没有现成钱，不然他们就立刻给我了。"

"你等着他们给你吧！他们一辈子不会给。"

"那么怎样？"

"我不是说么？你得逼着要，你不看见人来要账的那一番声气？"

"他们都不是些人，你知道，我要是没有钱，他就是动骂动打也没有钱，我要有，早给他了，用不着他那么像个驴似的嚎……"

"唉！你真没有法！"母亲气得哭了！

"快收拾饭吧！"

你再要不来工钱，眼看得饿肚啦，母亲在外屋笑着说："要没有你们这群张口兽，我怎么会弄到这步倒霉的田地？"

"我不明白，倒是老婆孩子们带累了你，亏是男子汉大丈夫说出口……"

父亲的埋怨，不含着真正的口气，你常发牢骚，母亲看一看他脸色，听一听他的腔调，如果他的话严肃，就默默不语，要是藏着开玩笑成分，她就不客气的反驳他，他在母亲身上很有本领，总不肯示弱，他看饭桌都摆齐，便坐起来唠叨着。

"横竖要没有你们，我哪里都可以去……"

忽地门外有敲门声"木匠师傅回来啦么？"

"又来了！河东小铺的。"母亲说着出去开门，先头那小子又来了，他刚一进门槛就说："木匠！你和我去一趟吧！"

"上那去？"

"到柜上去。"

"我说先生，你饶了我吧！"

"不行，你一定得去。"

"我去就是，今天可不能去！"

"五月节就到了，不能再拖欠了，你快点吃，吃完了一块去。"

父亲还没吃饱，戴上帽子和他一块去了。

母亲端着饭碗，把筷子横着，泪水滴到饭碗里去了！

一九三六年五月一日

（《泰东日报》1937 年 10 月 30 日，11 月 2 日、3 日，署名：慈灯）

老爹的梦

三十晚上，接神的炸炮断断续续地在远近各处开始响了，那杂乱的炸声，像是守寡多年的妇人半夜醒来的哭声。炸炮就如穷光棍的中年汉子猛力敲在桌上一拳，但还不能解消他胸头的悲愤，不住的敲击着，随他愤怒的程度而有轻重，一切庆祝的表现，都是死了满家的丧钟，听不出什么快意来。老爹吹熄了供桌上一对红蜡烛，只留下王爷烙板的油灯，油灯的光十分暗淡，照得小屋子里又寂寞，又凄凉，老爹很愁苦，不停的叹粗气，爬上炕头打算睡了，老鼠从黑暗的墙角走出来，四下窥探，被老爹躺下的身子的重音吓回去了，但不久又跑出搜索寻求它的食品。

老爹晃晃悠悠的走出街门，望着空中的星光呆立了一会儿，不知往哪里去好，他太孤独了，除了他老爹以外，没有第二个人陪他说话，他忽然要去看一看相别多年的老婆和孩子们，便由然的走去了。他穿过街道，经过树林和溪流，直奔山下，那里有闪闪的火光，门完全开着，他看见他的老妻正在灶下烧饭，他的孩子们都不认识他了，呆呆的望着他，一言不发，惊奇的，诚意的向他上下打量，他的老妻忽地一抬头，看见了他，急忙放下活计，迎接出来，说道：

"老爹！你怎么会来到这里？"

"是呀，我特意来看看你们，孩子怎都不认识我呢！"

他到里面坐下，他的老妻招呼孩子，给他磕头祝福，他很欢喜的抚摸孩子们的秃头。

"啊！多年不见了！"老爹感叹的说，对着三个孩子："你们长得很高！"

"我们在这里没有忧愁……"大儿子这样说，二儿子接着和他哥哥像唱歌似的齐发声，说道：

"也没有穷，不怕谁来欺负，根本也没有欺负人的人，这里的人们都知道博爱的可贵，所以大家互相帮助着，找不出一点虚伪来，更没有丝毫奸险，但不注重礼貌，也不讲应酬，说话是真挚，行为完全和顺，你看不见商业式的戏剧和著作，缺乏宣传的无聊的图书艺术，没有印刷机关，良心就是大家的学校，我们的游戏是永久不变的快乐，没有腻厌的时候。"

"是的。"小女儿也参加着说，三个孩子同时张嘴说一样的话。

他们说："我们从前一听说要到这个世界来就害怕，其实那是错了。幸福的乐园有什么可怜的地方呢？季节不分春夏，也不分秋冬，一时一刻都是温暖。树木高大，开着鲜艳的火花，在树叶之间，结满了果实，树木不衰落，不凋零，没有风霜，未见过雨雪，我们把吃不尽的果实煮熟下餐，不会吃腻了的，味一天比一天鲜美，变换着。它依着我们的希望更移，我们想酸，它就酸，我们想甜，它就变甜，没有残酷的老鹰，鸟都极自由的生活着，有一种叫长寿鸟，它们和白兔结亲生养的小孩是兔头，鸟尾，短而且圆的黑嘴，黄、紫、白三色眼球，会飞、会唱，还会说话呢，它走路好跳起来，有时翻筋斗。"

"回想在未来这里以前……"他的老妻坐在他的对面，开始说，孩子们停住了嘴，静听她的说话："无日不在忧愁和痛苦中过日子，那样的生活，有什么意思呢？这个要改良社会，那个要把国家换花样，改来改去，越改越糟，至少暂时是不堪的。唉！他们之中颇不乏努力之士，可惜不努力之士也太多了，终于压服了努力之士，这样，努力之士的前途发生了无限大的障碍，他们努力一程，结果失败了。可是他们不肯罢休，宁愿牺牲自己，然而牺牲的尽管消灭，不肯牺牲的反日渐繁殖，苦愁的艰难和嘻笑的排场几时能均衡呢？我们看不惯，过不下去了！但又寻不见新的境地、理想的山河，一直到来这里的长久岁月，都是流泪生活着的，雨雪的摧残，风火的压迫，叫我们怎样忍受哟！"

"所以——"他的老妻和孩子们异口同声的说道，我们被逼着到这里来的，是风火的逼迫，多么可怕呀，那无情无理无意义的风火的摧残，可是我们又感谢他，我们不知道这里是如此的好啊！没有他我们不能这样快的到这里来，我们受着良心的指导，研究真美善的智慧。我们都进步了，我们高兴知道的事情便会极容易的熟悉，我们想说话便能极随便的张嘴倾吐，我们不拿衣食住当问题讨论，至于从前，却非如此，最小的事件我们哭着还解决不来了，可诅咒的那时的命运！

小女儿叫道："老爹！你快来吧！"其余两个男孩说："老爹，请你相信，你到这里来将永远不想回去了。"老妻又参加着，他们一齐说："老爹，老爹，你倘若立刻来，你的思想就算深了！"

老爹莫名其妙的低头想了一想，"你们说些什么话呀！"

"你不懂？怎么？"

"也罢！我回去收拾收拾来吧！我想念你们，自从你们离开了我，剩下我独自一人，景象实在凄凉，日子多么艰难，多么难过啊！"

"你就来！"老妻说。"但你无须收拾收拾那些肮脏的零碎器具，拿到这里是不适用的，你不要凄凉，不要挂念，我们很好，就是你无论如何也想不出的美满……"

"老爹！"孩子们叫道"你来吧！就来吧！我们也很思念你，挂虑你的呀！你一来，我们便毫无牵挂，尽是安乐和幸福了！"

"那么让我回去就来！"

"你不回去也可以的。"他的老妻对他说。

"不！我一定得走……一定……"

老爹辞别出来，急急往回走，路上有许多前辈的相识和同年的伙伴们看见了他，都对他说："还没有来怎的？你已经八十五岁了！应该来了！留恋在那个污浊的世界里有什么味道呢？"

"是呀！是呀！我是实在的八十五岁了！我不留恋了，我立刻就来和你们会面！"

老爹醒过来了，他翻一翻身，腰骨剧烈的酸痛，他听得有声响，抬头看看，供桌上蹲一只老鼠，正在盛餐着供碗里的饭菜，他怒吼一声："呔！"

但他的声音太小，他自觉用力很大，其实那老鼠一点没听见，毫不动色，殷勤的啃着嚼吃。

老爹又喊一声"呔！"但仍无效果，他忽然把眼皮一闭，想起刚才的梦境，自言自语的，悲哀的说：我梦见和死人相会，啊！我的死期不久了！我还活几年哪！我的手脚还很结实，我还能自己烧饭吃，我还有几笔债没收齐呢！唉唉！怎么好，我没有后人，谁替我讨债，谁给我办理葬事？这些邻居们，他们等我一死，立刻就会拿去所有的东西，我不能把这许多东西白白叫他们拿走，唉唉！不能！不能，决不能！这该死的老鼠，它真胆大包天，竟敢吃掉我为祖先预备的席筵。咄！咄！

老爹气得够受，想爬起下去驱逐，可是他太疲乏了，起不来，天快要亮了。屋子很寒冷，他朦朦胧胧的又睡过去了。

他的老妻领着孩子们从外面进来，手里拄着拐杖，披散着乱发，对他说："我们来迎接你来了！""不，不，我不去！我还有几笔债没讨清，我一定得讨过来……"

"可是你刚才说过要立刻就来呀！"

"不能！我一走，这屋里的东西就要被那些猴子们抢去了，我不能白白的送给他们，总得变卖干净……"

"你不必留恋这些无用的东西了吧！我不是说过，都不适用……"

"但白白的叫他们抢走，那是很可惜的……"

"老爹！"孩子们叫道："你赶紧和我们一块去吧！天一亮，我们走路就不行了！"

他们过去拖他，从炕上把他拖起，他努力挣扎，执意守在这里，他说：即使要去，也得把所有的东西，都设法卖光，还有房子和地哩！他想起这房子和地，真叫他不能不焦急。他怎么处置呢？他惊慌得要哭，他哀求着，流下老泪，叫孩子们放手，孩子们不但不放，却越拖得紧，扯得有力，他的老妻，举起拐杖，威吓他，瞪起狰狞的面孔，推他，他倒下去了，情愿在泥地上不动，他的老妻生气了，举起拐杖落在他的屁股上，把他打得好痛，他咬着牙忍受，宁肯叫孩子们瞧不起他，他是万不能离开这老屋的，他还有两笔债没讨清，他会为了这两笔债跋涉很远的路程去要，接神以前，他还在那一个贫苦的人家坐着生要，他无论如何不走，他的老妻和孩子们无法，丢弃了他，走了。

他猛然惊醒，凄惨的喊道："我老了！要死了！这梦该有多么可怕！"

天大亮，街上有孩子们的笑声和放小鞭的清脆之音打破了早晨的寂静。

老爹病了，病得很重……

（《泰东日报》1937 年 11 月 5 日，署名：慈灯）

丈夫和妻子

小朋友：我告诉你们一件事，你们是应该知道的，在大地上，充满了虚伪的笑脸和欲望的叹息的社会之中，像下面所举出的事实，不论谁，凡是将懂事的儿童，以至于还没有进坟墓里去的活人们，大概都见过或听说一半句，我想把这些笑话综合起来，当故事讲倒是很有趣的嘿！

周先生的老婆领着两个儿子，大的十四，二的七岁，不远千里，从那乡间直到省城来，但她来得迟了几天，周先生的婚礼已举行完毕，正和中学卒业的高材生，又美貌，思想又新颖，站在时代的尖端上的女性，过着自由、神圣、甜蜜的新家庭生活。

老婆的眼睛，长在悲愁的窝里，她很艰难的寻到了周先生的办公处，要求会见。

"你认识周先生么？"门房一看她的装束就十分瞧不起，不耐烦的动问着，同时继续刷尿壶。

"他是孩子的爹！先生！"她指指孩子们说。

"什么？爹？什么叫爹？"刷尿壶的莫名其妙，不懂"爹"是什么意义。

"没有法再说明了！"焦急着，又不好意思说："他是奴家丈夫……"亏是大秃子伶俐，说道："是我们爸爸！"

"呀？"刷尿壶的放下尿壶，惊奇的叫了一声："你们是弄错了吧？"

"不，一点不错，先生！"她很有确信的点头。

"这可怪了！周先生是上星期结婚的，怎么会来了这么大的儿子呢？你是谁？贵姓？"

"是我妈"，二秃子等不耐烦了，插嘴叫道："我们姓周，老周家。"

刷尿壶的被好奇心所驱使着，急忙跑到后面去报告，周先生慌慌张张的跑出来，二秃子眼睛快，扯扯母亲的衣襟，告诉她："妈！爹来了，爹穿洋服啊！"

"你们来干什么？"周先生并没有像对一般人那么客气，说："少见，少见。"或是"吃饭了么？"

女人伤心的眼泪如泉涌一般流出，哽咽着，周先生更慌了神，吩咐刷尿壶的，"你快把她们送到旅馆，无论谁家都成！"

又对老婆说："此地非谈话之所，请到旅馆稍候，我立刻就去……""你……"她不懂丈夫说的那国语，满腔哀怨，只吐出一个"你"字，周先生又详细给她解释一遍，她明白了，知道这里不同家乡，可以随便在街头巷尾交涉任何事情，却必须到旅馆，旅馆必是一个专门预备说话的胡同。

丈夫的命令，无论何时何地，立即遵行，她随着刷尿壶的走了，二秃子还恋恋不舍的回头喊"爹！爹！买糖给我吃！"他爹因事务缠身，没有余暇买糖，连答应一声都没有的进去了。"你们回去吧！"

她们忍着饥饿在旅馆里等了八小时，周先生下班先坐洋车回公馆，蒙夫人批准短假二小时，据说到外面会朋友，临走的时候，夫人赐他握手，微笑着说："狗头摆！"他就满足的跑到旅馆，劈头就这样一句，并且说："我快要回家去了！""……你没有良心的……"她哭诉着："孩子这么大，你还娶小……"

"胡说！没有的事！谁造的谣言？"

"你不用隐瞒，这不是能瞒过去的……"

"爹！买糖，买橡皮糖！"二秃子苦苦的请求他的爹爹，周先生毫不理会。

"你们回去吧！事情好办！"

"叫我回去怎样？我还有什么心思做活？城里正忙，我跑了出来，我的命……命……好……好苦！苦……"

孩子们看妈妈大哭，都不做声，大秃子明白为什么缘故，他恨恨的瞅他没有良心的爹，他对父亲的一种尊敬、惧怯的性质完全消失，变成了厌恶、陋视、复仇的意志和勇敢，他咬着嘴唇。

"这样吧，你们先住在这里，我明天送你们回家。"周先生说完扣上帽子，老婆捉住他哭道："你……你不能走……你……"

大秃子也哭起来了："妈！我们回家吧！妈！我们在这里怎么办哪！"

二秃子也哭起来了："妈！我肚子饿了！爹不买糖给我了！啊！啊！啊！"

周先生真忙得厉害，出了旅馆，往公馆跑，他的新夫人抱着手背气喘喘的等了他多时，一见他露面，劈头问道："好，你办得好事！""什么事，亲爱的！"

"你骗我！"

"我不明白你说的话呀……"

周先生在新夫人面前温柔得像只小羊，可说是多情的男子，但新夫人可变了。严厉的问着他："你的老婆并没有死，你的孩子……"

"谁说的？"

"装得好像！你怎样处置我？我问你！"

"不要生气！我自有办法……"

"啊！你没有良心，你尽对我撒谎，你说你的老婆早死，你说你没有孩子，你说得好圆满，你……你欺骗我……"

摩登女郎哭了哩！

周先生没了办法，他在屋里走来走去，终于下了决心，告诉夫人说：

"你尽可安心，不要悲观，我去和她宣言离婚，这算不了难事。"

"那么你立刻去办好了。"

"一定，但你，亲爱的，不要伤心，注意保重玉体……"

周先生拿了手杖，在街上喊洋车。

又一个家庭悲剧在发生……

（《泰东日报》1937年11月11日，署名：慈灯）

445

等一天

　　他记得清清楚楚的那一年正月初一早晨很冷，他爬起来连饭都不得吃——他也不想吃，因为头一天，他的科长告诉他，说是这一天午前十一时，他预备点简单的饭菜，招待几位贵宾，务必叫他也驾临云云，所以他不吃饭就跑去了。

　　路上一个行人没有，雪在各处堆积着，因为天冷不能融化，山是一片白色，河结成厚厚的冰，不流动了。他顺着河的右面一条大马路足足走了一个钟头，又在科长公馆附近找了两点钟，他把地方忘了！他虽然去过一次，可是记不清楚，走进一条胡同不是，向左转，向右转，半面向左转，又向后转，走一走，转一转，怎么也找不着，打听也打听不着，急得心头火冒，想不去了，本来他没有吃饭，走了许多路，饿得很难过了！但他的心不死，硬着头皮搜寻。东一头，西一头，终于被他找到，真是皇天不负苦心人，工夫到了总有成功的机会，他快乐的敲门，当差的出来开门让他进去。

　　方桌周围坐着四个人，其一是科长，其二是同事，第三第四也是同事，他们正热心的打着麻将牌，看他进去，姿势都不动的点点头，科长对他笑笑，科长太太从里屋出来，表示欢迎，他给他们一一的鞠躬行礼，除了科长太太稍稍弯腰答礼外，其余都姿势不动的应酬，当差的搬一张椅子给他坐下。

　　他从前来过一次，只走到院子中央又退回去了，想不到屋子里阔绰得很！一切的设备全是洋式化，他注意科长太太，他是第一次得见她的尊容，她的年纪将近三十了，但脸上粉擦很厚，两腮和嘴唇涂得赤红，烫发，耳际插一朵鲜花，她的旗袍也是红色，像一位老年的舞女，衣袖短短的，露出十分之九的肥胖胳臂。她有一个女儿，七八岁，右眼天生歪得厉害，看起人来很诙谐，她穿一件粉红色棉袍，黑皮鞋，她总对他做怪脸，在这一间屋子里，他们俩的年龄要算最幼稚了。

科长太太拿出一本"照相册"让她的宝贝女儿翻着给他看，说明其中都是些漂亮人物，使他惊叹不已的是科长太太的许多张戏装照片，莫非她会唱戏？她是戏子出身？他思索着，不好意思问。

看完一本，又拿来一本，拿出六七本，一个有钱人的人家单是照片就有这许多，别的不用说了，他等着饭菜快做好，他的肚子咕噜咕噜直响，又不能说饿，装做很自然的态度。

麻将牌打得十分热闹，他们都聚精会神的，巧妙的翻弄着骨牌，悠然的吸着纸烟，或者说"碰"，就从自己面前摆列的一行牌中抽出一个打去，用食指和中指——但也不定准。牌往桌中央一拍！"啪！"一声，却是四个人共有的习惯，轻轻送出的时候很少，摆弄一阵，一个人把牌推倒，报多少多少"和"，就算输赢的结束一段落，计算钱数，他们的数学都很好，算得那么快，真叫他佩服。其中的一位同事，是认字有限的假明公，信都不会写，也不会读，可是他打牌的动作非常娴熟，精练，他的职位还不如他高，他是倒尿壶的，那位同事是刷厕所兼管理库房和喂小鸡。

科长太太从抽屉里拿出一盒牌九，和她的女儿在另一张桌上"抢八九"，只有他一个人是闲着，无所事事，打麻将他不懂，他们所做的事情大凡他全不了解，时间已经到了下午三点，他们的牌据说打完"四圈"移动一下位置，又开始打起来了，他喘口粗气走出，站在院子里看天，小姐也出来了，她指着门旁放的一架脚踏车，叫他把她抱上推着玩，这或许是很有兴趣的，可以解除他的寂寞和无聊，他一手扶着她坐在车上，一手推车，满院子走动，她很满足，快乐的笑着，拍手，唱歌，推得久了，他有点乏了，而且他还没有吃饭，他怎么好说没有吃饭，想找一点东西吃呢？他还没有到那乞讨的程度中，他把她抱下来做深呼吸，他想吸一些新鲜空气到肚中可以当东西吃饱，谁知更坏！他的臂从前一转，由鼻孔往里一吸气，肚子像打雷似的，轰隆做响，他饿了！实在饿了！想想看吧，从早晨到下午，一点东西不吃，哪有不饿的道理？他仍旧走进屋子，打算告辞，但他觉得这太不合礼貌，小姐拿出一个大形的铁匣，里面摆着许多方块的纸包，她母亲说：她能认得九百多字。那里面都是她熟悉的字，他打开问她，随便拿出某一张，她立刻答出，说得一点不差，他不禁叹为天才，可说神童妙技，几乎赶得上德国的天才音乐家，五岁就会作曲的"莫扎特"了！

他坐得不耐烦了，他的性子要爆发了！极力抑住，很想借着这个良机训练一下自己，但不成，饿得要命，天色不早了，他还得步行十二里路才能到家。

"科长，对不住！我想回去了！"他立起来伸个懒腰，这样说。

"别急！少坐一会，吃点饭再走……"科长看着牌说。他又坐下等着吃饭，又坐了两点多钟，天色实在不早了，电灯也快要来了，无论如何，他必须立刻回去。我站起来说：

"科长！我一定要回去了，天快要黑了。"

"你有什么要紧的事么？"

"没有什么要紧的事！"

"那么再坐一会！"

"不！"

"总得吃点饭再走，不容易来一趟！"

"但天要黑了！我改日再来吧！"

他的志气已经坚定，非走不可，黑夜行路难，又不是有月亮的夜，而是寒冬的晚上深一脚浅一脚的，怎么走呢？他拿起帽子，向他们行礼，他们都点点头，仔细的注视着牌。

科长抱歉的说："我们打牌把你忘了！你一定坐得难过，真对不住！"

他也再三道歉，低头退出，太太送他到院子中央，很客气的说："慢待了！请再来玩！"

"不要客气！我一定常来！再会！"

夕阳离西山不高了，他急急的往回跑，北风吹着他的脸，扫他的耳边，像针刺的一般痛，道路在黄昏的时候变成了灰暗色，人们都在家里过快活年，他在别人家守了一天，这一天光阴过得也不算慢，他的忍耐的气魄不算小吧？但他不好受呢。他忘记饿了，他没命的往回跑，很想不等天黑就跑到家，但没等跑到家，走在半路上，天就真的黑下来了，看不见道路，不知哪是他的前途，盲目的瞎闯，人们在黑夜中走路，一点看不见道路时，都像他这样瞎闯么？如果道路是这样的走法，那可实在是烦恼，至少总得具备像手电那类东西来帮忙，可以照见途上的障碍，不被绊倒才好！他想着并且咒诅着到了家。

（《泰东日报》1937 年 11 月 19 日、20 日、23 日，署名：慈灯）

草原的梦

一阵清爽的凉风把我吹醒了，是温柔的带着花香的风，但我埋怨这风，风不能不说是实在是多事，因为我困了，而且困乏得很，希望多睡一时，睡可以消减我的一切忧愁，领我到欢乐的世界去，于是我又闭上了眼皮，等着睡神来到，把我引入香甜的梦乡。

丰肥的小草做我的金丝床，蔚蓝色的青空是舒适的被单，那一朵朵的白云，是被单上刺绣的美丽的花，在我四周的青山是床栏杆，潺潺的溪流是清澄的浴池，这广阔的宇宙便是我的寝室，寝室之中包括着森罗万象。

我躺在这看不见半只人影子的草原中，恍惚是离开人间了，这幽静的地不归人间所有，我如在神话的境界里活着一般。

奏着悠悠的弦乐的河水和"拉拉虫"的合唱，该多动人啊！

我仿佛是步行到了一个奇怪的村落——这是我从来没有想到过的怪地方。

没有房屋，也没有别的建筑，人们都在树梢上筑起窝巢居住，和鸟一般的窝巢，有些像原始时代的民族，他们都是冰冷冷的，满脸可怕的筋肉，没有热情，眼睛放着无情的寒光，纯粹是过着除了吃，便不讲别的生活，我走到他们中间好好的给了他们一个意外的惊奇。

我懂得他们的言语，他们也明白我的，这很便利，可是都对我仇视，他们从四面八方聚合来，团团的把我围住质问我各种事情，其中有一个长发须老太婆——这最特别，他们那里，老头是光脸，而老太婆却长着发须——她弯着腰把我上上下下仔细打量一番，她说："小伙子，你是做什么的，从哪里来？"

我这样的回答她："我不知道我是做什么的，也说不出从哪里来。"

他们交头接耳，议论纷纷，有的主张不理我，说我是异种，或者是"突变"，让我随便去，给我自由，有的愿意收留我，做他们村中一分子，帮助他们做些小事情，说不定会从我身上取得一点利益，有的竟宣言要动打，把我捶个粉碎，说我是个妖精，是鬼怪，是恶魔，于他们不利的。于是他们都承认，说是我在他们群中存在一分钟，将有很大的害处，不测的危险。如果不赶紧把我驱逐了，消灭了，也许会惹起幡然的大波。我简直是洪水猛兽，这个提议一公开，所有的男女老幼立刻赞成，呼叫着，举手做手势，喊口号，怂恿，于是从群众中走出几位大汉，这或者是他们的忠勇之士，是他们野蛮文化的代表，毫不踌躇的，七手八脚，把我拿住，又令别的人去找绳索，我真急坏了，请求他们放我，说明我自己的坦白，诚恳，劝他们不可这样和我开玩笑，这样有趣的无理。但他们只是格格的笑，黄豆烧破似的发声，说我念妖精的咒符，要破坏他们的部落，残害他们的生命，我必是负着什么责任，越发增加了他们非打碎我不可的决心。他们说妖精比狂风暴雨还凶恶，应该堆起干柴，活活的把我烧死，或者分食我的血肉，或者砍掉我的头颅。

"那不好，还是用皮鞭打吧！"

"剖开他的胸膛，挖出他的心来，看看妖精心是什么样子！"

"割下他的两脚两手，一件件挂在树上！"

"先扭断他的鼻子、手指和耳朵！"

"大卸八块！"

"这么办好，这么办好，用小刀片割他的肉，每人割一小片，慢慢把他割死……"这些东西，你一言，我一语，噪得很令人发昏，我拿出所有的气力发大喉咙对他们演说。

热泪压制自己的恐慌，同时哀求他们做做好事，把我释放，千万别做这样可怕的玩笑，那是无义的无奈不成！他们也有坚决呢！

绳索拿了来，紧紧的捆牢我的四肢。

"究竟怎么处置才如大家的意哪！"

其中突然有一个人向大家问，他的嘴一张，话一出，人众马上静肃起来，悄悄无语，听他说话这或许是他们部落中的首领吧？我急忙对着他下了跪，然而糟糕得很！他恨恨的对我射一道寒光，诅咒着！"妖精！"

他说："我们捆他在树根上，叫他天长日久的蹲在那里不能行动，大家轮流给他一点不至于饿死的食物，我们可以长久的看着他痛苦的情形，这才有趣哩！不然三拳两脚把他打死有什么意思呢？"

"是的，是的，这法子很好！"

"同意！同意！"

"赞成！赞成！"

一呼百应的，他们都举手表示意见一致，问题通过，我立刻被捆在树根上，我的手脚捆得十分紧，我只得蹲下去，看着他们兴致勃勃的开心，没有多久，他们开心够了，笑乏了，都走开了。

这真是一种聪明到了绝顶的惩罚，没有慈悲的桎梏，想不到他们之中也有这样聪明的人，想出这样手段来，我不能挣扎，因为绳子是这么紧，这么粗，挣扎也是无效。我望着他们从树上爬了下来，爬了上去，我看着他们到什么地方去工作，又走回来，看着他们攀在树枝上食东西，说话，他们还因为意见分歧，大噪大闹，我眼睁睁的看着他们蠢动，可是我不能离开绳索。

他们在夜里睡眠的时候，我仰面看着黑暗的天空，我对着苍茫无边的夜色悲伤，为我自己不幸的遭遇愤愤不平！

我为什么会走到这种糊涂地方呢！在我的智慧之中我本来不知道有这么个地方，怪事！怪事！

我还有一线的希望，我期待着一切的雨露来淋袭，那会帮助绳索腐朽，我自己再时时用点力量，挣扎着，这绳子无论怎么结实，我迟早必有拉断的一天，虫豸们也许会自然的来帮助我咬断绳索，让我偷偷的跑掉的。

我满怀着光明的企望，接受他们一点点食品，都是些味道奇怪，难以咽下喉去的食物，而且是些剩余的残货，生骨头生肉送来的人含着笑，塞进我的嘴里，我必须大大的张着嘴，因为他们故意把肉块弄得块头很大，叫我无法咀嚼，也没有时间慢慢往肚里吞，倘若我吞得进了，他们便拾一根树枝往我喉里撞，把我整得上不来气，眼睛突出，含着食物叫苦，他们看着这番情景，觉得格外有趣，一个这么干，十个这么效仿，想种种毒辣的方法使我活受罪！

这是些什么民族呢，该死的畜类！

我所期望的雨露，并不降临我身，因为头上是密茂茂的枝叶遮掩了，连虫豸都没有半只来接近我的，只有这些可恶的鸟，它们闲暇无事飞到树枝来呻吟，把粪落在我的头顶或后脖颈上，真叫我难堪，不容易忍耐，我越过越觉得不能过了，我既不能奋起复仇，便只能坐着痛骂，我急切的盼望冬天来到，让冰霜把我冻僵，从此脱离苦海。

我哭着，喊着，痛骂他们，他们因此更觉得开心了。

这里永久是一样的季节，没有春夏秋冬的区别。

也不知是什么时候，部落的蛮族全集合来，还是绑我那几个小子来解了我的绳索，我以为是给我随便了，谁知并不然，却换了一条铁链，把我手腿捆住。

"放了我吧，先生们，我受苦受够了，我不能再这么过下去，请！请！请你们大发慈悲……大……大发慈悲！"

"哈哈！妖精哭了哩！"

我挣扎着，碰撞，向他们踢，一个白须发的老婆子挨了我一脚，她气得跳起来，过来扭我的鼻子和嘴。

他们仍是那番近于开玩笑的糊涂声色，结果我重被锁在树上，我几乎疯狂了，日夜哭喊，叫骂，瞪着每一个在我面前经过而不肯救助我的蛮族。他们最初是笑，后来被我的恶骂不堪入耳激怒了，有的狠狠打我的耳光，有的则不打，而用比打更使我难忍的手段，他们弄来许多恶臭难闻的新粪，陈列在我的面前，叫我日夜嗅着那种恶臭难堪的味道，也有更捣蛋些的，把粪抹在我的上唇边，我又不能动手拭擦，我皱着眉头，咬紧牙齿忍受这些侮辱。

长着须发的老太婆们来了，看看我——只有这些老太婆比较是老实一点的，但她们坐视不救，似乎同情似的叹几声气，便走开了。这同情的叹气，我觉得比把臭粪抹在我的唇边还叫我憎恨！

有几个黑脸姑娘，夜里来脱我的裤子，说是要看一看什么样，我只能向她们唾弃，她们把我的耳朵咬下半只……

一只不知道名字的虫紧紧咬着我的耳朵，把我咬醒了，草原的夜晚，天是那么近，就像一个闪耀的大镜子……

（《泰东日报》1937 年 11 月 25 日，署名：慈灯）

谷草垛

B军第二十三团营庭里，从各地方收买了几十车草，零乱的堆积在营院子前面广场上，像一座秋后的秃山，远远的望去，几乎不敢相信那是谷草了！

这些草是专门喂马用的，马夫无事，就整理着，把草一捆一捆的摆齐，摆成一个长方形计划垛一座房屋的式样，但他们的工作进行得很迟，每一个马夫的动作，完全显着疲劳，缺乏勤快，不时的喘粗气，手脚极艰难的举起放下，是一种因生活的压迫而感到苦恼的悲哀状态，再因为春末夏初的季节，天气渐热，谁不想在午间睡一觉呢？

十个人之中，没有一个衣服整洁些的，旧了，破了，补了又补，鞋用绳子绑在脚面，面容憔悴，不过刚到中年，却比八十岁老头都暮气沉沉。没有努力的意志，抱着过一天两晌午，几时死就算完结的主意。他们住在马棚里，在马粪的臭味中过日子，然而他们已经习惯了。

他们熟悉二百多匹马每一匹的性质，速度，脾气，他们骑马无需鞍具，他们通常不愿意骑马，他骑腻了。他们的薪金微薄，很穷苦！因之他们常聚在一起研究发财之道，讨论幸福之门，可惜他们的研究和讨论结局，总是变成了空中楼阁，水中的泡影没有实现的希望。脸上布满忧虑的皱纹！

年纪顶衰老的是冯老头子，顶年轻的是郑五，他是马夫中最出色的一名人物，而又是个体格雄伟的汉子，当马夫，是多年的老职业了。他有说话的口才常立于指挥，主动的地位。他有统帅的特长，往往能使马夫个个敬服，伙伴们对他，都抱着好感，尤其是他忍艰耐苦和牺牲自己的精神颇值得赞叹！别人的职务，他往往情愿代理干完，不要报酬，不接受感谢，他会唱戏曲，张动着大嘴，一边做着活计，一面喊着唱，别人听到他的歌声把辛苦也忘了，恳求他，逼迫他，诚意的叫他多多唱几段，冯老头子说他是个戏子，至少也够得上伶人的资格。

他说："我从小是学过戏的。"

冯老头子一听，他公然的发表了出身，很确信的对大家说道：

"看！怎么样？我的眼光丝毫不会错吧？"

大家把细草或摆草的事务暂时停止，默默的听他说话，郑五笑了一笑，很羞愧的样子，低着头，大概是在回忆着他的往事。

他想了半天，开始说了：

"那时我还不满六岁，我的父亲在队伍中当连长，他是爱国远于极点的军官。那一年战事爆发，他们打败仗，不知跑到哪里去了。我们的家乡，当时是接近前线最危险的境界，炮火没响以前，人民就扶老携幼，纷纷的向别处逃难，路上塞满了患难的行列，乡人是舍不得牲畜的，牵着牛，赶着猪，扛着行李，背着孩子，提着各种器具，焦急的，苦恼的跋涉着不幸的旅程。

我的母亲领着我，抱着我的妹妹，随着灾民，无目的地离开恋恋不舍的房屋，等我们走了两日夜，休息在山中的时候，就听见炮火的巨吼，我们的乡村，整个的陷于炮火之中，房屋炸毁，庙宇打翻，成了一片凄惨的废墟，什么都给敌人破坏了！

我们到处打听父亲的下落，据说他们的装备恶劣，终于抵不过敌人，处处失守，最后他们只有丢盔卸甲，向便利的方面亡命去了，但我们可不知父亲是死是活，我的母亲终日以泪洗面……

走投无路，我们逃到都市里，我们认识了一个唱戏的，是怎样认识的我可记不清楚，我和妹妹就投在他的门下，练习装腔做调，我的妹妹学习的是花旦，我是老生，我学第一出戏叫"武家坡"。

学戏是很不容易的，老师常打我，越打我越糊涂，我的母亲在这时病死了！我的妹妹只小我一岁，她聪明过人，有出奇的天分，一教就会，老师很爱她，看她如宝贝一般。

我受不住打骂，企图逃走，可是妹妹不愿意，她高兴学戏，她说唱戏有趣，没有法，我单独的跑掉了，我跑到另一个都市里，做乞丐。真的，我宁愿做乞丐，不高兴学戏，我当乞丐，过着流浪的生活足足的接续了十四年，到了二十一岁上，我才找到了工作，在地里摘棉花，这样，我足足的干了十年零三个月，连工厂主也更换了许多位，工人去的去，来的来，尽管更换，然而我不想变更生活的方式了！

你们都以为这是奇迹吧？其实很简单，风吹雨打，我在十四年的乞丐生涯中，所受的苦楚，说起来三天也讲不完，一旦有了职业，我就不想再回到街头住宿去了。我甚至把妹妹忘得一点不剩呢！

有时候我想起了她，就发起探访她的念头，我走到那个城镇，花光了我历年积得的血汗金钱，什么地方也打听不到她的消息，谁能知道，她的身世？坤伶有许多，相隔二三十年，我又不知道她的面貌，除了惹得许多笑话之外，只落了一场空，我得到这马夫的官阶也相当的费尽苦心啦！

"混吧！小伙子！你不要瞎说八道了！"冯老头子，听完他的说白，说"人都是稀里糊涂的活着呀！父亲死，母亲亡，兄弟姊妹们的分散，不算什么古怪啊！就拿我说吧！我的父母此刻在哪里，都早死了！骨架也没有了！

"我的老婆、我的孩子，都死的死，亡的亡，失掉的失掉，算什么呢？我们还没有到死的一天，我们只得活着，不活着怎么办？又不能去上吊，去投江，你只想想：你学戏，你当花子，你做工，都是为活着，你此刻在这整理谷草，也是为活着，混一碗饭吃，不至于饿死，除此而外，你能做什么？你的戏又没有学成，你又不能登台表演，你只得对付当马夫，不然你就更倒霉，更糟糕！"

郑五默默的做着活计，冯老头子的话似乎全没听见，他是沉入回忆和惆怅的梦境去了！

谷草垛渐渐的增高，三分之二都垛齐了，下午他们休息，抱着膝坐着聊天，说厌了就起来接续草垛的建筑，有个叫刘麻子的马夫，乞求郑五说："唱一段给我们听听吧？"

"好！"他爽快的答应，立刻开始唱起：

"你把那啊啊，冤枉事……对我来讲，一桩桩，一件件，桩桩件件，对小妹言讲……端详……"

三天之后，谷草垛成功了，又高又大，像五间宏伟的草房，背阴的一面，马夫常在那里谈话，冯老头子有一次说：

"把这一垛谷草卖掉，也尽够买一口上等的棺材了……"

郑五在旁边哼着又唱起武家坡。

（《泰东日报》1937 年 12 月 1 日，署名：慈灯）

夏　晚

天真热极了，河水带着汗珠流走，哗啦哗啦，这是水疲乏的叹声，小鱼都藏在石板下或水草叶中乘凉，它们在水里也怕热吗？蚂蚁可满不在乎，在我坐着的树阴下，靠树根旁边就有一个蚂蚁洞，看来是个很大的建筑，要不然怎能容得下这许多蚂蚁居住呢？一群一群，排着长长的大队，它们跑得极快，可是跑不远，转了个圆圈，又钻进穴去，这样出来进去，连绵不断的奔跑着。谁明白是什么意义？体操？跑步？它们的行动是一致的，脉络一贯，像是首领在其中指挥着，督促着，命令着，哪一个是上座？有什么记号没有？我把脸贴近地面，但看不出一个所以然来。

太阳工作的时间完了，跑到西方的山后休息去了，那红色的云霞，便是它妻子的手帕，摇着手欢迎它回家。它快乐得几乎叫了出来！头倒在安乐的怀抱，享这一夜的幸福去了，它始终有点怕羞，妻子的红手帕遮住了它的身体。

孤啊！孤啊！青蛙开始在唱，丝，丝，丝，丝！这不知什么虫类，用高音随着青蛙的歌曲伴奏着。

蚂蚁呢，还在匆匆忙忙的奔跑，你们做什么这样忙？

一个蚂蚁从我的脚背爬上膝头，哈哈，小东西！你一定得告诉我，你们劳碌的目的，它看我一瞪眼，吓得要回头就跑，不行，不行，站住！它不敢动了，进退维谷颇踌躇。

"别杀死我呀！别杀死我呀！"他哀求着。

"尽管放心，你告诉我，你们为什么忙，为什么到了这时还不进去休息？"

"是的，是的，我对你说，你可是人类吧？"

"当然啰！"

"我怕！我怕！你不要杀死我……"

"只要你告诉我问你的事情，详详细细的。"

"好！好！"它慌忙点点头，"你们是不会知道的，决不会，真的，你们都蠢得太可怜……啊，啊！原谅我，我说错了话！"

"没有关系，我喜欢你这么说，你尽管这么说下去，越诚实越好！""那么，那么，我说，你们都蠢得太可怜！你们怎的这么大呀！好大个的怪物！"多么可怕，而且可笑！我们最忧虑的是你们的两只脚，盲目的踏来踏去，你们不是有眼睛么？很大的明亮的圆东西，怎么看不见我们，横竖是故意的？我们有许多在你们的脚下变成了僵尸，你们的脚简直成了我们命运的动机，我们时时刻刻躲避着，然而常常是来不及，终于在你们的脚下成了粉身碎骨，血肉横飞，情景是如何的凄惨！你们不会留心，不会注意？好狠毒的心肠。可是你们却有心肠没有？我们只以为你们都是没有心肠的一块会活动的畸形大石，啊，啊！原谅我说错了话，你们的脚好硬啊！真是不能抵抗的山崩地裂，我们不知牺牲了若干，在你们的脚下。

"可是你要知道"，我插嘴说："踏碎你们的并不只人类，有许多是别类种族，譬如牛、狼、猪！"

"是的，是的，我们都知道，然而他们多半不是故意，他们是因为不留心的缘故，你们则反之，你们甚至喜欢这么干，原谅我，原谅我说错了话，说了些多余的话，我还是告诉你一天到晚忙碌的原因罢！"

逼迫，先生！你明白什么叫逼迫吗？我们也高兴安闲着，度这极短的岁月，可是不成，不成！生计问题，先生！你明白生计问题吗？啊！这是顶难解决的问题啦！我们为求生计被你们活活的踏毁，请想，假如我们不出门去操心，哪里会不幸的遭遇了你们的脚？

我们也不是自食其力的，我们有统帅，那是蛮横非凡的蚂蚁王，他教训我们，领导我们，我们志愿受他指示，否则我们将更不容易生存，这季节，正是我们劳碌的时光，我们要尽力的寻求粮食，预备度过寒冬。

"你们现在成群结队的转来转去并不像寻求粮食的样子！"

"是的，是的，先生！我们此刻为游戏出来散步，每天晚上是我们最快乐的机会，趁着你们和牛等没有踪迹的时候，完了，完了，先生！请放了我……"

"不能，还不能放你，你告诉我你们生活的景况。"

"是，是！我对你说，这是没有意思的谈论，我们最不愿意谈及身边琐事，这是我们的天性，你想，先生！说一千道一万，就是为了生存，快放了我吧！放我回去吧！我如果回去得太晚，会要受罚的！"

（《泰东日报》1937年12月4日，署名：慈灯）

落　叶

　　三个二十岁左右的青年站在窗门谈话，谈得很有兴味！但只有一个圆脸大眼珠表现着不满，他的笑，完全是轻蔑的附和，眼珠不耐烦的射着叶将落尽的树梢，骄傲的把两手叉在胸前，后背靠在灰色的砖墙上，没戴帽子。

　　面貌最幼稚的一个，正对他而立，是背着手，似乎已经了解了他的心意，有时闪着赞成他的眼皮，有时转过脸去，跺着右足，表示对他不合群的脾气有点憎厌，一种向上又向下的两种矛盾的思想缠绕着他，究竟不知哪是真美哪是善。站在他的斜对面，正在洋洋得意说话的是个满脸胡须，显得很苍老，实际不过二十三岁的享乐家，他笑个满脸，本来长得极小的眼闭成一条细线，腿抖擞着，学习跳舞的姿势，脚跟咯噔咯噔踏着地皮响，他是富家公子出身，中学毕业，时常到跳舞场去，会说一种腐臭了的外国语，他的五官不正，眉毛以下，向左倾斜，罗锅腰，皮鞋锃亮，裤腿肥宽，右手的中指戴一个金戒指，象征自己的富有，原来他的婚期快到了，他的未婚妻在南京进完了中学，他们从小订婚的，两家是什么亲属，为这事，使他快乐。他说：

　　"我一定做上等的礼服，我的皮鞋已经定制了。"

　　面貌幼稚的点点头，舌头伸出，从上唇的右翼向左画个半圈，仍旧缩进，洗耳敬听他的计划。

　　"举行典礼的诸种准备，我全预定周到了，我想留声机一定是不可缺少的。白天，我尽力把公事办完，晚上回家，就打开留声机。"

　　"在我未回家之前，她就把饭做好，读着小说盼望我，我到家了，摘下帽子，她给接过去，挂在帽钩，脱下大氅，她也接过去，挂在衣架，又拿过拖鞋，给我换上，掏出雪茄烟，她又急忙燃着火柴，笑嘻嘻的送在我的眼前。"

我问她："在家里守一天，很寂寞的吧！"

"不？不寂寞……"她告诉我："你不在家，我觉得时间好像长啦！等等也不来，等等也不来……"

"像我们现在这种干燥乏味的生活，真要人命！我实在过不下去了！没有办法再忍耐一天……"

面貌幼稚的又点点头，表示同情，圆脸的"哼！"一声，这一哼，把那两位哼怪了，都转过脸瞧他，要听一听他的批评，他说：

"那有什么意思呢？"

"最初的几天，或者有如你所说的那般幸福、快乐，然而新鲜的日子一过，味道就要变了！比方甜的东西吃常了也会憎厌的，举个例子吧！

吃窝窝头的穷老哥，他希望有饺子面条吃，可是常吃饺子面条，又会吃够，觉得不好吃了！于是他又想起窝窝头，然而窝窝头吃几天，他又想吃饺子面条，这次吃腻了，他则想到别种食品上去了。"

"你说的话是什么意思？"面貌幼稚的质问：

"我是说：人是永久贪求不厌的东西，到了月宫之中会见之嫦娥，又想起日球里面的火龙……几时被欲望烧死，就算完了！"

享乐家不懂得他怪诞的学说，摇一摇头，说道：

"我实在过不下去了！没有法再忍耐一天……"

"顶好是在春桃花开的时节放假的日子，我们携带着午餐到风景清幽的乡村，寻一条潺潺的溪边，在青滑方大的岸石上落坐，打开食品……"

"不消说，照相机也是必备的，饭后摄一小照留做纪念，将来有小孩，好一个月给他拍一张，用不着到照相馆去花钱照了，而且照相馆与自己所摄，风趣大有不同。"

"这自然的呀！我对她既感不到兴趣，对孩子当然也不感到兴趣，那时我是没有当父亲的责任的观念的。"

"谁料想她生了第三个孩子不久，就病重逝去了！她逝去的原因是操劳过度，产后缺乏休养，这是据我推测所得，真正的病因我不详细，她有病时，我只接到父亲的来信，我仅仅一摇头，没把这事放在心中，当她死去的噩耗传来时，我不过感到一阵不快而已，我赶紧回去把她草草的埋葬，接着立刻计划着娶一位生在都市里，长得又漂亮又有学问的女郎做我的太太。"

"这项立案不久我就实现了，我求了一位和我最要好的朋友做媒，和一位我崇拜得很久的女郎订了婚。"

"她是高小卒业，会写信，会织绒衣手套，又会唱歌，态度大大方方，神气的威严高贵，不可侵犯，但她并不凶狠，她的心肠是很善良的，我一看就明白个彻底……"

"订婚的问题很顺利的进行，金戒指两对，金镯子一副，皮箱两只，此外是几件绸缎衣服等具，数目寥寥无几，我一概答应了，并且决定举行婚礼的日期。"

"凡是一种好事情发起，必有一派坏障碍来反对，我的顽固的父母和少见识的弟兄们都极力反对，可是我的意志已决，毫不踌躇，提出'分家'的主张，弟兄们都极力赞成，把我应得的一份财产全分给我，这些在他们眼里看作黄金一般的大地我觉得毫无用途，便爽快变卖，凭空收得了近五千元的现款，我把两个孩子寄住在旧的岳母家，我的钱包里满满的……"

"我真快乐极了！我以为世界上没有比我更幸福的人！"

"我租了一间楼房，置办各种'新家庭'不可缺少的贵重器物，光亮铜床，写字台，一坐一个软躺椅，穿衣镜，玻璃橱，皮箱，所有的好东西都买到了，花了一千元光景，举行结婚典礼又花去了一千。我是尽可能的铺张，为的使我的新婚夫人心满意足，整个把芳心倾注于我。"

"我们又做了一次新婚旅行，到各地去逛，看戏，看电影，坐二等火车，住上等旅馆，一呼百应，要什么有什么，汽车运转手先脱下帽子鞠躬，然后打开车门请我们进去坐。"

"我的新婚的太太很讲究礼貌呢！把她的母亲、弟妹们接来和我们同住，她不会做饭，也不会缝衣，洗衣，然而这有什么关系？饭店满街都是，成衣局、浆洗房多的是，打个电话只消说一声，酒菜便快速的送来了，我的新家庭充满了朝气，快乐的嬉笑在屋子里像音乐似的荡漾着不断，留声机我也置备了，后来她一定要我买一架孔雀牌双音风琴，我也买来了，价格并不贵呢！我起初以为至少得八百元，其实不过七十六元三，还多给一本歌和书店出版的图书目录，她会弹《小麻雀》《春天的快乐》《葡萄仙子》，我坐在她的身旁看着她弹，她如藕的嫩手轻轻的舞动，十指尖尖的按着白色和黑色的音键，丝线袜子，拖鞋，在下面交换着一起一落。她的小弟弟活泼泼地跑来，对我说：'姐夫啊！人家孩子都有三个圆轮的脚踏车，我没有……他们都讥笑我！''你给他买一个吧！'她说，微笑着——她说话总是微笑着，使我忘记了人间所有的忧愁，我的生活是建筑在梦里的月宫。"

"如上所述，我名誉扫地过了一年，五千元早已花光，只得俭省着依赖我的薪水。"

"我一介书记，进薪有限，她又不能忍耐寒苦，一个月的收入不够一日支出，这哪里能成呢？叫她极力节俭，又不是她所心愿，她时常埋怨我无能，说我是个傻瓜。"

"小小的口角在我们日常波动，渐渐发生吵闹，公司里因为我时常做错了事，把我辞退，我最后的一线曙光也消灭了。"

"终于她提出离婚的条件，又要控告我虐待妻之罪，我流着泪哀求她，给她跪她都不理我，竟唾弃我，她的母亲来，指着我的鼻尖骂道：

'你为什么常压迫我的女儿，如今是妇女解放的时代了，你离了她算完事，否则我到法庭告你……'"

"没有法，到了山穷水尽的时候，我只得和她离婚了，所有的东西都被债主拿走，剩下我单人独马，在这广大的世界，茫茫的人海之中，我简直没有立锥之地了！"

"经过许多艰苦，总算天不灭曹，我又谋得职业，得以生存！"

"如果说我的过去是得了一场精神病也未尝不可，梦醒了！我也忏悔了，我追念受苦而死的发妻，我没有面目重回故乡去看一看家乡的田园，她在我离婚后不到两个星期又和别人结了婚，我的孩子都长大了，他们住在乡间的姥姥家务农，我也没有脸去看他们，我真害羞！"

"她说你是个傻瓜，实在不错！"我听完他的话这样说："你顶好是投井死去的有价值，你既然害羞还活着做什么？你是不知道'羞耻'的东西！"

他痛苦的微笑了！

（《泰东日报》1937 年 12 月 5 日、12 日，署名：愍灯）

鬼的话

　　天昏地暗的深夜里，我伏在小油灯跟前看书，看得迷迷糊糊地，我的房门砰一声被暴力推开，闯进几个狰狞面孔的强盗，手持钢刀，明晃晃的，对着我头颅比画了数下，迫我诚实的拿出所有的金钱，否则便是刀不留情，马上结果了我的性命！这还不算，还要把我一个身子砍成数截，东一块，西一块，扔在荒野的四处，让豹狼来吸吞我的鲜血，啃碎我的骨头。

　　这可不是开玩笑，我骇得战战兢兢，魂不附体，手里的书掉在地下，火油灯被我碰翻了，油燃着了火，满屋子油烟气味，我的书也烧起来了，同时连带了房屋、墙上着了火，门窗随着也烧起来了，强盗们一见这种情况，逼我更紧，他们抓住我的领口，像拿小鸡似的左右摇摆，急急问我金钱的所在，我哪里能开口呢？我早已吓昏！油烟已把我熏个半死，头上脚下是焰焰的火光，猛烈的燃烧声，他们再三的追问我，踢我的腰和腹，无论如何，我不能对他们说什么，因为我的屋子里没有半分金钱，我的吃饭问题都是典当和求借来解决，恐怖和悲哀堵住了我的嘴，他们不能忍耐了，只刀光一闪，我仰面倒在火窟之中，衣服着了火，头发烧净，我的身体冒着油，我痛得直打滚。我想爬出去，但臂已砍断，抬不起来，呼救都呼不出声音来了！于是我就这样乱滚乱爬的在烟火中断了最后的一口气。

　　我从压迫重重的泥炭的堆里撑起身架，全体痛得很，油臭味也够我难堪，我的骨头完全成了黑色，死后是不讲体面的，我抖了抖骨头缝里的泥土，毅然的往死的世界走去，不过很舍不得刚才还没有读完的那册书！它早已烧成了灰烬，我回头看看，房屋倒坍了，火已熄，有许多人围在四周研究着其他，现在，这些人与我是毫无相干了！

　　深夜是凄凉的，又是三九的寒冬，加之我的身体没有肉，更觉难过万分。啊！我必须赶紧奔路，迎面看见两位张牙裂嘴的鬼怪，笑嘻嘻的站在高岗上等我，这是我的向导，向死之国去的先进。

我们走得很快，鬼先生甲很高兴我的驾临，他伸出血红的长舌说道："一切都极其简单，生与死只有一丝头发的距离，你活着的时节是想不开这些，你把万事万物看得太复杂而且太艰深了，这一回，你可以明白死决不像你活时所想象的那样可怕，在我们想，活是比死苦恼得多的，正如你活时对死的想象一般，你们之中，只有能看开死之路的才发生兴趣，人一定得第一步先明白死，知道死是很平常的，比活更幸福，那么才能不怯死，以死去进取所要的东西，去为理想的事业牺牲，总不至畏首畏尾的见死不前中途退缩，这在我们看非常可笑，哈哈！你对那几个比你都胆怯的强盗，怕得多么可怜哪，你为什么不夺下他们的刀，把他们砍倒呢，你没有这力量么，可是你要知道没有力量是不要紧的，没有勇气才是可耻呢，你连小孩还不如的让他们砍倒，推在火坑之中焚烧，看看你自己这幅丑样子吧，一点衣服不穿，身上连点肉都没有，你活时寒酸，死后还寒酸，然而你勿须伤心，幸福就到了你的面前，快走路吧，朋友。"

我的左肩头断了，走起来很有些不便，我的右手得帮助把握着，我一味在思索刚刚所发生的事情的前因后果，他的话我没有听清楚，另一位鬼走一步摇一下铜铃，这意思我不懂，成失去了这样研究那样的兴趣了。我默默的，低着头，迷迷糊糊的奔路。

忽然轰一声巨响，我醒过来，原来是椅子倒了，我摔得很痛，书不知掉到那里，炉子早灭了，屋子冷得要命，火油灯半死不活的放着惨惨的光，我爬起来四下找书，好容易桌底下寻着了，这一刻，我想起刚才的梦，鬼的说话，我不禁打个寒颤！

我从来不会读着书睡熟，这是头一次，夜是这么深了，啊！外面好像在下雪，我贴在窗上望望，可不是怎的，确是下起雪来了，我得赶紧收拾收拾去睡。

我睡在冰凉的被窝里，想着鬼的话，想着想着睡着了。

冷得很，我在荒野之中奔跑，前面引路的是手摇铜铃的鬼，后面那家伙唠唠叨叨的说道：

"所以，你活时不愿死的缘故，就看你这样的怕冷就明白了。"

本来是不足怪的，人活着差不多都受些冷遇，受冷遇的都是傻瓜，他们不知道何以会受到冷遇，他们不懂对待冷遇的方法，应该到四面去瞅瞅，是不是任何一个人应受着冷遇，一定有不受冷遇，而过得很高兴的，并且冷遇的种子都由他们传播，应该从他们手里把"冷遇的种子"夺下，叫他们也去受受，或者大家来平分，就是说：高兴都高兴，受冷遇便都受冷遇好了！可惜活人们一点不懂这道理。

拿你来说吧！看你这副小怪样，你真够可怜了！

我们走了几多远，我不知道，我还不会计算这个世界的里程，我忍不住要问了："还有多少里地？"

"里地？什么叫里地？"

后面的家伙这样反问：

"我是说：还有多少远的路程？"

"我告诉你"，他不耐烦的说："这不必问，你想想我的话。"

摇铜铃越摇越起劲，一步摇两下，后来竟一步摇三下，终于不停的摇起来了。

我们到了地狱，我看见许多年老的熟人，鬼先生甲对我说：

"我活着的时候他们还认识你，现在他们虽然也认识你，可是不同了，从前的感情没有了，和路人差不多，你只消和他们说几句话，就觉得乏味得很！"

我很相信，这话十分有理，我于是连和他们说话都不说话。

地狱里并不像我活时听人们所说的那么可怕，这里没有所谓地狱的称呼，这里不过又是一个世界，只是人间各不相关，所不同的，这里生活很简单，初到这里来，不免稍有些忐忑，一插足期间，便没有什么，替我引路的二位鬼先生，现在已经变了形象，和和气气的面貌，和人们完全没有差别。

甲说："我们是这里与人间之间的向导，初来的人不熟悉产品上，必须有人去引导，我们俩是专门担任这种任务的，现在你可以随便选择住处，山上也行，河边也行，只要你如意，没有不容你的地方，这里没有设下的条啦令啦来干涉，一切都随便。"

于是我决定在河边，因为我活时最喜欢的是河边，现在仍照旧，他们二位辞别去了，他们临走的时候我上前问道：

"你们可知道我的母亲在哪里住么？"

"对不住，那可不知道，因为这里没有母子的关系，你如果想看她，可以慢慢访访。"

"这里是个人为单位么？"

"是的，这里没有一无的主权论，主权不但没有无限说，连有限说也没有，主张真正的个人自由，你要知道，这里是与人间不同的，你慢慢自然会明白，恕我不多讲述。"

"那么感谢二位，再见！"

"这里也不用感谢，没有客套。"

我又醒过来，屋子冷得很，怎么这样的梦竟会接续的做呢？但是我又睡过去，这一回不做梦了，昏昏沉沉的直睡到什么时候，天已大亮。

（《泰东日报》1937 年 12 月 9 日，署名：慈灯）

变　迁

　　花生、烟卷、橘子、糖块这些东西都是老马头小杂货摊上的货品，到夏天，这要多一点甜瓜、西瓜，还有青菜，像大葱、水葡萄、菠菜等，西瓜则切成许多瓣，厚些的两铜板，薄些的一个铜板，很整齐的在方盘上摆列着，上面还盖一块冷布，为的遮防苍蝇。

　　他的小摊设在警察派出所门旁边，这是一条很热闹的小街，乡下人进城许多从这里经过，他们用毛驴驮些干柴、小米、高粱和其他别样粮米进城卖现钱，有的是菜园子伙计，挑着重重的一担蔬菜，走到这里必放下休息片刻，买一枝烟卷啦，闹一块三角糖啦，吃两片西瓜啦，他的生意时常是很兴隆的。

　　老马头是个五十几岁的人，身体很结实，他从早至晚坐在小摊后面那条二人凳上，如有光顾来，他便很客气的立起欢迎，微笑着说明价钱，很抱歉的像对不住似的接了钱，点一点头表示感谢，有时他袖着手来回踱方步。可是他很注意生意，并不因为散步疏忽了营业。

　　派出所里有个青年所长，这位警察是很有名的，凡是他管辖的区域里的人都知道他诚实和蔼。他对人同情心甚深，看大家像自己的父母兄弟姊妹一样，到所里请求什么事的人，不管你是穷人富人他一视同仁，没有区别，不过他对穷人好像格外体贴些，怜悯些客气些，他那一间清静的办公室里，时常坐满了人在有趣的谈着天，这些人有的是烧饼铺掌柜，小饭馆跑堂，杂货店外柜，理发师，小学教员，都是所长的朋友，痛快说一句，这地方没有一个人，——连一个小孩子，都是这位青年警察的好友，老马头也是他的好友之一，他每天必照顾老马头一盒烟卷，他不拿出钱，但并不长久的拖欠，他自己清清楚楚的把账记在心里，过去十盒以上，他必赶紧还清，他很爱惜老马头的儿子。

老马头的儿子是个十二岁的团脸的孩子，今年是四年生，在这镇上的小学校里是头一名好学生，放学以后，他就来替父亲看摊，让父亲回家去休息，老马头还有一个不笑不说话的老妻，他的家离派出所不到半里路，老马头回家只要与老妻会一会，谈几句，便立刻回头做生意，虽然儿子也很勤勉，可是他总不放心，主要的他是怕儿子没有用功的时间。

警察所长还有位最亲近的好友，是附近兵营里的一位青年军官，这位青年看外表总是威风凛凛的好拿出不可侵犯的架子，其实人并不如此，这仅仅是他的外表，他的心甚至比少女还温柔百倍，是位美貌勇敢的青年，据说他和警察所长从前是同学，所以现在更加要好，他一到警察所来，那位小学教员立刻必到，他们三个职业不同的人物，一星期总有几次会面的，他们的会面很使老马头担忧，老马头静静的听着他们一会儿说笑，一会儿争吵，有时争吵得几几乎要动武，到这时，老马头提心吊胆，离开他的座位，靠近一些去听。

"我以为无论什么事情都可以直接写给儿童，因为一个将晓事的儿童你是瞒不住他的，小弟弟是天上掉下来的啦！是王母娘娘抱着送来的啦！这样写自然不对，像蝴蝶飞到麻雀家里，麻雀吻着它，怎么呢……"这是警察的声音，小学教员插嘴道：

"蝴蝶飞到麻雀家里不行！那危险！不如飞到蜻蜓家里，蜻蜓和蝴蝶一见面，快乐得叫了出来，互相拥抱着，紧紧的，甜蜜的亲吻，这该多好呢？这样的东西，不要说儿童，大人也需要得着，至于男女间的事不见得写给儿童都很适当吧？外国的学者的主张，我总以为不适宜于我国内实施，比方外国儿童有性教育，我国便没有，风俗习惯完全不同，你不能忽视这件事……"

"不能忽视这件事"，青年军官接着说，"自然是不能忽视，若说好事情可以写给儿童，坏事情便不该写却是根本错误，社会上许多坏事情，都应该简简单单，很容易了解直直爽爽的写给他们，你以为就是不写他们便不知道了么？世上决无这种力量，没有一件事发生以后而可以瞒住任何人，不准他们知道的，只要大人知道了，小孩子也很快的知道了。儿童从一般人嘴里所知道的往往得不到好影响，而圆满的写给他们，这就有差别了。

老马头听了半天也听不出个头肚来，只听得他们说话的声音和口气，有时是客气，有时是生气，有时一个人笑了起来，另外两个人默默，有时两个人笑了起来，一个人沉默，有时三个人同时哈哈大笑，他们究竟在说些什么事？谈论时局？也不像？什么蝴蝶飞到蜻蜓家里？蜻蜓还有家么？真奇怪！老马头因为听不懂他们的话竟愁闷起来，有一天，又当他们这样争论的时候，老马头叫儿子过去听，儿子窥听了半天回来说：

"不明白他们说的是什么话！大概讲学问。"

"学问？"老马头对儿子说："他们说蝴蝶飞到蜻蜓家里去，那成什么学问呢？还有写给他们，写给他们写什么给谁？"

这样的争论成了我们二个人的习惯，老马头时常可以听得到，来往营商的小贩经过他面前休息的时候，他所听到的是关于生意上的说话，鸡蛋涨了价，货缺了，收买很难，大葡萄一百斤卖八角，但还不容易很快的卖出去。

老马头对于这样的说话只是正经的听，他知道这些知识虽然与他没有直接的影响，但却有熟悉的必要，他每天很平安的生活着，他的小本营业很能够供给他儿子的学费，警察所长照例每天买他一盒烟，时常和那两位朋友争论。

大概是一年多一点过去了，警察所长换了人，这位先生一来就对老马头下了命令，说是他的摊距派出所太近，有碍交通，势必搬一搬，他于是搬到一个他很不愿意的位置，那里是十字路口，行人不能停步，这对于他的生意发生了影响，他很奇怪的是那位青年军官也不常见了，见的时候只有他那威风凛凛的勇敢的姿影，在他面前走过去了，不停步的小学教员也不常见了，——但只有一次，他看见小学教员和军官在街头散步，远远指着他在说些什么看什么，看那情形是在议论他搬换地点问题吧？

从前这个小镇上和和气气，此刻大变了，三日两头有打官司告状的事件发生，老马头的生意一天不如一天，一片西瓜不要说两铜板，一个铜板也没有来吃的人，一个铜板一片的西瓜卖一个铜板现款一块，然而还是不行，简直没有主顾，他见于事情每况愈下了，收拾了小摊，把稀少的货品挑着卖，各处走动着，可是也不行，没有从前那样的如意了。

幸亏他的儿子从初等科卒业，在一家理发馆学徒，去了一个吃饭的能手。

有一天他挑着担子，走到镇西面河边，那里要算这个镇上最清静的地方了，他忽然看见距他不远的柳树下面坐着那位军官和教员，他停下步来仔细听他们说话，他探听半天，什么声音也没有，原来他们只是默默的像神仙一般的坐在那里，眼睛凝视着远方，这时是夏天刚过，秋风一天一天加紧，虫声一天一天凄凉的时候，树上有几片黄叶随风飘落下来，滚到水里去了，老马头深深的叹一声气，向镇里走去了，一个工人走过，买了他一盒烟卷，还来一块方块芝麻糖，他这一天算是卖了四分钱。

（《泰东日报》1937 年 12 月 15 日，署名：慈灯）

我的学校

——十三年前的事

一

我们的主任先生转勤到 K 省，我也跟着来了，他是银行的高级职员，我是他的听差，听差就是佣仆，不过我不在银行里侍候他，是在他的"公馆"侍候他和他的太太和少爷小姐。

"主任"这个名称，大概是许多的银行职员时常来拜访他，在未进门之前，问："主任先生在家吗？"这样渐渐叫起来的。太太在我和厨师老郝面前也称他为主任，但在我未给他当差之前，就这样称呼着。考究这称呼的起源颇费事，如果是由于他在银行里，享受这个称呼而后之传到家里的缘故？也不见得，比方唱戏的，他是专门扮"小丑"，那么回到后台或是回到家，大家都称他"小丑"吗？再进一步研究，洋车夫回家，他的太太称他为"车夫"不？旅馆的茶房回家，他的太太称他为"茶房"不？假设我也有位太太，那么我回家，她便称我为"听差"的是无疑的了？无论她称我的时候，用怎样一番温柔诚挚的声调，我一定不好受！烦恼！要哭！然而主任一点不觉得逆耳，当大伙儿呼他的时候，尤其是太太动人的尖嗓。

这究竟是怎么个原理呢，没有学问真不方便，我连这点问题都解不开……

我们住着的院里有不少人家，都是各机关的职员，两个星期之后，各家的人口，生活的情况以及他们屋子里的设备我都熟悉了。

进薪最多的不消说是我们主任。其次姓刘，年三十余岁，个头矮，体格瘦小，但精神饱满，常挺着胸脯，好把手背着，两肩稍驼，小眼睛，走路像夏天午眠刚醒的散步，轻轻地，慢慢地，像是怕惊动了谁。他太太的年龄似乎比他大，脚肥，腰阔，黄面皮，不抹脂粉，有两个孩子，大的七八岁，三角形脑颅，面孔与他父亲相似，常大声唱歌，跳着。还有一个小的，不满两岁，常抱在母亲怀里，不哭，也不闹，耳朵很厚。那个体格雄伟，可是没有力气的家伙姓冯，从外表一看，就知道有不正当的聪明，看着虚伪，奸诈。妻子尖下巴，喜欢化妆，嘴唇永远似血一般红。两个女儿，大的约七岁，小的大概四岁，衣服缝成外国的式样，唯肮脏异常，鼻涕流在腮旁，凝结成黏糊，他们的屋子里，靠北墙的床头，放一架单音风琴，但没有会弹的，孩子们常按着玩，风琴迫不得已的乱响，洒扫的水泼在上面，满是污点，盖子碎了一块角，渐渐变成椅子了，上面放些旧报纸，商业界的刊物，破布片。床上堆满脱下的衬衣，裤子，床下许多鞋只，很没有秩序的东倒西歪。丈夫常不在家，妻子领两个女儿站在街门口，看着街上车马行人，小贩们贩卖的货品，买点糖块给孩子，行人通常在那里坐着聊天的。那里是厢房三间，右屋姓田，左屋姓金。姓金的两口加上两个孩子，金太太很年轻，娇小伶俐，总是微笑着，伊的两个小儿很活泼，收拾得也很干净，大的在院子里和姓刘的长子或者和我们的少爷小姐在一块玩耍。他的游戏种类没有别的孩子们的多，往往因为他不会，忍受讥笑，轻蔑，因为他还没有读书。他的父母自从生了他弟弟之后，对于他有点不大注意了，减少从前热爱他的程度。田太太新近得了头生子，初次做母亲，每天发挥着母性的慈悲，把小宝宝抱着，吻着，放在床上爬，看着笑，拍手，唱自己临时编的歌调，用鼻音哼着唱，故意教孩子用手打她的脸，抚摸着她的头发。不过她的丈夫，没有金太太的丈夫爱小孩，有女性的耐烦心，只是早晨替她抱抱孩子，让她有空闲预备饭。金太太的丈夫比女子还温柔，可亲，从什么地方看，也看不出男子汉粗暴的举止，能够在星期日，从早至晚不出大门一步，坐在家里替妻看孩子，甚至帮妻洗衣。田太太常对着丈夫说："你看人家该多么老实，像猫似的看孩子。"

她的丈夫沉默着，什么也不说，感动的叹吁着，挽起袖帮她烙饼，把干柴送到灶里烧，参加意见。

"油应该再添一点，锅底的那张饼翻过来……"

管家婆的丈夫到外省办事去了，除了吃饭，睡觉，就是找人谈天。又没有孩子缠身，正因为缺少孩子，常忧虑自己的身体，高兴提起生子问题，问金太太的种种经验。伊已经快到三十岁了，还没有半个孩子，传统的旧观念又极深，怎能不着急呢？伊的丈夫时常为了这项大事，埋怨伊，说明不孝有三，无后为大的道理，伊更加烦恼了，吃各种能生子的药，但都不发生效力。

姓冯的因为在外头另找安慰的事，和妻子闹了一场小冲突，但经大家劝说，也就罢了，恢复了和好的情况。摔碎的茶壶，茶碗又新买了补上，这时节的田太太因为常赞美人家的丈夫，自己的丈夫生了气，吵了半天嘴，但过后也就合好，仍是平安的过活。

很有趣的是，刘太太新做了一件旗袍，总向大家再三的宣扬，问大家的意思，关于质料，颜色，式样等。冯太太买一包鲜果回来，一定要高高的举起，意思是使大家知道，她是很富有的。管家婆做好饭菜时，也必向大家发表。田太太为夸示富有，表示不肯示弱起见，便在晚上穿起上等服装，孩子也打扮得十分像样，和丈夫一同出去散步。金太太呢？在院子里喊着，提高细嗓："你把孩子抱给我。"她的丈夫应声而出，很顺从的把孩子抱给她。她又吩咐："你把孩子帽子拿来。"还不消说又是提高喉咙说的，她的丈夫跑了回去，又跑回来，拿着帽子……

说起我们的主任，真不愧是外国留学生，在家不是读书就是看报，太太呢？简直是个小说迷，她成堆的买书，架上摆得满满的。有时夫妇带着孩子去看电影，我就坐在沙发上选好的读，我的职责很轻，厨师老郝常嫉妒我，说太太待我比待主任还要好……天下哪有这种事？我忠实的负担职责，在我的任务范围以内，都做得很周全，太太之所以待我好，当然是为这个道理。而且她是大学卒业生，胸襟宽广，学问和经验都极深博丰富，决不是虚荣心很甚的那些邻居的妻子们可比。与其说她对我好，还不如说她管理仆人的手段高妙。老郝只精通饭菜的制法，哪里会理解学者的胸怀呢？即便是她真正的待我好，又有什么了不得，按我的年龄，我就是称她母亲也没有什么不相当。

我给主任当差，已有一年半的历史。在这以前，我是一个军官学校的学生，因为时局的风云突变，把我卷入倒霉的大海，太太的待我好，这也许是原因之一？她看我是个落难的英雄，不好意思把掉一根针的事情也打发我拾。零碎小事她都自己干了，我有许多闲暇的时间，写文章是我的嗜好，像一个酷嗜绘画的小学生，时常在纸上涂抹些什么，如我要写一个《忠义的人》，就这样写着。

祖父对我说，这是你父亲的故事。

"他年轻的时候，体格很健壮，两只凸着青筋的胳臂，像铁似的硬，拳头比锤头还要大。做起活计来比老牛还耐劳，人家两天才能劈完的干柴，他一天就劈完了。他的饭量是很大的，吃馒头非二十四个以上不饱，喝稀粥总得十几碗，因为这个缘故，谁也没有雇他做工的，只得在家里出大力。但他不论出多少力气，做多少工，谁也不留心，只注意他惊人的饭量，拿这个做题目，互相议论着，当笑话讲，或者当面讥笑他，表显出'轻视人'的怪脸。他的性格温顺，从来不对于无意义的讽谏有所反抗，他的放着慈祥之光的两眼，明明告诉你，你随便拿我开玩笑罢，怎样都可以，我决不和你们这些无能之辈计较……

他的面貌虽然并不丑陋，却没有给他提亲的，二十五岁，仍然是光棍。三十岁的初头，一个'大家'把他雇去了，担任扫院子，挑水，跑街，赶车，喂马等杂务。他的主人是个财主，又是念书人，在当时很有名声。'三出三进'的瓦房，'京式'的修筑，上上下下许多人口，无时不在说明着这不是一个"普通"的人家，不用说别的，连丫鬟就有十几个。

他自从得到这个难得的职务以后，人们都对他变换了脸色，讥笑他的人，见面则恭敬打揖，满嘴动听的词句，可是他仍旧一个样子：走路的两臂前后自然摆动，迈步的尺寸也不见得故意放宽或加大，头低着，默默的咬着厚唇。

大概是在他寄身佣仆后半年一天，主人打发他到市上把一匹老马卖掉，因为那匹马年纪衰老，不堪使用了，打算卖掉另换一头骏马。他牵着这头马到市上去卖掉了，当他得到了钱，正要往回走的时候，看见一群人围着看什么光景。他好奇的下马近前去，只听得妇人和幼儿的哭声从人群中传出，那哭声是那么悲哀，凄惨，把他的心打动了，他钻了进去。一个中年妇人，满身褴褛，面容憔悴，抱着一个年约五六岁的男孩，难舍难离的紧紧把脸颊贴在孩子的头哭，身旁站一个中年男子，孩子紧抓着妇人的胸襟喊叫着：

'妈！……妈呀！我……我不去呀！我不去呀！妈……'

妇人的泪水如泉涌一般，滚滚的滴在孩子的面上，一位绅士从人群中挤进来，拿一张纸，上面写些四方四角的文字，递给中年男子，叫他按手押。

'怎么回事？'你父亲这样探问身旁的人。

'卖孩子？'

他把眉毛一皱，惊异的又问：

'二百吊……'

他上前把中年男子刚接过的一张纸夺了过来，毫不犹豫的撕成粉碎，大家莫不愕然吐舌，母亲也不哭了，孩子瞪着一双哭红的大眼看他野蛮的行为。绅士恼了！过去揪住他的领襟，吓道：

'你干什么？'

'这孩子是我的外甥，我不能卖给你。'

'已经讲好了的，你敢撕？'

'我撕一张破纸算什么重要，什么讲妥不讲妥，有什么证据？你能亲眼看着你的外甥拍卖，忍着不帮助吗？你是人是兽？兽也有怜悯心哪！'

'你是做什么的？这样无法无天？'

'我是做"人"的，你是做什么的？'

那绅士上去就是一个耳光，打在他的脸颊，他也不动也不抵抗，老老实实忍着。绅士接连又是两个耳光，他仍是呆立不动，豪不动色，就如小孩子抚摸他的脸一般，等着多多的抚摸。那绅士奇怪了！他严肃的说：

'打够了吗？你打就算我撕你纸的惩罚吧，我是不能和你动手的，因为你吃不起我一巴掌……'

绅士进退维谷，看光景的都动了容，有的和绅士理论，有的竟批评你父亲的恶行，他一概不理，抱起孩子，对中年夫妇说：

'走罢！回家罢！'

到了无人的地方，他放下孩子，从袋里拿出钱袋，数了三百吊，给中年妇人，说：

'我也不是买你的孩子，请你收了这钱。'

又对那男的说：

'不要卖掉自己的孩子罢！很可怜的，就是饿死，也要死在一块，不可为自己暂时的苟安，牺牲骨肉……'

他回去，把血汗积得的工资，和零碎的蓄储，补够了卖马的价格，全数交给主人了。"

类似这样的故事，我耳闻目睹，从记忆中搜求，每天总利用闲暇写成一小篇，写完了便收藏在包袱里，也并不想当珍品，只是我的习惯。主任招呼，便进去敬听吩咐，做完事，再回到小屋里写。就是在跑街，也不能中断我故事的进展，我可以在脑中思索，怎样布局，怎样描写人物，怎样发挥人物的个性，怎样怎样……我计划周密，跑回去一气就写成了。

老郝是个目不识丁的睁眼瞎子，他时常把我刚要写成功的一篇很得意的东西引火用，我东找西找怎样也找不着，急得捶胸顿足，几乎放声哭嚷，问他，他煞有介事的回答：

"什么？"

"我的文章，你看见没有！"

"什么文章？"

"桌上放的三张写满钢笔字的纸……"

"两张纸啊？"

"是呀！你把他弄到哪里去了？我好容易写的……"

"引火用了。"

"什么？你把它烧了，真烧了吗？一张没留吗？"

"都烧了。"

"你……你真该死！你为什么烧了我的心血呢！你真是个傻子。"

"没有引火纸，我不烧它烧什么呀？"

"啊，啊！我的老天？"

这样的事常发生，后来我写完了就装在袋里，但我的记性坏得很，主人一喊，我只顾跑去，把稿子忘记放进袋里，就被老郝引火焚烧。哀求他，对他说明，他总不理会，以为烧一张涂乱的纸张算不了什么大事，如我父亲撕破一张卖孩子文票一样！

我写的文章的方法很简单，不仔细描写，不再三修改，写完了就算完。我最欢喜写的是真实的人生的事件，有时凭着我的想象写，无奈我的想象不准确，没有逻辑，虽然我没有看见过冰山，只要看见过冰，看见过山就可以写冰山，不过勉强写出来，我总不满意，觉得不如亲身经历的可靠。可是一个人哪有许多的经历，打算写一个囚犯的被砍头，莫非也要经历一下被砍不成？这些问题，我都弄不明白，太太买来的书上都没有明确的指示。梁启超说南，胡适之说北，夏丏尊说西，鲁迅又说东，托尔斯泰，卢梭，亚历斯多德，这些人名举不胜举，他们的结论，也大不相同，像"渔船儿飘飘各西东……"，也不知究竟谁说的才对？急得我头迷眼花，哭不得的笑不得的……

我想象着。

住在这院里，一年过去了，二年过去了，五年也过去了，没有变动。

第六年，管家婆忽然有了孩子的消息传出，大家都庆贺，伊的丈夫更高兴，中年得子，本来值得高兴的，而伊的丈夫从来没有讨小的企图，这样够令人佩服，可说是一位正人君子，不是一般俗人可比。生下来又是男，这更令伊的丈夫快乐了，雇奶妈，给孩子喂奶，很希望孩子健康、平安的长大。姓刘的长子，升到中学，其余的孩子们，多进了学校。冯太太生了两个男孩和一个女孩，金太太生了三个男孩子，一个女的没有，田太太只生了一个女的，可怜是个哑巴不会说话。

父亲和母亲的面上都有些苍老的形迹了，孩子们如春日的小草，很快的长大，姓刘的到第七年头，从这个院里搬走了，据说搬回故乡，因为发了财，足够一生吃穿不愁了。金家丈夫失业，在姓刘的走后不到两个月，也搬走了，他们过得很穷，大概是丈夫太温柔的缘故吧？冯太太的嘴唇依旧点得血似的红，她的大女儿才十四岁，也偷偷的拿着母亲的口红涂抹。

我们少爷进了大学，小姐每天和情人同出同进……

这样的想象是合理的吗？倘若合理，我可实在快乐！因为我时常提笔来，往往苦于缺乏材料，不知写什么好。过去虽然经历过各式各样的事情，却一时不易想起，很顺利的写成一篇的时候极少。我想起一个办法，就是记录，记从前亲自经历、见闻的事。发生创作的冲动时，就拿出本子，翻开搜查，哪一篇是适合我现在要写的故事，就拿出哪一篇。把当时的社会情况想一想，再往仔细的小部分去思考，很容易的就写一篇，虽然写得不好，一定可以写成一篇。写的时候，无须需什么大纲，分节目，从本子里选一句话也可以写一篇，从我的想象中，可以找出数十个题目，写出数十篇文章来。比方我的想象，更会牵连的展思到许多的事上去，姓刘的何以会发财？姓金的何以会过得很穷，如果高兴更可以想出一段难忘的故事，假定姓刘的不搬走，又住了三年，他的长子和姓刘的同校，又认识我们的小姐……这么一来，不是一篇很有趣味的小说可以进展吗？可惜我的脑筋太笨，不会自由的运用四方四角的文字，否则我将取之不竭，写之不暇。要是时间许可，写几十万篇散文或短篇小说也是易事，并没有什么难，当然第一需有丰富的生活，精密的观察，多读的习惯，刻苦的训练，我所苦恼的，是愚笨，这大概就叫"没有天才"吧？又苦于生活的鞭打，没有许多时间让我写个痛快，过过写的瘾。既然端人家饭碗，怎好不勤快为人做些事呢？哪里有白养活老太爷的地方？

我时常想，每一个人虽然不必都会创作，可要对于文艺热烈的爱好并且十分注意，这样一来，文艺之花就更能生色了！

自然我们不能抛弃了工作，大家把一天二十四小时完全用在文艺上面，但要把余暇的时间像我们太太那样努力用在读书上，总比拼命化妆或打麻将、推牌九强吧？姓刘的家里是时常打牌的，一夜打到天亮并不稀奇。半夜听得麻将敲在桌面，啪啪的清脆交响，因为计算钱数，互相高声争吵，把人家从熟睡中惊醒，他们一点都不在意。这是最坏不过的恶习，不知我想的这些事对不对！

我写了这样一篇散文，题目是《风琴》。

"房东老爷子身后跟着一个省立第一中学校的音乐教员，他们迈进黑漆大门楼向东厢房走去，房门的上部有一条铁链，挂在门框上，没有锁头，房东老爷子欠足打开门，让音乐教员进去，并且对他说：

'住房的刚搬走三天，他们在这里住了七年，在机关上发财了才回家去了，里面干净，先生要住，就请搬来吧。略略打扫就可以，无须怎样收拾，房租是好说的……'

房东老爷子的嗓子很粗哑，说话咕噜咕噜，像嘴里含一块石头。

音乐教员在里面看了半天，看得仔细，屋子里光线，开窗的坚固与否，又跺了跺石砖铺成的地，试试能不能坍塌，结果他满意了，决定第二天就搬来。

他有一个老母亲和妻子，妻子是在小学校里教书的。他们把三间房子占满了。

院子里一共住三家，一家姓冯，一家姓张，一家姓田，这三家的孩子们，都是他俩的学生，所以学生的父母对他俩很尊敬，时常请他们夫妇过去喝茶。

有一天，音乐教员和妻被冯家请了去，预备一些简单茶点招待他们，音乐教员对着床头的一架风琴留心了，那上面放满了旧报纸，小孩子衣服，可以知道这架风琴久久无人理会，他过去仔细看了一看。冯太太说：

'孩子的叔叔买了这架风琴，后来转职就放在这里了，已经有好多年，没有会弹的，孩子们常按着玩，都不会弹，闹得讨厌，我就不准他们动了，大概早就坏了呢？'

'我看一看好吗？'他说着就去搬弄报纸衣服，冯太太很客气的过去帮忙，零乱的东西全搬下去，他从低音一个个键的按起，一气按到高音最末的一键。一个不曾坏，他又重看了一遍别的部分，没有损的地方。冯太太很慷慨的说：

'先生如果用得着，就请搬过去，放在这屋里，没有什么用，反多占地方，想放一张茶几都不能……'

'那么好！就借给我用一用吧！'

多年无人理会的一架美妙的乐器，当天移到音乐教员的屋子去了，冯太太很高兴，对丈夫说：

'这个破琴放在屋里真讨厌，把茶几放在这里一定很好，喝茶很便利，上面摆着茶壶茶碗，来客坐在两旁，更十分雅观。'

美妙的琴音从东厢房飘扬出来了，那真是动听的安慰人的音乐，冯太太默默的听着，闭合着眼皮，她的丈夫说：

'这样好的琴？真是不知道！'

太太不语。

琴弹了一遍，又有一声女子的歌声，那是音乐教员的妻唱的，她的歌喉真动人啊！再加上那美妙的琴音，如人世之外的桃花源，河水静静的流着，轻轻的发出潺潺的湍鸣，桃花含着红苞，将要盛开两岸，黄绿的小草温柔的摇动着，微风从河面掠过，树枝一点点晃动，那蔚蓝色的碧空，雪白的浮云……啊！这美妙的天上的乐园，梦中的仙境，冯太太简直听呆了。琴音止后，她的丈夫问她：

'你怎么把琴借给他们了呢？'

'你会弹吗？'

丈夫觉得侮辱，一层羞耻的网把他套着，他有点不能忍耐了，狠狠的瞥妻子一眼：

'会弹不会弹你就往外借？什么东西都可以借给人家？'

'喂！你不用那么没有好声气，又不是送了人，可以要回来的……'

小小的风波结束了，夜里又提起这事，但没有发生冲突。第二天丈夫听见琴音，不禁又提起这事，互相争吵了半天，结果是妻子抑压下去，宽容了过去，以后便常因这事发生意见，尤其是听到那琴音伴着歌声。

冯太太立了几次志，想过去要回那琴，却总振作不起这股勇气，是自己情愿借给人家的，怎好不到三天又过去索要，该叫人家怎样的瞧不起。无论如何，她宁肯受丈夫气，不能过去要的。

丈夫提起这事，就不大高兴，如损失了珍宝，永久不能夺回一般，他埋怨着妻，咕噜着，终于骂起来，指着妻子的鼻尖。

冯太太不是好惹的，因为年龄多了，不似十八九那时代，不然早和他反骂，骂他个落花流水，一败涂地。现在她是不能的，看在孩子分了，也该忍耐，但丈夫是骂起来了，她很难忍受，反骂了几句，丈夫更怒了！骂得不像话，她不示弱，执意顽抗。

暴风雨到了，丈夫把茶几一脚踢翻，茶壶茶碗打得粉碎，音乐教员和妻和他乡邻人过去劝，问为什么缘故，他们默不回答，冯太太抱着儿子头哭泣着，大家以为夫妻打架，过夜就好，没有什么要紧，也就散开了。

晚上冯太太没有做饭，只是哭，丈夫咒骂着，骂她的父亲，母亲，她的儿子也骂，连她的灵魂也骂了，她只有哭泣，哭泣，哭泣……

　　一个中年的妇人因为受了丈夫的欺压而哭是很可怜的。琴音又荡漾起来了，这次不像世外的桃园，就如失去了青春的燕子在秋凄凄的山谷间悲鸣……"

（《泰东日报》1937年4月11日至1938年2月27日，署名：慈灯）

我怎样写呀？

一、愁苦

在我的前面，

在玻璃窗外，

在阴沉的天空下，

在远处，

横卧着灰色的高山，

寂寞地，安静地，睡在荒凉的大地上，

也不知有多少年了。

三百，或者是三千余年前的古寺里的老钟，在我居住的房后嗡嗡的响着，好像一个因为写不好这篇东西的人的焦急发愤一样！

屋子里还没有生炉子，寒冷得很，我的手指，蠢笨的，不自由的握着冷笔杆。为了知友来信叫我"实在不爱写也该少写点"的逼迫，不得不对付几行聊以塞责。

朋友！你多么叫我为难！难道你忘记了，我仅仅是一个读过四年书的穷家孩子吗？啊？

二、笑话

有这样一个笑话。

一个学戏不久的小坤角，这天奉老师之命出台表演，锣鼓响亮敲打过了，她战战兢兢的掀开门帘门缝隙向外望，无数的头，无数的眼睛，织成一片威严高贵的网，这华丽堂皇的艺术之宫吓得她瑟瑟畏缩，抖着，打算潜逃，老师为了爱，为她的前途，鼓励她，逼她，终于踢她一脚，因为立脚不稳，踉跄的跌了出去，胡琴已经拉个起头，等她开口，但她把戏文忘了！应该是清唱她却编了一套道白，说道：

"奴家——不出——台！

一脚——踢出——来！"

老师气愤，走出就是一巴掌，打得她头迷眼花，她哭着说最后一句词：

"羞煞——人也——"

而我本是一个小卒，登台不久的生手，我的本领，不过是刚学会摇旗转圈，呐喊却还不会，我希望忠实的，不惜劳苦，尽着我的兴趣的职责，朋友！你真是何苦？偏把我拖在正中，也叫我唱一段二黄，为了不辜负你的热望我只得厚着脸张嘴了，但我既不懂二黄，又不会唱西皮，由于我短期间的听觉学习，可以胡乱叫两声，虽然把二黄唱做了西皮倒板，却也能够博得观众一场开心解闷的大笑吧？

这决非我的本意，我的志愿！唉！

三、当洋行仆役逃跑

是的，我想起来了！

那时候，我的体格将有成人的半截高。

爹爹——贫寒的老木匠——他叫我到 D 埠去见姐夫：

"已经给你谋妥了，可以赚钱吃饭的职业了！"母亲流着酸泪这样对我说，并且抱我在怀里指教一切。

我就在一家洋行当仆役，整整干了二年半还多一点，后来厌倦了！我的灵魂的国里觉得寂寞，怀着空想，一种企图到何处去学习点什么，或做点什么的美梦鼓励着我，于是，捆起小行李卷，和一个志同道合的旧同事流浮到南方去了。

四、木匠学徒及其他

饥饿的大魔王无情的挥着皮鞭，把我赶回家里去，建在沙滩上的幻想之宫倒塌了，从此跟父亲学木匠手艺，割大锯，做大工，并且挑着各种廉价的木器走到四乡叫卖。不幸得很！我又患着厌倦的病症，跑到一个住外国"食堂"的朋友处，帮助他们厨房里洗洗碗碟，擦擦刀叉。父亲像说教一般把我找回家了，但以后又跑过五六次，最后的一次跑得很远，然而倒霉的景况更甚于前，在旅馆当茶房，侍候各等俗气的人，给一个书记官公馆当差是辞去茶房职务以后的事，同年曾于一个机关里当三个月书记，并且又回到旅馆写账，兼经理公馆的端饭人，经理太太是个坏女人，常常的骂我懒惰，说我偷吃了她的东西，好把嘴唇涂得血红的小姐时常拿眼角嫌恶的瞥我，对我衣服肮脏表示憎恨！

五、觉悟

好运气来了，我在书店里当伙计，我的同事清宝，是个手不释卷的少年，我被他深深的感化，我蹲在灶窑前读了两本好书，第一次离家到Ｐ埠当仆役时，我爱好的是报端上的文艺，不过不大明白，因为不认识的生字太多，而长长的一大串字眼叫我摸不着头绪，但半懂不懂的读下去，我自己订阅一份报纸，心爱的作品裁下来贴在本子上；闲暇的时间拿出来一句句咀嚼，像吃苹果似的忘却了苦恼。茶房的工作给了我许多痛苦，住在三等房间里养病的一位教员，时常给我讲些什么事情，我获到无限的益处，觉得他一张嘴使我的思想进步不少，后来他当一家小报馆里的编辑，我投去一篇散文，他说："这是剽窃呀！是不是？千万别这样，我告诉你，练习写的法子吧！"我很羞耻的敬听他的有价值的训导，他亲切的态度，谦虚的说话，叫我五体投地，这一个时期，是我一生不会忘记的宝贵的机会。我把许多剽窃的下作全焚烧，开始照他告诉我的方法，一笔一画的练习着写，主要的是写日记，描写周围的人们的行为，事事物物，他大刀阔斧的给我修改，从到书店里以后，我不敢写了，我觉悟到我还没有提笔的资格，正如一个还不会行走的孩子，只可以爬着一样！

六、写着消遣

在书局里下决心投考军官学校去了。

但卒业后不几天，不幸之神把我拖进苦恼的洞穴里去，狠狠的叫我屈服在它的管束之下，因为肚子问题，给一位富人绅士当侍从，侍候他们一家大小，摇摇摆摆的太太小姐爷们，和那些洋洋得意的上等宾客，他们不怎样鄙视我，是一位落难的英雄好汉？可是我的工作却不因之减少，比较当茶房，当然是有天壤之别了，这里有笔有纸也有桌子好写字，因为失意和沮丧，无法排泄我胸中的负疲，于是提起笔来，凝思着，计划着，为消磨无聊的时间起见，或者说给自己孤独的幽灵开辟一条解放的道路，笔就在纸上跑动起来，同时感觉到读书太少，和观察，训练的缺乏的悲哀！

七、读书

从前年起，我的环境很不错——也许是时来运转了，八字上这样注定的吧？

我把薪水大半买了书来，为买书，典当是家常便饭，算不了丢人，并且多年来的风尘把我的脸皮晒得很厚，讥笑呀，侮辱呀，威吓呀等等，都不能操作我的皮毛，不过我的意志还欠稳固，思想无时无刻不在矛盾的脏水坑里打着滚，更加厉害的是陷于知识恐慌的焦愁里，多读一页书，多叫我的焦愁加倍！

在炎热的夏日，跑到树林里，躺在坟堆上读，在风雪的深夜里盖着大被褥在墙角里，在将熄灭的油灯下读，平均十册之中总有六册以上读不懂，不知说些什么，并不是我心猿意马精神跑到别处，我是聚精会神的，把所有的意识集中，然而仍是莫明其妙，坠入八里雾中，敲不开理解之门，而且越敲越糊涂！

生物和政治我稍稍明白一点了，哲学和心理学一点不懂，虽然我知道庄子的自然主义确是可笑，孔子的人为主义又欠圆满，但胡适之的思想为什么落了伍，这却叫我傻瓜了。辩证法我简直不知道是怎么回事，马马虎虎，好像是用活的眼光来看活的事物，其实一知半解算什么明白呢？在高尔基的《忏悔》里明明起头就写着："我是一个私生子，不合法的人，谁生的？无从知道……"这简直叫我不懂，因为在《高尔基的生活》这部书里是写着高尔基的母亲，连祖父，外祖父母都描写到，都是合法的，而高尔基也是合法的人，那么究竟高尔基是不是私生子？希特勒把妇女赶回家庭里去的原因，是为解决失业问题，这是一而二二而一的妙法，当然瞒不过我的笨脑筋，可是我最近受了愚蠢的骗，我本来有一部《女优泰伊丝》而又新买一本《黛丝》我以为是两本不同的书了！其实都是一个火炉里烧成的铁器。

本月三号，徐黎先生从海外的日本写信来指导我，给我讲释，我这才明白散文和散文诗的区别了，我还不了解诗人，为什么说话不痛痛快快的说出来，偏写出那些无聊的字眼呢？

八、沮丧

已经是二十多岁的人了，我的思想还在狭小的笼子里彷徨着，昨天的我，简直就好像不是今天的我了？我的笔和十二岁的小孩的程度差不多，二年来的拼命下工夫训练，不过是现在这样浅薄的成绩罢了，想起来，不能不痛恨自己的不长进，愚蠢，为一篇东西写不成功，路途失了败，会哭泣起来，眼泪流了许久，但我的沮丧，我的眼泪是对自己的悲愤而发，而不是对于人生，就是怎样愚蠢，幼稚，我还不至于蠢到那样，对环境叹声叹气的——虽然从前确实如此！

九、最后几句话

我想在这里说的话，已经在《我的学校》中说了，那是一篇旧作，现在很不满意那种东西，除了吃、喝、玩以外，什么也没有！后悔不该发表。

《我与文艺》是的，我与文艺发生了什么关系，如果像我这样写了几篇东西，投过几篇稿的人也可以名之写作家的话，那么地球上将挤满了千千万万的大作家了，也不知我的胡说八道对于事理的判断合不合。

真诚的，坦白的，打开天窗说亮话，我的程度是这样幼稚浅薄，但我已说过，我的脸皮厚得很，不怕贻笑大方，深刻的了解我的，是徐黎先生，我从得他做朋友以后，获到的益处实在很多，我时常写信给他，大发谬论，他不以我的可笑见弃，恳切的指示我。鼓励我还有丁铭先生，虽然没有直接和我通信，却间接的训导着我，他很赏识我。

这两位可爱的青年是最偏爱我肯帮助我的恩人，借这机会，深深的致谢！

我所能写出的，关于自己的琐事，不过如此而已，将来我进步一些，了解一些时，再具体的说些什么吧！文艺理论的书，我只读过一本《西洋文学讲座》和《壁下译丛》，徐黎先生已答应我，不懂处，尽管写信去问，三个月以来，我整理着在富人绅士家时的写作，编了六种集，将来登出时，希望大家批评，多指示我的劣点，我可以获得些好处。

十、祈祷

求大家埋头在人生角落里，不怕冬日的寒冷，将就油灯的缺少光明，忍耐着灰尘和恶劣的空气的窒息，多多的创作，"成功之神"终会来安慰努力的人，即便成功之神无暇光降，她也会派"伟大之使者"代表来致意的！

十一、告别

祝大家健康！再念！

十二、理想

在我的前面，

在玻璃窗外，

在阴沉的天空下，

在远处，

横卧着灰色的高山，——寂寞地，安静地，睡在荒凉的大地上

也不知道有多少年了？

只希望啊！这阴沉沉的天空变晴，

灰色的高山上满着绿树，

荒凉的大地上开满了鲜花。

十一月十一日接徐黎先生来信后

（《泰东日报》，1937 年 12 月 19 日，1938 年 1 月 9 日、16 日，署名：慈灯）